Sweet love

以后少来
我家玩儿

栖见 著

北京联合出版公司
Beijing United Publishing Co.,Ltd.

关于江御景.txt ··· ✕

　　江御景是不一样的。

　　和这个人，无论是第一次见面，他切入她生活中的方式，还是两个人相处的模式，都太过于自然而然了。

　　自然到让人不知不觉中忽略了那些随着时间的推移一点一点沉积在心底，谁也不想告诉的小秘密，也没有察觉，他漆黑的眼看着她时，自己不自觉柔软下来的情绪。

关于我们.jpg ··· ✕

关于……　　🔍

关于戒指 .txt

　　纤细的银色戒指穿进她指间，上面有一颗颗小小的钻石，在光线下折射出温暖的光影。

　　他捏着她的手不肯放，指尖先是落在她手腕链子上挂着的那把小巧的锁上，之后细长手指一翻，十指相扣，和她紧紧交叠在一起，头微扬，亲上她饱满光洁的额头。

　　"说好了的，赢了换成戒指。"

关于告白 .jpg

关于......　　🔍

CONTENTS ‖ 目 录

| 春季限定 |
草莓卷、草莓挞、草莓慕斯

MENU

第一章

我们队宠

1

南方的四月底空气潮湿，风夹着闷热吹过来，春天还没过去，夏天就已经迫不及待地踩着尾巴来了。

现代化建筑林立的商业街道，两排笔直的行道树，街边是一家家商铺，咖啡店里年轻的女孩化着精致的妆，三两一桌笑闹。

喻言蹲在街边发呆。

风过，树上飘下几片叶子。

几个小时前，喻言失恋了。

她电话打过去的时候，汤启鸣还在打游戏，一边跟别人开着语音，一边接电话，连敷衍都懒得做，嗯嗯啊啊了两声，然后理都不理她了，自顾自在那里一波一波地吼。

喻言静了三秒钟，然后把电话挂了，发了条微信过去，简简单单"分手吧"三个字，连标点符号都懒得打。

对方一直没回，喻言勾勾唇角，把手机装回口袋里。

喻言和汤启鸣恋爱谈得花前月下轰轰烈烈抵死缠绵。

汤启鸣也算是系里半个风云人物，浓眉大眼白皮肤，一笑起来宛如春风拂面，还是学生会的副主席，每天能收到情书是一点都不夸张。

喻言大学在意大利读的，和他不是一个学校，但她闺密是。她毕业回国，去找闺密玩，一不小心和他撞了个满怀，手里一杯珍珠奶茶全洒在了男生的白衬衫上。

喻言抬起头，错愕地看看他，再看看他白衬衫上的奶茶渍。

珍珠软趴趴地挂在上面，慢悠悠往下，在洁白的布料上滑过浅棕色的一道，然后"啪嗒"一声，掉在了那双干干净净的白色球鞋上。

他穿着校园男神标配的白衬衫，短发清爽，皮肤很白，手指很好看。

鼻息间似乎还有他身上淡淡的洗衣剂清香，喻言少女心扑通扑通地跳。

两个人就这么认识了。

三天熟悉，三个星期暧昧，三分钟告白，三个月交往。

最后三秒钟，用来分手。

原因无他，错就错在汤启鸣他是个宅男。

单单只是宅男也就算了，他还是个"女友诚可贵，洗澡价更高，若为联盟故，二者皆可抛"的中毒患者。

这个人，打起游戏来，可以不理人，不洗澡，邋遢成一坨瘫在电脑前，蓬头垢面、油光满面地坐一天，甚至完全忘记了两个人还在视频这档子事。

偶像有一个，好像是个游戏打得非常好，叫江御景的。

喻言觉得好奇，干脆也偷偷下了个《英雄联盟》[1]，没告诉他，只是留意了他的区服和 ID（名称），直到今天才偷偷建了个号，问他可不可以带她玩。

汤启鸣挺乐意，带她打匹配。

跟他一起打的队友们看见喻言，一阵调侃。

队友 A 吹口哨："鸣神又带了个妹子。"

队友 B 啧啧出声："可惜不能选两个辅助，不然鸣神不是美滋滋？"

喻言听不懂他们具体在说什么，但是关键词和话里的意思完全可以直接捕获，就听见汤启鸣开了麦，一口男神音，还自带混响的。

"别瞎说，都是妹妹。"

喻言："……"

7012 年了，还在认妹妹。

同队果然还有一妹子，声音软，ID 萌，张嘴闭嘴鸣神小哥哥，娇滴滴撒娇。

喻言操作着自己随手选的笨笨重重好大一只，也不知道是什么玩意儿的小人到处乱走，再看着那妹子前凸后翘的英雄，一路跟着汤启鸣卖萌撒娇。

然后喻言听着队友们的调侃，就知道了这姑娘的角色之所以长得好看，是因为她有皮肤，而这个皮肤是她的鸣神小哥哥给她买的。

喻言深呼吸，再深呼吸，强压下心里的火气。

---

1 《英雄联盟》：*League of Legends*，简称 LOL，是一款英雄对战竞技网游。

压个啥，压不住。

干脆直接拔了电脑电源，打电话，挂断，发微信，分手，一气呵成，都不带停顿的。

她想起汤启鸣那件有着清新洗衣剂味道的白衬衫，还有那双干干净净的白球鞋。平时宅着像个要饭的，出门的时候把自己收拾得利利索索人模狗样，原来是为了撩妹。

女生抱着膝蹲在街角，也不顾路人探究的视线，眼神直勾勾地穿过斑马线，盯着街道对面。

红灯闪烁，绿灯亮起，对面的人或缓慢或急促地走过来。喻言眼神发直，余光却扫到一抹熟悉的颜色。

她一愣，视线聚焦，看过去。

一双白色球鞋。

鞋面刷得很白，甚至连鞋跟、侧面都干干净净的，一丝不苟，连点灰尘都没有。

那双鞋此时正踩在斑马线上，不急不缓，一步一步走过来。

喻言无意识地站了起来，走过去，靠近了一步。

"白球鞋"过来了。

"白球鞋"慢悠悠，和她擦肩。

"白球鞋"马上就要走过去了。

机不可失，时不再来，电光石火之间，只见喻言眼神呆滞却反应极快，下意识抬起腿来，鬼使神差地，"啪"的一脚踩过去了。不偏不倚，正好落在"白球鞋"右脚上。

"白球鞋"步子一停，站住了。

空气凝滞住，她垂着眼，抬起脚来。

干净的白色球鞋上一个清晰的浅灰色鞋印，突兀又显眼。

"……"喻言刹那间回神，猛然反应过来自己在干什么。

她像个机器人一样，脖颈咔嚓咔嚓一寸一寸往上抬，抬了一半，又低下去了。

不敢抬头，太羞耻了。

喻言涨红了脸，脑袋低得快埋进土里了，小声呢喃了一句"对不起"，甚至没敢看对方是什么反应，长什么样，转身撒腿就跑。

直到狂奔出去一条街以外，喻言才敢停下来，她手撑着膝盖大口大口喘气，想想自己刚刚的行为，觉得自己好像"魔怔"了。

神经病啊，怎么就踩上去了？

路边树上飘落的花细细小小落在颈间，有点痒。这一刻她才恍然意识到，自己其实是有点难过的。

不是很强烈的感觉，像是可乐汽水，晃晃瓶子，开盖，"嘭"的轻轻一声，然后冒出无数泡泡，喝一口，涩涩的，好像还有点辣。

喻言摇摇脑袋，甩掉脑子里乱七八糟的情绪，深吸口气，直起身来。

腿还有点软，她站在原地缓了一会儿。

手机刚好就在这个时候响了。

喻言把手机抽出来，看了一眼来电显示，几乎没犹豫，挂断了。

她原地跺了跺脚，揉揉跑得软掉的腿，往店里走。

毕业以后，喻言回国开了一家甜品店，独立一栋的小洋房，凭借着精致美味的甜点、浓郁醇香的咖啡、别具一格的装修风格，以及帅破天际的中意混血咖啡师，也算是生意火爆。

喻言家小区地理位置很好，最近的商圈走过去只要二十分钟左右，她的店也刚好地处这商圈附近。

她到店里的时候，她的咖啡师 Andrea 正对着吧台边坐着的女孩子们笑得一脸温柔。只见他鼻梁高挺，眼窝凹陷，眼睛深邃迷人，毫不吝啬地散发着荷尔蒙吸金。

喻言走过去，软趴趴地趴在吧台上，视线直勾勾地对着原木架子上的一堆奖杯，表情蔫蔫，近乎脱力："安德。"

安德抬了抬眼，异常浓密的睫毛扑扇着，倒了杯柠檬水给她，推过去。

喻言垂眸看着眼前的柠檬水，又看看吧台后的男人："我连杯咖啡都没的喝吗？"

"开源节流。"

"……你的中文越来越好了。"喻言撇撇嘴，端起玻璃杯喝了一口。

"我本来就是半个中国人。"安德微笑。

喻言咕咚咕咚地半杯冰水下肚，整个人清醒了不少，长长舒了口气，强行忘掉半小时前那个傻子一样的自己，站起来绑了头发，甩甩马尾，研究新品去了。

在后厨一窝就是一下午，再抬头已经五点，将试做的新品交给小学徒颜果，她换了衣服出来。

天气转暖后，夜来得晚，外面天还亮着。喻言按着酸痛的后脖颈，背上包包，对着安德又嘱咐了几句，推开彩绘玻璃门走了。

她前脚刚走，后脚颜果端着喻言折腾了一下午试做的新品出来了。安德看着那一坨坨黑乎乎的东西，眼睛都直了，手指指着抖啊抖，不确定地问："这是新品？"

颜果点点头："喻老师说，这个叫'渣男去死'，就叫这名，让你不许改。"

安德："……"

他抽了把小叉子，试探性地切下来一小块尝了尝，浓郁的黑巧克力口感丝滑绵软清苦涩人，中间夹着的桑葚果酱顺着淌出来，甜度很低，微酸，配上纯黑巧克力的苦味，有种奇异的和谐。

……竟然还挺好吃。

喻言从店里出来，准备先去超市买点东西再回家去。

小区旁边就有一家大型超市，她一个星期前搬过来，这家超市还一次都没去过。

喻言推了车，先去进口商品区买家里用完了的香草粉，来到冷藏区，眼睛顺着冰柜最低一排扫过去，最后落在一处。

玻璃瓶装的某牌草莓牛奶，还剩下最后一瓶。

喻言欣慰地伸出手，指尖落在冰凉瓶身上的同时，另一只手也落在了上面。

那是一只男人的手，手指修长，骨节明晰、消瘦，掌骨微凸，指甲略长，边缘修得整齐干净。

喻言乐了，心道：这画面挺眼熟，好像之前在哪本小说还是电视剧里看到过。她还没来得及抬头看过去，余光就瞥见一抹很眼熟的色调。

人一怔，视线偏移原来的轨迹向下看去。

入眼的是一双白色球鞋。

一双非常眼熟的、鞋面刷得很白的，甚至连鞋跟和侧面都干净得一丝不苟的白色球鞋。

右脚上那个浅灰色的鞋印子也非常眼熟。

喻言："……"

这么有缘的吗，兄弟？

2

下午五点半，超市人头攒动，冰柜再往前就是收银台，每一个收银口都排着长长的队。

喻言看见那双球鞋的一瞬间，脑子里那仅存的一丁点旖旎想法就消失得一干二净了，她此刻只希望这位"白球鞋"不要打她。

犹豫了一下，喻言的视线从白球鞋鞋面上的脚印上移。

休闲裤，黑色薄卫衣，再往上是棱角分明的下颌线，紧抿的唇，笔挺的鼻梁，漆黑的眼眸。

喻言愣了一下。

男人很高，瘦，脸色有点苍白，意外地长得很好看。

此时，那双好看的眼睛也正看着她，长睫垂着，表情看起来不是很友好。

喻言的内心痛苦挣扎。

手边是最后一瓶心爱的草莓牛奶，面前是看起来就脾气不太好的大兄弟。

更何况，她今天上午还莫名其妙二话不说在人家的白球鞋上踩了一脚，心理上就虚了很多，完全没有和他竞争的底气了。

喻言咬咬牙，把手指从那瓶草莓牛奶上收了回来。

然而，与此同时，那男人也松了手。

喻言心头一喜，心想：这小帅哥难道这么有绅士风度，准备让给她了？赶紧再次把手伸过去，谁知她的指尖刚碰到冰冷的瓶身，那只好看的大手也在同一时间，重新落回牛奶瓶上。

喻言："……"

她重新抬头看向他，他一只眼内双，另一只是薄薄的单眼皮，瞳仁漆黑。

他紧紧抿着的唇薄薄的，看起来既刻薄又不好说话。

喻言长舒口气，然后，缓缓地，依依不舍地，第二次松了手。

这次，她毫不犹豫推着车转身就走，不再看货架上的草莓牛奶一眼，完全不给自己心痛的机会。

其实还是很心痛。

甚至她提着袋子从超市里出来的时候，依然在心心念念着。

她的草莓牛奶，她的生命之光，她的欲望之火，她的原罪，她的灵魂。

喻言认命地叹了口气，回到家，踢掉鞋子开始煮饭。

她把一直放在包包里的手机抽出来，屏幕按亮看了一眼，一排未接来电。

喻言没理，直接滑过去当作没看见，开始拨电话。

对方接得很快，喻言把袋子里的东西一样一样拿出来，侧着头微微耸肩夹住手机："晚上吃不吃意面啊？"

对面沉默了一下："你意面吃不腻的吗？"

喻言佯装讶异："你不爱吃吗？"

"我爱吃也禁不住天天吃。"

"哦，今天买了香草粉，草莓乳酪吃不吃？"喻言把意面抽出来，拆封，开锅烧水。

男生挣扎了半秒："奶油培根的吧？"

喻言："意式肉酱，培根吃光了还没买。"

"哦。"

挂了电话，喻言好笑，把手机放到料理台角落，想了想，还是走过去打开冰箱，找了培根和青豆仁出来。

将培根切丁下油锅翻炒至焦黄色，洋葱切丁，鸡蛋打散，加入乳酪粉和鲜奶油搅拌均匀。

喻勉回来的时候，喻言这边已经起锅，煮好的意面和培根、洋葱、洋菇、青豆仁稍微翻炒，鸡汤一勺。

帕马乳酪粉独有的干果和牛奶香气从开放式厨房弥漫开来，喻勉哇哇叫了两声，跑过去伸着脑袋瞧："不是没有培根了吗？"

"我特地跑出去买的。"喻言低着头装盘，"感动不感动？"

喻勉肩膀抖了抖："感动没有，惊悚有点。"

少年说着跑出厨房，把书包放下去洗手了。等他从盥洗室出来，喻言已经将两盘意面放上餐桌，招招手，叫他过来吃饭。

喻勉走过来，拉开椅子坐下，从口袋里掏出一个小盒子，隔着桌子给她推了过来。

喻言拿起来，打开，里面是条项链。细细的链，上面挂着一个可爱的水晶小蛋糕坠子，里面还有一张字条，上面的字歪歪扭扭的——姐姐生日快乐。

喻言"哇"了一声，嘴角忍不住弯起："不是你自己挑的吧，你眼光这么好的吗？"

男生翻了个白眼，伸手作势要抢回来："不要就还我，为了这破玩意儿，我打了两个月的工！"

"哎——"喻言一巴掌拍在他手上，瞪了他一眼，把项链收进盒子里，"送都送了，哪有让你拿回去的道理。"

喻勉握起叉子卷了一坨面塞进嘴巴里，呜呜地不知道说着什么。

"咽下去再说话。"喻言一脸嫌弃。

男孩子腮帮子一鼓一鼓地乖乖咀嚼，吞咽："爸妈给你打电话了没？"

"打了。"

"就打了电话？"

"还打了钱。"简单直接实在又省力。

喻勉"哦"了一声，戳了块培根："等我回家去一定跟老爸老妈告状，就说你天天给我煮面条吃，残忍得不像个亲姐。"

喻言冷笑了一声："哦，求求你赶紧回家去，别在我家待着了，碍眼。"

"我不能走，我还没见到我偶像呢。"喻勉不干。

"就是你三天来每天一放学就守在窗前恨不得拿天文望远镜戳到隔壁玻璃上去也没看见人一根眼睫毛的那个偶像？"喻言慢悠悠地卷着盘子里的面，"你这偶像是干什么的啊？我怎么不知道隔壁这套房子啥时候卖给明星了？"

她话音刚落，就看见自家弟弟抬起头来，神色微妙地看着她："他不是明星。"

"哦，球星？"

"他是打电竞的。"

喻言眨眨眼："啥玩意儿？"

"电竞，电子竞技，现在很火的，过两年就列入亚运会项目了，他是个打《英雄联盟》的职业选手。"男生眼睛发亮。

听到熟悉的四个字，喻言愣了一瞬。

也真的只有一瞬间而已。

眉一挑，她抬起手来中指屈起，力道不轻地弹了一下坐在对面眼神兴奋的弟弟额头："一天天书不好好读，游戏说起来倒是一套一套的，明年高考不考了？马上高三了，喻勉同学，沉浸在热血的电子竞技里的心能不能先收一收？"

饭后，喻勉被赶去写作业，喻言开了香草粉，开始做草莓乳酪。

小块黄油切丁，均匀裹上过筛的低筋面粉，加冷水揉成面团做底，奶油奶酪隔温水软化加细砂糖，用打蛋器打至均匀绵软放到一边，喻言打开晚上在超市买的鲜草莓，洗干净。

她买了最贵的草莓，熟透了的颜色饱和度很高，颗颗均匀饱满，亮泽多汁，看见就忍不住一口咬下去。

喻言拣了一颗来尝，一咬，酸酸甜甜的汁水四溢，带着浓郁的草莓清香蹿进口腔。

等反应过来的时候，玻璃碗里的草莓已经下去一半了。

喻言纠结了一会儿，没吃够。

要么今天干脆就做个原味的算了？

想了想觉得要说到做到，最后还是做了草莓乳酪端过去，喻勉正架着精密得大概可以观测小行星的大望远镜往对面瞧。

喻言悄无声息地凑过去，趴在少年耳边拖着音小声说："你是变态吗？"

少年被她吓了一跳，扑腾着蹦起来，不太高兴地横着眉，刚要说话，看见她手里的小甜点，表情一变，笑嘻嘻说："姐，下次记得敲门啊。"

然后，他从她手里接过草莓乳酪，切了一块咬进嘴里。

他抬起头，看看她。

喻言坐在床边，挑了挑眉。

"好吃。"喻勉先是点点头，又戳了一块，然后喊了她一声，"姐。"

"讲。"

"你这个草莓乳酪巨好吃的。"

"哦，但是呢？"

"但是，我之前吃过一家，好像比你这个稍微好吃一点点。"

这话一听，师承意大利名师的喻言顿时非常好奇。

她直起身来，前倾，脑袋凑过去，目光灼灼："谁做的？好吃在哪里？开店了吗？开在哪儿？"

喻勉："……"

第二天，喻言按照喻勉给她的地址，坐了一个多小时的地铁，又绕了好几次弯路，才找到那家店。

当时是下午一点半，店里人很多，很小的一家店面，几张桌都已经坐满了，玻璃柜台前长长的一排队伍。

侧面斜开的店门，大家呈一字形在甜品展柜前排队。

喻言走到队伍末端，注意力全在眼前各种精致的甜点上，和喻勉打电话："找到了找到了。为了这个草莓乳酪，我坐了一个多小时地铁好不好，你知道我走了多少冤枉路？腿都要走断了，买不到我就去跳黄浦江。"

她说着，看到旁边有不少女生一脸兴奋地凑在一起咬耳朵，看着她的方向。

喻言眼神随意地顺着她们的视线扫过前面的人，话头一顿。

排在她前面的男人，穿一件黑色连帽衫、牛仔裤，熟悉的侧脸线条干净利落，鼻梁很高，睫毛很长。

她看着他的时候，他也侧头垂眸，看了她一眼。

两个人对视三秒钟，男人重新扭过头去。

喻言下意识低头，去看他的鞋。

"白球鞋"今天倒是换了双黑球鞋，至少踩不出那么显眼的印子了。

前面排着的队伍一点一点变短，马上就要到喻言了，可是草莓乳酪眼见着也快没了。

轮到"白球鞋"的时候，里面还剩下最后一块。

喻言屏住呼吸，偷偷地听着他慢慢地说——

"一块黑森林。"

喻言心底一松，一口气长长呼出来，之后赶紧小心地屏了屏气。

她刚刚气出的声音稍微有点大，也不知道"白球鞋"听到没有。

然而下一秒，她就知道了。

因为"白球鞋"停顿了一下，之后缓缓开口，声音不高，沉沉淡淡的——

"再要一块草莓乳酪。"

喻言："……"

3

江御景到这家甜品店来，完完全全是个意外。

他本身是不怎么吃蛋糕这一类甜食的，最多喝喝牛奶，要怪就怪在，他战队来了一个超爱蛋糕甜食的新中单[1]。

江御景想起 PIO 刚来的那天，兴奋中带着崇拜地看着他，然后送了他一整箱草莓牛奶。

他迟疑了一秒，就没再怎么犹豫地迈开步子过去排队了。

而现在，轻飘飘扫了一眼身后女人瞬间僵硬的表情，江御景勾了勾嘴角，觉得这家甜品店自己今天来对了。

下次他还来。

喻言觉得，虽然昨天的确是她脑子短路，无缘无故地踩了他一脚，但是她当时反应过来后就道歉了，并且后来晚上在超市里，她甚至把草莓牛奶让给他作为补偿。

这是多么大的一个让步！

这样一来，她和他就应该两清了才对。

显然，男人并不是这么想的。

她刚刚打电话的时候，就站在他身旁。

两个人几乎是肩并肩的距离，她说了些什么，他完全可以听得一清二楚。

"白球鞋"提起装着两块蛋糕的盒子，侧过身来，视线从她身上不咸不淡地一扫而过，然后长腿迈开，走人。

那只修长好看的手，带着最后一块草莓乳酪，不知是有意还是无意，慢悠悠划过她眼前。

悠长，悠长地。

喻言看着她的草莓乳酪离她越来越远。

她坐了一个多小时地铁，走了很多路，又排了很久的队才好不容易等到的，最后一块草莓乳酪。

他百分之百是故意的。

而她昨天还饱含着愧疚之心，把牛奶让给了他。

喻言感觉自己难得一次的好心全都喂了狗。

后面等的人还有很多，她收回视线，抱着一线希望试探地问耐心等着的店员："你们家的草莓乳酪还有吗？"

店员微笑："不好意思，没有了呢。"

1　中单：游戏名称，多见于电子竞技类游戏。是指地图中路单线发育的位置。

喻言不死心："那一会儿还会做吗？"

店员微笑不变："不会做了哦。"

喻言："好吧，谢谢。"

浪费了大半天的时间，她最终买了几块其他甜品，阴沉着脸回到自家店里，好看的眉眼全都写满了不高兴。

安德扬眉看着她："你这两天气压很低。"

"我最近有点倒霉，周末向组织请假一天去排排毒。"喻言把手里的甜品盒子放在吧台上拆，动作有点重。

"组织不同意。"安德擦着杯子，"这周六你再敢溜，我就——"

"你就？"

"我就给你打电话。"安德泄了气。

喻言从鼻腔里哼哼了两声，拆开盒子，抽了把叉子，尝了一口芝士蛋糕。

她眨眨眼，有点意外。

口感绵密，微酸，带着浓浓乳酪味道。

她又尝了一口，细细分辨，还有一点点柠檬的香气。

好吃。

喻言没说话，把面前的蛋糕推到安德那边，示意他尝。

安德吃了一口，挑眉问她："你在哪里买的？"

"一家很小的店。"喻言说。

安德叹息了一声："这里真是藏龙卧虎。"

喻言点点头表示赞同："比如还有我这样的妙手西点师。"

安德看着她，欲言又止。

喻言："？"

"其实我觉得，你可以尝试做一下这个乳酪。这个感觉很不一样，这里面放了什么？柠檬汁？"

"我也在想，柠檬汁的话应该会有一点涩才对。"喻言用叉子柄戳了戳脑门，"意大利有一种柠檬利口酒，你知道吗？"

"不知道。"安德老实道。

"你这个假意大利人，那你现在知道了？"

"现在知道了，但我好像从来没见你用过。"安德咬着叉子，"怪不得好吃。"

喻言面无表情地抬起头来："你的意思就是，这个比我做的好吃？"

"你真了解我，"男人无所畏惧地看着她，微笑说，"我就是这个意思。"

即使不太情愿，喻言也不得不承认，这家店的西点师水平确实是在她之上的，几块不同种类的甜品吃下来，几乎每一种都能让她感到惊奇并且有所期待。

怪不得队伍排得那么夸张。

认识到这一点后，喻言沉默了一会儿，倏地站起身来，抿着嘴绑头发。

她摘掉手上的腕表，随手丢给安德，晃了晃脖子，换了衣服进后厨，挑战自我去了。

后厨通着前堂，半面都是浅琥珀色落地大玻璃，可以看见里面的人双手撑在操作台面上，面前有两张纸。

喻言垂着头，视线落在两张纸上，思考了一下，开始唰唰唰在上面写写画画。

汤启鸣刚好在这个时候找来了。

女生长发撩起来，露出脖颈一片白皙肌肤，绑成马尾后，整个人的气质显得干练了不少。

汤启鸣推门一进来，就直直走过去，对旁边的服务生理都没理，走到玻璃前，直直看着她。

浅色玻璃后面，颜果在一边，小心翼翼地戳了戳喻言肩膀，在她耳边说了句话。

喻言闻言抬起头，偏过来，看了他一眼。

然后她又转过去了，一手拿着笔，一手在台面上不急不缓，一下一下地敲，一副完全把他当空气的样子。

汤启鸣微微皱了皱眉，也不走，就站在那里看着她。

一边的安德叹了口气，摇摇头。

倒是一边的颜果有点不忍心，主动出去把汤启鸣拉到边上，说了几句话。

等喻言在纸上写画完准备开始动手试做，仰着头活动着脖颈，偏过头看过去的时候，汤启鸣人已经不在了。

她收回视线，颜果正好进来，手里捏着一张纸，递过来。

喻言接过，在小姑娘开口前直接道："他让你给我的？"

颜果点点头。

"哦。"喻言完全不好奇上面写了些什么，看都没看一眼，直接丢进旁边的垃圾桶里了。

颜果在旁边看着，欲言又止。

喻言注意到了，放下手里的东西，单手撑着冰柜："有什么想说的你就说吧。"

小姑娘低着头，声音细细软软："我只是觉得，有什么话可以谈一谈，万一是误会呢？我觉得喻老师的男朋友还是挺喜欢老师的，也是个好人。"

"他就让你帮他送个字条，你就觉得他好了？"

喻言觉得好笑，走过来用空着的一只手拍了拍她的脑袋："我刚认识他的时候，也觉得他人好。小姑娘，看人要用心啊。"

隔了一天便是周末，店里一周最忙的两天。喻言直接冒着失去一个完美合作伙伴的风险把安德的手机号拉黑，说到做到，约上闺密排毒去了。

喻言出门出得早，干脆直接去季夏的公寓找她。

高级公寓住宅楼，一楼玻璃大门需要刷卡进。

喻言回国小半年，跑季夏家勤快得很，还在这里小住过一段时间，门卫小哥都已经认识她了。看见她在玻璃门外招了招手，门卫小哥便直接过去帮她开了门。

喻言走进来，笑着跟他道了谢，刚好"叮咚"一声轻响，电梯到了一楼。

快走了几步，就看见斜对面的电梯门开了一半，门前的一个男人迈开步子走进去。

有点眼熟的侧影一晃而过，喻言恍惚了一下，没来得及多想，赶紧小跑过去，趁着电梯门没关钻了进去。

她一进电梯，抬起头，就愣住了。

电梯里，男人站在那里，气质清冷，唇色很浅，垂着漆黑的眼眸懒洋洋地看她，眼底有淡淡青色。

他今天穿一件连帽白卫衣，显得皮肤更加苍白。

电梯门在她身后缓缓闭合。

喻言："……"

真是阴魂不散、孽缘不浅，怎么在哪里都能遇到他。

喻言垂眸再次下意识地看向他的鞋，vans 黑色经典款。

一个星期遇见了他三次，这个人的鞋倒是没一次重样的。

她强忍住想拽着头发把他丢出去的冲动，假装漫不经心、完全没认出他来的样子转过头去，背对着他。

封闭的金属盒子里一片寂静，电梯开始缓缓上升。

喻言视线落在右侧电梯楼层按钮上，两排长长的按钮，孤零零只亮着一个 18。眼珠转了一圈，她背对着他，眨了眨眼。

往旁边走了两步，喻言右手食指伸出，不慌不忙地，把从第 9 层开始往上一直到第 18 层中间的全部楼层，一个一个按亮。

等她连着都按完，电梯刚好停在 9 楼。

"叮咚"一声，电梯门开了。

喻言垂手，扬了扬下巴，唇边勾起一丝微笑，迈着轻盈的步子走出了电梯。

而她身后的电梯里，江御景看着从 9 到 18 亮了一整排的按钮，沉默了。

一报还一报。

该来的还是来了。

4

江御景坐着的电梯一层一层地停完，终于到了 18 层，进门，屋子里，MAK 战队的队员们早就已经玩嗨了。

客厅正中央支了张方桌，几个男生四面围着坐了一圈。

其中一个戴眼镜的推推镜框，细长好看的手指捏着一张牌以雷霆万钧之势砸到桌子中间。

"九条。"他眉眼清浅，金丝边的眼镜镜片有一闪而过的反光。

坐在防盗门正对面的是个小胖子，听见关门声抬起头来，笑呵呵："景哥回来了啊。"

他小两层的下巴抖了抖："一饼。"

"碰！"背对着门坐的是他们的新中单 PIO 小炮，他捡回那张一饼，在自己的面前码好，回头笑得和他那一头白毛一样灿烂："景哥，比萨吃不？"

江御景沉着眸，周身气压有点低，仿佛每一根头发丝上面都写着"我现在不是很高兴，不要跟我说话"。

他侧过头去，看了一眼沙发旁茶几上的比萨盒，走过去，窝进沙发。

沙发里还坐着个男生，娃娃脸，一双圆圆的鹿眼，眼角下垂。

娃娃脸原本在玩手机，见他过来抬起头，表情冷漠："怎么这么慢？"

江御景抽出根烟来咬着，一双大长腿随意地前伸舒展："正常来说，我应该五分钟前就坐在这里了。"

"然而？"

江御景没再说话，嘴角下压。

不远处麻将桌上，MAK 战队教练苏立明喷喷出声，摇了摇头："艳遇呗。"

浪味仙码牌的手指一顿，习惯性推推眼镜，声音里充满了怜爱和慈悲："五分钟啊。"

胖子反应过来，沉默了一下。

小炮："……五分钟啊。"

"五分钟，够不够交换一波电话号码？"胖子望天，纯洁状。

浪味仙听不下去了："你们不要乱带节奏，景哥的女朋友不是大龙吗？我被景哥绿了，我失恋了，我女朋友没了，你们失去了你们的打野[1]。"

胖子翻了个白眼："你装个屁，你自己说说，最先说话的人是不是你？"

浪味仙："自摸，和了。"

两圈搓下来，苏立明喊停，把麻将一推，赶他们去吃饭。

麻将之所以被称为国粹就是因为它吸引力不小，具体表现在，大家都没打够。

胖子手里捏着一块比萨坐在沙发扶手上，痛心疾首："紧张起来啊兄弟，春季赛怎么回事啊？第四？ MAK 的老脸都被我们丢尽了，你们还有心思打麻将？"

春季赛前半个月，MAK 战队辅助 the one 出了车祸手臂受伤，而中单也不声不响地在此时单方面要求解约走人。

过了转会期转会需要支付大笔违约金，代价是非常大的，看来是蓄谋

1　打野：游戏名词，多见于电子竞技类游戏。以野区资源为经验和经济获取的方式，
　　掌握节奏参与团战，起到减少对方或增加己方团队收益的非线上位置。

已久并且意志坚定。

事发太突然，导致 MAK 根本没时间反应招新中单，不得不从二队提了两个人上来，强练了一个星期去打 LPL[1]。

结果几乎是每个人意料之中的，下路有江御景撑着还好，中路到季后赛几乎崩得补不过来。

两天前 MAK 挤进四分之一决赛，并且输给对手 AU 战队，止步四强。

还好是春季赛，MAK 的队员也早就做好了心理准备，所以心态还算轻松。

应该说是太轻松了。

比如，比完放假第二天，一群人就一起来到了 the one 家打麻将，美其名曰"迎接辅助大佬荣誉归队趴"。

小炮坐在沙发扶手上叼着比萨，上面的奶酪拉得好长："那场比赛我看了，景哥对线真的强。"

胖子乐了："那你看 AU 的中单咋样？和你比的话。"

"五五开吧，"小炮说，"他跟他的打野加起来的话。"

他这话说得嚣张，苏立明挑了挑眉，拍拍小炮的肩："小伙子不错的，等春季赛打完，我找时间跟 AU 约场练习赛给你练练手。"

浪味仙抽了张纸巾擦擦手："中野联动？不存在的，给你足够的个人空间天秀一波。"

小炮："……"

一帮人在 the one 家吃吃喝喝，又打了会儿桌游，下午三点多准备回基地。

江御景手里提着外卖的空比萨盒子最后一个进电梯，电梯右侧两排按钮，他垂眼，看了一会儿。

然后，细长食指伸出，按下了 9 楼的按钮。

小炮看着他的动作，好奇地问："景哥，你按 9 楼干吗呢？"

"给'五分钟'送个礼。"江御景淡淡道。

胖子在一边听着，"哇塞"了一声："还真有个'五分钟'啊。"

浪味仙顿时放心了："大龙还是我女朋友。"

1　LPL：League of Legends Pro League，指《英雄联盟》职业联赛。

胖子悲伤地看了他一眼："你这话说得太扎心了，兄弟。"

浪味仙："你就别说话了，你连大龙都没有，只有对面的克烈酒桶小鱼人愿意和你互动。"

胖子："上野决裂，拜拜。"

电梯在9楼"叮咚"一声开了，江御景走出去，回忆了一下之前女人拐的方向，他果断往左手边走，将手里的装着外卖垃圾的塑料袋子放在了左边那户的门口旁边。

他想了想，又提起来，放在了房门正中间，唇边翘起一点弧度。

从电梯门里头抻着脖子往外看的众人："……"

我们景哥追起妹子来竟然是这样的吗？

喻言来的时候，季夏那边还在慢悠悠地敷着面膜。

她顶着一张涂满绿泥的脸给对方开门，一张绿色的脸从门后冒出来，喻言猝不及防，被她吓了一跳。

喻言和季夏认识很多年了。

两人家离得近，小学又同校，上下学包括在学校里也经常会打照面，一来二去也就认识了。

季夏原本比喻言大两岁，但是喻言上学要早一年，小学四年级的时候又跳了一级，于是上了初中，两个人就变成了同级，又凑巧同班了，还是前后桌。

慢慢地就熟悉起来。

后来高中，喻言搬了家，又不舍得走，就以影响学习为理由，和外公外婆一起住在老房子里，还是跟季夏一个班。

再后来，喻言去意大利学西点，季夏在国内读设计，两个人便很少见面了。

直到半年前，喻言毕业回来。

而此时，绿泥人已经把脸凑了过来，左右瞧着她："你现在堕落成这样了？妆都不带化的就这么出门了？"

喻言保持着刚刚的好心情，笑得很灿烂："你只值得我涂个防晒。"

季夏："……"

季夏翻了个白眼进屋，等喻言也进来了，她笑嘻嘻地又凑过来，问对方："1888 去不去啊？"

喻言眨眨眼，无辜又茫然地看着她。

"新开的清吧啊。"季夏解释道。

喻言"哇"了一声："大白天去酒吧，季老板好兴致。"

季夏把脸上的面膜洗了，拍拍她白嫩嫩的脸："晚上啊，一会儿陪我去做个头发？"

喻言思考了一下："要不然我在你家先睡一觉，你做好头发给我打电话？"

"我很快的，三四个小时吧。"季夏说。

喻言掏出手机，挑了部电影开始看，对新开的清吧不是很感兴趣："我本来以为今天是一次火锅店烧烤摊麻辣小龙虾路边摊的活动。"

"夜宵我们去吃小龙虾。"

"成交了。"

1888 开在著名的酒吧街上，喻言和季夏到的时候是晚上七点，稍有点早，里面的人并不多。

19 世纪欧洲的装修风格，光线很暗，昏黄，墙上挂着令人浮想联翩的油画，连放的背景音乐都有种矜持又放纵的颓废感。

季夏："和外面那些店确实不一样。"

喻言来回看了一圈儿，没看出哪儿不一样了。

两个人随便找了个角落坐下，点了两杯度数不高的鸡尾酒。季夏抽了上面的柠檬，直接端起杯子来，咕咚咕咚先干了一半。

喻言有点被惊到地看着她："你这样，我会以为你失恋了。"

季夏扬眉："失恋的不是你吗？"

"汤启鸣这个人嘴巴这么大吗？"喻言翻了个白眼，"而且我没失恋，是我把他甩了。"

"这事情你都不跟我说的吗？"季夏轻轻拍了两下桌子，不满道，"你们俩分手这件事，你都没告诉我。"

"这不是还没来得及吗？"喻言撑着下巴，无精打采地说。

"好歹是我后来撮合你们俩在一起的，你总该让我知道的吧，我好考虑考虑给自己判个什么刑。"

"不怪你，"喻言往杯子里插了根吸管，咬着，含混道，"怪只怪我那天为什么要喝奶茶。"

季夏叹了口气："所以说，原因呢？如果是因为他做了什么对不起你的事情，我把他皮扒了。"

"让我想想怎么说。"喻言沉吟了一下，抬起眸来，看向坐在对面的季夏，张了张口刚要讲话，突然顿了顿，视线越过她顺着看向她身后，话头停住了。

季夏疑惑，也跟着她的目光扭头看过去。

汤启鸣正坐在和她们之间隔着一条过道的卡座里，因为是拐角的位置，沙发靠背又很高，她们刚刚没注意到。

此时，男人换了一个角度坐，于是侧脸在昏暗又暧昧的光线下暴露得彻底，连带着看得一清二楚的，还有娇滴滴窝在他怀里的女人。

女人黑长直，从这个角度只能看到她上半身一半，一件紧身宝蓝色上衣，领口很低。

喻言眨眨眼。

5

看到上一秒还深情款款来找她送字条的前男友下一秒抱着个陌生女人这么一幕，她脑子里第一个想法是——

没想到，这个在游戏里追着妹妹满地跑的宅男爱好还挺广泛。

在她还没怎么反应过来的时候，季夏已经站起来了。

季夏坐外侧，动作不轻，椅子摩擦地面发出刺耳的声音，被淹没在清吧略有些喧嚣的音乐声中。

她转身就准备走过去，被喻言隔着桌子一把拉住。

季夏转过身来，看着她。

"夏夏，我们已经分手了。"喻言叹了口气。

"你们刚分手，他就这样？"季夏沉着脸，"他昨天给我打电话还肝肠寸断，痛苦得像个痴情种。"

喻言耸耸肩，看起来不太在意："他去我店里找过我，我没理。"

喻言抓着季夏小臂的手松开，眼神示意她坐。

季夏左右磨了磨牙齿，原地站了一会儿没动。

喻言冲她眨眨眼，眼睫扑扇，又伸手拉了拉她的衣角。

季夏无奈，妥协般地坐下了。

喻言笑眯眯地把炸薯条推到她面前："来，吃点薯条压压惊。"

看着她一副不痛不痒的样子，季夏简直想打她，没好气地翻了个白眼："番茄酱。"

喻言继续殷勤地拿过桌边的番茄酱瓶子挤在盘边，换来季夏一声轻叹，问她："你真的不喜欢他了？"

"不喜欢了。"喻言快速地说。

"放屁，我认识你多少年了，你什么德行我会不知道？你骗谁？"季夏不吃她这套。

"但是我最近很倒霉，无心谈恋爱了。"喻言长叹了口气，正色看着她，"你吃没吃过南寿路那边一家甜品店里的西点，很小的一家店？"

她想了一下那家店面："装修也很一般。"

"你知不知道南寿路多长？"季夏捏了根薯条塞进嘴里，"你既然这么问，那我可以告诉你，没吃过，我根本就没往那边去过。"

喻言闻言，又趴下去了，无精打采的。

"怎么，比你做的好吃？"

"开玩笑，你知不知道你现在简直是在抹黑我的专业素质。"

季夏"哦"了一声，点点头，了然："那就是比你做的好吃很多。"

喻言："……"

望了一会儿天花板，喻言老实地承认："我试了几种方法，都没能做出那个口感来。"

季夏发出一阵满意的嘲笑。

"你这个专业水平行不行啊，喻大厨？"她撑着下巴看喻言。

"……现在的你和刚刚那个义愤填膺准备去暴揍我前男友的你简直判若两人，你的同情心去哪里了，这是我事业的瓶颈。"

季大设计师豪迈道："这就是两码事了，你失业了我养你啊。"

喻言立马谄媚地笑着，拿起番茄酱瓶子又挤了两坨在盘边："夏姐大方，夏姐吃薯条。"

两个人东西南北又随便聊了聊，女人的话题无非那几个，男人、同事、化妆品、包包、鞋子。

不知道怎么突然聊到了"白球鞋"上。

自从喻言第一次遇见他，微信上跟季夏吐槽了两句后，季夏对这个"白球鞋"就产生了那么一丢丢奇异的兴趣，于是当喻言跟她说在她家电梯里又遇到了"白球鞋"的时候，季夏兴致来了。

刚要说些什么，喻言的手机屏幕亮了一下，在桌上振动着响了。

喻言看了一眼来电显示，喻勉打来的。

"啊，我忘了跟喻勉说今天不回去了。"她才反应过来。

季夏摆摆手："你先去接。"

喻言点点头，拿起手机站起来。

她出门穿过幽暗走廊，路过洗手间。

她刚准备接起电话来，洗手间走出来一对男女。

喻言刚好走到门口，一抬头，和对方打了个照面。不偏不倚，正好看见女人吧唧一口，亲在男人英俊的侧脸上。

与此同时，被献上香吻的男人也转过头，看见了对面的她。

汤启鸣在看清对面的人的一瞬间，表情变换得非常迅速。

他"唰"地抽回捏在身边女人腰上的手，原本笑得如花似玉的脸顿时变得像是吞了苍蝇一样，嘴巴张了张，没能成功说出话来。

鼓点般的背景音乐有节奏地响着，成为此时凝滞空气中唯一的声音。

喻言手里的手机还在振动，她准备出门去接，被男人叫住。

"言言。"汤启鸣勾勾唇角，似乎是试图笑一下，只不过表情过于僵硬，看起来有点吓人。

"事情不是你想的那样……"他低声说。

喻言笑了，问他："我想的哪样？"

汤启鸣深吸口气，冷静了一点："我们谈谈吧，好吗？换个安静的地方，你给我十分钟时间。"

喻言表情很淡："我没有十分钟可以给你，我每一分钟都很珍贵，不想把它们浪费在不必要的事和人上，"她顿了顿，眼神瞥向不远不近站着上下打量着她的女人，"而且我觉得你好像也不太有时间啊，春宵一刻值千金。"

她这话说出来，汤启鸣急了，直往前靠近她："五分钟！五分钟就好！我们谈谈，我们和好好不好？你总该让我知道你到底为什么要跟我分手。"

汤启鸣本来以为，喻言只是跟他耍耍小脾气。

结果没想到，她是认真的，电话拉黑，微信不回，他去找她，她正眼都不看他一眼。

意识到她是真的准备分手以后，汤启鸣仔仔细细认认真真地思考了一下，觉得这姑娘挺不错的。

长得挺漂亮，身材又好，能看得出家境殷实，除了有点傲。

他又回忆了一下第一次遇见她的时候，黑白分明的眼。

她还很纯。

想到这点，几乎没用半秒钟，他就觉得这样不行。

这不符合他往常撩妹的风格。

虽然为了保持在学校里的人设不崩，他一般下手的都是游戏上或者外校的，但是眼前这个，质量等级明明白白地摆在这里的，让人很是心动。

这手不能分。

他撕心裂肺痴情了小一个星期，听朋友说新开了家清吧环境不错，刚想出来放松放松，没想到就遇上了。

这是倒了什么霉啊！

汤启鸣演技是影帝级别的，立了这么多年的完美学长人设从来没崩过，不存在破功这码事。他轻叹口气，放软了声音："言言，我知道你心里还是有我的，有什么矛盾我们放开了说，好不好，嗯？"

喻言挑了挑眉，不明白他良好的自我感觉从哪里来："我心里不太有你了，和你分手后，我感觉自己走路都带风。"

汤启鸣不信，抓着她手臂："言言，你听我解释一次。"

他靠得越来越近，喻言皱眉，后退了两步，脊背贴在墙壁油画画框上，有点硌得慌。

汤启鸣的头还在往前凑，喻言紧紧贴着墙，他那个波涛汹涌的女伴似乎等得不耐烦，不知道什么时候已经走了。偶尔有客人进来也是直接走进去，而且他们在拐角的位置，又是在这样的环境下，这种情形基本没人会多管。

男人靠得越来越近，喻言能闻到他身上干净的洗衣液味道，感觉到他的鼻息热乎乎的，他的唇一点一点凑近她的侧脸。

喻言鸡皮疙瘩起了一身。

她试图把他推开一点，汤启鸣不动，权当她欲迎还拒，好看的眼睛深情地望着她："言言。"

喻言快吐了。

眉梢几乎是痉挛性地一抽，喻言深吸口气。

余光瞥见不远处大门被人推开的动作，她也没顾得上，一手抚上面前男人的衣领，微笑。

汤启鸣以为她最终还是心软了，心中一喜，松了力道，还没来得及说话。

下一秒，喻言趁着对方有所放松、力道减弱，侧转身紧紧抓着他的衣领，拉过来顺势使力——

"嘭"的一声闷响，汤启鸣被她抵在墙上。

两个人的位置瞬间颠倒了，喻言拉着他衣领的手指关节泛白，手臂绷得笔直，将人死死按在墙上，右手抬起，清清脆脆"啪"一巴掌毫不留情地扇过去。

这一下力道不小，汤启鸣始料未及，丝毫没反应过来，整个人愣在原地，被打得脸直接侧向一边。

喻言甩了甩自己生疼的手心，眯着眼仰头看他："知道性骚扰前女友会有什么后果吗？"

她话音刚落，手臂再次抬起，反手又是一巴掌扇过去，动作极快，毫不犹豫，丝毫不给男人反应的机会，并且下手重而狠。

喻言松开他的衣领，后退了两步，拉开两人的距离："现在知道了吗？"

她安静地站在那里，似笑非笑地看着他，长发软软散下来，一边别在耳后，露出弧度圆润的耳郭。

江御景站在门口，看完了整出戏。

他旁边的小炮则是完全被震住了，嘴巴张了合合了张，半天说不出话来。

浪味仙眼镜滑了一半，没顾得上推。

江御景下巴微抬，眼眸低垂，表情很淡地看着不远处的女人。

昏暗、冷色调的光线映得那张白皙的侧脸没什么血色，眉眼精致秀气，细细的眼线略微上挑。

仔细瞧瞧，发现她鼻尖侧面还有一颗小小的痣，使她整张脸都显得极有辨识度。

张扬跋扈，还毫不留情。

啧。

6

洗手间靠近清吧门口，而洗手间对面的角落里站着一男一女，颜值都不低，一眼看过去很是养眼。

光线昏暗又柔软，暧昧音乐不急不缓地在空气里震颤。

只是男人的脸上左右两边各一个鲜红巴掌印，表情看上去不太友善就是了。

江御景眯着眼看了一会儿。他倏地迈开长腿，越过还沉浸在剧情里的队友，直直走了过去。

喻言此时也恰好抬起头来。

他走过来，低头，和她对视。

女人脸上有明显的惊讶，似乎完全没想到会在这里遇见他。

"五分钟。"江御景说。

"什么？"她没反应过来，茫然地看着他。

"我坐到 18 楼，用了五分钟。"

喻言："……"

这次，她反应过来了。

喻言用看傻子一样的眼神看着他："你知不知道，你们楼电梯的楼层按钮，再按一次就可以取消掉？"

江御景："……"

男人出现得突然，让汤启鸣猝不及防，作为江御景的粉，他自然是一眼就认出对方来了。

然而他的偶像，在跟他的前女友说话。

他先是疑惑了一下，然后反应过来，他刚刚在偶像面前被结结实实扇了两巴掌。

本来恼羞成怒的男人陷入了困境，现在对喻言，这个手是动也不是，不动也不是。

动了，在江御景面前对女人动手的下作形象也就铁板钉钉了，可是就这么过去，一口气实在是憋得难受，并且难堪。

"汤影帝"想了想，失恋被甩的痴情男人形象总比渣男强吧。

顾不上多想，他心下有了主意，哀伤地看着喻言，眼神里满是沉痛，一张帅脸上顶着两个红巴掌印，显得格外搞笑："言言，你真的要这么绝情吗？"

喻言也配合着专注地看着他："这么明显又愚蠢的问题，你一定要问吗？"

汤启鸣表情僵住了。

喻言翻了个白眼，转身就走。

MAK战队一行人随便找了个空位坐下，几个人刚一落座，就齐刷刷地盯着江御景看。

原本只是因为在基地里排位排得无聊，苏立明又恰好不在，于是几个男生便跑了出来。

万万没想到，还能看到这种八卦。

人生处处有惊喜。

而八卦中途横插一脚的人此时正懒洋洋地窝在沙发里，拿出烟盒抽出一根烟来，完全无视他们的灼热视线。

小炮最先忍不住了："'五分钟'呃。"

"还真是'五分钟'啊……"胖子尾音拉得很长。

浪味仙："'五分钟'竟然真的是个妹子。"

江御景没理，把烟咬进嘴里，一手拿着打火机刚要点，被胖子一把按住了。

男人抬眸，看他一眼。

"景哥，怎么回事啊刚才？"胖子一脸贱兮兮，"管闲事不像你的风格啊，你真看上那'五分钟'了？"

江御景咬着烟，无精打采地说："你脑子进水了，还是你觉得我瞎？"

停了一会儿，他慢慢道："就是她。"

胖子"嗯"了一声，没听懂。

"鞋。"

他慢悠悠吐出一个字，胖子只思考了一瞬，恍然大悟，想起前几天江御景回到基地的时候，白鞋鞋面上有一个清晰明显的脚印。

而这位有洁癖的处女座大爷整个人都不开心了，一晚上在韩服排位赛疯狂屠杀。

明白过来后，胖子惊了："她怎么还能活着？"

小炮："她竟然活着。"

浪味仙："她活到了现在？"

一直没说话的 the one 顶着一张娃娃脸，面无表情："你刚还帮她。"

懵懂天真的小炮没听懂："景哥怎么帮她了？"

浪味仙推了推眼镜，一脸孺子不可教地摇了摇头。

胖子叹息："one 哥伤心，one 哥失落。"

"双人路崩了崩了，以后上中野 carry[1]。"

the one："滚。"

被汤启鸣中途这么一搅和，喻言也没了心情，原本去吃小龙虾的计划搁置，她和季夏干脆各回各家。

喻言家比季夏家要近一点，所以季夏在回到家给她报平安的时候，喻言刚好洗完澡出来。

她接了季夏的视频，女人满脸的冷漠几乎破屏而出："我给你看个东西。"

喻言："嗯？"

季夏阴着一张脸，走到了门口，打开防盗门，镜头换了个方向，正对着门外。

她家正门口，摆着一大袋外卖垃圾袋，隐隐能看见里面的比萨盒。

喻言没忍住，"扑哧"一声笑出来。

镜头重新转回，季夏一张脸出现在屏幕里，忍无可忍道："不是，我就不明白了，现在的人素质都这么低？低破地表了吧！"

"你为什么就那么放着它不先丢到边上去？"喻言轻咳了一声掩饰笑意。

"因为我要让你看看这个人的素质低成什么样。"

喻言："……"

你也是挺无聊的。

听着她词不重样地花式批斗了十分钟这个把垃圾丢在她家门口的人，两人挂了视频。喻言擦着湿湿的头发走进厨房，开冰箱门拿了瓶牛奶，打开，喝到一半，看到客厅侧窗那儿撅着的屁股。

那个屁股穿着一条小熊维尼沙滩裤，上半身盖在窗帘里。

她面无表情："喻勉。"

---

1 carry：简称 C，是指在游戏中带动胜利节奏的意思。

"小熊维尼沙滩裤"背着身摆了摆手，依然撅在那里，没回头。

喻言走过去，将窗帘掀开一点，也向外看去。

隔壁一楼的灯亮着，大大的落地玻璃窗，没拉窗帘，有个男人背对着窗站着，背影宽阔。

喻言挑挑眉："这就是你的偶像？"

"不是，这是我偶像他们队的教练。"

喻言有点讶异："打个游戏还有教练？"

"什么叫'打个游戏'？人家是正经电竞战队好不好？"喻勉的语气里明显有不乐意，视线始终没舍得离开隔壁的玻璃窗，"我偶像的工资都得按年薪算，多的是战队高薪想挖他，那后面都不知道多少个零的。"

他顿了顿，总结："人家比你赚得多，你这做饭的。"

"现在人都没见着，你胳膊肘就往外拐了是吧？"磨着牙给了男生后脑一个栗暴，喻言在旁边飘窗上坐下，撑着下巴懒散地看着对面，百无聊赖道，"现在的电竞战队老板都真有钱啊，给每个队员不知道多少个零的工资发着，市中心别墅住着，还不一定能回本呢。"

啧啧两声，她摇了摇头总结："还真有人愿意当冤大头啊。"

这次，喻勉终于有反应了。

他突然转过身来，神色微妙地看着她。

喻言不明所以。

"喻嘉恩。"

喻言大惊："你竟然直呼喻先生大名，我看你是活腻了。"

喻勉伸出食指指指对面："这个战队的冤大头赞助，他叫喻嘉恩。"

喻言大脑有点空白："啊？"

"而且，不是所有队员都可以年薪很多零的，只不过我偶像太厉害了，所以才能有这么多。"他表情很自豪，就好像钱不是从他们家口袋里掏出去的一样。

喻言反应过来了："就是说，你偶像这个战队是咱家的？"

喻勉点点头。

"所以，对面这房子没卖？"

他再次点点头："房产证上的人还姓喻。"

"那……你为什么不选择大大方方地去敲开隔壁大门，光明正大地去跟你偶像合个影，握握手，要张签名，偏要赖在我家架着望远镜每天像个偷窥狂一样？"喻言不太懂，"说实话，看到你这个样子，我每天都有报警的欲望。"

几秒钟后，她看见少年露出一个苦恼的表情来。

"我不敢，"喻勉的表情有点纠结，有点忧郁，"就是会有一种……那种……想靠近他，又怕靠近他的感觉。"

"……"喻言迷茫了。

她捂着嘴稍微思考了一会儿，然后"嗯"了一声，认真问道："你是想跟他做朋友？"

7

四月底，细雨连绵，一片安和。

雨天店里人依旧不少，好在前几天刚新招了好几个服务生，也不忙。喻言光明正大地坐在窗边发呆，颜果在玩手机，安德坐在她们对面看书。

英俊的男人手里一本《咖啡鉴赏》，高鼻梁，深眼窝，浅棕的发，同色的睫毛又长又密像是贴上去的。

彩绘的玻璃窗，小巧精致的雕像，深红色墙壁上大幅的油画画作，此刻便全部都成了他的背景。

喻言环视一楼一圈，全是小姑娘举着手机偷拍的动作。

长得帅就是好啊，吸金啊吸金。

仿佛看见了无数人民币长着小翅膀向她飞来，喻言觉得自己当时把安德从意大利拉回来这个决定做得太正确了。

想了想，她站起来走到男人旁边，脑袋凑过去："安德。"

男人抬起头来。

"你明天想不想穿那种……王子装来上班？意大利 19 世纪的贵族公子哥儿一般都穿什么？"喻言神秘兮兮的。

安德："你为了钱都不打算让我要脸了？"

喻言无辜："多好看啊，像 cosplay[1] 一样的，要么你 COS 个黑执事吧？"

_____

1　cosplay：简称 COS，意为扮装游戏，简称扮装。

"闭嘴，离我远点。"

"哦。"

喻言趴在桌上，安静了三十秒。

"哎，安德。"

"不穿，再问辞职。"

喻言一噎："不是，就……我有个弟弟你知道吧？"

安德合上书："你为了钱连你弟弟都不放过？"

喻言："……"

她干脆直接放弃了和这位混血帅哥对话，回到窗边的位置自顾自忧郁去了。

想到喻勉，她有点发愁。

那天晚上，她本来就是随口问了一下，半开玩笑地，没想到少年愣了片刻，半天，憋出来了一句：我偶像好像不喜欢吃爆米花。

这已经脑补到跟人家去看电影的剧情了？

脑补一下也就算了，你脸红个什么劲儿？？

喻言当时内心全是问号。

反复犹豫思考了一天，她最终决定再找喻勉谈一谈，试探一下，确认确认。

于是晚上回家，姐弟俩吃完了饭，喻言坐在沙发上，陪喻勉看比赛。

春季总决赛什么玩意儿的。

喻言看着几个红色的人和几个蓝色的人在一起碰撞摩擦出一大堆五颜六色的光效和火花，一脸蒙地听着解说激动的咆哮。

她身边的少年从表情来看，好像同样挺激动的。

终于熬到了一局结束，喻言找到机会和他说话。

"那个……"她干巴巴地问，"这比赛打得怎么样？"

"神仙打架！"少年兴奋完，又顿了顿，"不过这 ADC[1] 比起我偶像还差点。"

来了！

---

1 ADC：Attack Damage Carry/Core，意为普通攻击持续输出核心，是一场游戏中伤害输出核心之一。

喻言精神一振。

"你偶像那么厉害？"

"我偶像是最强的。"

"如果你以后谈了恋爱，你女朋友不让你喜欢他，你怎么办？"

"我选择偶像。"

喻言："……"

哦。

喻言假装不在意地问："你那偶像，叫什么来着？"

"江御景，游戏里的 ID 叫 SEER。"

喻言："……"

这名字是不是有点耳熟？

她想起之前还跟汤启鸣在一起的时候，那个出现在耳边频率非常高的，据说游戏打得非常好的，渣男的偶像，好像也姓江，名御景。

江御景，还御景园呢，你家做房地产开发的啊。

她眯了眯眼："他就在隔壁是吧？"

男生一顿，视线终于舍得从电视屏幕上移开看她一眼，满眼戒备："你想干什么？"

"姐姐来帮帮你呀。"喻言笑眯眯地说，"想不想和你的偶像来一次近距离接触？"

喻勉："……"

喻言是个行动派，当天晚上她就给大家长打了电话，问清了关于隔壁这个战队的事情。

等喻嘉恩给她说清楚，喻言感叹："爸，您现在慈善事业做这么大手笔的？"

大家长那边语气还挺深沉的："言言，每个人的追求和理想都是不同的，你可以不理解，但是你不应该质疑和轻视。"

喻言没太在意。

她确实不理解，所以现在准备去理解理解。

她倒想看看，这个把她身边男生都迷得团团转的破游戏——这群人所谓的电子竞技是个什么玩意儿。

第二天喻言起了大早，去店里做了一个巧克力慕斯、一个红丝绒蛋糕。

做好装盒的时候，她突然觉得，作为小老板，第一次去视察工作，只带两个蛋糕好像有点抠门。

想了想一群网瘾少年，她又去超市买了一大堆零食、酸奶。

敲开隔壁大门的时候是上午十点半。

来开门的是个男人，穿着件白衬衫，一张清俊的脸，眼神很温和。他看见她提着大包小包一大堆东西站在门口，明显愣住了。

喻言将东西放在地上，微笑了一下，开始做自我介绍。

男人恍然大悟，赶紧让她进去。

MAK 训练基地，大门进去是宽敞明亮的大厅，大理石地面，左边几张大沙发，上面摆着柔软靠垫，右边两排电脑。

再往里是开放式厨房和工作人员的一间办公室，喻言仰头，二楼一排房间全都房门紧闭。

整栋房子都静悄悄的，阳光从巨大的落地窗照进来，空气中有细小的灰尘颗粒上下浮动。

喻言在沙发上坐下，听着男人介绍自己以及战队的情况。

"目前我们是有两个队，二队的训练室在三楼，喻小姐可以去看看。不过现在小孩儿还在睡，等他们起来的话应该是要下午了，也有可能是晚上。"

苏立明无奈地笑了一下："春季赛刚刚结束，又是五一假期，大家都很放松。"

喻言撑着下巴，"嗯"了一声。

思考一会儿，她才开口："如果我没记错的话，MAK 这次春季赛只拿到了第四。

"当然，能在那么多的队伍当中脱颖而出拿到第四名，已经非常优秀了，只是——"

她慢悠悠："就拿个第四？"

苏立明嘴角抽了一下。

喻言丢掉了怀里的抱枕，懒洋洋地跷着腿晃荡，语调不咸不淡："喻氏两代重工行业龙头，我们赞助的战队，只能是第一。"

8

当天下午，第一个起来的是浪味仙。

男人架着眼镜打开房门下楼来，一抬眼，刚好看见倚在冰箱上美滋滋喝着草莓牛奶，和烧饭的阿姨聊着天的女人。

浪味仙摘下眼镜来，用衣角擦了擦，没反应过来。

苏立明看见他了，走过来，小声解释。

浪味仙作为和 the one 并称为 MAK 大脑的男人，只稍微露出了一个讶异的表情，便灵敏迅速地反应过来，非常淡定，没再表示其他。

紧接着出来的是和浪味仙一个房间的小炮。

新人少年中单觉睡得饱饱的，满脸热情洋溢的满足，一路蹦蹦跳跳，看见窝在沙发里的喻言以后，先是迷茫了一下，之后想起了什么似的惊了一下，脚下一趔趄，最后两级台阶差点踩空。

少年顶着一头耀眼白毛口中念念有词，"这这这"了半天，被一边的浪味仙拉开了。

眼镜男表情淡然地跟他说了几句话。

白毛点点头，表示理解，随后又摇摇头，表情惊恐，纤细的手指了指不远处沙发里的女人。

喻言余光瞥见他的动作，眉梢挑了挑。

第三个下来的是胖子。

胖子虽然体积大了点，但是眼神巨好使，他刚出房间门，就瞥见客厅里有一个长头发的。

定睛一看，他眼睛瞬间瞪得快比肚子大了。

胖子屁滚尿流地跑进江御景房间里，顾不上死活，冲到江御景床边，刚准备掀被子，理智回神，动作停了。

他回头看向 the one："one 哥……"

the one 窝在圆形小沙发里看书，气质优雅得不像个网瘾少年。

听到他叫，the one 面无表情地抬起头来。

胖子挠挠头："景哥昨天啥时候睡的啊？"

"五六点吧，怎么了？"

"五分钟。"

"什么？"

"那个'五分钟'。"

"啊？"

"之前那个'五分钟'，啪啪两巴掌那个，现在在楼下。"胖子终于完整地说出了一句话。

the one："……"

"我要不要叫？人都找上门来了，景哥魅力这么大的？"胖子压低声音。

"谁知道。"

胖子纠结了一会儿，觉得保命要紧，最终还是放弃了叫江御景起来，和 the one 一起下了楼。

两个小时后，下午三点半。

之前一直睡得很熟的男人起床洗了澡，甩着湿漉漉的头发走下楼的时候，就听见楼下一片和平时不太一样的欢声笑语。

江御景循声看过去。

苏立明笑得很慈祥，一嘴奶油："景景起了啊。"

胖子双下巴一抖一抖的，一嘴奶油："景哥起了啊。"

浪味仙推了推眼镜，一嘴奶油："起了啊。"

小炮嘴角快咧到耳后根去了，一嘴奶油："景哥早！来吃蛋糕啊！"

江御景："……"

江御景视线一扫，女人坐在沙发上，抱着个靠枕，手里一瓶草莓牛奶，表情懒洋洋的。

她面前的小木桌上，一二三四，四个空的牛奶瓶子。

江御景眼睛眯起，煞气很重。

喻言心里有点虚，表面上还是不避不退，一副完全无所畏惧的样子和他对视。

良久。

男人走过来，站着，居高临下地看她。

"我的。"

"什么？"

"奶，我的。"

喻言恍然大悟，然后不慌不忙："这是我的。我自己买的。"说完，她又指了指墙边一整箱的草莓牛奶，"你有一整箱，那天为什么要抢我的？"

你还是个人吗？

江御景很慢地眨眨眼："因为你踩我的鞋。"

"……"喻言一下泄了气，"我不是故意的……而且我不是道歉了吗！而且我也把牛奶让给你了，你还抢我的草莓乳酪，是不是很过分？"

江御景没反应。

他伸出手指拨了拨额前的湿发，半天："哦。"

"……"真是好会气人啊这个人。

喻言想起之前胖子跟她说的，这个男人除了游戏以外其实很少有在意的东西，无关紧要的事不会费脑子去考虑，久而久之，也就习惯了不去想。

并且，他在刚睡醒的时候反应会有点迟钝，非常可爱。

喻言上上下下来回打量了几圈，也没看出这人哪里可爱。

她之前完全没想到，这个抢她牛奶、抢她乳酪，和她有着不共戴天血海深仇的男人就是江御景。

这下梁子结得更大了。

喻言开始考虑怎么在喻勉面前抹黑他偶像的形象比较可行。

此时，这个在他弟弟口中战神一般的男人，正穿着棉质的睡衣，抿着唇，站在她面前。

他刚洗完澡，脸看起来水水嫩嫩的，皮肤苍白，有点黑眼圈。

头发还湿漉漉地滴水，没什么表情，看着有点呆，不太聪明的样子。

明明是高高的一只站在那里俯视着她的，整个人却显得很柔软，毫无攻击性。

但这些都只是表象。

喻言心里打起了十二万分的精神，觉得只需对方一个表情、一个动作，战斗就会瞬间打响。

良久。

江御景转身走进厨房，打开冰箱门，拿出一瓶他宝贵的草莓牛奶来。

他扭开盖子喝了两口，接着走到客厅那头其中的一台电脑前，弯腰，开机，然后上楼，换衣服去了。

喻言有点意外地看着他的一整套动作。

这就完了？就没了？就结束了？

不太对啊。

这跟她预想中的正面交锋的剧本，完完全全不一样啊。

她本以为暴风雨会更猛烈些的。

毕竟在知道这几天遇到的那个小气鬼就是江御景以后，她把他按在地上打一顿的心都有。

他这么平淡的反应，不就显得自己格外小肚鸡肠了吗？

喻言很苦恼。

晚上刚好约了 QW 战队的训练赛，喻言作为小老板，来都来了，没有不留下来看看的道理。

即使她是真的一点也看不懂。

拖了把椅子到小炮后面，小喻总撑着下巴，一本正经开始看他们打比赛。

喻言坐在小炮和江御景中间，小炮的打法和他一头的白毛一样嚣张，把对面压在塔下一步都走不动，发条一旦露出个头就硬撑上去，非要跟人家疯狂消耗。

旁边，江御景打得更凶。

压着补刀经验也领先，率先二级一到，他抓住对面一个走位小失误直接就上了，一边走位一边甩技能。眼看人头到手，江御景直接闪现[1]进塔抬手就是一枪——first blood（一杀）。

锤石跟闪一个大摆锤拿了一血。

小炮一脸蒙地转过头，看向旁边下路双人组。

喻言也跟着他的动作看过去。

这边，江御景正在跟 the one 对视。

电光石火，噼里啪啦，风起云涌，惊涛骇浪。

喻言只觉得刚刚这几个人打得很激烈，而且还赢了，挺开心，并不懂他们这么激烈的情感交流是怎么回事。

但是江御景此时表情太可怕了，喻言抓着椅子小心翼翼地往小炮这边挪了挪，小声问他："刚刚那怎么回事啊？对面不是死了吗，怎么这两个

1　闪现：游戏《英雄联盟》中的召唤师技能，效果是可以使英雄向你的指针所指位置瞬间传送一小段距离。

人像是要出去打一架似的？"

小炮补着刀跟她咬耳朵："刚刚那个一血正常来说肯定是景哥的，但是被 one 哥给抢了，不知道为啥。"

小炮发蒙，他旁边的浪味仙和胖子倒是很淡定，好像已经习以为常了。

"the one，一个不畏生死踩在魔王脑袋上嚣张的男人。"浪味仙甚至很怀念，"还是原来那个配方。"

胖子："双人路死亡修罗场回来了，我随便划划水，你们随便 C 一 C。"

整场比赛打得毫无悬念，小炮对线能力强，操作也很犀利，单杀了对面中单一波建立起优势，再加上后期江御景疯狗一样的屠杀，MAK 三十分钟推上高地。

QW 战队在 LPL 里算是中等水平，虽然大家都没觉得会输，但是也没想到能赢得这么轻松。

众人打完都挺开心，除了某个人沉着脸一言不发。

胖子见状，抖着肚子跑过去一把钩住，对着他的屏幕猛瞧："7/1/3[1]。哇，景哥你今天这么凶的吗！真的 carry。"

男人依然没说话，只是紧绷着的嘴角放松了下来。

喻言："……"

浪味仙朝她偏了偏脑袋："看见没，多么好哄，我们队宠。"

喻言："……"

晚上，喻言叫了小龙虾和烧烤的外卖，没和他们一起吃，付了钱就准备走了。一群男生吵吵嚷嚷围在一起，还是被蛋糕彻底收买了的小炮先从人堆里探出头来："老大走了？不留下来一起吃吗？"

喻言脚步一顿，腰板直了直，非常"老大"地转头："嗯，我先走了，你们吃。"

小炮点点头，眼神期待："老大明天还来吗？"

喻言摆了摆手："不了，你们今天打得很好，之后也要继续努力。"

其实她根本看不懂。

但架势还是要摆足的。

反正赢了。

1　7/1/3：LOL 中，三个数字分别对应击杀数、死亡次数、助攻数。

——喻言完全忘记了她刚刚还在发蒙地问小炮双人组什么情况这档子事。

只是第二天，依然是上午十点半，苏立明沉默地看着出现在门外，手里又提了两个大袋子的女人。

喻言："嗨。"

苏立明："……"

你不是说你不来了吗？

9

喻言只送了两个蛋糕过来，也没说几句话，就准备走人了。

走之前特地叮嘱了苏立明，让他告诉每个人都必须试吃并写出优缺点感悟，晚上她来收作业，写得好这个月给他们加奖金。

苏立明当时其实很想说，我一电子竞技战队，可能没那么高的美食鉴赏能力，能够写出感动人心的甜品感悟。

他转念一想，吃吃蛋糕吹吹牛就能有奖金拿，算了，写就写吧。

再加上苏教练还不太摸得清这位老板大佬的脾气，最终什么都没说，笑呵呵地把人送走了。

送完蛋糕回到店里，安德正在盛咖啡豆，她推门进来，男人分神看向她，问道："找到新试吃了？"

喻言随便点了点头，手里拿着铅笔，回到窗边的角落里。

安德看着，有点好奇："你最近到底在研究什么？"

"研究武功秘籍。"喻言随口答。

略微思忖，他懂了："上次那个乳酪？你做出来了？"

女人这次没说话，好半天，抬起头，面无表情地看着他："什么叫我做出来了？我是要超越它的。"坚持了不到三秒，她像泄了气的皮球，眼角耷拉下来，无精打采，"没有……"

安德："不是柠檬利口酒吗？"

"试过了，感觉不太对，"喻言苦恼地鼓了鼓脸颊，"就感觉，味道上还是少点什么。"

安德点点头，将咖啡豆放入咖啡研磨机里："你可以再去一次，问问看。"

"那我多没面子，"她立刻反驳，"我要靠自己！"

安德斜看她一眼："怎么就没面子了？你去找人家问问，试试看，权当相互学习交流，同行之间的切磋是技术进步最有效的途径。"

喻言有点心动。

她犹豫着："那……万一人家不想告诉我怎么办？"

"那你就再买一块回来给我吃。"

喻言："……"

当天晚上，喻言没真的去 MAK 训练基地收作业，她直接在她的小厨房里泡了一天。

喻勉五一回家去了，家里没了等着她烧饭的准高三狗，她也就不急着回去，干脆待在店里，一直到晚上，客人和店员全都走光了，只剩下她和安德。

外面的灯一半关掉，只剩下吧台的复古旧吊灯昏暗地亮着。

后厨灯火通明，格栅灯光线被浅琥珀色玻璃过滤一层，幽暗渗透过来。

又过了不知道多久。

安德屈指敲了敲玻璃，喻言抬头。

男人指了指墙上的挂钟。

已经十一点了。

喻言过滤糖粉的动作一停，收拾了东西，洗手换衣服出来。

"你怎么还没走？"

"我要锁门。"

"我来锁就好了。"喻言拎起包包，去关了厨房灯，转身往外走。

安德无奈："我还得送女士回家。"

"意大利男人啊……"喻言感叹。

她刚到意大利的时候就认识了安德，相处很多年，彼此都熟悉得不行，共同感兴趣的话题也很多。两个人东拉西扯聊了一路，完全不会无聊。

晚上十一点半，夜路，高速行驶的车子探照灯照出一道道光带，街上基本已经没有人了。

喻言一边听着安德给她讲咖啡起源一边吐槽插话，两个人慢悠悠进了她家小区，穿过小花园到独栋区，直到她家门口。

她家栅栏旁边靠着个人。

喻言心下一紧，下意识地往安德身边站了站。

安德注意到，也没再说话，顺着她的视线看过去。

男人穿着一件黑色的衣服懒懒地倚靠在墙边，刚好也抬起头来，看向他们。

是江御景。

她愣了一下，整个人放松下来。

安德侧过头来："认识？"

喻言"嗯"了一声。

安德点点头："那我就先走了？"

喻言笑了："明天请你吃好吃的报答。"

"只要你以后别再取些什么'渣男去死'之类的稀奇古怪的名字。"安德无奈摆了摆手，转身走了。

喻言回过头来，江御景正看着她。

男人斜后方，MAK训练基地依然灯火通明。灯光从一楼落地窗透出，自他背后打过来，黑发发梢被染上柔软的浅色。

他背着光，眼眸里的情绪匿在阴影里看不真切，只有嘴里咬着的烟是清晰的，星星一点红光，明明灭灭。

小区绿化很好，大片的绿植，微风轻拂，荡起一片片轻微响动。

除此之外，一片静谧。

喻言站在原地停了一会儿，不知道是应该直接回家，还是过去说句话。

毕竟现在两个人也算是认识了，视线都对上这么久了，假装没看见又好像不太合适。

喻言皱着眉，鼓了一下腮帮子，犹豫了。

她觉得，既然机会都找上门来了，那就干脆好好聊一聊，解释清楚，本来也没有什么大矛盾，现在大家冰释前嫌、握手言和，好像也挺好的。

毕竟她是个大度又善良的人。

这么想着，喻言尝试着带上了一点友好的微笑，迈开步子，朝他走过去。

然后她看见，她刚向他走了两步，江御景也动了。

男人将咬着的烟按在旁边垃圾桶里，然后直起身来，长腿迈出，转身。

他顺着墙壁，绕过栅栏往前走，进屋了。

他看都没再看她一眼。

直接，进屋了。

MAK 训练基地的大门在她眼前打开，里面有人跟他说话："抽完了？你不刚出去吗？"

"碰见了个晦气的人。"江御景一边说，一边回手带上大门——"嘭"的一声巨响，门重重地甩上。

"……"喻言面无表情地、久久地看着那扇仿佛摔在她脸上的门。

冰释前嫌？握手言和？

呵呵。

想都别想了。

第二天一大早，喻言出现在 MAK 基地大门前。

队里仅有的两个上午起床的人之一的苏立明也还在睡的时候。

男人抓着头发爬起来开门，喻言笑眯眯站在基地门口，背后是灿烂阳光。

不过也没她表情灿烂。

喻言："早啊，我给你们带了早餐。"

苏立明："……"

女人轻盈地进了门，顺手将手里的早餐放在餐桌上，回头看着苏立明。

"我们景哥睡哪间？"喻言目标很明确。

苏立明敏感地嗅到了某种危险的气息。

他指了个二楼的房门，喻言放下包，直接上去了。

她眼尾上扬，唇畔带笑。

苏立明打了个哆嗦。

走到门前，喻言站在门口想了想，还是象征性地轻轻敲了两下门。

没声音。

她又敲了两下。

门从里面开了。

the one 刚从洗手间里出来。

看起来一副少年样的男人看见门外的人，愣了一下，擦着头发的手一顿。

喻言冲他微笑了一下，很有礼貌地问："方便进去吗？"

the one 侧了侧身，给她让路。

喻言站在门口，视线扫过整个房间，从右到左，扫了一圈。

并不像她想象中的网瘾少年的房间一样乱糟糟，反而挺干净的，东西很少，全部都摆得一板一眼、井井有条。窗边一张圆形小沙发，木桌上几本书边缘整整齐齐地摞在一起，连半个书角都没凸出来。

想到她不过踩了他一脚，这男人就像她抢了他媳妇儿一样的反应，喻言顿时觉得可以理解了。

只是这么一个疑似有洁癖的人，为什么有睡懒觉的毛病？

喻言的视线最终落在左边那张床上鼓起来的一坨上面。

她眉梢挑了挑："还没醒？"

the one 很平静地"嗯"了一声。

喻言拿出手机，看了下时间。

八点半了。

正是阳光明媚的大好时间，年轻人怎么能用来睡懒觉？

她走进洗手间，从架子上抽了条毛巾，洗手池龙头扭到最右放了一会儿，等水冷一些了，浸湿毛巾，然后拧干。

喻言出了洗手间，走到江御景床边。男人一半的脸遮在被子里面，只露出鼻子往上的部分，紧闭着眼，睫毛长长地覆盖在下眼睑，鼻梁又高又挺，黑发散在枕头上，看上去很柔软。

喻言弯腰，俯身，低头，空出来的一只手扯住他的被角，然后把他的被子掀了一点，露出藏在里面的脑袋。

整个过程一气呵成，动作如行云流水，非常流畅。

江御景像个大型犬类动物一样躺在床上，没睁开眼，只是眉无意识皱起，细长消瘦的手指摸索着他的被子，往回抓。

喻言松手了。

江御景重新把被子拉了回来，盖住脑袋，紧紧抓着被角的手指慢慢地、一点一点地松了。

等他的手指完全松下来以后，喻言再次拉起被角。

这次江御景直接睁开了眼。

向下覆盖的眼睫"唰"地上抬，男人漆黑眸底还缭绕着惺忪睡意，眼角下耷，薄唇紧抿，眉头拧得很紧。

每一根眼睫毛都黑气侧漏，全透着不高兴。

他眯着眼睛，还没等看清楚眼前的人到底是谁，就感觉到一道黑色的虚影从眼前闪电般划过——

下一秒，一块毛巾直接"啪"的一声拍在他脸上。

冰凉，冰凉。

江御景任由冰凉的毛巾扣在他脸上，躺在那里，一动不动。

10

江御景在人生漫长的二十一年里，在香甜睡梦中被人强行弄醒的次数可以说是屈指可数。

而以这种惨无人道的方法，是第一次。

冰凉柔软的毛巾覆盖在脸上冒着冷气，刺啦啦地渗透进大脑皮层，顿时把人的瞌睡虫赶了个干净，半分钟后，他动了。

手，伸过去，抓着毛巾扯了下来，眼没睁。

the one 不动声色地后退一步。

他又想了想，稳妥一点，还是先出去了。

江御景睁开了眼。

喻言毫不畏惧，就站在床边，背着手，弯眼笑着看他："呀，景哥醒了？"

男人没说话，将毛巾丢在一边桌上，双手撑着床坐起身来，看过去。

女人站在他床边，继续笑眯眯："早饭吃没吃呀？"

"你什么事？"江御景瞳仁漆黑，眸底像是结了冰。

"没事。"

"……"

"就叫你起来吃个早饭，早上美好的时光多么短暂，浪费在床上不合适吧。"

她话说完，江御景沉默了一会儿，才开了口。

"喻言。"他叫她名字，缓慢地，声音沙哑又低沉，压抑着怒气，还带着警告。

被点名的人面色不变，一屁股坐进窗边的圆形小沙发里，手肘撑住原木桌，托着下巴看着他："起来上班。"

江御景看了眼表，沉着脸："现在八点半。"

"八点三刻了。"

"下午才上班。"

"你如果在公司里，九点就要上班了。"

"我是打职业的。"

"哦。"喻言露出一个平静的微笑，"那你今天加班。"

江御景："……"

九点半，江御景下楼来的时候，苏立明已经在桌前吃早餐了，看见他下来，男人脸上并没有太多惊讶的表情。

非要说的话，还是有那么一点点的，在看见喻言完好无损地跟着他一起下来的时候。

苏教练冲他打招呼，表情还挺愉悦："景景，很久没感受过上午的阳光了吧？"

江御景整个人气压很低，冷冰冰扫过去一眼，一个字都不想说。

四个人坐在餐桌前吃饭，一个是"今天说超过五句话算我输"的冷漠娃娃脸，一个是没睡够正在安静发脾气的处于暴走边缘的大魔王，剩下一个，看起来最正常的大老板正看着甜品报告作业，若无其事地咬生煎，完全当旁边低气压制冷机不存在。

苏教练很久没有吃过有这么多人的早饭了。

苏教练压力还是很大的。

喻言手里捏着那份用奖金做诱饵的试吃反馈意见，仔细看下来，发现写得最认真并且最有参考价值的还是小炮。

字里行间都充满了对于蛋糕的热忱，还有老大明天能不能再来一块的渴望。

她从上到下看完了，数数人头，又翻到背面，一片空白。

喻言挑了挑眉，扭过头去看着身边的男人："你的呢？"

江御景面无表情地看着她。

"你的作业。"她抖了抖手里的纸，解释。

江御景伸出一只手到她面前，掌心冲上，喻言把纸递过去。

男人接过，看了一会儿抬起头来，偏了偏脑袋："你不会是以为我会写这种东西吧？"

他顿了顿，薄薄的嘴唇慢慢勾起一个刻薄的弧度："非要说，和上次那个草莓乳酪比，就完全不行啊。"

喻言："……"

"你比不过人家，放弃吧。"

"……"你闭嘴吧你！

仿佛被刺激到一般，被嫌弃完全不行的喻言下午又去了那家店。

这次江御景老老实实地待在基地里，没人捣乱，她终于顺利买到了那个据说无敌好吃的草莓乳酪。

没急着回去，她干脆直接找了个角落坐下，从包包里翻出笔和纸，切了一块尝。

这家店又小又旧，桌子和桌子距离很近。她旁边的那张桌旁坐着个男人，正在看杂志，看见她的动作，似有若无地瞥过来两眼。

喻言刚好也看过去，两人视线相撞，对视上的瞬间皆是一愣，然后笑了。

男人穿着一件浅蓝色衬衫，白皮肤，高鼻梁，眼睛是很深的棕色，气质卓然，笑容温和友善。

总之，是具备一切帅哥男神应该具有的良好外在皮囊的这么一个人。

然而喻言自从认识了汤启鸣后，就开始对这种类型的男人有很大偏见了。

她阴着脸偏过头去，继续吃蛋糕。

结果男人率先开口了。

"你在写感悟吗？"他带着笑意的声音响起，清润好听，温柔又令人舒服的嗓音。

喻言抬了抬眼："随便写写。"

我在偷配方，但是我死活吃不出来。

这话我能说？自然是不能的。

喻言有点忧郁，感觉自己的专业水平受到了侮辱。

那边男人已经笑出声了。

朗朗笑声像泉水般流淌而出，男人合了杂志，放在桌上。

"你是西点师？"他问道。

喻言"啊"了一声，没反应过来他是怎么知道的。

正在考虑要怎么回答，就看见男人指指她面前桌子上的草莓乳酪，侧身偏头，眼底带笑地看着她："这个，是我做的。"

喻言："……"

"我是这家店的西点师沈默，你有什么想知道的，可以直接问我。"

她心里"咯噔"一下。

第一反应是被抓包了。

完了。

师父，我给你丢人了。

喻言有点蒙地看着他，没反应。

好半天，她才回过神来："啊——"

沈默又开始笑："您贵姓？"

"喻。"她咬着嘴巴里的软肉，纠结了半天，最终还是觉得忍不住，"我想问一下……"

沈默好看的眼弯着："嗯？"

喻言深吸口气，干脆豁出去了，一脸视死如归："我之前买过一块原味乳酪，感觉很特别，我就试做了一下——"

沈默笑意浓浓地看着她。

她说不下去了。

"你试过柠檬利口酒了？"他一脸了然。

"试过了，感觉不太对。"

沈默笑意加深了："我用的利口酒是我自己酿的，用买来的可能不太行。"

喻言："……"

那我怎么做得出来啊！

沈默非常会聊天，言谈举止中就可以看得出双商很高，无形中会配合对方的话题，做出最让人舒服的反应和回应。并且，他在甜品方面的专业知识也无可挑剔，想法创意新奇，往往能够从不同的角度提出有趣的设想。

总之就是，让人愿意跟他聊上一整天的那种人。

两个人从下午开始聊，直到窗外天色已经暗了下来，日光退场，夜幕降临。

喻言才意识到，自己就这么拉着人家聊到了晚上。

她有点不好意思地摸摸鼻子："已经这么晚了啊，要不然我请你吃个晚饭吧？"

顺便你再跟我说说，你的那个凝乳是怎么改良的来着。

沈默欣然同意，两人商量了一下，决定吃日料。

喻言对这附近不熟，最后还是沈默推荐了一家日料店，隔了这里一条街，走过去不到十分钟。

南寿路很长，车流飞驶而过，路灯通亮。

两人穿过马路到对面，再往前，刚走了两步，喻言突然停下脚步。

沈默回过头去。

女人站在原地愣着，眼神飘忽。

"喻小姐？"沈默询问地看着她。

喻言眨眨眼，摇摇头："没事，刚刚眼花了一下。"

她好像看到熟悉的鞋了。

沈默推荐的这家日料店店面不是非常大，但是装修非常有味道。门口挂着和式灯笼，纸伞在玄关处撑开悬挂，木质桌椅，桌侧刻着可爱的樱花纹样，从墙上的丝竹到细节上的装饰，扑面而来的东瀛风情。

一顿饭吃完将近八点钟，其间两个人又聊了各国甜品差异，互相留下联系方式，沈默提出送她回家。

喻言拒绝了，刚刚吃得有点撑，她一边沿着路边往前走一边打车，路过刚刚和沈默穿过的那条马路时，她脚步一顿。

刚刚就在这条路的路边，她总觉得看到了江御景。

虽然只是一晃而过。

高高的，挺拔消瘦的背影，身材比例很好，黑发，右手手指微屈，食指和中指间夹着根烟。

那人当时微微侧了侧头，露出半张侧脸。

熟悉的侧脸线条，紧绷的嘴角。

喻言站在路边，眯着眼努力回忆了一下，越想越觉得就是他。

她探头往里瞧了瞧，路很长，再往里面是居民区，她站在原地犹豫了一下，然后往里面走。刚刚走过来的时候忘记看路牌，她走了五六分钟，到了尽头。

黑色的巨大铁门拦住了她的去路，铁门后是一栋很大的建筑。

像是家私人医院，五层，有点老旧，但很干净，灯火通明。

建筑前的花园里是大片绿化，平整石板铺成的两条小路从铁门直通到正门口。花园的正中间是一个巨大的石雕喷泉，此时喷泉已经被关掉，只余下白色石雕孤零零地立在黑暗中。

两边绿植低矮，树叶沙沙。

整个庭院一片寂静。

黑色大门右边的门卫室里，有保安探出个头来，正顺着窗口看她。

喻言后退了两步，侧过头去，看向大门旁边竖立着的大理石门牌。

上面清晰雕刻着五个楷体字——

盛泽敬老院。

11

晚上九点，夜色深浓，只有面前的建筑零星几个窗口透出光来。

大门门口左右两边整整齐齐停着两排车，投下的暗影像是蛰伏在黑暗中的巨兽。

喻言站在大理石门牌前有点出神，又有点做了贼似的心虚。

她不应该过来的。

不管江御景来这里是干什么，那都是人家的事情，她这个样子很没有礼貌。

只是他当时的表情实在是有点不对劲，让人有些在意。

其实归根结底也不关她的事，两个人也不熟，无论如何轮不到她来好奇。

窥人隐私，她总觉得自己像个变态。

她轻叹出声，肩膀耷拉下来，准备当今天晚上的事情没发生过直接回家去。

然而——

"嘀——"

震耳的车鸣声划破寂静夜空，在耳边突兀响起，近在咫尺的距离，刺得人耳膜生疼。

喻言吓得"啊"地尖叫一声，猛地跳起来。

身后传来低低一声"啧"。

喻言整个人都僵住了，膝盖发软，正准备往不远处门卫室保安那里跑，腿刚迈开，身后那人说话了："你怎么在这儿？"

声音有点耳熟。

喻言回过头去，背后一层冷汗，心突突地跳，满脸惊恐的表情还没来得及收回去。

她身后的车里，江御景手肘搭在车窗框上，沉着眼看她。

看清人以后，喻言长长舒了口气，人放松下来，只是狂跳的心脏还没停。

她多毛："大半夜的你突然按什么喇叭啊！吓死我啊！"

江御景嗤笑一声："你做什么亏心事了？"

"谁做亏心事了！"

她鼓着一边的腮帮子瞪着他。

远处透过来的灯光昏暗暗的，浅淡地打在他脸上。他的面部轮廓显得格外深刻，下颌线棱角分明，黑眸沉沉。

他整个人看起来非常疲惫。

漆黑的眼眸了无生气，一片死寂。

喻言愣怔了一下，突然觉得有些愧疚。

今天早上确实不应该故意那么早把他吵起来的。

她心虚地低了低头，又垂下眸，声音很小，底气全没了："我就随便逛逛……"

江御景淡淡地瞥过去一眼："是吗？那你逛得还挺远。"

喻言抬眼看他，一脸纯良地问："那你怎么在这里？"

"你不知道？"

我哪知道？？

她试探性说道："要么……你告诉告诉我？"

江御景没说话，嘴角勾出一个类似于笑的弧度："你头伸过来，我告诉告诉你。"

喻言面无表情往后退了两步："你别想杀人灭口，这里是有摄像头的。"

"我没空杀你灭口，我要回去补觉。"他搭在车窗框上的手臂放了下来，"我不用继续加班了吧？"

喻言想了一下："要不，你加班到顺路把我捎回家去再结束？"

他眉梢一挑，没有让她上去的意思。

"反正一路嘛！"她又补充道，"就在基地旁边啊！"

江御景没再理她，径直发动车。

敞开的车窗，在她眼前，一寸一寸地升起。

升起的同时，轻飘飘一句话顺着窗缝从车里飘出来："做梦呢你。"

黑色 SUV 倒出停车位转了个弯，停在喻言眼前。

车窗上贴着一层遮阳膜，暗色被拉高，男人的侧脸在车窗后黯淡模糊。

他转过头来，看了一眼外面的她，扬了扬唇角，然后扬长而去。

顺带，他还耀武扬威似的喷了她一脸的尾气。

"……"我上辈子是给你戴过绿帽子？

喻言看着那两个闪烁着的尾灯消失在黑暗尽头，表情从错愕到难以置信到完全麻木，面无表情地抹了把脸，从鼻子里哼出一声来，最后甚至可以说是毫不意外了。

没做过多停留，她转头看了一眼身后的敬老院，也往外走。

找来的时候走得快，心里想着事情，也就没太大感觉，这会儿更晚了些，夜色很深，四周一片寂静，两边矮藤架子黑乎乎的，爬山虎张牙舞爪地盘桓在墙壁上。

路灯昏暗，飞蛾盘旋，偶尔发出刺啦刺啦的声音。

抖了一下肩膀，她掏出手机给季夏打电话。

那边接起，还没来得及说话，喻言劈头盖脸就是一句：

"江御景是个魔鬼。"

季夏："……"

"我是闲出病来了。才会觉得他不对劲过来看看。

"我有病？我是不是有病？？

"踩了他一脚他记到现在也就算了，都过去这么久了，我也道歉了，大家都是邻居，顺路带一程怎么了？？

"他竟然把我，一位女性，一个柔弱的小姑娘，独自丢在车程离家一个多小时的地方，自己开车走了！

"我还是他的赞助，他的老板！！

"他是不是人？他还、是、人、吗？？"

季夏："……他不是魔鬼吗？"

喻言扯着嗓门给自己壮胆，脚下步子也越迈越大，终于看到前面就是之前下车的那个路口，像是黑暗中悬挂着的一幅暖色的画。

她挂了电话，加快脚步小跑出去。

宽阔的大路灯光很足，车流不息。

路边，一辆黑色 SUV 安静地停在那儿。

喻言眨眨眼。

车边，江御景倚门站着抽烟，见她出来，瞥过来一眼。

朦胧烟雾后影影绰绰的眸，微微眯起，眼角下压。

喻言走过去，若有所思地看着他："你觉得明天会不会下雪？"

江御景扬了扬眉。

"景哥都会等我了，五月飞雪这种事情也不是不可能发生。"

男人嗤笑一声，掐灭手里的烟，丢到旁边垃圾桶里："谁在等你？我只是抽根烟。"

喻言配合地"哦"了一声，直接开了副驾驶的门上了车，端端正正坐在那里等着司机上来。

江御景也绕过来，走到副驾驶位置，打开车门，看着小学生一样手放在膝盖上正襟危坐的人。

"下去。"

喻言："……"

"我让你下去。"

喻言无语。

江御景撇撇头："坐后面。"

这个人是不是有什么强迫症？？

喻言一脸无语："为什么？"

"什么为什么？"

"我为什么要坐后面？"

"没有为什么。"

"我不要，我都上来了，我不想动，谁让你不早说。"喻言抗议，语气里全是"都是你的错"。

"哦，那你自己打车或者坐地铁回去？"江御景也不在意。

我坐。

我坐后面。

女人默默地瞪了他十秒，最终屈服地泄了气，乖乖地解开安全带，下车跑到后面去坐好，然后抑郁的眼神追随着司机上车。

司机扣好安全带，从后视镜里随意看了一眼，视线刚好在镜中和她对上。

那眼神里，质疑、愤怒、委屈、倔强，全部都有，好不复杂。

江御景："……"

他想了想，慢慢开口："副驾驶的安全带坏了。"

"放屁，我刚刚都扣好了。"

"原来如此，我就觉得好像是坏了。"

喻言："……"

江御景单手把着方向盘，唇角上扬，带出一点笑意。

面部在车外渗透进来的暖色光线下看起来泛着细绒绒的毛，整个人难得柔和。

喻言坐在后座中间的位置，歪着脑袋，撑住下巴看他："景哥。"

"嗯。"

"你要是有故事要讲，我可以做听众的。"

她话音落下，前面的男人明显愣了一下。

这个细微的反应被喻言捕捉到了，她顿时觉得自己实在是太知心了，无形中一句话可能就起到了治愈一颗敏感脆弱的心的作用。

"你这么喜欢给自己加戏的吗？"

下一秒，她听见他说。

"……"你是魔鬼吗？

喻言深吸口气："我关心一下自己的员工。"

"不需要，你关心比赛成绩就行了。"

喻言是个好老板，睁着眼一本正经、一脸威严地扒瞎话："业绩固然重要，保证员工的身心健康同样很重要，不然心态崩了影响了比赛怎么办？"

虽然你的心理好像已经没有什么健康可言了。

江御景哼笑一声："从你一脚踩在我鞋上的那一刻起，我的心态就崩了。"他慢悠悠道，"后来知道你是老板，我甚至想打假赛。"

喻言不想跟他说话了。

她头抵在副驾驶的椅子侧面安静了一会儿，百无聊赖看看前面的路，再看看开车的人。

他眼角略垂着，看上去有点困。

她想了想，还是问他："景哥，你困吗？"

"我五点睡八点起，你觉得我困吗？"

"是八点三刻，"喻言纠正他，"八点四十五了当时。"

车跑得平稳，江御景这次没通过后视镜，直接回过头来看了她一眼。

女人一颗脑袋正塞在前排车座中间的空隙里，他转头垂眸，两人距离突然近了许多。

她愣了一下，没反应过来。

男人五官突然正对着她放大，鼻峰笔挺，薄唇，瞳孔泼了墨似的黑。

只一瞬，他便重新转过头去看向前面。

喻言嘴巴张了张，问他："景哥，你怎么护肤的？熬夜都不毛孔粗大。"

江御景不想理她，把着方向盘懒洋洋打了个转："要么，你看看比赛视频，至少稍微了解一下，别到时候 MAK 拿了 S 冠[1] 你什么都看不懂，还要傻乎乎地问我们是怎么赢的。"

喻言一脸茫然："什么是 S 冠？"

"……"还是高估你了。

---

1 S 冠：S 赛，指《英雄联盟》全球总决赛（League Of Legends World Championship，简称 Worlds），是《英雄联盟》一年一度最为盛大的比赛。S 冠即全球总决赛冠军。

第二章

江御景（MAK.SEER）禁赛一场

12

五一过后，喻勉浪够了回来了，步伐轻快，表情愉悦，快乐得不像个准高三生。

"喻勉小同学，还有一年零一个月你就要高考了，希望你有点觉悟。"

——喻言说出这话的时候，准高三生正在开电脑。

只一秒，喻言就知道他要干什么。

就在少年准备点击屏幕上那个 L 字母图标的时候，她"啪"的一下按住他握着鼠标的手。

"考不考了？学还上不上？"

喻勉面无表情："作业都做完了。"

"再去做两套啊，能不能有点上清华、北大的觉悟？"

少年叹了口气，哀怨地看着她："在上清华、北大之前，我想先上个大师 [1]。"

"大师是什么水平？"

"很厉害的水平，"喻勉解释道，"就是比清华、北大稍微次一点点的985 吧。"

喻言想了一会儿，然后点点头，拍开他准备打开游戏的手："行，我帮你上。"

喻勉没反应过来，眨眨眼，歪着头看着她干脆利落地拔了电脑电源，捧着笔记本出了他的房间，下楼，然后噔噔噔跑到玄关，穿鞋直接拐到隔壁去了。

少年站在门口目瞪口呆地看着自家姐姐直接敲开隔壁的门，苏立明出来开门，两个人说了两句话，苏教练从她手里接过笔记本直接帮她拿进去了。

---

1 大师：指游戏《英雄联盟》里面的段位级别。

正午阳光明媚，他姐姐笑靥如花。

他不在的这几天，到底发生了什么？

而 MAK 基地，江御景因为昨天睡得早，此时难得已经醒了。

男人应该也刚醒没多久，正坐在电脑前喝牛奶，软趴趴地靠在椅背上，惺忪的眼睛柔和了周身冷硬的气场。

见她进来，他没表情地瞥过去一眼。

喻言有点意外："景哥醒了？"

"嗯。"江御景鼻腔沉沉应了一声，径自弯腰开电脑。

喻言跟在苏立明屁股后面，跑到沙发前端正坐好。

苏立明将笔记本放在茶几上，连了电源，上网。

喻勉的本子是游戏本，性能配置都非常好。苏立明随便开了局匹配，边指着电脑屏幕边跟喻言简单讲了讲。

"LOL 分上中下三路，每路两座外塔，三座高地塔守小水晶，两座门牙塔守大水晶，四水晶十一塔，这个大的水晶破了，就算输。"

喻言抱着靠枕坐在地毯上，点点头表示知道。

"游戏开始九十秒后三路开始出兵，三十秒一波，每波六个，每三波出一辆车，这里——"苏立明用手指圈了圈地图中间的部分，继续道，"野区，打野的天下，红蓝 buff[1]、大龙、小龙、峡谷先锋、野怪，都在这块，野区反向镜像，一家一半。"

游戏开始，苏立明选了个酒桶，出了泉水直奔上路。

喻言觉得这个大胖子和她那天用的那个体形不相上下，让她生不出好感来。

"这游戏伤害最高的位置是哪个？"她撑着下巴问。

"伤害最高这个东西不好说，不过有双 C，ADC 和中单。"

喻言点点头，接着问："ADC 怎么玩？"

她话音刚落，客厅另一端的江御景第一次把注意力稍微分过来了一点。

刚好这时候苏立明也冲着大厅对面扬扬下巴："喏，LPL 代表性ADC——疯狗型模范小标兵，就在你面前。"

---

1 buff：原意是指增益，在游戏中，一是指增益系的各种魔法，通常指给某一角色增强自身能力的"魔法"或"效果"。

江御景："……"

喻言想起那天她围观的那场比赛，男人7/1/3的战绩好像确实挺亮眼，想了想，她抱着抱枕去厨房，拿了瓶草莓牛奶出来，跑到江御景旁边。

她拉了旁边小炮的椅子过来，一屁股坐下。

"景哥，这么早上班啊？来休息休息？"喻言把手里的牛奶放到他桌上。

江御景此时已经清醒过来，一副似笑非笑的刻薄表情："我今天想加班。"

"其实现在还没到打卡时间，你完全可以放松放松，不用给自己这么大压力的。"

"哦。"

"比如，你想不想收徒啊？"喻言毫不气馁。

"我不太想。"

江御景刚开了局游戏，蓝色的小人，看着比那个什么酒桶苗条多了。喻言撑着下巴看着，问他："你这个是什么英雄？"

"寒冰。"

"这是个男的女的？"

江御景手上一个不落补着兵："女的。"

"你怎么玩女号，你心理是不是有问题？"喻言瞪着他。

江御景"啧"了一声，黑眸瞥过来，眼神里的意思很好懂：闭嘴看着。

她鼓了鼓腮帮子，下巴磕在靠枕上不说话了。

有求于人，不得不低头。

喻言低了差不多一分钟。

直到对面上单[1]单杀了我方上单，拿到一血。

她挑了挑眉，很认真地问他："上单是不是一般血都比较多？"

"嗯。"

"对面拿到了一血，我们是要输了吗？"

这次江御景没理。

因为几乎是在喻言说话的同时，他手上的寒冰由辅助配合着已经稳稳收下了对面 ADC 人头。

对方辅助残血后撤，被绕后摸过去的打野一脚踢飞，寒冰补上一箭拿

---

1 上单：游戏名词，多见于电子竞技类游戏。是指地图上路单线发育的位置。

下双杀。

Double kill（双杀）。

江御景勾勾唇角，扭头看向喻言："你刚才说什么？"

这局游戏打到一半，小炮和浪味仙下来了，小炮看见喻言，"咦"了一声，跟她打招呼。

楼下女人正看得认真，背着身朝他挥了挥手，眼睛没舍得离开电脑屏幕。

小白毛蹦跶着过来，脑袋也凑过来："老大，你这看啥呢？"

喻言正色道："我在学习。"

"你要学 LOL 啊？"小炮有点意外，"为啥？"

喻言扬起下巴，淡定正色地看着他："有什么好奇怪的吗？我毕竟是老板，等到时候 MAK 拿了 S 冠，我总该知道我们是怎么赢的吧。"

众人沉默三秒。

江御景意味不明地轻笑一声。

小炮摇了摇头："我们老大真的膨胀。"

膨胀的老大没再应声，自顾自盯着眼前这局游戏。

男人手指细长，动作灵活，握着鼠标咔嚓咔嚓点击的时候，右手中指、食指的两根掌骨随着他的动作愈加凸出，一颤一颤的。

阳光很足，透过巨大的落地玻璃窗直射，被薄薄的纱帘过滤一层剪碎了渗进来，显得他皮肤更白，手背上血管的纹路清晰可见。

江御景今天穿了短袖，小臂肌肉微微隆起，喻言才注意到他小臂靠内有个文身。

她歪着脑袋眯起眼，正辨认那文身图案的时候，江御景突然说话了：
"认真点。"

喻言"唰"地收回视线，摆正了头。

"哦。"

明明注意力完全集中在游戏里，看都没看她一眼。

喻言偷偷看了男人一眼，又撇撇嘴。

她还是很好奇到底文了个啥。

别是他前女友的名字什么的吧。

13

《英雄联盟》这个游戏，喻言还没切身感受过拿人头的舒爽感时，就已经半沦陷了。

上午十点半，依旧是安静的只有三个人醒着的基地，苏立明和 the one 正吃着早餐，她已经坐在电脑前打开了游戏。

苏立明看着她摇了摇头："我们是不是不小心带出个网瘾少女啊？"

二十一岁的喻言被称为"少女"，美滋滋的，秒选了个寒冰，耿直地埋头直接扎进下路。

苏立明刚好吃完，走过来看了眼她的电脑屏幕："景景让你玩的寒冰？"

"不是，AD[1] 我只知道寒冰。"她的鼠标咔嚓咔嚓点着歪七扭八往前走，"哼"了一声，"他会告诉我啥？不存在的。"

说着，喻言动作一停，抬起头来好奇地问："为什么你一口一个'景景'叫着他，却能平安地活到现在？"

苏立明拉过椅子在她旁边坐下，一脸慈父表情："因为我是看着他长大的。"

"啊？"喻言呆滞。

看见她的表情，苏立明笑了一下。

"我第一次见到他的时候他十八岁，你应该看看那个时候的他，脾气炸，像只阴郁的小狮子。"男人眼神温和地回忆着，"但也是真的有天赋，是我见过的最有灵气的选手，个人能力强，头脑清晰，还很敢打，天生打职业的料。"

喻言这时候已经被对面防御塔轰死了，黑屏躺在塔下等倒数，鼻腔里漫不经心"嗯"了一声："可是压力不会很大吗？十八岁，高考的时候吧，他家里人同意了？"

"没同意啊，所以他离家出走了。"

喻言直起身子。

苏立明耸耸肩："因为父母不同意，大吵了一架然后他离家出走了，

1　AD 的全称为 Attack Damage，即物理伤害。这里指依靠物理输出的英雄。

好像直到现在也没和家里和好，这几年一次都没回去过。"

喻言张了张嘴，没能说出话来。

脑海里瞬间蹦出十好几个，年少时期的江御景一个人蜷缩在黑漆漆的小巷子里，又瘦又饿小小一只，食不果腹，又不能回家的画面。

她心里一凉，眼睛已经开始预备泛酸了。

苏立明继续道："不过他没打职业的时候就是国服第一路人王，很多战队早就找过他了，一入圈就直接被 FOI 高价年薪签下来了。"

喻言眼泪憋回去了，面无表情："哦。"

中午其他人起床下来的时候，喻言已经开了好几局，刚好新一局开始。

此时，她已经知道要偷偷藏在辅助后面，不能往塔下冲，即使对面 AD 血比她少也别追。

江御景明明都是闪现进塔杀人的，喻言不是很服。

江御景下来的时候，就看见女人正在头头是道地给坐她旁边的小炮分析："你看，我方辅助虽然残血，但是对面 AD 也只剩下一丝血了，就算辅助死了，换个 AD 也挺值的是不是？最关键的是，我发育起来了啊！这个时候我只需要，闪现——"

她说着，直接闪现进塔，硬吃了一下防御塔伤害还没反应过来，被对面卢锡安滑过来一个十字花收了。

一血献祭，提示音响起。

喻言皱着眉，看着黑掉的屏幕仔细回忆，不知道问题出在了哪里。

明明没有哪里不对啊！

小炮在旁边看得叹为观止，赞叹道："我老大这个意识不错啊！"

胖子"啪啪"鼓掌，回头看向慢悠悠走下楼的江御景："景哥，快看看你这徒弟，是个可塑之材。"

江御景走过来，看了一眼她电脑里那走八字步的寒冰，"啧"了一声："你能不能好好走？"

"我这叫战略性走位，你到底是不是职业选手？"

说着她再次冲了上去，战略性地又送了个人头。

"你要么回家买两个眼[1]，这把打个寒冰辅助吧。"江御景讽刺道。

1　眼：此处指游戏《英雄联盟》中的道具。

喻言仰起头来看他，真挚地问："什么是眼？"

男人"啧"了一声，站到她侧面，一手扶着她椅背，一手撑着桌面，上半身微倾，弯腰。

"先到旁边那个草丛里去。"

"看到那个信号没？去，拿个红。"

"W 是减速，Q 亮了就开 Q。"

"打野过来了，别跑了，回来，A 他。"

"补刀，发什么呆，这个车吃了。"

五分钟后，当喻言屏幕第四次黑掉时，江御景沉默了。

他不说话，喻言也不敢动，复活了以后站在水晶里等着他，老半天没听见指示，仰着脖子看着他。

"一定是辅助的问题。"

她还一脸委屈。

江御景长长叹了口气，忍住想打她的欲望："人家辅助上辈子是倒了什么霉遇到你这种 AD，起来。"他偏偏头，示意她站起来。

喻言乖乖让位，江御景握着鼠标，瞄了一眼她乱七八糟的出装和惨不忍睹的经济，先发育了一波。

十五分钟后，0/5/1 的寒冰数据已经变成了 6/5/3，满屏幕的冰箭如天女散花。

直到最后点掉对面水晶，男人靠回椅子上看着坐在旁边的喻言，食指敲了两下桌面："看明白没？"

喻言点点头，说道："我觉得我们这边的辅助肯定是临时换人玩了。"

江御景无语。

喻言一本正经地看着他："景哥，以后你给我打辅助吧。"

她这话一出口，原本听着队霸带徒弟听得开心的大家全都扭过头来。

小炮一脸敬佩："我就想知道，下一秒的老大还能是完整的老大吗？"

暂时还是完整的喻言没理，只一脸认真地说："你这么厉害，肯定无论什么位置都能打得巨好。"

江御景："……"

the one："……"

胖子："我本来以为，能让景哥这么耐心手把手教学还不薅毛已经是极限本领了。"

浪味仙："看来，我们队宠的命门已经被抓了个十成十。"

小炮："是我见识少。"

然而，最后江御景还是拒绝了。

他只跟她说了两个字："醒醒。"

喻言不能理解。

她这么有天赋的选手，等以后成长起来，加上江御景辅助，肯定是所向无敌的。

于是她用实际行动证明了自己的决心，具体体现在，她连续来了MAK 基地一个星期。

转眼周日，江御景睡了一个多小时就起了。

昨天 MSI[1] 季中赛，他们一群人看到天亮看得沸腾了，又打了两局排位赛才睡下。

他洗好澡下楼去时才八点，苏立明也还没醒，客厅里静悄悄的，窗帘拉着，只留一扇侧窗。天气很阴，光线暗沉沉，无精打采地透进来一点。

江御景从桌上抓了车钥匙去玄关穿鞋，门一开，门口蹲着个人形生物。

长发披散着，发梢扫在台阶上，埋着头，怀里抱着个大盒子。

听见开门声，喻言仰起头来，表情有点尴尬。

江御景低头看着她："干什么，又叫我起床晨练？"

喻言清了清嗓子："我没打算吵你，打算放下东西就走的。"她站起身来，"苏立明说你每周末都会消失半天，所以我就觉得……"她没说完，将手里的盒子递了过去，"喏，无糖蛋糕，我自己做的，味道应该还行。黑森林和草莓乳酪就算了吧。"

老人家还是得少吃点甜的。

关于之前在南寿路撞见的事情，两个人没再提过，不过之后喻言想起之前江御景抢她草莓乳酪那次，好像突然就明白了为什么他会出现在离训练基地那么远的地方买甜品。

停了停，她又小声补充了一句：

"对不起哦。"

---

1 MSI：League of Legends Mid-Season Invitational，指《英雄联盟》季中冠军赛。

江御景没说话，垂眼看着她。

女人穿着一件藕粉色雪纺衬衫，衬得她皮肤很白，杏眼，眼尾勾着的眼线拉长了整个眼形，鼻尖侧面浅浅的一颗小痣。

手里一个蛋糕盒子，正举在他面前。

里边的蛋糕，边缘烤得金灿灿、黄澄澄的，似乎隔着纸盒子都弥散出来一股清甜的焦香。

她身后，云层很厚，黑压压地覆盖了整片天空，空气闷潮，闷得江御景突然觉得自己从里到外都不太舒服。

身体里好像有什么地方响起声音来，轻柔、微弱地，像是夏天在池塘边打水漂，一块小石片轻飘飘丢过去，在澄澈水面卷起涟漪，一圈一圈扩散，然后消失不见了。

快得让人来不及抓。

14

早上八点，小区里很安静，阴天的风细细的。

她说"对不起"的时候，声音很小。

弱弱的，完全没了平日里张扬的样子，软软咬着每一个音，一层一层滑进耳膜。

黑白分明的眼，澄澈又清明，睫毛又长又密。

三秒钟后，江御景别开眼。

从来没跟女孩子这么对视过。

喻言那边蛋糕举了半天，举得手臂都酸了，也不见人接，冲他跺了跺脚："你到底要不要啊？"

男人"啊"了一声，接过蛋糕，视线转回到她脸上，想了一下："对不起是指什么，你承认自己跟踪我了吗？"

"我没跟踪你。"喻言秒答。

江御景"哦"了一声，一手提着蛋糕盒子站在原地，没再说话。

半晌，黑眸一眯，他突然倾身。

男人个子高，肩膀很宽，一大只一点一点微微倾斜过来，身上淡淡的一点烟草味道和肥皂味混在一起，有点奇怪，奇异地还挺好闻。

喻言看着那张帅脸和自己越靠越近，漆黑的眸子里都能看到她自己了，下意识地后退一步。

江御景维持着倾身的姿势，歪了歪头，抬手指指她左眼眼角："你眼线为什么要画出去一块？"

"……"直男都这么可怕的吗？

喻言无语地看着他。

男人脑袋歪着，额前漆黑的碎发还沾着一点水珠，平静淡漠的脸，眼角下垂，好像有点困，眼底很重的黑眼圈，攻击性看起来非常弱。

于是喻言懂了，这人还没睡醒，此时战斗力只是个小宝宝，毒舌技能点还在沉睡当中。

这样的江御景，不得不说，好像是比平时好玩那么一点点。

喻言勾勾唇角，想笑，伸手指指他的黑眼圈："你就这么去吗？"

他没懂。

"你这个眼圈，快比你眼睛大了。"

江御景这次懂了，不太服气："我眼睛哪里小了？"

喻言叹了口气，也没再打算解释，拉过自己的包包打开，翻了半天，拿出一支棕色的笔状物来。

她冲江御景招了招手："过来。"

他没动，只垂眼看她："干什么？"

喻言无奈，干脆向前两步，仰起头来看着他："过来，低头。"

她表情看起来很正经，语气严肃。

不知道是不是还没睡醒，江御景出奇听话地弯下了腰，凑近她。

女人拿着那支棕色的笔，扭出一点遮瑕来，沾到他眼下。

然后细白指尖触上去，点在他眼底皮肤上，动作轻柔，缓慢地一点一点推开。

软软的、绵绵的触感。

有一点冰冰凉，有一点痒。

江御景看着那张近在咫尺专注的脸，很慢地眨了下眼。

五月中下旬 MSI 季中赛结束，德玛西亚杯开赛，一个星期后是 MAK 对战 AU——春季赛的时候把他们打爆了的队伍。

AU 中单是个很有名的韩援，个人能力非常强，无论是对线还是打团都很有存在感，所以小炮可以说是压力非常大。

小炮没试训直接签了首发，这段时间也只打过几场训练赛，虽然实力确实不弱，但是实际的比赛经验完全没有。

再加上年纪又小，这几天来，他都处于一种微妙的焦躁状态。

大家全部看在眼里，苏立明甚至特地把小炮叫到他房间里去灌鸡汤，时间久到胖子都准备去扒门缝的时候，两个人才出来。

小炮振作了两天，又蔫了。

因为有一天晚上，他排位遇到了 AU 中单权泰赫。

然后，他被对面中野抓爆了。

于是，喻言在店里忙了几天后带了新品去基地，敏感地察觉到只几天没见，这小白毛好像不太对。

往常话痨又活跃，一看见她就蹦跶着跑过来的少年，此时正表情呆滞地看着电脑屏幕，一动不动。

喻言走过来，看了一眼他的电脑屏幕，是游戏视频。

她站在少年椅子后面，和旁边倒完水正走过来的胖子比了个口型，问：这是怎么了？

胖子端着水杯走过来，垂头和她小声咬耳朵："后天我们有和 AU 的比赛，结果他前两天遇到人家中单被打爆了。不过当时是因为对面打野一直抓中，其实单看对线能力，我觉得他和权泰赫应该差不太多。"

说着，他冲小炮电脑扬扬下巴："喏，权泰赫的视频，看两天了。"

喻言了然。

她想了想，去厨房把带来的蛋糕切了，一小块装盘端过来，放在小炮面前。

眼前突然出现一块杧果慕斯，少年愣了一下，仰起头来看着她。

大大的清澈的眼睛，眨巴眨巴的，然后嘴瘪了瘪，委屈巴巴，配着一头小白毛，像个大萨摩："言姐，我会赢的，你别开除我。"

喻言被他小狗一样的表情瞧着，觉得自己心都化了。

喻言摸着他的小白毛，温柔道："你要是下个星期比赛上再被对面按在地上摩擦，你就不用首发了，去刷厕所吧，我一个月给你开三千块钱。"

小炮一脸惨白。

少年表情太惨烈，浪味仙看不下去了，头也没抬安慰道："景哥有洁癖，他那屋的厕所是肯定不会让你动的，你能少刷一个了。"

小炮表情更惨了。

一旁的江御景懒洋洋地撑着下巴，扭过头来，言简意赅："德杯而已，放心躺。"

小炮面如死灰、嘴唇颤抖："景哥让我放心躺，景哥已经放弃我了。"

喻言挖了一口杧果慕斯塞进嘴里："中路崩了没什么，景哥 carry 啊，没有景哥翻不了的盘，翻不了扣工资，奖金也没有了。"

江御景动作一顿："你那点奖金？还不够我三天的油钱。"

喻言翻了个白眼："那你以后奖金都别要了吧，奉献出来给大家买夜宵啊。"

小炮："……"

小炮心想：那块杧果慕斯不是给我的吗？

MAK 和 AU 比赛是在下午三点钟，N 市举行，比赛前一天，小炮问喻言会不会来看。

喻言当时正窝在沙发里看日剧吃薯片，一口咔嚓一口脆，一脸理所当然的表情："我为什么要去看？你如果真的被人家打成皮皮虾，我在家里等着你回来刷厕所啊。"

——她是这么说的。

第二天下午，喻言独自一人下了 S 市到 N 市的高铁，一边刷百度地图打车找场馆，一边回忆他们订的是哪家酒店。

五月底，N 市很热，又是正午，日光焦灼，烤得人好像每一根头发丝都在发烫。

喻言拖着个小行李箱出了高铁站，站在陌生的路口，一脸茫然。

所以说，昨天她为什么要说自己不来？

15

喻言现在十分后悔。

她饿着肚子，顶着正午骄阳穿梭在 N 市陌生街道上，下午一点多下的高铁，此时，已经快两点了。

好像也来不及找酒店放行李了，她只得地图搜索着场馆位置打车，然而出高铁站走了十几分钟，也没看到有空车。

喻言欲哭无泪地蹲在街口，从来没觉得打车是这么难的事情。

她纠结再三，还是给苏立明打了个电话。

对面接起来以后，喻言喊了他一声。

"喂，喻言啊。"苏立明那边吵吵闹闹的。

喻言弱弱地问他："你们现在在哪里呀？"

"刚到休息室了，怎么了？"

"……"

"哦，没啥。"

"你们别输啊。"顿了顿，喻言冷静地说。

是她一如既往帅气逼人的语气了。

然而挂掉电话后，她想哭。

两点多了。

她还想看着他们上场，还想看小炮看见她突然出现会有什么表情。

她还想跟他们说一句"加油"。

毕竟是她认识他们后的第一场比赛。

而且她是老板，还被小炮叫一声老大，自己战队的比赛，老大怎么可以不在场。

又过了十几分钟，喻言终于拦到一辆空车，结果路上又塞车，到场馆已经三点半。

门口有工作人员拦着，怎么也不让她进，最后还是 MAK 的一个工作人员过来，才让她进来。

德杯看的人好像不多，后排的位子好像还有空。喻言跟着工作人员从后面去休息室的时候特地扫了一眼台上，已经没有人了。

打完了吗？

她不知道为什么，突然有点莫名的紧张，心脏怦怦怦的，走到那间休息室门前，眨眨眼，推开。

里面沙发上坐着几个男生，浪味仙在喝水，小炮在旁边一边听着苏立明说些什么一边点头，胖子在和江御景说话。

门突然推开，他们齐刷刷地抬起头来，看着她。

喻言眨眨眼，开口问："赢了吗？"

小炮没什么表情。

喻言心下一紧，看看苏立明，又看向江御景。

男人懒洋洋地坐在沙发里，长腿伸着，一张脸平静淡漠，看见她出现，眉梢扬了扬。

喻言看着他，又问了一遍："赢了吗？"

江御景看了她一会儿，才淡淡"嗯"了一声。

喻言一颗心终于放了下来，长舒一口气，没出完，就听见江御景又说："赢了一场。"

喻言："一共几场？"

"五场。"

喻言瞪大眼睛，张了张嘴："那我们要赢五场？"

"你是不是傻？"江御景用看弱智的眼神看她，"你知不知道三局两胜、五局三胜这回事？"

喻言不为他的恶劣态度所动，满脸愤懑："那还要打两局？这群人怎么这么过分啊，就欺负我们景哥老弱病残肾虚膀胱也不好，一局定生死不行吗？"

江御景无言。

喻言一脸忧郁同情："景哥，一局要打多久？我给你买尿片去呀？"

"闭嘴。"

第二把，MAK 众人在喻言"赢了有奖励"的鼓励中，出了休息室上场。

喻言坐在休息室看，第一次现场观看比赛，心情好像有些微妙。一个月前，她做梦都没想过自己会出现在这里。

台上 BP[1] 已经结束了，苏立明和 AU 教练握手后回到休息室。男人推门进来，看着她正襟危坐的，忍不住想笑："紧张什么，没事，能赢。"

喻言脊背挺得笔直，语气怅然："我突然有种看着自己的儿子上战场的感觉。"

苏立明："……"

1　BP：电子竞技游戏中的一种比赛术语，是 ban/pick 的简称。ban 意为禁用，pick 意为挑选。

"啊，我的儿子们，要给妈妈争气啊。"

上局 MAK 虽然赢了，但是也拿得有那么一点难度，关键问题在于，小炮被压得太惨。

小炮打法很刚，一言不合就是撑，只要有线带深一点点的意图，对面打野就跟长在他肚子里的蛔虫一样过来蹲，一抓一个准。

这局刚开始也是同样的问题，下路虽然江御景的卢锡安拿了一血，但是小炮被对面抓了两次以后，补刀上的差距就明显拉开了。

"这 AU 打野是不是爱上我了？沉迷于炮爷的美貌，忍不住来中路多看我两眼？"小炮咬牙切齿。

胖子乐了："那你出卖色相诱他一波，让他下场让个龙给我们啊。"

浪味仙"啧"的一声，不乐意："什么叫让？龙王你浪哥随便叫叫的？"

小炮被抓了两次，也学乖了，补了眼趴在塔下慢悠悠补刀控线，任由权泰赫怎么勾引，他都不为所动，稳如泰山。

两边打野都蹲在中路虎视眈眈，而这边，the one 也已经游走过来，江御景一个人在下路发育，中路一波三打二拿下打野人头，权泰赫残血后撤，一拨兵线刚好压过来，中路一塔血量被消耗了一半。

比赛进行到十九分钟，中路团战，江御景扫掉两个人头起飞，浪味仙拿了峡谷先锋撞掉中路一塔以及二塔三分之一的血量。

第二十八分钟，MAK 在分别拆掉中下两座塔推过兵线以后冒险开大龙逼团，龙坑爆发团战，MAK 打出 2 换 4 的场面，只剩下对面一个辅助仓皇而逃，拆掉上单和辅助的 MAK 三人果断打龙，带着大龙 buff 推高地塔和水晶。

最终在接近四十分钟的时候打出对面团灭的局面，一波破掉了水晶，MAK2:0。

喻言在休息室里，一直耸着的肩膀终于放了下来。

她接触这个游戏一个多星期，虽然看得迷迷糊糊，很多地方也都没看懂，却奇异地热血沸腾，整个人都燥起来了。

她脸上忍不住带上笑意，站起来噔噔噔跑到休息室门口，开了门等着。

小炮走在第一个，一蹦一跳地看起来同样非常开心，他后面是浪味仙。

胖子走他旁边，笑得一抖一抖地进来："龙王我浪哥，被抢龙的滋味怎么样？贼爽的吧？"

浪味仙完全不想搭理他的样子，黑着一张脸，眼镜都不反光了。

第三局 MAK 赢得没什么悬念，禁掉了 carry 点权泰赫的三个英雄，江御景拿了一手寒冰，一支穿云箭横跨全场开团，千里之外取残血人头，团战输出打出成吨伤害，充分展示了他疯狗型 AD 这个称呼是怎么来的。

最后，当他们点掉红方水晶的时候，喻言差点跟着尖叫出声。

五个大男生在观众席爆发的欢呼声中走到旁边去和 AU 的队员一一握手，小炮嘴角快咧到耳根去了。

灯光打在他们的脸上，年轻而稚嫩的，生机勃勃充满希望的。

眼前的是他们的燎火战场，是他们的理想和荣光。

喻言想起一个月前，喻嘉恩在电话里平静地对她说的话——你可以不理解，但是你不应该质疑和轻视。

喻言等着他们回来，听着越来越近的说话声和脚步声，感觉自己指尖开始发烫。

休息室的门"咔嗒"一声被推开，江御景第一个进来，怀里抱着外设，脸上的表情一如既往地平静。

喻言眼睛发亮地看着他，刚要开口——

"看清楚了吗？"

江御景平淡道。

"啥？"喻言没反应过来。

"什么叫寒冰，学会了没？"江御景不耐烦地"啧"了一声，走过来，"亏我还特地拿了寒冰给你教学，你发什么呆？"

喻言："……"

就像当头冷水一桶倾泻而下，喻言脑子里那点激动的热血苗苗全被泼没了，她眼睛瞪得大大的，眨巴眨巴："你怎么不激动啊？"

男人慢条斯理地把外设塞进包里，头都没抬："激动什么？"

"赢了，我们赢了！3：0！"喻言提醒他。

江御景装好外设拉好包，直起腰来看着她，眼神看起来带点怜悯："你没赢过？"

喻言："……"

就你能。

喻言瞬间面无表情："看着我大儿子赢，还是第一次。"

江御景："……"

即使魔王阴着一张脸往死里泼冷水，小炮首战告捷也开心得不行了，晚上吃完饭回酒店的路上，依然像个二傻子一样叽叽喳喳跟喻言讲故事。

"当时电光闪闪雷声大作，一支银蓝色大宝箭穿越召唤师峡谷破空而来，一箭——直接插在丝血的克烈身上，那个准啊。"小炮啧啧赞叹，"我终于知道景哥开场第一句话就是'给我拿个寒冰'不是膨胀来着。"

苏立明摇了摇头："一抢寒冰。"

胖子煞有介事地说："至少先给我们龙王抢个瞎子，他那蜘蛛，辣得我眼睛疼。"

浪味仙："滚。"

胖子笑嘻嘻地搓着脸上的肉："我本来以为景哥会拿大嘴，结果咋一上来就要了寒冰？"

一直在旁边听着他们聊天没说话的江御景鼻腔里哼出一声来，终于舍得抬起头。

他扬扬下巴，薄薄嘴唇勾出刻薄弧度："给我那三岁婴儿操作八字步寒冰的乖女儿抢的，现场实战教学。"

喻言："……"

16

被嘲讽婴儿操作八字步寒冰的喻某人不服气，当场就准备和江某人solo（单挑）一番。

喻言蹦跶着在江御景旁边挑衅，男人根本懒得理她，嗤笑一声按住她脑袋瓜，稳稳往前走。

他力气很大，喻言个子不算矮，但是被他这么一抓完全蹦不起来，第一次对自己的身高、体形产生了怀疑。

喻言在他的大手掌控下奋力抬起头来："你就是不敢。"

"哦，我不敢。"

"你怕被我打败，毕竟我是天赋型 AD。"

"我怕死了。"

喻言一个猫腰从他手底下钻出来往前跳了两步，然后转过身来，倒退着走："景哥，你这样真的太让我失望了，我认识的你不应该是这样的。"

江御景不为所动："是吗？能让你失望我就放心了。"

喻言："……"

MAK 第二天没比赛，一群人准备回酒店的时候发现时间还早，于是大腿一拍，觉得 N 市来都来了，干脆决定去夫子庙逛一圈，等后天再美滋滋拿个德杯回去，也算不虚此行。

此时是晚上八点半，夜幕低垂，白天的热气和日光一同一寸寸被拉下地平线。他们订的酒店地段很好，到夫子庙二十分钟车程。

下了车往前走一段，挂着通红灯笼的夜市小吃街，即使不是休息日，也依旧人山人海。

小炮看着整条街的小店和眼前攒动的人头，哎哟了两声："作为一个有点知名度的宅男，这么多人我很是紧张啊，万一有我的粉丝认出我来怎么办？"

胖子安慰他："当年我刚打职业的时候也是这么想的，直到后来景哥来了 MAK，我发现跟他同队根本没有别人出镜的机会，放心吧。"

小炮还是忧心忡忡："那是你，我不一样，我长得也好看。"

胖子表情受伤地瞪了他五秒，想了想好像也是这么回事，也就不在意了，抖着肚子往里跑，嚷嚷着要拜孔子当学霸。

即使他打职业以后再也没怎么碰过书。

喻言在后面看着两个二傻子扑腾着像是第一次出来玩一样兴奋，有点意外："说好的网瘾少年都性格孤僻还有人群恐惧症呢？"

江御景站在她侧后面一点，只意味不明地"哼"了一声，没答话。几个人跟在小炮和胖子后面往前走，再往里是个很大的店面，里面全是一个个小吃铺子，鸭血粉丝汤、炸豆腐、蟹黄汤包、梅花糕等，花花绿绿一大堆东西。

喻言第一次来 N 市，虽说 S 市也有类似的城隍庙，但是对这种小吃夜市是怎么都逛不腻。

她卷着袖子和小炮一起钻进去战斗了一番，乱七八糟买了一大堆，好一会儿才出来，手里拿着满满的东西分给他们。

最后走到江御景面前，喻言递给他一杯炒酸奶。

白色的酸奶结块卷成卷盘在纸杯子里，中间撒着葡萄干、杞果酱和果仁，上面一把翠绿色的塑料小叉子。

江御景垂眼看着，没马上接："这是什么？"

"炒酸奶啊，"她举起纸杯子在他面前抖了抖，"超好吃的。"

男人仔仔细细打量了一圈，看看她手里的那份，同样的白色酸奶卷，只不过上面淋的是草莓果酱。

又看看自己面前这个，他皱着眉发问："为什么我的是杧果的？"

喻言原本以为这少爷洁癖犯了，正想说你不要这两份都是我的了，没想到他问的是这个，愣了一下。

之后她想起基地里这人一箱子的草莓牛奶，了然顿悟了，这人喜欢草莓。

草莓牛奶竟然不是个巧合，他是真的喜欢草莓。

反差萌吗，大兄弟？

问题就在于，比起杧果，喻言也喜欢草莓。

正常来说，她肯定会拒绝然后吐槽他一顿的，然而，这人刚刚赢了比赛。

喻言开不了口。

内心进行了一番复杂而痛苦的挣扎，她最终还是痛下决心，抬起头来。

手里的草莓炒酸奶，一点一点向前递了过去，她视死如归道："那这个给你吧。"

然后看着江御景那只熟悉的、细长好看的手伸过来——

接过杧果味的那杯。

……

欸？

喻言抬起头来。

夫子庙古旧街头，男人垂首而立，黑发边缘在夏夜被灯火染上柔软的颜色。

长睫垂着，覆下阴影遮住下眼睑。

鼻梁很高，中间有小小的一块骨头微微凸起。

注意到面前人的安静，江御景扬眉："发什么呆？走了。"

喻言回过神，回头瞧了瞧，看见小炮他们都在前面不远处等着他们，连忙转身往前走。

走了一段，她突然"哎"的一声："景哥。"

"嗯。"

"我突然发现，你长得好像还有点好看。"

江御景似笑非笑挑眉："你发现得真早，眼神挺敏锐。"

喻言边走边挖了一勺炒酸奶塞进嘴巴里，叼着叉子："你上台打比赛的时候，是不是下面的女生都不看比赛，光看你的脸？"

"不是，"江御景淡淡道，"我比赛打得比我脸好看。"

"……"你还真是一点都不知道谦虚怎么写。

她把叉子咬在嘴里，正默默吐槽着，就听见身边男人"啧"的一声。

喻言抬起头来正想问这少爷又怎么了，江御景空出的一只手已经抬起，捏着她嘴巴里塑料叉子的尾端抽出来。

这叉子是一次性廉价制品，边缘是薄薄的塑料，她含得紧，又没防备，被他这么突如其来地一抽，边缘锋利的塑料薄片"嚓"的一下从舌尖嫩肉上快速划过，一阵刺痛。

喻言"嗷"的一声捂住嘴，手里的炒酸奶"啪嗒"掉在了地上。

她也顾不上，只觉得舌尖痛得眼泪都要冒出来了，泪眼婆娑地抬起头来，只捂着嘴，说不出话来。

江御景被她这副样子搞得也愣住了。

喻言眨巴了下眼，大颗眼泪顺着掉下来，捂着嘴呜呜呜呜了半天。

江御景："你说话。"

"舌头破了！你有病啊！突然抽我的叉子干什么啊！"

女人表情惨兮兮的，眼圈里还含着水光，哀怨又愤怒地看着他。

江御景看看他手里的塑料叉子，也反应过来了。

他转过来和她面对面，上前两步，低下头："我看看。"

喻言眼睛湿漉漉瞪着他，也不动。

江御景抿了抿唇，有些内疚。

好半天，她捂得死死的手才缓慢地放下。

舌尖伸出一点来，粉嫩柔软的，像含羞的花瓣，软绵绵探出口，一点点晶莹。

上面有一道不浅的口子，此时正往外渗着血，一丝丝的猩红色血液混杂着唾液在她舌尖蔓延开来，红艳艳、水亮亮的在他眼前。

他喉结滚动了一下，视线上移，抬眸和她对视。

女人还很凶地看他，只是一双杏眼泪汪汪的，看起来没了威慑力。

心里某处倏的一下，不知道怎么突然就软软地塌陷下来，又忍不住熊她："谁让你含得那么紧？"

喻言想打他，口齿不清地说："还怪我了？谁知道你突然抽我的叉子！"

江御景皱着眉："这里人这么多，你就那么叼着叉子走，撞到人危不危险？"

"那你倒是跟我说一下啊，很痛的，不然你试试？"她含着声，声音糯糯的，可怜巴巴地带着哭腔，"它还在流血，我都感觉到了血要止不住了，我要失血过多而死了。江御景，你个浑蛋……"

此时，小炮他们早就已经不知道跑到哪里去了，只剩下他们俩。

他们旁边就是秦淮河，河面上灯影摇曳、木船摆桨，女人蹲在文德桥边，一副身受重伤命不久矣的样子。

虽然她只是舌尖被塑料叉子划破了而已。

然而被她一双黑漆漆的眼那么泪汪汪地瞧着，江御景什么话都说不出来，好半天，叹出一口气："去医院吧。"

喻言呆住，顾不上舌头痛，泪水一下全憋回去了："啥？"

男人平静地看着她："我送你去医院，让医生往你的舌头上擦点碘伏，消消毒，止止血。"

17

他说这话的时候，面色平淡，语气认真得让人想打他。

喻言抬起头来，眼里还带着水光，阴着张脸看着他："擦点啥？"

"碘伏，或者还有其他什么叫法？黄药水？红药水？"江御景顿了顿，继续道，"你要是喜欢，再涂个绿的。"

这个人都没有同情心的吗？

喻言蹲在桥头没动，仰着脑袋，面无表情地提醒他："是因为你，我才受伤的。"

江御景好像被噎了一下："你没口腔溃疡过？"

"你现在是在推卸责任吗？"

男人露出一个似笑非笑的表情："不是，那怎么办，我给你舔舔？"

他本来只是随口一扯，彼此好像互撑习惯了，没怎么考虑话便脱口而出。

只是字句落地瞬间，两个人同时都愣了一下。

喻言先是呆了一秒，然后保持着蹲着的姿势，缓缓地，默默向后蹭了两步。

她眼神防备地看着他，想了想，又往后蹭了一点。

江御景："……"

"景哥，原来你是这种人。"

"不是……"

"我知道我长得好看，没想到你竟然——"她说不下去了，一脸难以言喻的复杂表情。

"闭嘴。"

本来还打算拉人起来的手干脆插回口袋，江御景深吸口气，板着张脸："起来，你舌头破了，腿也不好使？"

喻言好无辜地眨眨眼："我腿麻了。"

江御景原本已经进了口袋的手再次伸出来，动作停顿了瞬间，伸到她面前。

男人手很大，手指细长，骨节明晰，掌心有细腻的纹路，在夜晚斑斓的灯火下透着无法浸染的白。

喻言抬臂，与之相比小了一圈的手轻轻搭上去。

他五指合拢，抓着她略微使力，将人顺势拉起来。

小小白白的一团被他的大掌整个包起来，温热的触感，软乎乎，绵绵的，像是没骨头。

他将人拉起来，看着她站稳，然后松了手。

指尖被她的温度染上一点奇异的热感和酥麻，顺着神经末梢和毛细血管急速上蹿，势头猛烈又安静。

江御景下意识地屈了下手指，试图控制它蔓延。

喻言舌尖已经不流血了，但依然满嘴血味，卷舌的时候酥酥麻麻地刺痛。

她咂咂嘴，感受了一下那腥甜的味道，又抬头，刚想说话，看到面前的男人突然偏过头，朝她身后看去。

喻言下意识地也跟着他回过头去往后看。

她身后文德桥上，站着两个男人，穿着白色短袖，其中一个正蹦跶着朝他们摆手，一脸傻狍子的笑容和小炮一模一样。

另一个安安静静站着，唇角上扬，一双桃花眼，一弯，眼尾开出比这灯火还斑斓的花来。

这人一双顶好看的眼睛，实实在在在把人惊艳到了。

而她被美色诱惑着的这段时间，两个人已经走过来了，喻言终于可以近距离看清他的脸，皮肤很白，头发是深咖啡色。

他笑得很温和，又有点惊讶，微微挑眉，看着江御景，叫了一声："SEER。"

咦？

她的视线依依不舍地从他脸上移开，仔细辨认了一下对方白 T 恤上的图案，终于认出来了。

这不是 AU 的队服嘛。

再仔细看看这两个人，好像是有那么一点点眼熟的。

只是她当时注意力全在我方人员和比赛上，没去看对面的人都长什么样。

既然是对手……

喻言脊背瞬间挺直，笔挺地站在那里，下巴微不可察地扬起一点点来，脸上带了一点微笑，气场瞬间和刚刚完全不一样了。

她站在旁边听他们说了几句话，AU 的两个人就打招呼走了，擦身而过的一瞬间，小桃花眼身上一点薄荷味飘过来。

喻言啧啧啧三声，看着那道白色的背影，朝江御景侧了侧头："AU 这个高个子的，买过来要多少钱？"

江御景意味深长地看着她："这高个子的，AU 中单权泰赫，把他买过来，你可能会永远失去你的小试吃 PIO。"

人名和脸终于对上了，她了然道："就那韩援？"

"就那韩援，他旁边那个小个子是今天把中路抓爆了的打野。"他补充道。

喻言点点头："景哥，我本来刚刚觉得你长得还挺好看了，只能说人——果然还是不能对比。"

"后天的比赛 MAK 失去了 AD，四打五吧。"

"现在经过一对比，我觉得你好像比前一分钟更帅了那么一点。"

江御景嗤笑一声，唇边却翘起来了，瞥她一眼："话讲这么溜，不疼了？"

"疼啊，疼死了。"

"还流不流血？"

"流的。"喻言认真点头。

"那你凝血功能有问题，去医院吧。"

男人单手插着口袋懒洋洋往前走，眼皮无精打采垂着，从喻言的这个角度可以看见他分明的颌骨线条，顺着往下是脖颈，中间喉结凸起，说话的时候轻微颤动。

修长挺拔高高的一人，又是个衣架子身材，一张即使放在娱乐圈里也能稳赚不赔的帅脸。

一路上，的确引来了不少女生的注意。

他们没过桥，而是原路返回往回走，喻言正出神想着，江御景步子停了。

她又往前走了两步，注意到身边没了人，回过头去看他。

人群之中，夜幕之下，两个人隔着两步的距离，安静对视了几秒。

"你腿太短跟不上了吗？要不要我走慢点？"喻言说。

江御景没理她，转身直接往旁边的店里走。

喻言这才发现，他们已经走到了之前买小吃的那个地方。

江御景穿着黑色的衣服，挺拔背影穿梭其中，在一个店面旁边站定，说了几句话，然后安静地站在那里。

他头顶是圆形灯泡，在明亮灯光下，看起来安静又懒散。

不一会儿，江御景出来了，走到她面前，手里一个纸杯子递过来。

喻言低头。

白色醇浓的酸奶卷，中间撒了葡萄干、果仁，还有一层晶莹的草莓果酱。

她看了一会儿，没反应过来接，只仰起头来看向他。

男人习惯性垂着眼，也不急，手里的东西就那么举着，等着她。

"刚刚那杯不是掉了？"他淡淡道。

喻言有点感动了。

她慢慢眨了下眼，接过纸杯，喊了他一声："景哥。"

"干什么？"

"你为什么不给我再加一勺果酱，你是不是不想多花那一块钱？"

江御景："……"

第二天没有比赛，喻言本来是打算后天德杯结束一起回去，结果突然接到安德的电话，说颜果要辞职。

小姑娘这一走走得毫无预兆，甚至没有提前打过招呼说明。喻言纳闷，问安德原因，男人在那边犹豫了半天，吞吞吐吐说了个人名出来——

汤启鸣。

她先是一愣，完全意料之外，等那边把事情大概说完，冷笑了两声。

18

颜果是喻言一手带起来的，小姑娘很有灵气，也好学，再加上其实喻言只比她大一岁，两人关系也还不错。

明天是德玛西亚杯决赛，要不要回去，喻言依然有点犹豫。

上午九点半，她盘腿坐在酒店单人床床边，一脸纠结。

她坐着的那张床上，江御景半身掩在被子里，手臂撑着床面支起上半身，脸上的表情阴沉得可以吓哭小朋友。

一看就是刚被吵起来非常不爽的样子。

然而他不高兴的态度对喻言造不成任何影响，她像没看见一样，弯腰撑着下巴，皱着张脸："景哥——"

她刚来得及叫他一声，江御景抬手挡在她眼前，打断：

"谁让你穿着牛仔裤上我的床的？"

喻言忧郁道："我遇到了无法抉择的大危机，你在意的竟然是你的床。"

"哦，行，那你说，如果不是 MAK 基地被战斗机空袭这种程度的问题，我就把你丢出去。"

男人声音里还带着将醒未醒的沙哑，头发睡得有点乱，右边比左边要塌一点点，看上去莫名可爱。

他看都没看她，懒洋洋半合着眼倚靠在床头。

"我前男友和我学生勾搭在一起了，我学生现在要退学。"

江御景眼睛"唰"地睁开了，漆黑眸底还缠着惺忪雾气，他缓缓开口："所以，你发现你对你前男友旧情复燃、余情未了？"

喻言有点苦恼："但是我那前男友是个渣男，我怕小姑娘被骗。"

"她没成年？"

"比我小一岁。"

"哦，那她自己的行为自己不能负责？你操什么心？"

"但是，明明知道对方是个渣男，就这么看着她往火坑里跳，总觉得……"喻言皱了皱眉，不知道该怎么说。

男人慢悠悠打了个哈欠："那你就提醒她一下。"

"那如果她不听我的怎么办？陷入爱情中的人，眼神可能不太好。"

江御景眉梢挑了挑，看着她。

"你是她妈？"

"……"喻言皱着脸想了想，蓦地，她扑腾着直起身来，半跪在床上，脑袋往前凑了凑，"景哥，我们能赢的吧，明天？"

男人淡淡地瞥她一眼，鼻腔嗯出一声。

女人瞬间皱了眉，看上去有点失望："那我更想看了，怎么办？能输吗？要么你打个假赛吧？"

江御景靠在床头，抬臂，冲她招招手。

喻言撑着床往前，蹭过去。

他长臂一伸，食指抵着她额头往后推，轻微使力，"啪"一下，喻言仰倒在床上。

酒店的床很软，上面还有一层被子，她脊背贴上去床垫弹了两下，人陷下去了。

喻言挣扎着爬起来："我开玩笑的！"

江御景看着她在被单里挣扎，表情平淡，唇边翘起的弧度却异常柔和："放心。"

喻言一愣。

"回家等着，会赢的。"

喻言买了当天下午的高铁票，回到 S 市时下午四点。

她没回家，直接拖着箱子去了店里，一推门进去，就看见安德在跟颜果说话。

小姑娘眉眼精致，往常的灿烂笑容没了踪影，此时只垂着眼，表情很淡。

喻言拖着箱子，走过去，脚步声和箱子拖动的声音在大理石的地面上撞出突兀的响动。

她看着颜果，平静出声："聊聊吗？"

小姑娘似乎是想到了什么，先是皱了皱眉，最后犹豫着点头。

两个人走到二楼角落的一张桌旁坐下，喻言脑内还在组织语言，颜果先说话了。

颜果微微低了低头，跟她道歉："喻老师，对不起，我不是故意抢走他的。"

喻言无语。

抢走谁？

喻言挑着眉，没说话。

颜果长叹口气："其实我知道的，分手后你心里还是在乎启鸣的，你也在等着他来找你吧，等着他服软道歉。我很抱歉，在你们俩感情有问题的时候出现了。"

喻言嘴角抽了抽："我们俩感情没什么问题……"

颜果一脸为难："喻老师，大家同为女生，我明白的。"

原本，喻言找颜果聊聊的目的是想提醒她一下，现在看来，这姑娘毒中得深，恐怕没办法解。

于是，喻言撑着脑袋，也就当听她讲故事。

要走人了，讲话似乎也没什么好顾忌的，这大半年来，喻言从来没见过这么巧舌如簧的颜果。

颜果似乎总是安安静静看着她，跟着她，偷偷做记录。喻言从一开始就注意到了，只是一直都没说。

甜品或者任何与吃有关的这一行，最开始本来就是这样的，从基层跟着默默记、偷偷学。

喻言不介意，也就任由她，甚至刚和汤启鸣分手那会儿，颜果为他说情，喻言也全都没在意。

万万没想到，这汤启鸣本事是真的大，连她身边的小姑娘都不放过。

喻言这么想着，就听见颜果说："是我主动去找启鸣的。"

"啥？"喻言蒙了。

小姑娘眼神坦然平淡："有的时候，我觉得人生真的很不公平，为什么你有喜欢的东西可以出国去最好的学校学，毕业回来家里就给你在这种地方开店，那么好的男朋友说不珍惜就可以不珍惜。"

"明明我们差不多大，我却要叫你一声'老师'。"她看着她，眼神古怪，小声地说，"我真的，很嫉妒你。"

喻言心情复杂，憋了半天想出来一句："你也可以不叫我老师，我不介意的。"

颜果不在意地笑笑："那天他来找你，我说我可以帮忙求情，然后就留了他的联系方式。你把那张字条丢掉以后，我就找他了。

"我当时就在想，是不是因为你太幸运，所有东西得到的都太容易了，所以从来都不知道珍惜？不知道我有多嫉妒你拥有的。"

"他真的很喜欢我，他说要给我开一家属于我自己的店，不用做学徒，也不用打工。"小姑娘一脸憧憬，笑得甜蜜，顿了顿，抬头看她，"你会成全我们的，对吗？"

"……"关我啥事？我又不是你妈。

喻言话都不想说了，微微一笑："那我先祝你幸福吧。"

直到最后，她都没再说什么，看着穿白裙子的小姑娘出了店门，越走越远，眼神渐渐深沉，忍不住长长叹了口气。

安德在她旁边挑眉，感到好笑："难得见你这么深沉的时候。"

喻言无精打采地趴在吧台上："是啊，难得我有看人看走眼的时候。"

安德想了想："其实，颜果本质上不是个坏孩子，嫉妒是人类的劣根性。"

"聪明，好胜心强，有天赋，心眼也不算坏，有点小心机我倒也不是很介意，关键是小姑娘瞎，你说怎么办？她这瞎可让人怎么办？"喻言声音闷闷的。

安德笑出声来："你这话说得好像你已经年过半百看破红尘了，感情本来就是盲目的，有些事情要撞了南墙才知道。"

喻言撇撇嘴："就你们意大利人懂爱情。"

"哦，当初谁刚见到汤启鸣的时候也觉得他温柔得绝无仅有，一杯奶茶赐的良缘？"

这次喻言没接话，发着呆，好半天才嘟囔了两句。

"你说什么？"安德没听清。

"我说，其实她说得也有道理，有些时候，人生真的很不公平。"喻言哀叹一声，"我能怎么办，我这么优秀我也不想啊。"

安德："……"

当天晚上，喻言本来想给江御景发条加油的微信，打开手机后翻了半天，才想起来认识了一个月，她连这个人的微信好友都不是。

好像只有手机号。

她想了想，还是编辑了条短信发过去。

等她洗完澡出来，拿过手机来看，对方竟然没回她信息。

喻言湿着头发，脑袋上顶着条毛巾，也顾不得擦，鼓了鼓腮帮子，手指灵活地按键盘。

喻言：？

喻言：你不回我信息？

喻言：你连我的加油短信都不回，过分不过分？

喻言：来自老板的加油短信都敢当没看见，扣工资。

喻言：奖金也没了。

一分钟后，喻言电话响了，小炮打来的。

她接起来"喂"了一声，气势汹汹："江御景呢？你告诉他，下个月让他喝风过日子吧，他被开除了，我要引韩援了！"

对面安静三秒，男人熟悉的声线响起："作什么作？"

喻言反应过来："景哥？"

"嗯。"

"你不回我短信。"喻言控诉。

"我手机，欠费单停。"

喻言举着手机，眨眨眼："哦，比赛加油。"

江御景沉默了一下，半响，慢悠悠，不高不低的声音才顺着电流丝丝缕缕爬过来：

"明天给你把德玛西亚小金杯捧回去装水喝。"

喻言得到了大魔王膨胀的答复，决定信他一次，安心关了手机睡觉去了。

只是第二天一早睡醒，她打开微博扫上首页，眼珠子差点瞪出来。

江御景（MAK.SEER）禁赛一场。

喻言："……"

19

喻言难得睡个懒觉，江御景突如其来的禁赛，让她整个人都清醒了。

对此完全摸不着头脑理解无能的不只是喻言一个人，MAK 的官方微博已经炸开了锅。

德玛西亚杯的热度虽说不如 LPL 春季赛和夏季赛等，也经常会有人说这完全就是 MSI 之后被韩国打得太惨用来挽尊的比赛，但是会看的人其实也不少，关于江御景禁赛的那条微博下面清一色全是爆炸留言——

景哥禁赛？？你在开玩笑？虽然德杯水分大但是也不是这么玩的好吗？

下午决赛了上午说要禁赛？在逗我？

恭喜 FOI。

景哥干吗了要禁赛？

真的瞎搞，不过还好是德杯，夏季赛你禁一场试试看。

官方微博上的说法也十分含糊，并且是俱乐部私下做出的惩罚决定。

一小时以后，FOI 战队官方发出了公告，FOI 战队 SAN 禁赛一场。

于是，原本还一头雾水的老粉们瞬间就都懂了。

FOI 战队的 SAN，曾经是 MAK 战队首发中单，春季赛前突然转会到 FOI 战队来，当时也算是声势浩大，圈内众所周知。

听说 SAN 在 MAK 战队的时候，和江御景之间的关系就已经非常不好了，三天一大吵、两天一小吵。后来两个人终于爆发，大吵了一架，最终以 SAN 走人结束。

恰好那时候辅助 the one 手臂受伤无法出席春季赛，MAK 战队春季赛丢了中辅两人，可谓重创。

再加上，FOI 战队本身又是江御景老东家，他刚来打职业的时候签的就是 FOI，后来转会到 MAK。两个战队无论从哪个方面来讲，都可以说是爱恨纠葛得非常缠绵。

这次德杯又是两个战队宿命般的对决，比赛前期两个 C 位分别禁赛，原因就非常好猜了。

两个人又吵起来了呗。

在百度加围观科普到这些以后，喻言的心情十分复杂。

非要总结概括一下的话就是，想有个任意门直接开到 N 市，把江御景按在地上打一顿。

也没心情赖床了，她干脆爬起来简单洗了个战斗澡，然后直接跑到隔壁 MAK 基地，蹿进了工作人员办公室，了解前因后果。

老板来问，工作人员自然老实交代。

事情发生在今天上午，而且确实是，闹了不止一点的很大的不愉快。

队员赛期一言不合就突然搞叛逆这问题不小，旁边又有不少人目睹，两个战队都不想闹大，于是不约而同地选择了息事宁人的处理方式，意思意思禁赛一局，强行把事情压下去了。

这男人前一天晚上还在跟她说肯定会赢，第二天就跟人互掐去了？

喻言翻了个白眼："江御景和这个 SAN 到底有多大仇？"

工作人员意味深长地说："血海深仇。"

喻言眨眨眼："景哥不会是被 SAN 抢了女朋友吧？"

工作人员嘴角一抽："据我所知，至少打职业这几年，景哥好像是没有女朋友的。"他顿了顿，补充道，"不过抢辅助的仇，其实和抢女朋友也差不多了。"

她保持着一个听八卦的人应该有的热忱表情，坐在椅子上转着圈圈："这个 SAN 是想抢我们 the one？"

工作人员小哥："……"

正常来说，喻言这完全就是在八卦。

但她是小老板，询问队员之间的矛盾似乎就变成合情合理的事情了，只能算成老板来调查了。

于是工作人员就毫无保留地知无不言了。

这位小哥很适合讲故事，聊起天来生动形象，还有动作示范，普通话流利标准，声音也挺好听。

就是废话太多。

喻言听了半个小时，总结下来——

这个前中单不出所料，也是个脾气不好的大魔王型，吃了爆炸果实的。

虽然说平时这两个大魔王也会有意见不合，但是并没有到要闹翻的程度。

然后，the one 手臂受伤以后，江御景的状态很长时间不太好，SAN 恰好提出想转 AD，并且自己偷偷练了有一段时间。

再然后，没有然后了，SAN 走了。

故事听完，喻言总觉得好像还有什么地方可以拓展一下。

她一个人躺在沙发上抱着个抱枕，脑补了三万字的小虐文，顺便解决了江御景的一排草莓牛奶。下午比赛时间一到，她就跑去客厅开电脑，打开德玛西亚杯的直播。

网页刚打开，又被她秒关掉。

不想看。

听天由命。

她干脆开了游戏沉迷召唤师峡谷，先是登录了自己的账号，想了想，又关掉了电脑。

走到江御景的电脑前，坐下，开机，上游戏，开了排位。

AD 位，秒选寒冰。

动作流畅自然，一气呵成。

男人游戏 ID——MAK.SEER 几个字母一出现，队友全部在疯狂打字——

> 我的妈，SEER？
> 真是 SEER 啊！
> 飞一波飞一波。
> 我队友竟然是 SEER，啊哈哈哈，我能吹到老。

喻言保持着 SEER 这位选手平日里被大家所熟知的高冷作风，一言不发，操控着手里的寒冰直奔下路，驰骋疆场去了。

微微一笑，深藏功与名。

这一沉迷，好几个小时过去了。

下午五点，喻言瘫软在椅子上伸了个懒腰，终于舍得关掉游戏了。

她走到茶几前，把上面一排空的牛奶瓶子拿过来，全都放到了江御景桌上，想了想，又从冰箱里捞了两瓶出来，出门，回家。

走之前，她还体贴地帮忙关了灯。

毕竟，电费还是要她爸来付的。

两个小时后，一波三折征战德杯的 MAK 大军终于回到了基地。胖子直接哀号着倒在沙发上，小炮一屁股坐在他旁边，掏出手机开始刷贴吧。刷到一半，"咦"了一下。

胖子一眼瞥见他手机屏幕上的贴吧界面，"嗬"的一声，一把抓住小炮肩膀，兴冲冲地说："来来来，让我看看我们可爱的网民们把景哥喷成什么样了。"

本来只是随口一说，结果他把头凑过去看，没想到这帖子上面还真的是江御景的名字。

发帖的楼主在一楼先是贴了几张截图。

第一张，ID 是 MAK.SEER 的寒冰，1/12/3。

第二张，ID 是 MAK.SEER 的寒冰，3/15/2。

第三张，依旧是那个熟悉的 ID，数据 1/9/5。

以此类推，惨不忍睹，闻者伤心，见者流泪。

帖子标题是："我本来以为自己上了景哥的宇宙无敌霹雳战车，结果没想到是辆灵车。"

楼主语气崩溃，字里行间不难看出来，他已经快哭了。

小炮和胖子默默地、没敢出声地把整栋楼围观下来，抬眼瞅了瞅当事人，正站在自己的电脑桌前发呆。

"欸，景哥，你是不是被盗号了啊？"胖子挠挠头，没忍住问他。

江御景面无表情地转过身来，露出他桌上的那一排空牛奶瓶。

胖子："……"

小炮："我觉得，可能不是被盗号了吧……"

江御景没说话，阴着张脸把桌上的空瓶子一个一个捡起来丢进垃圾桶，然后打开电脑。

然后，他对着他钻三的号和那一整排的负战绩，沉默了片刻。

鼠标拖动往下翻，他突然勾勾唇角，笑了一下：

"还能拿到人头了，有进步。"

胖子："……"

怎么办，景哥是不是生病了？

对于他那毁天灭地的战绩，江御景并没有发表任何言论，完全明白这女人是在向他表达愤怒，他不仅没生气，不知道为什么，反而有点想笑。

想了想，江御景穿鞋，出门。小炮叫了一声："欸，景哥，你干啥去？"

他摆摆手，没回头："抽根烟。"

夏夜空气逼仄，闷热而潮湿，江御景靠在门边看向隔壁。

离得不远不近的两栋房子，屋子里灯火通明，客厅拉着窗纱，朦朦胧胧中，侧窗能看见一个男生的脑袋。

江御景："……"

一个男生的脑袋？

男人黑眸望过来三秒，喻勉"唰"的一下把头缩了回来，眼睛瞪得大大的，嘴巴微张，又紧张又兴奋，牙齿直打战。

他有点呆滞地反应了一会儿，然后"嗷"的一声蹿进厨房里，激动道："姐，我看见SEER了！"

喻言自顾自地开烤箱，没理他。

"他和我对视了！

"三秒！！！

"整整三秒！

"可能有四秒。

"SEER好帅啊，本人怎么比电视上看起来还好看！"

喻勉兴奋得就差在她旁边蹦高了。

喻言"啪"的一下关上烤箱门，嫌弃地抬起头来："你知道你现在的样子让我想起什么来了吗？"

少年的眼睛亮晶晶地问："想起什么来了？"

"那些看偶像剧看到男主出场时候的小姑娘，浑身上下都在控制不住地往外冒粉红色泡泡。"

"……"喻勉也没怎么被嘲到，依旧保持着高度开心的状态，趴在料理台上，"欸，姐，你说他现在还会站在那里吗？"

"我哪知道？"

"姐，我好紧张。

"怎么办，我想再去看一眼。

"但是我不敢。

"万一我又跟他对视上了怎么办？

"他会不会觉得我是个偷窥他的变态？"

喻言："……"

我感觉你就是个变态。

喻言深吸口气，抬起头来问他："你这么喜欢 SEER 啊？"

少年毫不迟疑："那当然，我崇拜他，他是我偶像。"

喻言点点头，撑着下巴，也趴在料理台上，问他："那你想不想见见SEER，面对面地跟他说说话，顺便揍他一顿？"

喻勉："啊？"

"开玩笑的，我的意思是和他握握手。"

她话问出来，少年陷入了沉思。

然后，他很认真地抬眼看着她："那我能不能和他合个影，再要张签名？"

我为什么会有个这么少女的弟弟？

喻言没再理他，直接出了厨房，开玄关门出去。

她站在门口的台阶上看过去的时候，江御景人还在，手里捏着根烟，细小的红色光点闪烁。

男人的表情看上去很平静，一如既往懒懒散散的表情。

不知怎么，看着他一副什么都没发生过的样子，一股火就这么突如其来地蹿起来了。

喻言脚上还穿着拖鞋，也没管，直接皱着眉走下台阶踩过去。

她在他面前站定，仰着头，个子矮他一大截，气势却不输："比赛前撺人去了？你好帅啊你。"

江御景没接话，漆黑深邃的眸看着她。

他今天可能早上起得早，或者睡得不怎么好，两只眼都翻成双眼皮，眼尾看上去像是打开的扇子一样。

男人咬着烟，蓦地，笑了一下。

嘴里的烟燃得差不多，他掐灭，丢进旁边的垃圾桶里，瞳仁里明灭一点光："拿稳了。"

他平时的声线其实不沉，此刻可能是因为刚抽完烟，听起来略哑，有点沙沙的，平缓又低沉，好似能带起空气振动。

一直隐匿在阴影里的手抬起来，手上钩着一只金色的奖杯，杯柄上还系着红丝带打成的蝴蝶结："给你喝水用。"

喻言怔住。

她下意识地伸手接过来。

很大的一座奖杯，双手捧过的时候有沉沉的重量，喻言心里又好气又好笑，回过神来瞪着他："你是不是觉得只要赢了就行了？"

他眨眨眼，缓慢地"嗯"了一声，眼底有很深的暗色，透着疲惫。

喻言想起今天上午的时候，工作人员说的话——

"the one 不在的那段时间，景哥状态真的很不好。

"紧接着 SAN 就走了，一下子中辅两个位置没了人，心态很明显就有点崩了。

"本身 C 位就只剩他一个，还要指挥，一个小决策失误就会导致全线崩盘，景哥又是那样性格的一个人。

"他那段时间自己给自己很大的压力，整个人无论是从身体还是心理状态都看得出来快要沉到底了，经常几天几夜不合眼看录像，打排位，队友根本劝不动。

"春季赛后期才算是终于好了一些，老实说，那个时候我们真的都在想输了也挺好，赶紧结束算了。他那个样子，就一个人顶着，这么熬下去真的熬不住。"

喻言歪了歪头，回过神来。

江御景依旧是黑衣服、黑裤子，以半靠着的姿势站在那儿，这个画面和不久前的那个夜晚的有很高的重合度。

区别在于，此刻她就站在他面前，两人之间一步的距离，隔着一座奖杯。

夜风柔和，身后有蝉鸣声，声声入耳。

空气中弥漫着甜点的香味，甜丝丝的，从她身上传过来，被柔风卷起，缭绕在他周身。

她今天没化妆，柔软的杏眼，眼角下面的皮肤上沾着一点白色糖粉。

江御景手臂抬起，指尖轻缓地触上去，蹭掉她眼下的白色糖粉。

因为常年打游戏，男人指腹带着薄薄的茧，顺着眼底中间的位置一寸一寸地向后滑，抹至眼尾，最终停在眼角尾翼上。

喻言眨眨眼，长睫扫过他指尖，引起酥酥麻麻的痒："景哥。"

江御景垂手："说。"

"德杯结束了。"

"嗯。"

"我们赢了。"

他挑了挑眉，提醒道："夏季赛马上开始了。"

"春季赛然后 MSI，紧接着德杯，德杯之后又夏季赛，你不给自己喘气的时间吗？"喻言目瞪口呆。

江御景看着她的表情觉得好笑，抬手戳了戳她脑袋："一个星期之后夏季赛开幕，哪有喘气的时间？小炮又是新人没多少经验，LPL 也没打过，我至少还要再撑几场，等我们中单 carry 起来。"

喻言等他说完，半天没说话。

她手里捧着金色的奖杯，手指卷着上面的红色蝴蝶结带子，"欸"了一声，叫他的名字。

江御景应了一声。

喻言看着他想了一下，似乎是在组织语言，然后慢慢说："你十八岁就开始打职业，三年不算短，有些道理我只接触电竞一个月，我都明白，可是你为什么不懂？你应该明白什么叫作队友的吧？无论小炮是不是新人，浪味仙、胖子，还有 the one，他们每个人都很强啊，你就不能信任他们一下吗？"

他身后，MAK 基地的灯光正对着面前的人，显得她五官更加明晰宁和。

干净的杏眼，明澈通透，黑白分明。

她安静地看着他的时候，像是能望进人心里去："你现在这种想法，是在瞧不起谁啊？"

满满一锅鸡汤煲完，江御景不为所动。

就那么靠着，垂眼看着她，表情都没变，一点反应都没有。

喻言鼓着腮帮子，觉得自己好不容易教育一次人得不到回应，一点成就感都没有。

她手一伸，把奖杯塞进男人怀里。江御景伸手抱住，女人手臂已经抬起，踮着脚，白嫩小手举得高高的，拍了拍他的头。

江御景愣住了。

男人的头发比想象中还要柔软，很好摸。喻言满意地收回手，带着笑意看着他："SEER 小朋友要加油啊，虽然你也很棒，但还是要信任其他小朋友。"

她的声音难得柔软，带着一点诱哄的味道，掌心带着温热的触感，又轻又稳地落在他的头顶。

抽手的瞬间指尖擦过耳际裸露的皮肤，一点热源蔓延，灼烫开了一大片。

这边，幼儿园大班喻老师任由他发怔，已经把德玛西亚杯抽回来了，没忘了自己出来的目的，直接问他："SEER啊。"

江御景抬眼："又是什么鸡汤？"

"……"喻言被噎了一下，"不是，我只是想问一下，你要不要来我家坐坐？"

江御景："什么？"

"我有个弟弟，特别喜欢你，想看一眼SEER真容。"

"哦。"

喻言把江御景带回来的时候，喻勉已经扒在侧窗口偷偷看了好久。

少年在看见江御景把手里的德玛西亚杯递过去时的表情：？

看见男人手指贴在自家姐姐脸上时的表情：？

看见姐姐踮起脚摸了摸大魔王脑袋时的表情：？！

直到目睹这两个人肩并肩走过来的时候，喻勉脸上已经没有表情了。

他阴着一张脸站在窗前，看着江御景跟在喻言后面进来，波澜不惊地说："你们俩是在谈恋爱吗？"

喻言手一抖，拿着的奖杯差点掉地上。

那边喻勉已经走过来，没看喻言，直勾勾瞅着江御景。他个子高，虽然还在生长期，比江御景矮上那么一点点，但也足够和对方平视。

少年脸上表情倒是很镇定，完全没了之前兴奋激动得满眼冒光的样子。

两个人对视了几秒，喻勉抿了抿唇，不自然地别开视线，语气难得有点孩子气："虽然你是我偶像，但姐姐是我的。"

江御景还没想到要说什么，少年再次转过头来看向他，脸上表情既纠结又苦恼："但我还是很喜欢你，你能不能……跟我合个影？"

江御景："……"

等人走了之后，喻勉小心翼翼地捧着手机盯着里面的那张照片看，既犹豫又纠结，最终还是下定决心设置成了屏保。

他转头，看向自家姐姐："姐，你真的要跟SEER在一起吗？"

喻言窝在沙发里看电视啃苹果，头都没抬："我为什么要跟他在一起？"

"那你为什么摸他的头？"少年顿了顿，"你都没摸过我的头……"

喻言按遥控器的手一停，好笑地扭过头去看他："喻勉同学，你今年八岁吗？"

"但是你竟然摸他的头，你对他比对我还好。"喻勉阐述事实。

"我还天天给你烧饭吃，我也没给他烧。"

少年要哭了："你还打算给他烧饭！"

喻言无语地看着他："怎么回事啊？他不是你偶像吗？不是享有女朋友和 SEER 同时掉进水里肯定先救 SEER 那种至高无上的地位吗？"

"那不一样。"少年摆摆手，"我想象不到 SEER 成为我姐夫的画面，有种自己被两个人同时抛弃了的感觉。"

"所以说，你为什么要想象这种不存在于现实中的画面？"喻言翻了个白眼，赶他去睡觉。男生不情不愿地蹭起来上楼，走了一半，又回过头来，似乎下了很大决心的样子，一脸沉痛："姐，如果你真的喜欢他，那就上吧，没事的，不用顾忌我。"

喻言："……"

第二天下午，喻言照常去店里待了几个小时后，打道回府拐进 MAK 基地，她到的时候几个人都已经醒了。

江御景也醒了。

喻言选择完全失忆，忘记自己昨天幼儿园老师哄小朋友一样炖了锅鸡汤这回事，蹦跶着跑到桌前开电脑，扭头看向旁边的男人："景哥，来双排呀？"

江御景淡淡扫她一眼："你一个青铜段位怎么跟我双排？"

喻言完全没有心理压力："我拿喻勉的号，他让我帮他上个大师。"

小炮"哇"的一声，想到了昨晚江御景直接掉到了钻三的那个数据，默默为这位素未谋面的喻勉点了根蜡。

女人那边已经开了游戏，指着界面："你看，喻勉钻二，你就比他高一级，很合适呀。"她笑得挺灿烂，"而且跟我双排很减压的。"

江御景从表情上来看好像对她的话不是很赞同："我觉得打完我可能会想把你丢出去，从此 MAK 这个战队就解散了。"

他这么说着，手上还是接受了右侧跳出来的好友申请和邀请。

喻言二话不说，秒寒冰。

江御景沉默了十秒，最终选了个辅助角色。

小炮、胖子、浪味仙、the one："……"

江御景不顾队友在旁边疯狂爆粗，选了个辅助后，跟着寒冰去了下路。

炸的不只 MAK 战队上中野辅，还有他们这局比赛的队友们。

左下角聊天频道，其余三个人在不停地狂质疑。

　　SEER 辅助？

　　我昨天在贴吧看到一个楼主遇见 SEER 疯狂灵车漂移的帖子，
我产生了不好的预感。

　　我可能遇到了个假 SEER。

江御景瞥了眼旁边一脸平淡完全不虚的女人，"啧"了一声。

然后很快，他就用实际行动证明了自己也是可以打辅助的。

因为喻言的寒冰，有史以来第一次，在比赛结束的时候打出 4/2/6 的战绩。

她看起来开心得快热泪盈眶了，点掉对面水晶的瞬间，"嗷"的一声跳起来，含情脉脉地看着江御景："景哥！我的！"

江御景手指僵了一下。

"我的辅助！"

江御景："啧。"

20

喻言说到做到，之后的几天里，她每天拉着江御景双排三百场。

女人脑子好用，学东西很快，再加上手速不慢，操作细腻，还挺有打游戏的天赋。

此时，她的寒冰已经有了一定熟练度，如果她是用自己的号一点一点打上去，那么现在起码白银的水准了吧。

但是现在，他们打的是钻石局。

喻言手上的号，钻二。

她就不得不抱着江御景的金大腿，在他塔姆、娜美、布隆的保护之下苟延残喘。

于是，夏季赛开幕赛前一个星期，MAK 战队完全没了紧张的训练气氛，一反常态，整个房子从一楼到三楼、从三楼到阁楼都能听见女人撕心裂肺的号叫声。

"我要死了！

"景哥保护我！！

"景哥啊啊啊！

"江御景！你能不能别浪了！你回来看一眼你的 AD！！

"江御景！"

江御景："……"

江御景在 MAK 待了近两年，从来没产生过如此强烈的想要转会的冲动。

真的吵。

耳膜都要被她喊穿了。

江御景有点不耐烦地"啧"了一声，趁着回家补装备的空当，扭过头来看向身边的女人，手指伸过去，拉了一下她的耳麦。

喻言正一个人在下路小心翼翼地补着兵，身后江御景不在，她一步都不敢往前，只慢悠悠地补刀，还经常补不到。

耳麦突然被人拉住，她下意识地随着那股力道歪着脑袋，在游戏里后退了两步才转过头去，看向他："怎么了？"

江御景没说话，竖起一根食指，伸过去，抵在她唇边，慢悠悠"嘘"了一声，声音低低的，带起气流。

细长的手指压住她柔软的唇瓣，指尖微凉，轻轻一点压力。

喻言愣住。

男人常年打游戏，指腹带着薄茧，摩擦上柔嫩的唇，引起丝丝拉拉的痒感。

江御景眯起眼。

女人唇片嫣红柔软，指尖上的触感好得让人舍不得挪开手，绵绵软软、湿湿润润的，像布丁。

她没愣过五秒，面前电脑屏幕一黑，被对面点死了。

喻言扭头看过去，"嗷"的一声，接下来又是一阵哭天抢地的呜呜呜。

她扭头的瞬间，唇片擦过他食指指腹，柔软摩擦。

江御景垂眸，食指和拇指轻微搓动一下，抿了抿唇，才重新握上鼠标，出了泉水往下路走。

MAK 的 AD 轻松加愉快地带着"小学生"打钻石局的排位上分，这边小炮就没那么快乐了，因为是新人，缺乏比赛经验，他连着几天被苏立明按着去开会研究。

好不容易结束了一波，小炮钻出来接水，端着个水杯刚迈出会议室的门，就看到电脑前自家 AD 的手指头贴在自家小老板嘴边上。

这对娱乐下路双人组的小动作就被中单抓了个正着。

小白毛今年"芳龄"十九岁，沉迷电子竞技数年至今，打从懂事起就不知道异性两个字怎么写，虽然读书的时候就因为一张清秀的小脸蛋收到过情书表白无数，但是他心中只有《英雄联盟》，女朋友是诡术妖姬乐芙兰。

即便不开窍到如此程度，他也知道正常人是不会打着打着游戏突然去摸人家小姑娘嘴的，PIO 陷入了沉思，不算很敏锐地捕捉到了那么一点点奇异的不自然。

他蹦跶到沙发上蹭到正拿着 iPad 看录像的胖子旁边："胖哥，你有没有觉得景哥最近有点不太对劲啊？"

胖子没抬眼："所有人都透出一股恋爱的酸臭，只有我散发着单身的清香。"他语气平静从容淡定自然道，"他最近对不对劲我就不做评论了，但是昨天我排位遇到了 AU 的打野，他已经问过我好几遍 SEER 是不是要转辅助了，还问我 MAK 是不是买了新 AD。"

"然后呢？"

"然后我说，AD 会不会换我不知道，但是我们的小老板最近好像有点想买你们家权泰赫。"

小炮大惊失色，瑟瑟发抖，忘不掉德杯上被权泰赫支配的恐惧："言姐不要我了吗？我要变成替补坐板凳了吗？"

少年一张小嫩脸皱着，胖子抬头，嘿嘿一笑："紧张啥啊你，你跟权泰赫怎么说也有四六开了。不要慌，要是真买来了，顶多 BO3[1] 让你上一场。"

1　BO3：总场次为三场。BO3 赛制即三局两胜，还有 BO1、BO5 等等。

小炮脸色煞白："你一星期前还说我们俩五五开呢。"

"你一个月前还说权泰赫和他们打野加起来才能打得动一个你。"

"不让人吹牛的吗？"

关于"景哥不太对劲"这个话题就这么被岔开了，不过江御景最近号上那一整排的辅助英雄选择确实是意外地取得了战略性蛊惑对手的作用，几乎所有的战队都在怀疑 MAK 是不是藏了一手牌。

不然夏季赛开幕前一个星期，AD 开始疯狂地练辅助英雄，这就没道理啊。

当天下午，喻言和江御景这个下路组合连赢三把，甚至有一把喻言干脆利落地拿了个双杀。

小喻总心情好，大腿一拍，决定今天不叫外卖了，她亲自下厨做个好吃的。

她当即卷起袖子开始择头发，女人很瘦，穿着宽松的白色雪纺衬衫和黑色铅笔裤，脚上踩着双浅蓝色毛绒拖鞋，裸露的一截白皙脚踝显得更加纤细。

绑头发的时候，嘴里咬着根皮筋，手臂曲起上抬，胸口的布料撑出美好的弧度。

喻言绑了个高马尾，左右甩了甩，发梢擦过旁边坐着的男人脸侧。她直接走进厨房，开了冰箱门，上上下下左左右右翻了一遍。

除了零食牛奶啤酒可乐，什么都没有。

喻言仔细扫了一圈，咋舌："你们平时都是吃什么活下来的？"

"我们抱着烧饭阿姨和外卖员的大腿过活。"浪味仙说。

胖子抱着厨房料理台旁边的柱子，"哇"的一声："我们喻妹还会烧饭啊，厉害厉害。"

"肯定不可能达到专业水平了，不过意大利菜或者家常菜什么的没什么问题。"喻言谦虚道。

"我们景哥家常菜做得也好吃啊！"胖子立马说，"像什么家常红烧牛肉面、家常翡翠鲜虾面、家常老坛酸菜面——"

江御景一眼斜过来，胖子赶紧闭嘴了。

基地没食材，喻言打算去超市买点回来，小炮蹦跶着想跟她一起去。

只是人还没蹦起来，被楼上下来的苏立明按回去了。

苏教练手里拿着厚厚一沓不知道是啥的东西，拖着少年的后衣领再次把他拉回会议室，"嘭"的一声，关上了门。

会议室里，小炮的脸色和他头发一样白，他就像要虚脱了一样。

浪味仙同情地摇了摇头："这就是新人啊。"

他这句话刚说完，会议室里苏立明站起来了，走到门边，推开，一个脑袋伸出来："浪味仙，你也过来一下。"

浪味仙："……"

胖子在一边开心得双下巴都快颤起来了，扭头问喻言："喻妹，你买多少东西啊？好拿吗？我跟你去帮你提袋子啊？"

喻言简单列了列需要的东西，扫下来一圈："不用，东西不多，我自己去就行了。"

胖子"哎"了一声，屁颠颠地把包拿过去递给喻言，江御景坐在沙发里，拿着胖子之前在看的 iPad 看视频，抬起头来："你去超市？帮我带两箱牛奶。"

喻言刚要答应，反应过来："多少？"

"两箱。"男人表情很认真。

喻言翻了个白眼："你怎么不让我帮你把超市搬回来？"

"你拿不了吗？"

"你一定要问这么愚蠢的问题吗？"

江御景点点头，把手里的 iPad 放到了一边："那我跟你一起去。"

男人说着，跷着二郎腿的大长腿放下，站了起来，走到桌边摸了车钥匙挂在手上，走到玄关，穿鞋，出门。

动作一气呵成。

喻言跟在他后面出去："走路十分钟的地方，你还打算开车过去？"

"不然呢？我一会儿抱着箱子走回来？"江御景已经把车按开，绕过去开驾驶位车门。喻言也走过去，刚准备开副驾驶门上车，想起来这个人有点奇怪的癖好，好像不喜欢别人坐他的副驾驶位。

于是动作一顿，原本已经搭上车把的手放开了，她往后走了两步，开门钻进后排上车。

喻言在后面坐好，等了几秒，江御景那边才拉开车门上来。

一上来，他就顺着后视镜看她："你为什么不坐到前面来？"

喻言呆滞了一下："我上次坐前面，你不是把我赶下去了吗？"

"上次是上次，这次是这次。"

喻言面无表情："我都坐好了。"

江御景"哦"了一声，发动车子，倒出车位，停在路边不动了。

喻言等了一会儿。

他回过头来，看着她。

"那你要不要坐到前面来？"江御景说。

"……"我怀疑你脑袋是不是有点问题。

21

喻言觉得，江御景这个人，有的时候会有一些让人非常捉摸不透的举动。

比如说就因为踩他一脚，这个人可以小气吧啦的一记就是小半个月；比如说明明非常喜欢喝草莓牛奶，但是她之前带来基地的蛋糕他基本没怎么动，理由是，少爷不喜欢吃甜食。

再比如说，之前还一副"我的副驾驶位无论如何都不可以坐没有解释"的架势的人，现在却在车都发动了以后，停在路边问她要不要到前面去坐。

喻言琢磨了一会儿，觉得这大概就是男人打开心门的一个信号，说明作为一个天赋型的 AD，她的操作水平已经得到了她的辅助的认可。

喻言心头一喜，十分感动，然后面无表情地拒绝了他：

"我不要。"

超市不远，步行大概一刻钟的时间，晚高峰，车流量大，开车过去也差不多一刻钟。

两个人进了超市，喻言推着车子一排一排货架走过去，挑好了清单上需要的东西，刚好走到冷冻区。

冷柜里摆着各种酸奶牛奶奶制品，包括满满一排的草莓牛奶。

她停下了脚步，看着那一排排玻璃瓶子，语气有点感慨怀念："景哥，你还记得吗？"

江御景"嗯"了一声，似乎也想起来，唇角勾起。

"一个多月前，就是在这里，我善心大发把最后一瓶草莓牛奶让给了你，第二天你就抢了我的乳酪。"

江御景："……"

"我当时就在想，如果下次还有机会在这里碰见你，我一定把所有的草莓牛奶全买下来，不管这架子上还剩多少瓶，然后再踩你一脚。"喻言说。

江御景："……"

江御景唇角的笑意僵住了。

他低垂着眼，看着一脸一本正经的女人，一字一字，缓慢地说："以后我的草莓牛奶，你一瓶也别想喝了。"

喻言眉梢下弯："你一定要这么残忍地对待你的 AD 吗？"

"在你承认自己本来打算再踩我一脚的时候，你已经不是了。"

"行吧。"喻言点点头，"但你还是我的辅助。"

江御景："啧。"

两人再次回到基地，众人发现他们的 AD 大佬表情看起来异常柔和，心情好像不知道为什么有点好。

不过现在已经是辅助大佬了。

喻言烧了几个简单的家常菜，五菜一汤，荤素搭配，色香味俱全。

小炮上桌夹了第一筷，红烧肉肥瘦相间，连着十分有嚼劲的肉皮，上面浓郁酱汁包裹，入口唇齿留香。

小炮嗷嗷嗷地站起来，满眼冒星："好吃！言姐，你为什么什么都会弄，你嫁给我吧！"

少年年纪小，性格也活泼，喻言又有个弟弟，蹦跶起来的时候让她不由自主地就想宠。

"谁教你这么会说话的。"喻言摸着他的白毛把他按下去，"好好吃饭，苏教练还等着你呢。"

他旁边，胖子扫了一眼坐在对面的辅助大佬江御景，感觉大佬原本温柔的气场好像有了那么一丝丝波澜变化。

胖子想了想，最终还是决定明哲保身闭嘴安安静静埋头吃饭，做一个与世无争的小透明，并在心里默默为小炮点了个蜡。

饭后，喻言没留直接回了家，走之前顺便从江御景刚搬回来的箱子里抽了两瓶牛奶。

喻勉已经从图书馆回来了，抱了一摞书堆在茶几上写卷子，听见开门声，眼神犀利地扫过来："你刚回来。"

喻言把钥匙挂在墙上："是啊，我刚回来。"

少年放下笔，平静叙述："你吃过饭了。"

喻言挑了挑眉，等着他的下文。

"你已经开始给他烧饭了，几天前你还跟我说你不会给他烧饭的。"喻勉哀怨地看着她，"姐，你这样下去，我会对 SEER 脱粉的。"

喻言想笑："你对 SEER 的爱意就轻而易举被一碗红烧肉抹杀了，这么薄弱的吗？"

喻勉大惊失色："你竟然还给他做了红烧肉！我在你家待了这么久，你给我做过一次红烧肉吗？"

关于自家弟弟每天就蹲在家里脑补江御景已经成为他姐夫这件事，喻言从刚开始觉得好笑，被他在耳边叨叨多了，也开始觉得心情有那么一点微妙。她在把这件事情跟季夏说了以后，换来对方一阵诡异的沉默。

五分钟后，女人电话直接打过来了，声音听起来平静淡然："我刚刚搜了一下喻勉这个姐夫的名字。"

"不是喻勉他姐夫。"

季夏没睬她："他竟然还是个有百度百科的姐夫？"

喻言平躺在床上敷面膜，不敢动，说起话来牵动起嘴角面膜纸："所以都说了不是。"

那边女人拉着图片一张张看下去，摇头感叹："长得还挺帅，原来电竞少年里还长成这样的？我要入圈了，他有没有双胞胎兄弟姐妹什么的？"

"你问我，还不如再往下拉一拉百度百科。"

"你对你弟的姐夫还真是一点都不关心啊。"

"……"非要说我弟的姐夫吗？你为什么要绕这么一大圈？

喻言走人之后，MAK 基地这边，一片奶足饭饱之后的宁静祥和。

苏立明"石头剪子布"输了去洗碗，其他几个人坐在沙发上，小炮瘫在角落里，享受了一会儿难得的没有苏教练来抓他的闲暇时光。

少年从口袋里掏出一整天都没摸过一下的手机，刚准备来一把说走就走的手游。

"PIO，来双排。"江御景突然出声。

小炮手一抖，手机直接掉在胸口，撞上胸骨，有点疼。

他没反应过来，抬起头看看江御景，一脸呆滞："啊？"

"后天就夏季赛了，来练练 gank[1]。"

"……"

Gank 个屁，老子是个中单又不是打野——小炮心里想。

"好的景哥！没问题景哥！"小炮说。

小炮心里苦，好不容易晚上吃好饭可以摸会儿鱼，还被大佬拉去不知道哪门子的双排。

少年憋屈地开了游戏排位，江御景玩了好几天辅助终于打了一次 AD，身心舒畅，整个人都放飞自我了。

放飞到，他慢悠悠在下路发育了一波以后，从河道穿过去，跨越了半个召唤师峡谷，点掉了小炮的蓝 buff。

已经走过去，蓝 buff 就差一刀收入囊中的小炮一脸疑惑。

己方打野一脸疑惑。

聊天框——

> SEER？？？
>
> SEER 是本人？
>
> PIO 不也是 MAK 的吗？
>
> 这是什么，MAK 战队双 C 位闹矛盾了？我们是炮灰吗？

小炮在旁边快哭了，叫了他一声。江御景理都没理，一箭射掉自己家中单的蓝 buff 以后，头也不回，不再留恋一分一秒，窜回了下路。

真男人从不回头看爆炸的冷酷姿态表现得淋漓尽致。

小炮这局拿了个暗黑元首辛德拉，没有蓝 buff 非常难受，然而很快他就发现，这只是个开始。

整场比赛，江御景没有让他拿到过自家野区一个蓝。

1　gank：游戏术语，多人在线战术竞技类游戏中的一种常用战术，指一个或几个游戏角色行动，对对方的游戏角色进行偷袭、包抄、围杀，或者说以人数或技能优势有预谋地击杀对手以起到压制作用。通常是以多打少，又称"抓人"。

一个，都没有。

最后打野盲僧实在看不下去了，打信号帮小炮反了对面的。

三十分钟后比赛结束，江御景神清气爽地站起来伸了个懒腰。小炮欲哭无泪："景哥，我做错什么了？"

江御景拍了拍少年的一头白毛："一个 carry 的中单，不能只靠蓝 buff。"

Carry 个屁，老子一个辛德拉你不给我蓝？？

"我明白了，景哥。"小炮说道。

他扭过头，抹了一把委屈的眼泪。

所以说，他到底做错什么了？？

22

隔天 LPL 夏季赛开幕赛，喻言被喻勉不动声色地教育了一顿。

比赛在周四，星期三的早上，少年去学校之前，坐在桌边叼着吐司片满脸严肃地看着她："姐，明天 LPL 夏季赛开始了，你知道吧？"

"嗯，怎么了？"喻言把自制的果酱给他推过去。

"现在 SEER 是不是给你打了好几天辅助？"

喻言挑了挑眉："你没电脑还了解得这么清楚？"

"不只是我啊，现在满贴吧微博都是了。什么 MAK 战队 AD 连练三天辅助英雄，MAK 出奇制胜诸如此类的。"男生接过果酱瓶子扭开，挖了一勺涂在吐司片上，然后递给她，"我同学也来问我，为啥这几天我玩的全是寒冰，战绩那么垃圾，ID 还天天和 SEER 挨在一起，以为我要去打职业了。"

喻言接过少年递过来的吐司咬了一口，含含糊糊地说："哦，所以呢？"

喻勉眨眨眼："所以，虽然我快对 SEER 脱粉了，你是不是因为讨厌他，才故意天天去找他双排？"

喻言一愣："啊？"

他越想越觉得有道理，开始津津有味地脑补。

"欸，姐，你说明天的夏季赛上，会不会看见 SEER 长剑红瓶对着线呢，补刀补着补着突然去野区排眼了？"

喻言："……"

我只是想帮他减减压而已。

如此一来，喻言不敢再去找江御景了，在店里厨房窝到下午两点，安德看着一盘一盘往外推的甜品，终于忍不住进去了。

"你再做下去，今天这些卖不完的全都要丢掉了，你知道你会赔多少钱吗？"

喻言手里举着个打蛋器，垂着眼："我很无聊。"

安德挑了挑眉："你最近是不是在接触电子竞技？"

"是啊是啊。"

我不光在接触电子竞技，我还有个战队。

安德点点头："下个星期有个蛋糕预定。"

"不接不接。"喻言摆摆手，"就说店主的闺密要生了，她要去伺候月子。"

"是一个电竞战队的赞助订婚要用吧，是叫什么，FOI？"安德说。

喻言头"唰"地抬起来了："叫什么？"

"嗯？"

喻言难以置信："FOI？那个电竞战队FOI？蛋糕房那么多，他们为啥来这里订蛋糕？"

"好像说是那老板娘喜欢吃咱们家之前的新品。"安德顿了顿，"就是你一个多月前的那个'渣男去死'。"

"……"

这老板娘真有个性。

喻言面无表情："那为什么就订婚了？我以为她会失恋。"

"那个老板娘说，今天下午三点左右再来找你具体商量一下，毕竟她一辈子只打算订一次婚。"安德抬手看了看表，"还有不到一个小时。"

喻言："……"

喻言的店开了小半年，店面颜值高，味道好，地段也不错，后来又被几个微博主推荐了个遍，再加上意大利学成归来的美女西点师店长和混血帅哥咖啡师的噱头也非常足，因此也算是家比较出名的网红店了，只是没想到，这FOI的老板娘还挺潮、挺小资。

下午三点零五分，小资的老板娘慢悠悠、轻飘飘地推开了彩绘玻璃大门，大波浪，白皮肤，烈焰红唇，配上一条连衣小红裙，手上一个贵气的小包包。

总之是一个看起来就很老板娘的女人。

喻言也是个轻熟风格爱好者，她站在吧台后面上上下下扫了对方一圈，最后视线定格在女人的鞋上。

她脚上的那双高跟凉鞋，看起来鞋跟有十厘米。

喻言眯起眼，不动声色地蹲下身，从吧台下面抽出她之前放在这里忘记拿走的高跟鞋鞋盒，打开，又把自己脚上那双三厘米的小矮跟脱了，换上。

再次直起腰来，整个人都拔高了一截。

喻言抬手把绑着马尾的发圈拉下来，柔软黑发倾泻披散，垂坠感很好的深灰色缎面薄衬衫扎在铅笔裤里显得腰肢纤细，脚上一双蓝灰色十厘米细高跟将她整个小腿的线条拉长。

然后，她垂着头，拉过包包打开，快速掏出一支唇膏盲涂补完。

喻言抿了抿唇，将一边头发别到耳后，扯出一个笑容来，迈着稳稳的步子走出柜台，向老板娘走过去了。

站在吧台后面目睹了整个过程的安德："……"

女人真是可怕的生物。

小红裙老板娘在悄声问了旁边的店员以后，小店员红着个耳朵，往吧台这边指了指。喻言刚好出来，余光瞥了一眼他们店颜值门面的店员小帅哥红着的耳根，唇角保持着恰到好处的弧度走过去站定："你好，我是店主。"

老板娘红唇一勾："你好。"

声音低哑，带着淡淡的烟腔。

性感得喻言一瞬间没反应过来，下意识想清嗓。

等反应过来以后，喻言觉得自己输了。

这是一个光凭借声音就能让人爱上她的老板娘，不是一双高跟鞋和一支口红可以超越的。

喻言把人带上二楼隔间，率先开口："您是需要订婚蛋糕吗？"

服务生端上来两杯咖啡，老板娘微微颔首道谢后，端正地坐在那里缓慢道："对，因为我未婚夫是一个电子竞技战队的主赞助，所以我们的订婚宴想弄成那种主题模式的。"

喻言愣了一下，没听懂："主题模式？"

老板娘优雅地抿了一口咖啡："喻小姐知道《英雄联盟》这款游戏吗？"

喻言点点头："知道。"

老板娘眼睛亮了亮："FOI 战队，您听过吗？"

怎么没听过，不就是高价年薪买下我家"辅助"一年后又挖走我家前中单的那个战队嘛。

喻言犹豫了一下，再点头："嗯，我知道。"

老板娘松了口气："那就好解释多了，因为我未婚夫做电竞行业很多年了，所以这次请来的大多是同行，包括一些电竞选手什么的。"她笑了一下，继续道，"而我和他之所以能够结缘，也是因为我COS了他非常喜欢的女警，所以我们这次订婚宴，想弄一个《英雄联盟》主题模式的，也希望蛋糕能够尽量跟着这个主题来。"

"……"你准备把你一辈子只有一次的这么重要的订婚宴当成漫展来搞吗，老板娘？这样合适吗？

喻言勉强理解，半开玩笑道："尽量跟着主题来吗？那您的蛋糕是想要峡谷先锋形的，还是纳什男爵形的？"

老板娘皱着眉头抉择了一会儿，然后很艰难地问她："能不能各来一个？"

"……"您可真是幽默。

和这位如梦似幻的老板娘委婉解释沟通完毕，已经是两个小时后，喻言挂着完美微笑将人送走，然后阴着张脸疲惫地回来了。

她一进来就忍不住开始吐槽："为什么这个看起来和听起来智商都挺高的女人说出的话这么不带脑子？她竟然问我能不能做个和大龙同比例的蛋糕出来？她准备让我怎么做？是就电脑屏幕里的大小，还是把天花板顶穿？"

"然后呢，你怎么说？"

"我拒绝了她，我说您真是活在梦里，这么精彩绝伦的屁都放得出来。"

安德动作一顿，讶异了："你就这么跟她说的？我看她刚才走的时候表情不像啊。"

"我当然是在心里说的。"

FOI家大老板的订婚宴定在下周日晚上，听她的意思是很多战队都会来。

夏季赛是周四周五周六周日四天有比赛，周日晚上比赛结束时间刚刚好。

只是周日那场比赛输了的那队与大家马上在订婚宴碰面，那画面岂不是很尴尬？

喻言翻了翻赛程表，看到周日没有MAK的比赛时松了口气，虽然她根本没觉得MAK会输。

转念一想，好像无论有没有比赛，这两个战队之间的关系都很尴尬。

竟然帮自家战队的竞争对手做蛋糕，喻言顿时觉得自己像个卖国贼。

但她给的实在是太多了。

晚上，挣扎了一整天的小喻总回到家，看了眼灯火通明的隔壁，最终还是没忍住。

内心做了一系列思想斗争以后，她跑到楼上喻勉房间里，把少年的望远镜搬下来，架在了客厅侧窗窗边，撅在那里，闭着一只眼往外瞧。

喻勉："……"

男生坐在客厅里看着她："姐，你干吗呢？"

"我在看他们是不是在认真训练，明天就是夏季赛开幕赛了，你知道喻嘉恩先生每年要花掉多少钱在这上面吗？我当然要看看他们有没有偷懒。"喻言头也没回道。

喻勉："哦。"

第二天，MAK战队的比赛在第二场，晚上七点开始。

一行人准备出发的时候，小炮特地给喻言发了条微信，问她会不会来看。

对面回复很快：你们会输吗？

小炮秒回：当然不会！

喻言：那不就行了，比赛加油。

小炮坐在车里，哭丧着脸抬起头："言姐说她不来看了。"

浪味仙推了推眼镜："你是不是有点姐控？"

苏立明一脸高深："女大三抱金砖。"

"喻妹好像二十一，其实也只大了两岁。"

"景哥也二十一。"小炮接道。

胖子"哇"的一声："那他俩谁生日比较大？喻妹生日几月啊？我记得景哥是八月底？八月多少来着？"

一车的男孩子，对于生日这种细节问题向来都是不太敏感的。

于是问题一出，众人齐刷刷地扭过头去，看向坐在 the one 旁边窗口位置的男人。

江御景被几道视线齐齐看着，沉默了一下，然后扭头看向小炮："你们俩什么时候加的微信？"

众人："……"

第三章

你是不是真的有点喜欢他

23

夏季赛开幕赛下午五点开始，MAK 战队到达比赛场地的时候是四点。

他们在休息室里看完了第一场 BO3，第三局结束，红方基地被点掉的时候，小炮磨了一下后槽牙，浑身一抖。

浪味仙余光瞥见，转过头问他："紧张？"

"有点燥。"小炮跃跃欲试。

苏立明用手中的纸卷敲了一下少年脑袋："这几天怎么教你的，别太浪。"

男生捂着脑袋仰起头，嘿嘿笑："要是能杀呢？"

苏教练顿了顿，平静地说："能杀就让他哭着回泉水找妈妈。"

小炮："嘿嘿嘿——。"

狂暴流中单得到许可，嘴角咧得老开。

时间差不多，MAK 战队上场。

其中小炮作为第一次登上 LPL 舞台的新人，在解说介绍时收到了不少追随的目光。

白毛蹦蹦跳跳地在自己位子上坐好，苏立明帮他扣上耳麦调整外设，少年对着镜头笑，露出一口小白牙。

浪味仙坐他旁边，拍了拍他脑袋。

MAK 这次夏季赛第一场对战的就是春季赛冠军 BM（蝙蝠侠）战队。蝙蝠侠战队打法很诡，主要原因在于，他们有个路子非常野的打野。

BM 战队打野金在孝，娃娃脸，大眼睛，一笑起来露出两个可爱的小酒窝和两颗小虎牙，中文好得不像个韩国人。

就是这样一个长得看起来人畜无害的小朋友，一手男枪一手蜘蛛两大招牌英雄，抓哪路崩哪路，在野区追着对面捅，一打二丝血拿双杀，反差萌拉了一票的姐姐粉、亲妈粉。

于是 ban/pick 开始，MAK 在红色方，几乎毫不犹豫地禁掉了金在孝的蜘蛛。

胖子"唉"了一声："其实可以先抢个盲僧的啊，不过狮子狗也在外面，龙王你要哪个？"

浪味仙镜片反光："都可以，随便carry。"

小炮直拍大腿："给我拿艾克给我拿艾克，我要艾克我要艾克！"

江御景指尖敲着桌子："给小炮拿个辛德拉。"

"景哥。"

小炮快哭了："您看今天我的蓝……"

男人正了正耳机："放心，让浪味仙帮你反。"

晚上七点四十分，BP环节结束，比赛正式开始。

喻言坐在观众席，身边是鼎沸人群，震耳欲聋喊着MAK和BM的队名。粉丝们手里举着各种小横幅和字牌，上面写着队员们的名字。

她旁边的一个姑娘正抱着张江御景的大幅相片呜呜呜哭。

喻言："……"

小姑娘哭着哭着，突然扭过头来，通红的眼睛看向她："你也是MAK的粉吗？"

喻言琢磨着自己到底算不算是MAK的粉，略微犹豫了一下，还是"嗯"了一声。

她声音刚落，女孩子又开始呜呜呜，抽着鼻子："你也喜欢SEER吗？"

女孩子尾音拖得很长，擤着鼻涕瞪着眼看着她，将手里的SEER大幅相片往她面前推了推。

喻言看着那张放大版近在咫尺的江御景面瘫大脸，嘴角没忍住痉挛性一抽："嗯。"

那女生眼睛亮了亮，开始打嗝了："我也好喜欢SEER啊！他真的好好！好喜欢单眼皮的男生！"

喻言："内双。"

睡不好的时候还会翻成外双。

女生没听清，眨了眨眼，头凑过去一点："什么？"

"没什么……"

这时候比赛开始，喻言也扭过头去，开始认真看比赛。

她第一次坐在观众席的这个角度看他们的比赛，也是第一次知道，

MAK 的粉丝有这么多。

还有应援……感觉像是在看演唱会。

头顶大屏幕上，MAK 战队处理得非常细致，双人路已经平稳转线到上路。

解说笑了："感觉有 the one 的 SEER 和没有 the one 的 SEER 完全就是两个人啊，我还记得他春季赛的时候，打得真的凶。"

解说 B 也笑："哪里能看得到他这么平和冷静地对线发育转线运营，不是在打架就是在找架打的路上，基本上都是野区或者团战一锤定音的。"

"这就能看得出指挥在一个队伍中所起到的作用，整个队伍的风格都会发生转变。我记得 MAK 的队长和指挥都是 the one，春季赛那会儿因为 the one 缺席，所以 SEER 暂时指挥。"

"其实现在也可以感受到 SEER 那股扑面而来的杀气啊，感觉完全就是 the one 在后面拉着他，告诉他'你慢点你慢点，别凶别凶，架一会儿我带你打'。"

"从之前德杯的时候就看得出来，新中单 PIO 也是一位很激进的选手啊，年轻人嘛，都血气方刚，可以理解。"

"MAK 的打野爸爸和辅助妈妈都不容易啊，心里想又多了个娃要操心了。"

两个解说你一句我一句，这边 MAK 装备已经差不多成形，从阵容上来说的话，MAK 战队在前中期要比 BM 强势一些，比赛在二十五分钟左右，MAK 处理完兵线后选择大龙逼团。

这个时候，BM 大龙肯定也是不能放的，于是龙坑一波团战。胖子兰博直接烤熟三个人，江御景拼死带走对面打野然后被秒，小炮最后进来完成一波收割。

BM 折掉打野，大龙被 MAK 收入囊中，几个人在这边打龙，小炮边打边向江御景致敬："感谢我们 AD，今天牺牲自己和金在孝同归于尽，为整个团队换来了这个大龙。"

胖子："人民永远记得你。"

江御景瘫在椅子上："快点打完。"

第一局打了四十五分钟，最后被 MAK 险险拿下。喻言听着周围人的欢呼声长长舒了口气，她旁边的姑娘又开始热泪盈眶，怀里紧紧抱着的照片上的江御景的大脸都快被她勒变形了。

喻言默默地从她前面过去，准备去厕所。

她刚走两步，被人叫住了。

声音熟悉，清朗的男声："言言？"

喻言脚步一顿，没动，表情僵住了。

她身后，汤启鸣三两步走到她面前。

喻言翻了个白眼。

怎么就忘了这个祖宗也是江御景的粉？

汤启鸣那边表情很是自然淡定，没有一点尴尬的意思，微微笑了笑，似乎有点讶异："你也来看比赛？你什么时候开始看 LPL 了？"

喻言想了一下，然后很认真地看着他："关你屁事！"

汤启鸣面色一沉，没太在意，表情又有点为难地说："关于果果的那件事——"

他没说完。

喻言挑眉："这件事情我知道，她跟我说了。"

"言言，其实你知道——"

"我不知道。"喻言有点不耐烦，打断他，"汤启鸣，既然已经分手了那大家干脆一点吧，行吗？你也像个男人一样好吧？你跟颜果在一起那是你们俩的事情，我只能说，如果你真的喜欢她，我祝你们幸福。"

喻言踩着高跟鞋，站的又高了一级，看起来比男人还高一些。

她垂着眼，尾翼被眼线拉长上挑，眼睫又浓又密，漆黑的眼幽幽看着他："也希望你能给你的下一代积点德，有些缺德事情还是少做点好。"

她说完，干脆利落地回头，走人，脚步看起来有点急。

喻言是真的急。

感觉再跟这人多说一句话，她的膀胱就要爆炸了。

从洗手间出来，喻言觉得自己终于获得了新生，慢悠悠地回到原来的位子，她身边的姑娘正滴溜溜转着眼看她。

喻言眨眨眼，不明所以。

"刚刚那个是你前男友吗？"女孩子先说话了，一脸崇拜，"对不起哦，我刚刚不小心听见了，但是你好帅啊！"

说着，她把自己手里那张变形了的江御景巨幅照片塞到喻言怀里："你也喜欢 SEER 的吧？这个送给你了，你真的好帅！好喜欢你！那些垃垃前男友就应该这样对他们！"

喻言："谢谢你……"

第二场比赛，金在孝在前期疯狂带起节奏，几波出其不意的 gank 完全建立起线上优势，后期对野区资源的恐怖控制力也得到了充分体现，MAK 到后面几乎很难翻盘，最终还是输掉了比赛。

看着自家战队的水晶被人点破，喻言的心一点一点地揪起来，死死地抱着怀里的江御景大照片，眉梢眼角全都垂下来了。

她看着台上的几个男生下台的背影，站起来出去，走到走廊尽头的楼梯间。

此时已经是晚上九点半，空旷安静的楼梯间平台，喻言掏出手机，想了想，还是拨了电话。

那边忙音响起，喻言等了很久，没人接。

她挂了电话，看着黑了的手机屏幕，有点发呆。

好像也对，马上就要第三场比赛，就那么一点休息时间，哪有空看手机。

喻言垂着眼紧靠着墙壁，晃了晃脑袋。

她紧了紧怀里抱的大照片，长长叹了口气，直起腰来，准备回去。

抬起头来转身的一瞬间，男人的身影撞进视线。

江御景斜倚在楼梯间门边，整个人看起来懒洋洋的。

喻言愣怔，呆呆仰头看他："景哥，你怎么在这儿？"

他没说话，只垂着眼睑看着她，瞳色漆黑。

然后他歪了歪头，视线下移，最终落在了她抱着的那张巨幅相片上。

相片里的男人一脸的冷淡，眼角无精打采地垂着，头发上面空白的地方还用桃红色的记号笔画了一颗巨大的爱心，后面写着——最爱 SEER，你永远是我的宝贝小甜心。

江御景唇边不由自主地翘起一点来，瞬间又被他强行压下去了。

人没动，保持着面无表情的样子冲她扬了扬下巴："你怀里那个，是什么玩意儿？"

24

窗外夜色沉沉，楼梯间空旷寂静，白色的光线亮得晃眼，穿堂风灌进来，带来一点凉意。

江御景斜斜倚靠在金属门框上，歪着脑袋看着她。

喻言视线顺着他的向下，也落在手里的巨幅照片上。

"这个？"以为他没看清楚，她还往前举了举，"这是你啊。"

抱了整整一场比赛时间的照片，她到现在才翻过来端详，看看眼前的男人，再低头看看照片，从眼角眉梢，滑过鼻梁唇边。

垂头片刻，她突然笑了。

"景哥，我发现你本人比照片要好看一点啊。"

江御景人一怔，眸底有光虚虚一晃。

女人背脊靠在刷得平整的白色墙面上，怀里抱着他的照片，仔仔细细、认认真真地看，然后说他长得好看。

两排浓密的睫毛扑扇扑扇的，好像羽毛小扇子，一下一下直接扫在他心尖。

江御景不自然地移开眼，嘴角还是忍不住很慢地勾起一点点弧度。

"走了，最后一场看不看了？"

喻言"哦"了一声直起身来，手里的照片再次被抱进怀里，上面男人冷淡的脸直接贴上她胸口的衬衫布料。

江御景垂着眼。

他顿了顿，率先迈开长腿走出去。喻言在他身后快走了两步跟上，仰着头看他："景哥，我们会赢的吧？"

江御景挑着眉，看了她一眼："不知道啊。"

他话音刚落，喻言脚步停住了。

这跟她想好的不一样啊，本来以为这男人会一如既往轻描淡写地告诉她——"放心""会赢的""嗯"。

喻言不走了，江御景也跟着停下了脚步，扭过头来。

走廊里光线相比楼梯间那种几乎刺眼的明亮要暗上不少，女人的五官显得柔软温和了许多，黑发柔软地垂在脸颊两侧，衬得她脸小小的、下巴尖尖的。

"你可是我的辅助。"

喻言突然蹦出一句话来。

江御景一愣，垂眸看着她没说话。

她抿了抿唇，漆黑的大眼，在暖色光线下看起来清透又明澈，圆圆的眼形被她的眼线拉长挑起，别有另一番味道。

此时，那双仿佛会说话的眼睛就直勾勾看着他，字句柔软："我的辅助怎么可能输？"

第三场开始，喻言回到位子上，台上十个人已经上场坐好。

小炮拥有小怪兽一样的敏锐嗅觉，ban/pick 环节开始，他突然皱了皱鼻子："我觉得这把我们稳了，不知道为什么突然就觉得空气里洋溢着快乐的气息。"

浪味仙没感受到快乐的气息在哪儿，善意地提醒他："上一个坐在这里毒奶的人现在已经在后面休息室里看饮水机了，是你的替补。"

the one 这边正在跟苏立明讨论，娃娃脸声音十分冷漠："这把前面可以打得凶一点，别被 BM 带起来节奏，野区能不能把金在孝压住了？"

胖子不想放过任何一个嘲讽浪味仙的机会："龙王可能只能尽量保持让自己不会在野区被金在孝打飞。"

浪味仙："滚。"

小炮这边继续拍大腿："我要艾克我要艾克，给我拿个艾克艾克艾克，我要超神！"

胖子："胖爷我这把拿个青钢影，你们说说看好不好啊？"

结果一上来，对面先把上一把的 MVP 艾克禁了。

小炮叹了口气："那炮爷我这把拿个卡萨丁，你们说说看可以不可以呀？"

浪味仙："你们两个说人话。"

BP 环节结束，游戏正式开始。MAK 战队这边下路组合拿了经典搭配——卢锡安和娜美，浪味仙蹲在对面红 buff 草丛里，边蹲边若有所思："这把我们辅助拿娜美，我记得景哥第一次给言姐打辅助用的也是娜美？"

"是娜美啊。"

"就是娜美啊。"

小炮这边说着，已经和江御景一起往对面红 buff 那边摸了，胖子安安稳稳待在上路看着他们的小动作，摇摇头："你们这是搞事情啊。"

小炮燥起来了："胖哥来造作啊。"

胖子拒绝了他的造作邀请，一边摇头晃脑地说着"你们真的不老实"，一边已经往河道边缘靠。

这边浪味仙已经蹿出了草丛，金在孝打了个信号，BM中单迅速靠过来，然而已经来不及了，早就已经蹲好的四个人一套迅速带走金在孝，然后没有一丢丢犹豫地撤退，这个人头给到了浪味仙头上。

开场被反红还丢了个一血，金在孝血崩。

这样一来，MAK中下两路对线上面的压力就出来了。

好在卢锡安、娜美对线能力比较强，但是小炮的卡萨丁就比较惨了。

对面中单是个岩雀，本来卡萨丁就是需要发育的英雄，金在孝又好像是继AU打野以后第二个爱上他的人。小炮补刀被压，阴人被抓，gank被反打，生存环境非常艰难。

最后MAK干脆采取四卖一战术，小炮躺在召唤师峡谷冰凉冰凉的地板上，听着耳机里胖子咯咯咯地笑："以前这种时候被卖的一般都是我啊，老子终于混出头了，哈哈哈——"

浪味仙："欢迎你来到LPL。"

小炮："……"

最后小炮用生命献祭拖到了中后期，才装备成形开始刚正面，最终还是赢下了这个赛点。江御景拿到MVP，打出了29.8K的伤害。

一场下来，小炮艰辛痛苦、疲惫不堪，还要去接受采访。

他真的不想去接受采访，虽然上局拿了MVP，但这局感觉像是在被羞辱。

五个人下场回到休息室，整理了东西出来的时候，喻言已经等了很久。

女人穿着她钟爱的衬衫，牛仔裤包裹着一双长腿，踩着细高跟站在车边，看见他们出来，露出笑容来。

小炮又惊又喜，很开心地冲着她蹦跶着摆了摆手，刚要跑过去，被江御景拉着衣服后领按住了。

少年没反应过来，回过头去蒙蒙地看着他："咋了，景哥？"

男人抓着他队服外套领口："急匆匆的干吗？好好走。"

几个人慢慢走近了，魔王手一松，小炮终于可以蹦过去了。少年一眼就看见喻言怀里的大幅照片牌，"哇"的一声："言姐，你还做了这个东西啊，但是为啥上面只有景哥？"

其他人这个时候也走过来了，听见小炮说，注意力都转到了女人手里的照片上。

江御景懒洋洋地站在旁边，双手插在外套口袋里，也不说话，就看着。

漆黑深邃的眸底有光。

喻言"啊"了一声，晃晃手里的大照片："这个吗？是我刚刚看比赛的时候，旁边的一个小姑娘塞给我的，她以为我也是 SEER 的粉来着。"喻言又把照片翻过来打量了一遍，点点头，做出中肯评价，"其实这照片选得挺帅的，你要吗？喜欢就送你了。"

江御景的嘴角僵住了。

眼睛里的光也灭干净了。

小炮一脸兴奋地狂点头："要啊要啊送我啊，景哥是我偶像啊，我要挂在床头每天三拜！"

浪味仙别开头，习惯性推了下眼镜。

苏立明望着天长长吸了口气，上车了。

胖子捂着半边脸，不忍心看。

喻言看他那么喜欢，作势就要递过去，递到一半动作被打断了。

江御景耷拉着眉梢眼角，"啧"了一声，大掌往小炮脑袋上一扣，满脸冷漠和不高兴："要个屁，上车。"

少年被他强行按着上了车，边上还边嗷嗷叫："我真的想要啊景哥，你那张照片真的很帅啊！"

"闭嘴。"

MAK 战队第一周一共两场比赛，下一场在隔天下午第一场，下午两点开始。

比赛打完时间已经很晚了，连着一个 BO3 打下来，大家都很累。众人坐在车里回基地，江御景坐在最后一排，跷着二郎腿懒懒散散瘫在座位上。

男人长臂伸出去把自己的包摸过来，从里面掏出手机来。

屏幕点开，一簇明亮的光映进眼底，他突然轻笑出声。

沉沉低低的一声在安静车厢里突兀响起，前排坐着的浪味仙和胖子都不禁回过头来，一脸诧异惊悚。

小炮好奇地蹭过来一点，脑袋伸过来："景哥在看啥？这么好笑吗？"

没等他白毛蹭过来，江御景把手机屏幕按灭了。

一根食指推着少年太阳穴，把他往旁边推了推，挑眉："你是想跟我双排？"

小炮安静三秒，"唰"的一下缩回了脑袋，乖乖滚到另一边窗口，安静如同小鸡崽。

江御景似笑非笑一瞥，等了一会儿，再次按亮了手机，点开那个未接来电，进入短信界面开始打字。

一行字打完，男人歪着头靠在车窗上，眯眼盯着屏幕发呆。

指尖悬在上面，好半天没落下去。

25

静夜沉沉，车厢里一片安静。

喻言坐在靠窗位置，手臂撑住脑袋，思维有点散。

一到晚上坐车，好像就很容易牵引出身体的疲惫感来，整个人都开始犯困。

MAK基地离比赛场馆不近，到了基地已经快凌晨。喻言迷迷糊糊地下了车，她前面的男孩子一个个也垂着脑袋往前走，就连似乎精力无限的小炮都跳不起来了。

江御景最后一个下车，在喻言和其他人已经说了晚安的时候，男人才从车里冒出个头来，慢悠悠地。

喻言打了个哈欠，冲他摆了摆手："景哥晚安啊。"

男人脚步没停，略微侧过头，轻飘飘瞥了她一眼。

他没说话，也没应声，直接从她身边擦肩而过，往屋里走。

喻言整个人都处于被瞌睡虫包裹着的困倦状态，也没在意，继续打着哈欠回去了。

直到回家洗了个澡，整个人稍微清醒了一点，她从包里翻出手机来，看见有一条短信。

此时已经是夜里十二点，这短信已经发了很久，来自江御景。

喻言有点诧异，点开来看，三个字、一个标点符号。

——我赢了。

她眨眨眼，想着中间都已经间隔了这么久，喻言心里默默批了个"已阅"，没有回，直接把手机丢到床边柜子上，睡觉去了。

第二天中午，喻言买了吃的去 MAK 基地。

她现在基本已经完全掌握了 MAK 战队每个人的作息时间，其中 the one 是他们当中最健康的，一日三餐按时按点，早上八点起，夜里一点睡，正常得不像个网瘾少年。

而江御景是他们一群人里面睡得最"早"的，他一般早上六七点睡。

所以下午一点，在倒数第二小炮下楼来的时候，喻言没怎么在意。

一个多小时后，在喻言一个人默默地打完两盘游戏以后，上面依然一点声音都没有。

喻言抬头看了两眼那扇紧闭的房门，戳了戳旁边的小炮，往上指了指："怎么还没起？"

小炮抬起头来："不知道啊，一般这个时候也差不多该起了。"

少年说着推开椅子站起来，蹦跶着上楼了。

过了一会儿，小炮从里面出来，轻手轻脚地关上了房门，下楼坐回到电脑前："好像还在睡，可能是昨天比赛太累了。"

喻言点点头，也没在意，又开了把游戏。

两个小时以后，下午四点多，楼上依然静悄悄的。

喻言脑袋伸过去问 the one："景哥昨天几点睡的？"

the one 想了想："一回来差不多就睡了。"

十几个小时了。

这个人是什么转世的吗？

喻言叹了口气，拉住捧着个杯子刚走过来的浪味仙的袖子："你上去把江御景给我弄醒，就说他已经睡了一天两夜了，马上就要开始下一场比赛了。"

浪味仙低下头，眼镜片反光："老大，你对我有什么意见吗？"

喻言："啊？"

"你为什么这么急着把我往黄泉路上赶？"

"……"喻言推开椅子站起来，直接上楼去，敲门。

里面没声音。

喻言耐心地站在门外喊了他两声，然后等了三秒。

依旧是一片寂静。

表面工作做完了，她直接握上门把手压开，走进房间里去。

这是她第二次进江御景卧室，看起来和她第一次来的时候没什么区别，依旧干净得不像是个职业选手的房间。

左边那张单人床上，被子里裹着一大坨，鼓在床上，一动不动。

喻言一回生二回熟，更何况掀他被子这事她已经做过两次了，非常熟练地走到男人床边，俯下身去刚捏住被角，还没等掀——

江御景猛地睁开了眼睛。

男人刚睡醒的时候，眼神没了平时的深沉，一阵短暂的茫然过后，他小幅度地眨眨眼，眼皮颤抖着闭合又睁开，眼角柔软地垂着看她。

"干什么？"

声音喑哑，沙沙的，非常沉。

喻言眨眨眼，愣了一下："你醒了？"

他低低"嗯"了一声，声带震颤："被你吵醒的。"

"……"我还没出声音呢。

男人撑着床面坐起来靠在床头，黑发散乱，长得有点长，发梢垂在耳后脖颈处。前额有点薄汗，额前碎发些微濡湿。

眼睫垂着，看起来有点无精打采。

喻言坐在他床边，犹豫了一下开口："你不舒服？"

江御景沉默了片刻，慢悠悠地抬了抬眼皮："你觉得我看起来像舒服吗？"

"……"喻言想说你每天看起来都是这样的。

虽然今天好像确实有那么一点和平时不一样。

喻言右边腮帮子鼓了鼓，想了一下，问他："景哥，我能摸你一下吗？"

江御景眼睫一颤，抬头看她。

"就摸你的脸一下，行吗？"她认真地看着他，征求他的意见。

江御景嗓子莫名有点痒，轻微刺痛，沉默着，没说话。

他软趴趴地半坐在床上，上半身靠着床头，女人坐在他床边，穿着浅色无袖荷叶边薄衫，细白的手臂缓慢伸过来，温暖柔软的手背贴上他额头。

喻言今天没化妆，皮肤白皙细腻，睫毛长长的。没了那深色眼线拉长，她的杏仁大眼圆润，眼尾的弧度使她看起来干净又温柔。

眼睫垂着，认认真真的。

江御景喉结无声地滚动了一下。

手背试完，喻言又翻过掌心贴上去，好一会儿才道："景哥，你好像有点热啊。"她说着抬起手，正要从他额前抽回，男人原本自然搭在床边的手倏地抬起，毫无预兆地抓住她的手腕。

他皮肤原本就白得过分，一双手更是苍白，手指细长，骨节分明，微微用力的时候掌骨凸起，带着柔软又不容置疑的力度。

掌心热度异常，有点灼人，带着一点湿度和粗糙的触感。

喻言一呆，没反应过来。

他也没管，就那么坐在床上抓着她手腕不放，漆黑的眼，眼底有薄雾缭绕。

片刻，他才哑着嗓子开口："你不夸我吗？"

喻言晃神看着他。

"我赢了，"江御景唇瓣开裂，渗出一丝血来，唇边有点紧绷，固执地看着她重复道，"你不夸我吗？"

喻言愣住了。

男人近乎执拗地抓着她的手腕，漆黑的眼一眨不眨，幼稚又倔强地看着她。

他掌心温度太高，烫得喻言心里有什么东西一点一点化掉了。

像高温下融掉的太妃糖，棕褐色的甜腻糖浆四下流淌，又黏又稠，怎么也擦不干净。

下午四点的薄光透过拉了一半的窗帘投射进来，浅浅一层覆盖在身后的地毯上，房间里是沉淀下来的浓稠倦怠和带着暖意的微尘。

半晌，喻言叹出一口气来。

人也不动，就任由他抓着，空出来的另一只手抬起，拍了拍男人的柔软黑发，她唇角翘起来，连带着眼睫微扬："SEER 小朋友表现得很好。"

江御景这一病来得快去得也快，当天下午喻言给他弄了药，吃了点东西又闷在被子里睡了一觉，晚上十点半，整个人已经好了大半。

当时喻言正准备回去，男人已经洗了个澡，换了一身衣服，湿着头发慢悠悠下楼来，就看见女人背起包来准备走人。

喻言看见人下来，挑了挑眉："醒了？"

他双手插兜，声音还有点哑："嗯。"

"醒了起来吃点东西，药我放在你房间桌子上了，晚上吃好饭后记得吃。"喻言走到玄关踩上鞋，回过头来，"明天下午比赛之前活不过来，你这个月的工资都没了。"

她又歪头想了想，好像觉得力度不太够，补充道："你就跟小炮一起刷厕所，我给你多开 500 块钱。"

直到人走，小炮还没反应过来，觉得有点委屈："为啥景哥就连刷厕所都比我多 500 块钱？"

浪味仙"啧"了一声："这是重点吗？"

小炮觉得这很重点了："这不是重点吗？"

"肯定不是啊。"

"那啥是重点？"

浪味仙揽上白毛肩膀，把他小身子扳正过来，推推眼镜："看见了吗，景哥的表情？"

小炮眯着眼睛努力看："只能看见侧脸啊。"

浪味仙恨铁不成钢地看着他："侧脸就够了，你看不出来他在笑吗？"

"啊？景哥为啥笑？"

小炮持续一脸蒙，胖子在旁边快笑死了，瘫在椅子上转圈："知道为什么刷厕所都比你多 500 块钱吗？老板娘和员工的差别待遇，懂了吗？"

小炮从完全蒙到似懂非懂到恍然大悟，正要说话，老板娘手里拿着瓶牛奶走过来了。

江御景刚一坐下，旁边的一坨白毛就凑过来了。

刚被一语惊醒的 MAK 战队中单 PIO 失望又痛苦地看着自家 AD："江御景同志，你知道你这叫什么吗？你这叫监守自盗。"

江御景："……"

小炮继续一脸沉痛："你太对不起组织对你的信任了。"

江御景："……"

26

第二天周六，比赛在下午四点，MAK 战队依然是早早过去做好准备。休息日喻言店里很忙，以前颜果在的时候她还可以偷偷懒，现在则是完全没有这个机会了。一行人准备出发之前，喻言把他们一个一个送上车，像个看着儿子远行的老母亲。

江御景依旧是最后一个，男人穿着黑色队服外套，外设包斜背走出来。

喻言站在车门旁，就差一把鼻涕一把泪了："景哥，你们要争气啊。"

江御景表情冷淡，懒得理她。

他又往前走了两步，还是停住回头问道："你不去吗？"

喻言皱了皱鼻子："我今天工作很忙啊。"

江御景讶异了："你还有工作？你不是游手好闲的富二代吗？"

喻言反以为荣："我富二代的气质这么明显吗？"

看见女人一脸的骄傲表情，江御景唇角扬起，意味不明地笑了一下，上车了。

喻言看着车子开走，小炮从窗口伸出个脑袋来冲她摆手。

喻言手里，手机短信提示音响了。

她滑开屏幕低头看，两条短信。

江御景：下午四点直播。

江御景：教你个别的英雄。

喻言没忍住笑，边往前走边打字。

喻言：什么英雄？

江御景回得很快。

江御景：你挑。

喻言歪着脑袋迅速回忆了一下，其实她了解的 AD 英雄不多，玩过的除了寒冰以外其他的都很少，其中能让她印象深刻，好像也就那么几个好看的。

喻言：金克丝？

她想了想，又不确定地补充了一句：她是不是有一个魔法少女的皮肤？

江御景：嗯。

喻言：那个皮肤很好看的！

这条短信一出，此时正瘫在车里的江御景陷入了沉思。

他的手指略微顿了一下，抬起头来，扭头问旁边的浪味仙："今天我拿把金克丝？"

他话说出来的瞬间，整个车厢都寂静了。

片刻，胖子"哇"的一声："我们景哥真的可怕。"

现阶段版本的比赛场上 AD 位置一般选择功能性的英雄比较多，金克丝这英雄没位移还手短，版本并不强势，就算发育到后期输出也不如大嘴、老鼠之类的英雄，因此，她在比赛上的出场率在这个版本是比较低的。

浪味仙也没反应过来："你怎么突然想拿金克丝？"

江御景抬了抬眼皮，一脸平静坦然淡漠又理所应当的表情："因为我要教学生。"

众人："……"

到最后，比赛开始，喻言也不知道江御景到底拿没拿金克丝。

因为老板娘下午又来找她了。

FOI 战队老板娘今天穿了一条黑色的裙子，依然是性感沙哑的烟腔，喻言即使和她同为女性，也被迷得一晃一晃的。

老板娘手里拿着卷画纸，摊开了平铺在桌上，给喻言看："蛋糕能做成这样吗？"

上面是个 Q 版峡谷先锋。

别说，画得还真的挺好看的，而且比等比大龙形的蛋糕难度系数肯定是小了很多。

喻言生怕这老板娘再搞出什么幺蛾子来，赶紧说可以，两个人又定下了蛋糕的尺寸和时间，等人走已经是一个多小时以后了。

她找了个靠窗边的位置，打开手机视频戴上耳机，屏幕上刚好是蓝色方水晶被点破的画面。

喻言心头一紧，赶紧确认了一下 MAK 是红色方，并且战队名字后面有个阿拉伯数字 1，这才放下心来。

屏幕上，魔法少女皮肤的暴走萝莉金克丝，粉色的一只飘在旁边。

耳机里是两个解说的调侃："不得不说，SEER 的这手金克丝确实是拿得让人始料未及。在韦鲁斯包括很多其他 AD 也都还在的情况下，他几乎是没有犹豫地锁了金克丝，应该是训练赛也有练过有准备的。"

"没错，而且确实不负众望，效果还是很亮眼的，团战也打出了非常恐怖的伤害，不愧是打起架来残暴到让人瑟瑟发抖型的 AD 选手。"

"SEER 说我不跟你讲道理，转什么线，运什么营，那些你去跟我辅助谈，找我那就只有一件事情，就是打架。"

喻言听着，不知道为什么，耳朵有点热。

她看见MAK2:0拿下了比赛，屏幕里的几个男生摘下耳麦从位子上站起来，走在第二个的男人身上还是他中午走的时候那件黑色的队服外套，镜头从后面给过去，背部领口处白色的SEER四个字母在黑色底色中显得格外醒目。

男人依旧是那副懒散冷淡的样子，好像赢了对他来说是再正常不过的事情，直到胖子走到他旁边不知道说了句什么，他嘴角略微上挑，勾出个勉强可以称为笑的柔软弧度来。

喻言也忍不住想笑。

这个人既复杂又简单，简单到只要像哄小朋友一样哄他一下，他就会自己偷偷开心。

赛后采访果不其然是找到了双人路，喻言第一次在视频里看到赛后采访，主持人妹子肤白貌美，一条浅粉色小短裙露出大长腿一双，正一脸微笑着和 SEER 以及他的面瘫娃娃脸辅助尬聊。

和 the one 不同，江御景平时其实不是这种三分钟憋不出一个屁的人，在 MAK 基地的时候，他甚至偶尔还会跟小炮他们一起冒点闲话出来，但是大爷有些时候任性起来是不管场合的。

比如说现在——

主持人："今天请到的是我们的 MAK 双人路 AD carry 位 SEER 以及辅助 the one，那么我们也可以看到夏季赛以来 MAK 战队的整体风格和春季赛是完全不同的，发生了比较明显的变化，其中的原因是什么呢？确实是指挥的问题，还是说队内有意识地在进行调整呢？"

the one："……"

SEER："……"

the one 缓缓举起话筒："指挥的问题。"

主持人："……"

喻言觉得这赛后采访的人怎么就这么想不开呢，为啥非要选这两个人啊？你把 the one 随便换成一个谁也行啊。

一个是真不爱说话的辅助，一个是"你这些问题都太无聊了老子不想理"的任性 AD，整个赛后采访的过程都非常尬，直到采访的尾端，主持人还是强压下尴尬，问出最后一个问题。

"第二场比赛的时候，SEER 拿出了非常让人意想不到的暴走萝莉金克丝这样一个英雄，发挥得也非常出色。那么请问，SEER 这一手金克丝选出来是训练赛提前练过的吗？"

江御景长腿伸着："没有。"

主持人有点惊讶："就是说，是现场临时决定就锁了金克丝吗？那请问一下原因是什么呢？毕竟大家都知道这个英雄现在在 LPL 的出场率确实是很低的，短板也非常明显，但是我们 SEER 当时选得非常果断。"

男人先是微微皱了皱眉，之后偏着脑袋想了想，很认真的样子："因为她魔法少女的皮肤好看。"

主持人："……"

喻言翻了个白眼，翻出去一半，又开始有点想笑。

视频看得太投入，她完全没有注意到那边安德已经走过来了，从她后面看着手机屏幕里的人，"哇"了一声。

喻言一激灵，做贼心虚似的"啪"地把手机扣在了桌面上，抬起头来。

安德扬了扬眉："我只是看一眼，你虚什么？"

喻言扯下耳机，也挑眉："我虚了吗？"

"你吓了一跳。"

"我为什么要吓一跳？看个游戏比赛的视频而已，我为什么要吓一跳？"她语速很快地说，"而且你突然出现在我后面，换了谁都会被吓到好吗？"

安德湛蓝的眼眸高深莫测地眯起："欲盖弥彰。"

"行了，知道你是半个中国人，不用秀你的成语。"喻言白他一眼，把手机重新翻过来。

屏幕里赛后采访已经结束了，两个主持人的脸重新出现，她干脆把视频关了，抬起头来："新人在招了吗？"

"嗯？"安德反应了一下，才接上她转移话题的速度，"还没开始，其实我觉得这样挺好啊，自从颜果走了后，你偷懒的时间大幅减少了。"

喻言没表情："你怕是想要我死。"

安德很无辜地眨眨眼，因为基因，他睫毛像洋娃娃睫毛似的又长又密，扑扇扑扇的："大家认识这么多年了，没想到你是这样想我的。"

"你平时在店里就是这么对那些女孩子放电的吗？"喻言喷喷出声，拍了拍他的肩膀，"做得好，再接再厉，我的钱全靠你了。"

安德一噎，懒得再理她。

喻言也不说话，撑着下巴想着什么时候开始招新的西点师，最好是有经验和一定水准，可以直接上手不需要教的那种。

脑海中灵光一现，恰好有这么个人一闪而过。

并且这个人的水平何止是有。

喻言两眼开始冒光，抬起头来看向坐在她对面的人："安德，你还记得一个多月前的那块乳酪蛋糕吗？"

安德站起来，慢悠悠地整理着旁边书架上的杂志，回过头来："就是你研究了半个多月无论如何也做不出来的那块？"

"……"喻言选择性无视了他话里不太友好的部分，直接问，"你想不想见一见做乳酪蛋糕的本尊？"

27

想见这做乳酪蛋糕的本尊一面其实并不是一件难事，毕竟喻言和他交换过联系方式了。但人家是另一家店的西点师，这种完全算是挖墙脚的行为让喻言有点下不去手。

纠结再三，她最终决定，先找时间去他店里观望一下再说。

夏季赛第一周的两场比赛结束，MAK 战队接下来有五天的休息和调整时间。目前他们两连胜，暂居 A 组第一位。

和他们并驾齐驱的还有 AU 战队。

星期天的下午，众人瘫在沙发里一起看 AU 战队的比赛直播。此时比赛已经进行到了中后期，权泰赫的卡萨丁杀人书层数高高叠起，整个人已经开启暴躁屠杀模式。

小炮盯着屏幕，看得浑身一个激灵："各位大佬行行好，等我们打 AU 的时候，你们记得一定帮我 ban 了权泰赫的卡萨丁，求求你们了。"

苏立明恨铁不成钢："出息！就权泰赫的英雄池，你 ban 他一个卡萨丁有什么用？你就不能抢了他？"

打野妈妈浪味仙拍着白毛，安慰他："昨天晚上我看见我们喻妹已经开始百度权泰赫的资料和转会期是什么时候了。你要加油啊，PIO 同志。"

小炮顿时欲哭无泪，觉得自己孤立无援，就连他的言姐也不爱他了，视线在客厅里扫了一圈，"咦"了一声："景哥呢？景哥还没起？"

"日常周末请假啊，大概再过两个小时就回来了吧。我真的是惊叹于你敏锐的观察力，三千年了，你终于发现这屋子里少了个人。"

少年没理会胖子的嘲讽，一脸严肃："我怀疑景哥外面有人了，他是不是有女朋友了？他不是喜欢言姐吗？他怎么可以这样？？"

浪味仙回忆了一下："那这个女朋友谈的时间还挺久，自从他来MAK战队后，这两年来，狂风骤雨、电闪雷鸣也阻挡不住的势头。"

"能关注点别的吗，少爷们？"苏立明敲了敲显示器边缘，"你们看看这AU战队，这个突飞猛进的进步速度，你们都不慌吗？这个打野gank路线多刁钻，能不能给我学着点？"

直播里，AU战队很快2:1拿下了比赛，直到下一场比赛进行到一半，江御景还没有回来。

第二场比赛结束，苏立明接了个电话，抿着唇出门了。

距离喻言上一次见沈默已经有很长一段时间，时隔近一个月，她再次来到南寿路这家小店。

来之前提前打过电话，所以等她到的时候，沈默已经在店里了。

男人和她印象中的样子差不多，依旧是素色衬衫，气质干净又温和。

喻言也不卖关子，直截了当地说明来意。

沈默没太惊讶的样子，只是略微沉吟，很快便答应了。

这下轮到喻言意外了。

其实她本来只是想问问沈默有没有认识的人推荐给她的。

她眨眨眼，扫了一眼店里的员工，做贼似的往前探了探身，小心翼翼地问："真的可以吗？不勉强的。"

坐在人家的店里挖人家的人，喻言觉得罪恶感爆棚。

沈默看着她的样子笑了："可以啊，这家店是我朋友的，只是她这段时间出门我帮她照看一下而已。刚好她快要回来了，我本来就跟她说好她回来我就走了。"

喻言还是心虚："你朋友回来后会想打我吧？"

沈默配合着她很认真道："如果她打你我帮你拦住她，你跑快点，她打人手很重的。"

喻言被他逗笑了，刚想说话，这边手机响起。

是苏立明打来的，喻言接起来，"喂"了一声。

男人声音罕见地低沉，有些犹豫："欸，喻妹，你现在在哪儿？"

喻言看了一眼面前的沈默："我在外面，南寿路这边。"

"你在南寿路？"苏立明似乎有点惊讶。

"是啊，怎么了？"

苏立明沉默了一下，才缓缓开口："我在南寿路这边的市立医院，有件事情想跟你说一下。"

市立医院不远，就在南寿路边上。

此时是下午五点半，夏天傍晚，余晖未散，懒洋洋地在天边拉出一片浅橘色。

喻言从后门进去，医院里面很大，十分钟后，她才找到正门。

苏立明已经站在门口等她了。

一向都非常温和的男人此时表情罕见地沉重，喻言走过去，脚步有些急，带了点喘。

她稳住呼吸站定，抬起头来问他："怎么回事？"

苏立明先是叹了口气，示意她跟他走。

两个人走到正门旁边的一块空地，人影渐空，苏立明才开了口。

"江御景有个外公，身体一直不太好，这几年来都是他一个人在照顾。"

喻言一怔，安静听着没说话。

"他要在基地训练不方便，就找了家环境很不错的疗养院，请了专门的人看护，昨天凌晨三点，他外公脑溢血被送到医院里来了。"苏立明摇了摇头，"他每周都会抽出一上午时间去陪老人，所以今天下午没见到他人我也就没在意。直到 the one 跟我说，他昨天凌晨三点多接了个电话就走了，后来下午的时候，他打电话给我，说是要请几天假。

"假如，我是说假如老人这边问题比较严重的话，那么可能会对周五的比赛有一定影响。"

苏立明看着她，缓缓道："除了我，其他人全都不知道。我只是觉得，作为老板，这件事情需要让你了解一下，"他顿了顿，"也作为朋友。"

喻言僵在原地，指尖冰凉，嗓子不太舒服，像是有什么东西卡着，好半天讲不出话来。

良久，她才找到自己的声音："他家里人呢？"

苏立明笑了一下，有点嘲讽，又有点无奈："这个就算你是老板我也不能跟你说了，要你自己去问他啊。"

喻言到重症监护室门口的时候，刚好透过病房的窄玻璃窗看到里面的江御景。

男人坐在床尾的椅子里，只能看见他斜侧面的半个背影，穿着黑色连帽衫，安静又无声。

喻言犹豫了一下，轻缓地推门走过去。

江御景听到声音，抬起头来。

黑色的发丝软趴趴地贴在颊边，额发有些凌乱，唇色苍白，下眼睑有浓重的黑眼圈。

漆黑的眼眸，不似平时的幽深，也没有刚睡醒时的蒙眬茫然，只剩下浓稠到化不开的暗色，眼底是一片死寂。

一个月前，她在那扇巨大的铁门门口，他坐在车里，黑暗中，他的眼神也是这样的。

了无生气，没有一点光。

喻言突然想起刚刚苏立明对她说的最后一句话："无论是作为朋友还是什么都好，你帮帮他吧。"

喻言当时没懂。

现在她好像有点明白了，但又好像还是没懂。

你帮帮他。

男人安静地坐在椅子上，抬眼，看着她走过来。

衣袖袖口卷起，小臂搭在身前，上面浅灰色的文身，两排字母清晰又显眼。

喻言走到他面前，蹲下身去，略微仰起头来和他对视。

视线细细地描绘过男人眉眼、鼻梁、唇瓣到消瘦的下巴，最后回到他眼睛。

她叹了口气，声音很轻地开口："你就打算这样吗？"

江御景喉咙动了动，没能说出话来。

喻言再叹气，低头拉开放在地上的包包，从里面翻出一支棕色的笔，扭出一点来。

她上半身微微前倾，整个人往他面前贴近，纤细手臂抬起，手里拿着遮瑕笔，在他眼底点上了一些。

江御景没有动，任由她细白的指尖随即贴上他眼底薄薄的皮肤，动作轻柔缓慢，一点一点仔细推开。

仿佛回到了不久前的那个早晨，她的指尖冰凉柔软，动作又轻又慢。

遮瑕涂完，喻言收回手来，弯眼笑着看他："那么重的黑眼圈，一会儿外公醒来会担心的。"

声音很轻，柔软又温暖。

江御景垂着眼和她对视，睫毛轻微颤动。深浓眼底，有沉沉一点缓慢涌动。

轻微又细小的，一簇焰火。

28

医院静悄悄的，走廊空荡昏暗，鼻间萦绕着消毒水的味道。

江御景靠墙壁站着，头微垂，额发在眉眼处打出阴影，嘴里咬着根烟，没点。

喻言看见，往旁边的安全出口楼梯间方向侧了侧脑袋，问他："去吗？"

江御景摇了摇头，叼着的烟取下来，直起身直接丢进垃圾桶里，又走回来，重新靠回到墙边。

背脊微弓，透出一点疲惫。

看着好像已经稍微缓过点神来的男人，喻言犹豫了一下，连名带姓地叫他的名字。

江御景抬头，"嗯"了一声，表情很平静。

喻言突然不知道该跟他说些什么了。

原本是想告诉他，外公会没事的，你要振作一点，也想让他知道，周五的比赛输了也没关系，你比比赛重要。

但是这种场面话现在说出来又能有什么意义。

喻言张张嘴，一句话都没能说出来。

她皱着眉，好半天才认真道："我来给自己加戏了。"

江御景先是一愣，之后终于露出了一点笑意。

他自然下垂的手臂抬起，大掌扣在她发顶，不轻不重地揉了两下。

声音和他平时也不大一样，沙沙哑哑的，满满的全是安抚的味道："我没事。"

MAK 战队拿到德杯的那天晚上，他也是这样，站在深浓夜色里，看着她笑，说放心。

这男人怎么总是这样啊。

喻言不知怎么，突然莫名其妙地开始鼻尖泛酸，眼眶有点热。

她深呼吸压了下情绪，问他："你吃饭了吗？"

江御景没说话。

用脚想都知道他没吃，估计到现在连眼都没合过。

喻言看了下时间，已经快六点了。

她仰着头，放轻了声音："你去吃点东西，然后回去换套衣服，我在这里等着你回来，行吗？"

江御景垂着眼看了她一会儿，就在喻言以为他会拒绝的时候，男人点点头："好。"

等人走后，喻言简单地问了一下医生情况。

老人出血点不大，医院送得也及时，降了颅内压，只要熬过四十八小时危险高峰期，乐观一点，三天后脑水肿会逐渐开始消退。只是人什么时候会醒，还要再看。

ICU 不让陪护，只有固定的探视时间，病房外有一个空房间，里面有很多简易的铁床给家属临时休息用，也算是半个陪护区。

大概了解了以后，喻言坐在走廊尽头椅子上看着那些病人家属，有些平静，有些疲惫，一个中年女人靠在墙边捂着嘴巴无声地哭。

喻言直直地看着，灯光太亮，刺得眼睛酸胀难受，医院的椅子很硬，她窝在上面坐了一会儿，屁股硌得有点麻。

窗外最后一点亮色被拉到地平线以下，暮色升起，天空色调被一点一点拉暗，衬得头顶的灯亮得更加刺眼。

江御景回来得很快，还是之前的那身衣服，没换，他一走过来，就看见远远坐在尽头的喻言。

女人撑着下巴坐在窗边，黑发别在耳后，露出侧脸，圆润耳郭白晶晶的。眼神直直看着外面，像是在发呆。

江御景走到她面前，把手里的袋子举到她眼前。

视线里突然多出来个白色塑料袋子，喻言回过神来，回头看去，笑了一下："你回来啦？"

你回来啦。

江御景细细咬着这四个字，垂着头看她，手里的袋子稳稳举着。

喻言接过来，放在窗台上打开，里面是一份水晶虾饺。

她略微夸张地"哇"了一声："你怎么知道我肚子饿了？"

江御景在她旁边的位子坐下，侧靠着墙面，看着她打开透明的打包盒盖子，随手抽出袋子里的筷子，从透明的包装里戳出，掰开递给她："先吃点，等会儿回去再说。"

喻言一愣，从他手中接过筷子："晚上可以回去吗？"

"嗯。"江御景淡淡道，"留在这里也没什么用，明天再过来。"

他声音低，微沉，整个人看上去和平时也完全不一样，气息很陌生，喻言突然觉得有点无措。

不知道该怎么和这样的他说话，想说又不敢，很怕一个不小心说错话。

仔细想想，她所熟悉的江御景好像永远从容不迫，像是没有痛点，没有软肋。

喻言乱七八糟地想着，嘴里咬住一个水晶虾饺，埋头吃。江御景就那么单手撑在窗台上看着她，也不说话，眸光沉沉，没有情绪，唇角绷得很紧。

吃到一半，她浅浅吸了口气，犹豫着抬起头来，右边腮帮子被虾饺塞得鼓鼓的，口齿不清："景哥。"

"吃完再说话。"

喻言乖乖把嘴里的虾饺咽下去，筷子横放在透明塑料餐盒上，把虾饺往里面推了推。

然后她侧过身来，面对着他坐，略微停顿了片刻，细白的一只手还是伸过来，轻轻拉住了他的一根手指。

"你别怕。"

你别怕，我在这儿呢。

两个人回到 MAK 基地的时候，几个人正活跃，小炮在开直播，一局排位刚结束，牛吹到一半余光扫见江御景回来，直接扯了耳麦蹦起来了："景哥！你竟然和你的小女朋友私会到十点才舍得回来啊，这个战队还有没有王法了，你再也不是我的偶像了，你对得起言——呜呜呜！"

浪味仙在旁边反应很快地捂住少年的嘴，于是世界安静了。

江御景平淡地瞥了他一眼，没说话，直接上楼了。

这下不用别人捂着他，小炮也察觉到不对劲的地方了。

少年大眼睛眨巴眨巴，看了看跟在后面进来的喻言，扯开了浪味仙扣在他下半张脸上的手，有点呆："怎么回事啊？"

胖子看着一脸呆滞、小心翼翼又轻言轻语的小朋友，冲他招了招手。

白毛小朋友乖乖地走过去，凑过小脑袋。

胖子摸着他的白毛，轻柔道："PIO 啊，上一个抑制不住自己强烈好奇心打听景哥事情的中单，现在正在三楼给二队做陪练呢。"

小炮："……"

四天后，老人虽然还没有完全清醒，但是已经有了一点意识以及对外界声音的反应，生理机能也恢复稳定状态，转至普通病房。

江御景看起来表情没什么变化，倒是喻言跟在他后面，长长地松了口气。

普通病房单人间，两张床，江御景站在床尾，看着喻言动作轻缓、小心翼翼地用温水浸湿毛巾，给躺在病床上的老人擦脸。

男人抿了抿唇，走过去就要接她手里的毛巾："我来。"

喻言嫌弃地摆了摆手，示意他往后站："碍事。"

江御景："……"

喻言擦完，把毛巾浸在脸盆里，刚要端起，被男人一只大手挡住了。

江御景这次没再说话，直接端着塑料盆出去了，再回来，人还没进屋子，就听见喻言在说话。

她搬了把椅子坐在床头，双手撑着下巴支在床边，声音轻轻缓缓："景哥真的很好，队里大家都很喜欢他的，长得又好看，孝顺还会赚钱，就是性格很麻烦，闷得很，什么事情都是自己一个人披着，一句话都不肯说。"

"外公跟景哥长得好像啊，尤其是鼻子，鼻梁中间都有一块凸起的骨头。"她说着摸上了自己的鼻梁，皱皱鼻子，好像不太高兴了，"我的鼻梁怎么就不高？"

"外公啊，上次景哥去看您的时候，我让他带了个无糖蛋糕，不知道您还记不记得了，您要是喜欢吃，等您醒了以后我再做好不好啊？您一定要快点醒过来，快点好起来，不能让景哥这么担心了啊。"

她背后，一寸薄阳倾泻，顺着窗爬上她披散在后背的黑发发梢。

江御景端着脸盆和毛巾站在病房门口，心里软得一塌糊涂。

第二天是周五，MAK 战队晚上的比赛。

当天下午，江御景直接从医院去比赛场地，走之前，喻言嘴里叼着肠粉，坐在病房窗边冲他摆摆手："输了也没关系。"

男人已经恢复到平日里的样子了，黑眸微眯，嗤笑一声："我会输？"

喻言啪啪鼓掌："我们景哥终于回来了。行，那你悠着点下手，毕竟友谊第一，比赛第二，别太凶了，拿个三杀四杀差不多意思意思就得了。"

男人勾着唇，抬臂屈指轻敲了一下她脑袋："等着。"

MAK 战队的比赛晚上七点开始，喻言从五点钟就打开手机视频开始盼，第一场的两个战队打得很激烈，一来一回三场打完已经七点半了，广告时间过后就是 MAK 的比赛。

喻言把手机支在小桌上，坐直了身子开始看。

镜头晃到主持人身后，MAK 战队的几个队员已经在座位上坐好。

江御景坐在倒数第二个，姿势慵懒地靠在椅背上。

细长好看的手指习惯性地把着耳麦的一边，表情淡漠平静，黑眸深邃，薄唇开合，在说话。

好像几天前的那个他已经不复存在，男人又恢复成所有人熟悉的样子。

喻言咬了下嘴巴里的软肉，看着镜头移开转了视角，比赛正式开始，进入 ban/pick 环节。

很多时候，往往胜局就是在 BP 开始，英雄和阵容选下来的那一瞬间就已经决定了的。喻言有点小紧张，脊背挺了挺，深吸口气。

就在此时，毫无预兆，她耳机里倏地没声音了，手机的屏幕也黑了。

没电了。

"……"

喻言深吸的那一口气还没提上来一半，断了。

29

晚上八点，市立医院病房，喻言拿过手机长按开机键，屏幕上出现了一个空空的小电池，电池底部一条红色闪烁。

喻言呆滞三秒，猛地跳下拽过自己的包包，翻了好半天，找到了她的充电宝。

她心头一喜，小心脏蹦跳着升到了半空中，美滋滋地把充电宝拿出来，正准备赶紧充上电，动作一滞，顿住了。

她发现自己没带数据线。

"啪叽"一声，蹦到半空中的心脏掉到地上，摔成了好几瓣。

喻言脸上笑容僵住，几秒钟后，重新哭丧个脸。

这个世界上，还有什么事情比看不到自家战队的比赛直播更难过？

她踢掉鞋子，盘腿坐上空出来的那张病床，侧躺在被子上，看着天花板发呆，想象着 MAK 这次会拿个什么阵容。

屁股底下有个什么东西，硬硬的有点硌。

喻言双手撑着床面挪动屁股蹭到旁边去，看见被子下面露出黑色的一角。

江御景的 iPad。

喻言眼睛"唰"地亮了，内心顿时升起一个小火苗，希望之光重新被点燃。

她抽出 iPad，打开，没改过的原始屏保，食指伸出，滑开——

输入密码。

"……"江御景，你这个游戏死宅男还有什么小秘密需要设置个密码吗？？

你弄死我吧。

喻言面如死灰。

屏幕上四个大字晃得她眼睛疼，咬了下下唇上的一点死皮，喻言歪着脑袋开始回忆江御景的生日。

隐约记得好像是八月，八月几号来着？

她干脆破釜沉舟，准备把八月从一号到三十一号所有的日期都试一遍。

从后往前才试了几个，ipad 被安全锁掉了。

喻言丢下手里的 iPad，一脸生无可恋地倒在了床上，平躺着。

黑色的 iPad 在她手边亮着，一副耀武扬威的样子，看起来像他的主人一样欠打。

MAK 战队这场打的是新升上 LPL 的一支队伍，操作上都不错，团战非常凶，有一种初生牛犊不怕虎的气势，唯独缺少了那么一点经验。

于是 MAK 战队这边选择打转线运营，两场比赛下来，甚至连开团打架的机会都没怎么给对面。

这就让习惯打架对刚的己方 AD 选手打得不太尽兴了，在这个多兰盾比较强的版本，江御景两局的长剑女警出家门，后面枪枪入肉的残暴伤害几乎都贡献给了敌方防御塔。

如果放在平时，他肯定要不满一下的。

然而今天，这个人非但一句话都没说，甚至十分配合 the one 的指挥，完全不恋战，以最快速度推塔转线推塔。

全程都只能听见他说三个字："快点打。"

于是 MAK 战队打出了今年时长最短的两场比赛，平均每场二十七分钟。

并且，一比完出来，江御景把自己的外设包丢给后面的工作人员，人直接就走了，留下 MAK 战队其余四人，一副没缓过来的样子看向苏立明。

小炮眨眨眼，第一个忍不住："景哥这几天到底咋回事，成天都见不到他人，晚上也不回来的。"

苏立明意味深长地看了他一眼："你还小。"

小炮："……"

江御景回到医院，喻言已经睡着了。

女人竖着躺在医院的单人床上，黑发披散，小腿蜷着，脚丫悬空搭在床边。

他走到床尾坐下，侧着头看她，没化妆，睫毛又长又翘，安安静静覆盖在下眼睑，鼻尖侧面淡淡的一颗痣。

江御景抬臂，伸出一根食指，动作很轻地摸了摸她的鼻梁。顺着山根一路往下，最后点在挺翘的鼻尖上。

这鼻梁哪里不高了，不是挺好看的?

他无意识地勾了勾唇角，抽走了她手腕压着的 iPad，放在旁边。怕把她弄醒，也不敢有大动静，拿了床头的枕头过来，一手从后脑穿过发丝微抬着她的头，另一只手把枕头塞进去。

女人发丝柔软，丝丝滑滑的触感，带着一点点温热。

指尖不经意碰到她的耳郭，又有点凉。

江御景想起来之前在电视上看到的德芙巧克力的广告，突然很想吃巧克力。

又看看她穿着短裤露出来的一截大腿和纤细小腿，动作顿了顿，皱着眉头干脆把床头叠得整齐的被子也扯开，掀起一边盖到她腰际。

喻言确实是累了。

这几天她每天早上起来要去店里，中午变着花样烧饭带来医院，催着江御景吃完后又赶他去睡觉，一直到晚上八九点钟才会走。

回到家已经十点多了，洗个澡都累得不想动。

于是这一觉睡了个天昏地暗，醒过来已经是十点半了。

夏夜即使开了窗，病房里面依然有点闷。喻言睡得有些热，人在薄被里蠕动了一下，一条腿踢开被子先伸出来。

江御景正坐在窗边椅子上看手机，余光瞥见这边动静，抬眼扫了一眼。

女人闭着眼睛踢开被子伸懒腰，伸完，还像个小朋友一样揉了揉眼睛，皱皱鼻子。缓了好一会儿，她才迷迷糊糊坐起来，杏眼水汪汪地看着他，蒙蒙胧胧。

"你回来啦。"

声音有点沙。

"嗯。"

江御景发现他真是喜欢她说这四个字。

喻言盘腿坐在床上打了个大大的哈欠，身子一软，重新栽回到被子里，又懒洋洋舒展着双臂伸了个懒腰。她伸完，眼冒泪花，人也清醒过来，突然想起什么似的，挣扎着扑腾起来。

喻言双手撑住床面，上半身前倾，半坐在床上目光灼灼地看着江御景："赢了吗？"

男人看着她一副紧张的样子感到好笑："你没看吗？"

"我手机没电了啊。"喻言懊恼，"本来想用你的 iPad 看的，可是你这个破玩意儿怎么还有密码啊？你还有小秘密不能让人看的啊？"

她表情看起来很气，江御景终于忍不住弯起唇："有啊。"

喻言一愣，"啊"了一声。

"小秘密，"他声音平淡，缓慢道，"我有啊。"

喻言"哇"的一声，整个人一下子精神了，兴致被提起，她一脸正色："景哥，分享秘密的时刻到了，你老实承认，你是不是小时候尿过床？"

"……"江御景唇边的笑意没有了。

"你承认我也不会嘲笑你的，我会帮你保守秘密的。"

"别聊天了。"

"无情。"

"你看我想理你吗？"

夏季赛第二周，MAK战队的比赛只有一场。

第二天一早，江御景的外公醒了。

老人意识还没有完全恢复，也说不出完整的话来，茫茫然睁开眼，右手食指和中指颤抖着向上抬了抬。

江御景握住他的手，喊了他一声，声音紧绷。

老人眼神焦点先是落在他脸上，停了一会儿，然后向他身后飘去，似乎是在找寻着什么。

良久，老人才转回视线，唇瓣缓慢张开，颤了颤，溢出一点声音来。

江御景把头凑近了努力去听，但是那几个字说得太弱太碎，他听不大清。

医生站在他身边安抚道："刚醒过来是这样的，不要急，以病人现在这个年龄来说，状态真的已经非常好了，慢慢来。"

江御景抿着唇，缓慢地点点头。

喻言到医院的时候依旧是下午快一点，她煲了牛尾汤，装在保温饭盒里拿过来。

她一进病房门，就看见江御景坐在床边，垂着头。

听见声音，他转头看她。

他的眼神看得她一愣，视线下意识地转向床上的人。

外公头还不怎么能动，眼睛轻缓地抬了抬，看见她。

喻言有点呆，提着保温盒走过去放在地上，双手撑着床边俯下身去，试探性地叫他："外公？"

老人看着她，嘴唇颤抖着动了动，弯出了一点弧度，一点声音从喉间溢出。

喻言怔怔的，下意识凑过去。

苍老的声音有些沙哑，带有褶皱的眼角跟着笑容弯起来："蛋糕很好吃，谢谢你……"

她听清了，鼻尖蓦地一酸，眼眶开始发热。

喻言将地上的牛尾汤提起来，直起身，垂着头，轻轻吸了吸鼻子。

江御景此时已经站起来了，听到轻微声音，动作顿了顿，犹豫片刻，还是拉了一下她的手臂。

喻言抬头回身去看他。

男人抿了抿唇，俯身把她手里提着的牛尾汤接过来，放到了旁边的铁皮小桌子上。

喻言站在原地没动，大眼睛看起来红红的。

江御景垂着眼看她，半晌，长长叹出一口气，手臂抬起，略微停顿，落在她发顶揉了揉："哭什么？"

语气无奈，压低了的声音轻缓安抚着她。

喻言本来只是觉得鼻子发酸，被他这么一搞，不知道怎么回事突然就真的有点想哭了。

她点点头，干脆一屁股坐到之前男人坐的那把椅子上，仰着头看他，声音有点哑："景哥，我想擤鼻涕。"

江御景按在她脑袋上的大手一顿："你想让我去给你拿纸？"

他话音刚落，喻言直接把脑袋埋进他的怀里，闷着头在他的黑色连帽衫上摇头晃脑地蹭了蹭，然后抬起头来，红着眼圈无辜地看着他："我没这个意思。"

江御景："……"

30

第二天上午，江御景回了基地。

他进门的时候难得所有人都已经起了，小炮穿着一件巨丑的彩色条纹泡泡袖 Polo 衫，此时正站在客厅一脸紧张地做着自转运动。

胖子盘腿坐在沙发上摸着下巴点评："这条纹颜色有点不够鲜艳啊。"

浪味仙翻了个白眼："你就欺负我们炮炮，这件就很好看，不用换了。"

唯一的良心担当 the one 抬头看了一眼，欲言又止，最后还是没说话。

江御景走过来，把手里的白色塑料袋子放在茶几上，回头上上下下扫着小炮："你为什么穿得像个蛾子，你是想开屏？"

"景哥，蛾子不能开屏。"小炮一脸委屈，"我想穿得成熟点，至少作为 MAK 新中单，气势上要压过 SAN！"

"SAN？"江御景挑了挑眉。

"今天晚上，FOI 战队那个订婚宴。"

江御景从脑海最深处隐隐约约抓住了那么一点记忆的边边，回忆了一下，好像是有这么一回事。

他点点头，再次仔细打量了小炮一圈："行，这身挺好。"顿了顿，抬手捏捏少年身上 Polo 衫的泡泡袖，"尤其是这袖子，可爱。"

小炮听出男人话里的讽刺，泪奔，哇哇哭着上楼换衣服去了。

江御景虽说和 SAN 不太融洽，但和 FOI 战队的老板宫翮关系意外地还不错，江御景离开 FOI 转会到 MAK 后两个人也一直有联系，算下来也认识有几年了。

订婚宴在晚上，MAK 战队到的时候，是五点左右。

小炮最终放弃了他的彩色条纹 Polo 衫，纠结到最后，苏立明实在看不下去，干脆手一摆，要求所有人都穿队服。

好在 MAK 战队的队服还是挺帅的，又自带强队光环，一行人下了车进酒店宴会厅的时候，吸引了不少人的眼球。

小炮走在后排，从脑瓜顶翘出一根呆毛来，一晃一晃的，他板着脸整了整自己黑色队服外套的领子，微微偏了偏头过去，和走他旁边的江御景小声道："景哥，有没有感觉到现场一半妹子的视线已经黏在我身上了？"

"没有。"

"景哥，你眼神不太好啊。"小炮最近和喻言学的胆子越来越大。

江御景斜眼淡淡瞥他一眼。

小炮闭嘴了。

在场的几乎都是电竞圈子里的人，八成以上熟面孔，某某解说、某某退役队员、某某知名 coser，随便搭上一个过来都能聊几句。胖子是特别能聊的人，不一会儿他就满面笑容地跑不见了。

小炮是甜食控，几乎每张放甜点的桌子旁都能看见他忙碌的身影。

江御景随便找了个角落的位置，人刚坐下，小炮手里举着个小蛋糕朝他跑过来了。

少年跑过来俯身凑近，将手里的蛋糕递过去。

江御景懒洋洋靠着椅背，长腿前伸，看了一眼小炮递过来的蛋糕，又看看他一脸严肃掺杂着激动的表情，挑眉："干什么？"

"言姐。"

江御景没反应过来。

小炮就差跳起来了，一脸激动："这蛋糕，言姐做的！"

江御景一愣，接过少年递过来的纸杯蛋糕，咬了一口。

口感绵软，中间夹着浓郁的巧克力酱。

好吃是挺好吃的，但是怎么吃得出来是谁做的？没什么区别啊。

他抬起头来，小炮正一脸骄傲："我一吃就吃出来了！"

黑眸微眯，江御景突然有那么点小不爽。

他抿了抿唇角，没说话，把手里的蛋糕直接塞给小炮，人站起来走了。

喻言怕来不及，于是叫来了沈默帮忙，一个峡谷先锋大蛋糕做好，又准备了几种小点心。

老板娘满意值爆表，拉着喻言的手不让她走，跟她聊自己和宫先生的感情史，看着喻言的眼神里带着满满的爱意，仿佛她不是自己只认识了一个多星期临时请来的西点师，而是自己的好闺密。

"喻小姐有没有男朋友？"老板娘问道，声音沙哑性感。

喻言摇了摇头，瞬间反应过来，又有点后悔。

果然，老板娘眼睛亮了些，红唇勾着，准备开始说媒。

喻言赶紧打断她，尿遁跑了。

这老板娘怎么回事啊，性格和她高冷的外表怎么完全不一样啊！

订婚宴如她之前所说风格奇特，入口立着一个一人高的巨大女警手办。

女警手办旁边，站着一个男人。

从背影看，肩宽腰窄，懒洋洋地双手插在黑色队服外套口袋里，头垂着。

他面前站着一姑娘，水粉色的短款连衣裙遮在腿根往下一点，大眼睛，黑长直。

喻言看了这么久的《英雄联盟》比赛，一眼认出来，这姑娘是最近很火的女解说。

女解说身材很好。

女解说本人比直播里还要漂亮。

女解说笑得一脸羞涩。

喻言斜撇着嘴，吹了一下左侧垂下的头发。

她面无表情地，直直走过去，一步一步靠近男人熟悉的背影。

不知是感受到了背后的视线还是什么原因，江御景蓦地回过头往身后看过去，刚好扫见一脸灿烂笑容向他走过来的女人。

江御景一愣，转过身来，看着她走近。

喻言笑眯眯地加快了脚步，两人距离一点点缩短，直到走到他面前，然后没有停顿地，和他擦肩而过。

脊背挺直，脚下细高跟无声地落在厚地毯上，头颈微扬，步履生风，连余光都没施舍给他。

然后，他听着那熟悉的嗓音，在他身后愉悦响起。

"安德，你怎么来了呀，来接我的吗？"

江御景眯着眼回头看，刚好看见那个叫安德的，浅色头发、长睫毛、鼻梁高挺、眼窝很深。

他此时正无奈地笑着，垂头听旁边的人说话。

江御景想起来，这个人就是之前送人送到家门口，还和喻言有说有笑的那个男人。

还"来接我的吗"。

啧。

傍晚六点，天色略暗，一出酒店门，安德就笑："怎么回事啊？"

喻言眨眨眼，装傻："什么？"

"你没事叫我叫得那么热情，非奸即盗。"

"我觉得你这个成语用得不太标准。"

"是吗？我觉得语境很准确。"

喻言沉默着，没再接话。

过了一会儿，她突然说："安德。"

"嗯？"

"钱真好啊。"

安德没懂："啊？"

喻言鼓了一下右边腮帮子："我现在只想赚钱。"

喻言没直接回家，而是先回了店里。

女人进厨房前例行拢起头发，梳成高马尾，然后阴着张脸，一头扎进去了。

埋头两个小时后，晚上九点，她换了衣服背上包，走之前往后面冲安德摆了摆头："新品。"

安德："……"

两个小时的新品？？

一种不好的预感还没来得及升起，沈默端着托盘出来了，往他面前一推。

盘子里，绿色的一坨黏黏糊糊的玩意儿，中间还冒着气。

安德傻眼："这什么？"

沈默："新品，喻言说，这蛋糕叫'钱'。"

"……"这玩意儿哪里像钱？

沈默微笑："你不尝尝吗？其实我觉得味道真的不错。"

安德犹豫了一下，抽把勺子出来切下一点，中间绿色的酱顺着缺口流了满盘。

浓郁的抹茶味道顺着舌尖向上攀爬，安德咂咂嘴，表情有点苦涩："必须叫'钱'吗？就不能起个小清新一点的名字？"

沈默轻笑出声："好像不能吧，她一回看起来好气啊，还是别改了。"

安德："……"

怎么就认识了这么个人做老板？

很快，安德和沈默就发现，被定名为"钱"的新品只是一个开始。

喻言的低气压一直持续了好几天。

其中包括一次 FOI 的老板娘带着几个男生来她店里，扬着唇角给她介绍："这是 SAN，我们队的 AD。"

男人身材高瘦，瞳孔颜色很浅，看人的时候直勾勾的，笑起来薄唇一挑，邪里邪气。

"不是中单吗？"喻言脱口而出。

SAN 挑了挑眉："你认识我？"

喻言面无表情地扫了他一眼，没理，心道：我儿子的手下败将嘛，你就算转了 AD 也赢不了。

夏季赛如火如荼地进行着，消失了几天，喻言当天晚上出现在了 MAK

基地，准备了解一下这个前中单到底是个什么水平。

她一进门，小炮就像终于看到了救星，皱着清秀小脸蹦跳过去，拉拉喻言包包的带子："言姐，这几天景哥低气压，巨可怕，你快救救我们。"

喻言觉得好笑，脱了鞋往客厅走，一屁股坐在沙发上："我怎么救你们？"

小炮认真想了一下："你去找景哥双排试试？"

女人慢悠悠"哦"了一声，"啪"一下把包扔到旁边："我是找不到人了吗？"

小炮不敢说话了，他发现不只他家 AD，老板突然也好凶。

喻言没吵他们训练，找苏立明要来了 FOI 战队的比赛录像，盘着腿坐在沙发上看。

SAN 的风格和江御景不太一样，没有那种扑面而来的凶气，属于典型的思维缜密型 AD，并且整个战队目前好像也是他在指挥。

喻言撑着脸认真看，小炮回到电脑前，想了想，又侧过头去对江御景说："景哥，言姐来了。"

男人冷淡地哼出一声来。

"你要不要去邀请她来一场说走就走的双排？"

江御景头都没抬："我脑袋被屎糊了？"

在对面一直偷偷听着的胖子和浪味仙交换了一个眼神，默默地悟了。

这两个人是吵架了啊。

可是啥时候吵的？

苏立明那里 FOI 的录像很多，每一局都有。喻言看完两个就已经很晚了，她打了个哈欠，准备明天早点起，再来把剩下的看完。

自从把沈默挖来以后，喻言整个人终于解放了一些，第二天早上七点半，她轻手轻脚地进屋来，踢掉鞋关上门，刚走进客厅，就看见站在冰箱旁边的江御景。

男人还是昨天晚上那套衣服，看起来还没睡，手里拿着瓶草莓牛奶。

江御景扫了她一眼，用脚带上冰箱门，重新走回到电脑前坐下了。

喻言皱了皱鼻子，也不想理他了，窝到昨天坐的沙发角落里，继续看视频。

早上的基地静悄悄的，二楼一排的房门都紧闭着，阳光很薄，透过窗纱洒进来。

喻言撑着下巴又看完了两场比赛，眼珠子开始到处转。想了想，她跳下沙发，打开冰箱门，拿了瓶草莓牛奶出来。

她站在原地又犹豫了一会儿，最终还是长舒口气，朝江御景走过去。

喻言坐在小炮的椅子上，双脚踩着地，屁股向前蹭了蹭，把椅子往他那边滑，整个人靠近了一点。

江御景手上动作一顿。

"你漏车了。"喻言硬邦邦道。

男人没说话，喻言怀里抱着瓶草莓牛奶，人又往前蹭了蹭，气息一点一点凑过来。

江御景空了个大。

"你竟然空大。"

"……"江御景"啧"了一声，干脆挂机，椅子一踢，扭过来看着她。

两个人对视了几秒，喻言面无表情突然出声："队员不准谈恋爱。"

江御景反应了一下："什么？"

"队规，战队成员不准谈恋爱。"

"理由呢？"

"会涣散军心，外面有个人吊着整天就想着往外跑了，赛期影响比赛发挥怎么办？"

江御景慢条斯理地"哦"了一声："这是什么时候的队规？"

"就刚才，三分钟前。"喻言鼓着腮帮子，"你跟你那小解说妹妹解释解释吧，你队老板就是这么不近人情。"

江御景反应了一会儿，才明白她说的是什么。

黑眸微眯，好半天，他蓦地笑了一下。

原本看起来有些困，懒洋洋耷着的眼角微微上扬了一点，唇边弯起："那内销呢？"

喻言微愣："什么？"

江御景重新靠回到椅背上，电脑屏幕里，复仇之矛一动不动站在下路防御塔下安静挂机，队友疯狂刷屏打信号。

他沉着眼看着她，因为通宵，声音听起来有点哑："如果说，吊着的人不在外面，在队里，是不是就可以内销了？"

31

江御景一句话说完，喻言反应了好一会儿，坐在那里呆愣愣看着他将近半分钟时间，才将将回过神来。

她没反应，江御景也不说话，坐姿懒散地靠在椅子上，黑眸却沉沉的。

喻言歪歪头，"嗯"了一声，想着他刚刚说的那句话，一字一字细细地咬，心头每滚过一个字，都是一阵胆战心惊。

回味完毕，她先是迷茫了一下，然后瞬间顿悟，又到惊恐，最后满脸释怀的表情，欲言又止地看着他，半天说不出话来。

喻言表情严肃。

男人唇角紧绷，看起来有点紧张。

喻言也紧张，她觉得自己参透了 LPL 颜值担当的小秘密，在说与不说之间举棋不定、摇摆纠结，最后还是忍不住皱着眉幽幽叹了口气："景哥，我很难过。"

江御景没想到她是这样的一个开场白："什么？"

"我很难过，所以你不用再说了，我是不会祝福你们的。"喻言摇了摇头道。

江御景眉心一抽："你在说什么？"

"我在说，小炮只有十九岁，您行行好放过他吧。"

"……"

江御景不说话了，微眯了眼盯着她，腮帮子微动，磨了一下后槽牙，然后猛地站起身来，滑开椅子转身就往楼上走。

他走到一半，又停下了，转过身来面无表情地看着她："你是个傻子？"

"啊？"喻言感到莫名其妙，"你这个人很过分，为什么突然人身攻击我？"

话说完，她突然又好像想起了什么似的，一副小心翼翼的样子往楼上看了一圈，确定没人起来，然后神秘兮兮地冲江御景招了招手。

男人挑眉，定了一会儿，还是妥协般地走过去了。

喻言舔了舔唇角，压低了声音问他："你的小秘密，是不是就是这个？你 iPad 的密码是小炮生日吧？"

江御景："……"

江御景气极反笑："对，不只小炮，还有 the one，我爱死他了。"

他话音刚落，楼上传来"咔嗒"一声轻微响动。

两个人齐刷刷抬起头来，就看见一向起得很早的健康宝宝 the one 站在房门口，面无表情地往下看。然后，他压着门把手，把刚刚关上的门打开了，后退两步进屋，又是"咔嗒"一声轻响，门再次关上了。

喻言呆了一下，觉得这个展开还挺惊险刺激的："the one 现在的内心一定很复杂吧。"

江御景脑仁疼，不想跟她说话，转身上楼睡觉去了。

他电脑屏幕里，复仇之矛还站在防御塔下安静如常地挂着机。

喻言眨眨眼。

当天下午，江御景补足了觉下楼来，看见喻言正坐在他电脑前面，拿着个复仇之矛对线。

他湿着头发走过去站到她椅子后，才看见复仇之矛头上顶着的那个 ID 有点眼熟，七个大写字母 MAK.SEER。

江御景："……"

江御景顶着条毛巾，擦头发的动作一顿："喻言。"

喻言注意力全在游戏上，哼哼哈哈应了一声。

"你用的是我的号？"

"你上午没关机。"喻言大大方方地承认道。

江御景把头上的毛巾抓下来，扔到桌子上："你直接给我俯冲到黄金吧。"

喻言想了一下从大师到黄金的差距，回头看他，有点为难："那你再给我一点时间。"

江御景不耐烦，一手把着椅背一手撑住桌边，俯身，看了一眼喻言的数据——1/4/3。

韩服大师局竟然只送了四个头，他有点意外地挑了挑眉，刚想说话，看见了己方辅助的 ID。

权泰赫。

权泰赫在韩国的时候最开始打的就是辅助位，后来转型中单，人来了 LPL，排位的时候偶尔也会玩玩辅助。

这个人也是位非常有创新意识的选手，经常会拿出一些稀奇古怪的英雄来打辅助，比如他驰名中韩的艾希辅助。

这把权泰赫倒是中规中矩拿了个塔姆，这边复仇之矛血线不太健康，眼看着对面蠢蠢欲动下一秒就要贴上来了，塔姆瞬间一口咬过来，吞了人后撤两步，吐出来。

江御景知道她为什么只死四次了。

喻言皱了皱眉："我还有小半管血呢，他为什么吞我？"

江御景"嗤"了一声："因为再晚两秒，你现在的屏幕就会是黑的。"

喻言不服："对面的 AD 我能杀。"

"对面的 AD 死之前，你会先死。"

喻言叹了口气："权泰赫真的好厉害，我刚补了两刀，他就发现了我不是本人。"

江御景站直了身子，靠在桌边拨弄了两下额前的湿发："他应该从你一出门就耿直地直奔下路防御塔去的时候就发现你不是我才对。"

"我说，我是景儿的姐姐。"

江御景："……"

"他还教了我复仇之矛要怎么玩。"喻言一脸动容，"他真是个好人，我好感动。"

江御景垂眼看她："我也教了你好几个英雄要怎么玩。"

怎么没见你感动过。

他后半句话没说出来，喻言秒接："我也很感动啊。"她漫不经心地说，"我这不是在感动地帮你上分吗？"

江御景冷冷地"哼"了一声，不想搭理她。

喻言也没说话，好半天，她偷偷瞥了眼旁边的 the one，人往江御景那边偏了偏："景哥，我考虑过了，还是不行。"

"什么？"

"内销也不行。"喻言皱着鼻子强调。

江御景面无表情："你现在就给我把你的屁股从我的椅子上挪开。"

"等我打完这把啊，我现在手感正好，这把不 carry 我都不相信的。"

"哦，是吗？键盘给你，以后 MAK 战队的 AD 你来当。"

他刚说完，电脑屏幕又是一黑，喻言毫不在意，欣喜地抬起头来："你给我打辅助吗？"

江御景半眯着眼："我现在只想打你。"

一局结束，虽然复仇之矛打出了2/8/3这种战绩，喻言竟然还是赢了，胜利界面跳出的时候，江御景手机响起。

他收到一条微信，来自权泰赫的——

刚刚 rank[1] 碰到你的号，你是不是被人盗号了？

江御景瞥了一眼已经抱着瓶草莓牛奶跑到客厅另一边沙发上的女人，勾起唇角。

江御景：是啊。

权泰赫：2/8 的滑板鞋（复仇之矛）啊，疯狂地送，我 W 技能的 CD[2] 转不过他送，我还教他怎么玩。

江御景：下次别教。

权泰赫那边愣了下才回。

权泰赫：什么？

江御景：下次再遇见盗号的，你就让她送，不用管。

权泰赫刚想说话，对面又发过来一句。

江御景：也别给她打辅助。

权泰赫无语。

我没想特地给她打辅助啊！

等等，她？

权泰赫没再回了。江御景坐回到自己的位子上，刚握上鼠标，胖子端着他不离手的粉色小陶瓷马克杯凑过来了。

MAK 战队的上单同志神色凝重："景哥，你这样是追不到妹子的。"

"你在说什么？"

"我在说——"胖子慢悠悠，"'你现在就给我把你的屁股从我的椅子上挪开''以后 MAK 战队的 AD 你来当''我现在只想打你'，这种画风是追不到妹子的。"

江御景沉默了一下，没说话。

作为两年队友培养出的默契以及对于他尿性的了解，上单同志秒懂

1　rank：中文意思是等级，在《英雄联盟》中是段位的意思，另外也指排位赛。

2　CD：常出现于游戏中，意为"技能冷却时间"。技能发动之后，再次发动前需要的等待时间。

了，这是示意说下去的意思。

"景哥，追妹子肯定是要对症下药的。"胖子压低了声音，"尤其是像我们喻妹这种，平时看着好像挺精明的，但是这档子事上，呆哇？呆的。"

江御景不动声色瞥了一眼远在客厅另一端沙发里窝着的人，确定她毫无反应。

食指轻敲了两下桌面："说重点。"

"所以拐弯抹角的那种是没有成功率的，必须直白一点，并且循序渐进，从每天发发微信、道道早晚安开始。"上单同志总结。

终于听到了一点实质性的建议，江御景抬了抬眼："发微信？"

"对啊。"

"你也有她微信？"

胖子也愣了："你没有吗？"

一直在对面听着的浪味仙："你们俩没加微信？"

小炮："啥微信？言姐微信？你到现在还没有？"

江御景："……"

意识到整个 MAK 似乎只有他一个人没有喻言的微信这件事以后，男人阴着脸想了想，站起来走过去，坐在旁边的单人沙发上。

喻言正在看录像，江御景微微侧了侧头："FOI 的？"

"嗯。"喻言点点头，"昨天我在店里碰见 SAN 了。"

江御景一愣："什么？"

喻言抬起头来："FOI 的那个 SAN，订婚宴那天没看到他人，昨天见到了。"她回忆了一下，皱起眉，"怎么说呢，就是觉得，这人看起来就给人一种很可怕的感觉。"

她的这个评价让江御景笑出声来，懒洋洋地伸直了腿："对啊，好害怕。"

喻言瞥他："我记得有人不久前还和人家打过架啊，还被禁赛。"

江御景不置可否，抬了抬眼，突然问她："你想挖权泰赫？"

他话题转得太快，喻言茫然，眨眨眼："没啊。"

"哦。"他吐出了口气，"那——"

"我只是很喜欢他的桃花眼。"喻言拿起桌上牛奶瓶，喝了两口。

"……"江御景一口气憋回去了，卡在胸口上不去下不来。

视线扫了一圈，最终落在她手里的那瓶草莓牛奶上。

"我记得——"他慢悠悠地说，"我是不是说过以后你别想再动我的草莓牛奶？"

喻言装傻："什么时候？"

"就在你说你想再踩我一脚的时候。"

"景哥，"喻言深吸口气，"我们不是好朋友吗？"

江御景目光一滞："和这个有什么关系？"

喻言鼓了一下腮帮子，委屈巴巴地"哦"了一声："那我转账给你。"

"微信转我。"江御景立马道。

喻言拿起放在茶几上的手机，两个人扫码加了微信以后，喻言点开他的对话框，问他："我转你多少钱？"

男人勾起唇角："我算不清。"

喻言一噎："我也算不出。"

"是吗？"江御景重新靠回沙发里，举着手机，懒洋洋地说，"那就算了，你别转了。"

那你刚刚是在逗我玩？

喻言无言以对，干脆低头给他改备注。

她微信里的人名备注后面都会加一个小符号或者表情，喻言打上他的名字后，绞尽脑汁也想不出给他加个什么符号，干脆抬头直接问他："景哥，你想要个什么备注图案啊？"

江御景侧过头来："什么备注图案？"

"就是微信的那个备注，我给你加个不高兴的表情，你看行不？"

"你还填备注？"

喻言这边已经选好了，直接把手机递给他看。江御景抬臂去接，看见自己的名字后面有一只白色的飘浮小鬼，莫名想笑，递还给她："你几岁了？"

"这跟几岁有关系吗？"喻言接过手机按下了保存，"欸"了一声，"景哥，你给我的备注是什么？"

江御景抬眼："我不设备注。"

"可是我微信名改得很快啊。"

"哦，那你想要什么？"男人认真思考了一会儿，提议道，"一个三岁的傻子？"

喻言面无表情地说:"我想要个'景儿的姐姐'。"

江御景冷笑一声。

"不行吗?"

"你觉得呢?"

"我觉得很好啊。"

"你出去吧。"

喻言撇撇嘴,没再接话,低下头专注地玩手机。

江御景也没多想,点进她朋友圈大致扫了一圈下来,再返回,就看见女人微信名已经改了。

聊天界面上方,一排明晃晃六个字的ID——

江御景的慈父。

江御景:"……"

32

江御景看着女人的微信名字没有反应,好半天,才抬起头来,面无表情:"你这个微信名是怎么回事?"

"我的微信名怎么了?"喻言无辜。

"给我改了。"

"我不。"

"改了。"

"我的微信名我自己做主,为什么听你的?"

江御景"啧"了一声,妥协般把手机扔给她:"备注自己改。"

喻言目的达成,快乐地拿起男人的手机,想了想,噼里啪啦开始打字,打完保存,满意地把手机还回去。

江御景接过来看,备注是"某不知名小仙女",后面还跟了个小星星的图案。

他唇角没忍住弯了弯:"你幼不幼稚?"

喻言没理,拿着手机低头打字,不知道跟谁在聊天,下一秒,江御景手机振动,弹出一条微信,来自某不知名小仙女的。

某不知名小仙女:不幼稚啊,这个备注你不许改。

喻言抬起头来看了他一眼，没说话，又低下头去继续打字。

江御景就坐在她旁边的单人沙发上，两个人之间距离一米发微信。她一条打了一半，那边男人被苏立明叫过去了。

喻言歪着头，手指悬在屏幕上半天，最后瘪了瘪嘴，一下一下点在删除键上，按了锁屏。

直到晚上十点，天已经黑得透彻，喻言才准备走。

喻勉这几天准备期末考，然后就要正式升入高三了。喻妈妈担心他在这边贪玩不认真读书，干脆一道圣旨直接把人叫回家里去住。

每天准时准点拖着她回去烧饭的人终于走了，喻言时间上也自由了，一下午看了一大堆录像视频，看得她头晕眼花，瘫倒在沙发上不想动。

客厅另一端，五个男生好像是刚打完练习赛，江御景坐在位子上看手机，苏立明正在跟小炮说话。

喻言打了个哈欠，走过去跟他们打招呼，回家去。

她刚一到家，就收到了季夏的视频邀请。

女人那边穿着学士服，脸上红扑扑的，看上去也刚到家。

"言言，我毕业啦！"她笑得灿烂。

喻言懒洋洋一屁股窝进沙发里："恭喜毕业，成为可怜的社会人士了。"

"我休息一段时间再找工作啊，这几天忙毕业快忙死了。"季夏平躺在床上，高高举着手机笑眯眯，"我明天去找你玩啊，你明天什么时候在店里？"

"上午吧。"喻言想了想，"一点之前。"

"一点之后你什么活动？"

"下午有比赛要看。"

"是不是喻勉那个姐夫？今天晚上吃饭的时候，我班里那帮男生还在聊游戏，好像他们明天下午也要去看那个比赛。"

喻言垂着眼，无精打采地说："不是喻勉的姐夫。"

季夏挑眉："你现在这个语气为什么跟之前否认的时候一点都不一样了？你终于被他的男色诱惑了？我就知道，毕竟长成那样啊。"

喻言冷着张脸："你到底在说些什么？"

"我在说，喻勉这个姐夫真是不一般。"

所以说，必须得用这种称呼方式吗？

第二天 MAK 战队依然早早来到比赛场地，他们前面刚好是 FOI 的比赛，宫翮难得亲临现场。

一行人从后门一进去，就看见男人站在门口和一个工作人员说话，看见他们走过来，脸上的笑容比泡开的菊花茶还要灿烂。

"景儿！"男人高声道。

江御景目不斜视、不动声色地往小炮后面站了站，假装没看见他。

宫翮不为所动，急忙往前走了两步迎面朝他们走过来："景儿，你不理我啊。"

江御景被人拦住，只得停住脚，面无表情地站在那里看着他："什么事？"

宫翮对他的冷言冷语习以为常，毫不在意："现在离你们比赛还早吧？陪我喝杯咖啡？"

江御景似笑非笑地挑了挑眉："你再给我加个零，我都不回你们战队。"

宫老板笑眯眯地，直接搂着人肩膀往外把人带出去了。

小炮在旁边看得目瞪口呆，这两个人的关系原来这么好的吗？

江御景跟着宫翮一路出去走到停车场，上了他的车，男人一坐进车里就拿过烟盒，抽了一根出来递给对方。

江御景接过，顺手拿起男人丢过来的打火机，点着。

烟雾升腾，狭小的车内空间里充斥着烟草的味道。

江御景没说话，等着宫翮的下文。

对方这么突然地把他拉过来不可能是一时兴起，肯定是有事情跟他说。

果然，男人吐出两个烟圈后，缓缓开了口："你妈前几天给我打过电话。"

"她跟我要你的联系方式，说想见你一面，或者只听听你的声音也行。"

江御景咬着烟，微抬下巴，仔细分辨着挡风玻璃右上角贴着的车检年限，脸上没表情："是吗？"

他旁边，宫翮叹了口气："她这些年应该也过得不太好，你的电话我没给，想着怎么也要跟你说一声，毕竟有血缘关系在，如果你想——"

"不用。"江御景打断他。

空旷的地下停车场，车窗紧闭，空气逼仄，有点闷。

男人身上 MAK 战队的队服外套袖口被他卷起两折，手肘搭在车窗上，露出小臂上的半截文身。

江御景眯着眼看过去，四周的光线太暗，青灰色的字母影影绰绰，看不太清。

他蓦地笑了："你不说，我都忘了。"

宫翮一愣："什么？"

"我们原来还有血缘关系。"

季夏到喻言店里来找她的时候，差不多是中午十二点。

喻言当时正在后面和沈默说话，男人将她之前的新品做了改良，喻言试吃一口，眼泪都快出来了。

"沈老师，屈尊小店真是委屈您了。"喻言感动地看着他。

"哪里哪里。"沈默谦虚完，冲外面扬了扬下巴，"那个人在外面看好久了，你朋友吗？"

喻言回过头去，就看见季夏站在那里挑着眉看着她，一脸的意味深长。

不用想都知道她什么意思，喻言翻了个白眼，换衣服出去了。

两个人出去找了家餐厅准备吃个午饭，季夏挑了个靠窗的位置，人刚坐下，就八卦地问她："刚刚那个小帅哥是谁？！"

"新请来的西点师。"喻言抬手敲了一下她脑袋，"你不要一脸兴奋乱脑补了。"

季夏沉痛地摇着头："喻言，你太让组织伤心了，你抛弃你的电竞小哥哥了吗？"

喻言心不在焉地搅着面前柠檬水里的冰块："不是我的电竞小哥哥。"

嗯？

季夏眨眨眼，敏锐地察觉到了不对劲的地方。

"怎么回事啊？"

"什么怎么回事啊？"

"小哥哥有女朋友了？"

喻言撑着下巴想了一下："好像没有女朋友。"

但是有个解说妹妹。

可能还有一大堆她不知道的 coser A、主持 B 或粉丝 C。

想到这里，她死死咬住玻璃杯里的吸管，咯吱咯吱地开始磨牙。

季夏坐在对面，看着她若有所思了一会儿，缓声叫她："言言。"

喻言正在想事情，心不在焉地应了一声。

"没什么。"季夏叹了口气，"我找我同学买了张今天比赛的票，下午我们一起去看啊？"

喻言回过神来，"欸"了一声："你也开始对这游戏感兴趣了？"

"我对小哥哥们感兴趣啊。"季夏上半身凑过来一点，"你们战队还有没有长成喻勉他姐夫那样的？"

喻言一本正经地说："我们战队有个胖子，我觉得他瘦下来颜值应该是会震惊整个电竞圈的，你有没有兴趣来个养成男朋友系列之帮他减肥篇什么的？"

"没有，绝交了。"

当天下午，季夏跟她一起去看比赛。

季夏的票是她同学卖给她的，连着的座位，位置很好，一起的还有几个男生。因为喻言是单独的票，所以和他们的位子是分开的。

季夏二话不说直接把其中一个男生赶到喻言的位子上去，拉着自己的小闺密和她坐在一起。

第一场比赛是FOI战队的，因为对SAN这个人有些在意，喻言看得认真。她旁边的季夏除了最开始的时候嚷嚷了两声"这个选手好帅啊"以后，就开始玩手机。

喻言犹豫了一下，也从包里拿出手机来，给江御景发了条微信：景哥，如果你今天输了，我就把微信名改回江御景的慈父。

她等了一会儿，对方才回复：有没有人告诉过你，即将上场的选手是不能受威胁的？

某不知名小仙女：为啥？

江御景：因为他一个不开心，可能会报复欲上升直接打假赛。

喻言不自觉地笑出来。

她几乎可以想象出男人坐在休息室里打出这句话时的表情。

她略微歪头想了想，刚要打字，旁边季夏灼热的视线就直勾勾把她烫住了。

喻言扭过头去，唇边的笑意还没隐去："怎么了？"

季夏眯着眼："其实我刚刚就想问了。"

"问什么？"

"喻勉那个姐夫，你是不是真的有点喜欢他？"

33

季夏的问题问出来，喻言很明显愣了一下。

唇角翘起的弧度凝固，然后慢慢消失，人有点茫然地看着她，"欸"了一声。

"别装傻。"看着她的反应，季夏严肃道。

喻言抬手往前指了指："你不看比赛吗？"

季夏眯起眼来看了她一会儿，长叹了口气，又摇摇头，转过头去没再说什么。

比赛场馆黑压压的全都是人，大家手里举着字牌和横幅，为自己喜欢的战队加油打气声援。

台上两个战队的比赛如火如荼，解说极快的语速和富有感染力的语音语调宣示着一场激烈团战的进行。

喻言撑着脑袋，整个人都处于一种放空状态。

季夏的话让她有点措手不及。

就好像一只小仓鼠，一颗一颗地搬了粮食，用爪子刨开厚厚的碎木屑，偷偷摸摸地藏在下面，突然有一天，小笼子里的木屑被人毫无预兆地清掉了，她的小粮食全部都暴露在光线下，她无所遁形。

她不知道这种情绪究竟是怎么回事。

喻言只谈过一次恋爱，她一直觉得，喜欢一个人的感觉，应该就像她第一次见到汤启鸣的时候那样。

两个人四目相对的瞬间，天雷勾地火，心跳就像坐了过山车一样快，低头不敢和他对视，也不敢跟他说话，脑海里出现的念头是不知道自己的刘海儿有没有被风吹得很乱，T区出没出油，睫毛膏有没有花。

但江御景是不一样的。

和这个人，无论是第一次见面，他切入她生活中的方式，还是两个人相处的模式，都太过于自然而然了。

自然到让人不知不觉中忽略了那些随着时间的推移一点一点沉积在心底，谁也不想告诉的小秘密，也没有察觉，他漆黑的眼看着她时，自己不自觉柔软下来的情绪。

台上 FOI 战队大龙坑一波精彩的团战打出一换三，惩戒杀掉大龙推上高地。

观众席发出激烈的声音，让喻言从恍惚中回过神来。

她纠结了一下，中指点了点脸颊："夏夏。"

"嗯？"

"男生要怎么追？"

季夏猛地回过头来。

喻言很认真地看着她："就是那种，性格很差、毒舌洁癖强迫症、尖酸刻薄又小气的男生，要怎么才能让他喜欢上你？"想了想，她又继续补充道，"并且之前这个人跟你是因矛盾认识的。"

"因矛盾？"季夏的表情很惊恐。

"其实也不完全是，总之就是第一印象不太友好。"

季夏用很奇异的眼神看着她："你确定你现在说的这个人和我想的那个是同一个？"

喻言点点头："就是那个喻勉他姐夫，我怎么才能让对方真的变成喻勉他姐夫？"

季夏："……"

在确定了闺密真的准备女追男隔层纱去撩电竞小哥哥以后，季夏秒给出她几套方案以供选择。

喻言没追过人，唯一的一次恋爱经验是被追而且结果非常失败，于是她很认真地听着季老师给她上课。

"首先，"女人一脸严肃，"你要确定他现在对你是一种什么样的感情。"

"大概是想把我踩在脚底下让我叫他老大的感情吧。"喻言秒答。

"没关系，这种感情也可以转变为在别的情境里让你叫他老大。"

这次表情惊恐的人变成了喻言："你们应届毕业的小年轻现在都这么可怕了吗？"

季夏毫不在意："我只是在阐述不久以后即将发生的事情，毕竟你的军师可是我。"

"他好像有很多认识的解说和主持人小姐姐。"喻言扬扬下巴，"就今天这个解说妹子，前段时间我还看见两个人在说话，妹子笑得可欢了。"

季夏将信将疑："我还是不太相信，这种性格很差、毒舌洁癖强迫症、尖酸刻薄又小气的男生会和妹子关系很好？"

喻言伸出食指和中指悬在眼前，愤愤地说："我亲眼看见的！"

"哦，那你当时什么反应？"

"我没什么反应啊。"

季夏一脸"你觉得我会信"的表情。

"就是不太开心嘛。"

"然后？"

"不太想理他。

"然后好几天没跟他讲话。

"但最后还是没忍住……"

季夏一脸恨铁不成钢："要让男生喜欢你，首先就是要让他觉得，你不在乎他啊！"

"我哪知道啊！我不会嘛！"喻言哭丧着脸，"我现在开始不在乎他还来不来得及？"

"来不及了，你现在要飘忽一点，让他觉得，你好像有点喜欢他，又好像不怎么喜欢他。"

闻言，喻言沉默了一会儿，没说话。

台上FOI战队已经点掉了敌方水晶，以2:0击败对手拿下了本场比赛的胜利，五个男生此时在掌声和欢呼声中站起来走到旁边去握手。

"算了。"喻言突然说。

"什么？"四周的声音太大，季夏没听清。

"我说，算了。"她垂着眼，"正是赛期，MAK现在的成绩很好，大家为了夏季赛都已经准备了这么久，再等等吧。"

还是再等等吧。

不能因为自己的一点小小私心让他分心，影响了整个队伍的成绩。

他是那么厉害的一位选手，他要去更大的舞台上开拓他的疆土，他会站在荣耀巅峰。

休息时间过去，轮到MAK战队的比赛。MAK战队到目前为止无败绩，暂居第一，小炮一坐下就开始深呼吸：

"向着全胜前进啊兄弟们，能不能全胜进个季后赛？"

"在你把你这个英雄小水坑挖得稍微深一点之后，可能性会提个八成。"

MAK 站蓝色边，胖子拍了拍桌边："对面 ban 了女警、加里奥、大嘴啊，我们龙王要不要扎克？"

龙王眼镜一推，没说话，胖子见状直接帮他锁了。

小炮继续拍大腿："我要艾克我要艾克我要艾克。"

苏立明拍了他脑袋一下："先拿上单。"

胖子拿到鳄鱼，对面毫不犹豫地 ban 掉了小炮的艾克和辛德拉。

"心疼我们炮炮。"

"3 禁中单了，爆炸爆炸。"

小炮脸色惨白："这把我躺着看你们 carry。"

江御景拿了复仇之矛，比赛开始，镜头给到一个他习惯性把耳麦的小动作，之后转到观众席上，一片片举着 SEER 名字的字牌。

之前喻言看见的那个女解说"哇"了一声："SEER 这个人气是真的高。"

"SEER 这场拿了个复仇之矛啊。"男解说突然笑了，"之前我在贴吧上看到了一个非常有意思的帖子，说权泰赫和 SEER 韩服偶遇，权泰赫一看 AD 是他，收起了自己的艾希、盲僧、加里奥辅助，老老实实拿出塔姆来准备飞一波，然后 SEER 看见对方这么认真的态度也十分感动，并且最终掏出了一个 2/8 的复仇之矛作为回报。"

"……"喻言听着解说的调侃有点心虚，不动声色地往后缩了缩身子。

旁边季夏啧啧出声："你别说，喻勉他这个姐夫这张脸是真的可以，你快点斩了他。"

喻言在她旁边撑着下巴："我没实感啊。"

"什么实感？"

"就是……"她皱着眉，思考了一下怎么说，"就是一下子发现这个人其实是喜欢的人那种实感。"

季夏："……"

完全不知道自己已经变成了喜欢的人的江御景今天依然打得很凶，三十八分钟结束比赛，撑到对面泉水门口拿到三杀。

此时休息时间，粉丝们都离座抓紧时间往厕所跑。喻言陪着季夏去，侧着身靠墙等在洗手间门口，她咬了下下唇，重新滑开手机，界面还停留在微信对话框上。

她想了想，开始打字。

某不知名小仙女：景哥。

江御景：嗯？

某不知名小仙女：我们这场要赢啊。

江御景：嗯。

某不知名小仙女：夏季赛也要赢。

这次，男人没马上回。

喻言手里拿着手机一动不动，直勾勾地盯着屏幕等了一会儿，对面消息才过来。

江御景：抬头。

她抬起头来，走廊尽头，江御景单手拿着手机懒散地站在墙边，距离有点远，看不清他的表情。

毫无缘由，心跳突然猛烈又势不可当地开始加速。

有哪里不一样了。

在意识到眼前的这个人是自己喜欢的人以后，好像以前很多被她有意无意忽略掉的细节突然被无限放大，真真切切地在眼前晃动。

喻言走过去，抬头看他，对上那双黑沉眼眸的瞬间，又下意识想要移开视线。

没来由地有点紧张，她手心紧了紧，咬了下嘴巴里的软肉，认真看着他。

刚想说话，面前的人空出的一只手就抬起，慢悠悠地落在她头顶。手心温热，摩擦发丝发出轻微到几乎可以忽略不计的细细响动。

"放心。"江御景淡淡开口。

熟悉的两个字，喻言一愣，到嘴边的话没说出来。

男人表情是他惯有的淡漠散漫，敛睫垂着眼看她，黑眸深邃，唇角微勾："给你把夏季赛的小金杯带回去喝水用，和德杯配一套。"

第四章

是喜欢的人

34

六月底，组内赛最后一场是对战 AU 战队，在此之前，MAK 拿到全胜战绩。

比赛的当天上午，SAN 再次去了喻言店里。

自从他第一次来，看到了她店里那张画着粉色桃心还写着告白的江御景的大幅照片以后，隔三岔五就来一趟，并且每次的话题都是江御景。

男人穿着棉质的 T 恤坐在小吧台上，看着她磨咖啡豆："今天晚上MAK 有比赛啊，你不去看吗？"

喻言头都没抬："不用。"

"嗯？"SAN 有点意外，"怎么不去？你不是 MAK 的粉吗？"

说着他冲旁边扬扬下巴："那么大的一个示爱照片啊，你这个真爱粉做得不太合格吧？"

"你好八卦啊。"喻言翻了个白眼，"反正会赢的。"

"哟，你这么相信他们啊。

"AU 现在很强的，不只权泰赫，他们打野最近也开始蜕变。

"中野那个默契，联动起来真的可怕。

"MAK 现在的那个中单，叫什么，PIO？虽然操作意识都还成，但是年纪太小了哦，还是不稳啊。"

他像一只大黄蜂一样，在她耳边喋喋不休，嗡嗡嗡吵得人心烦。

喻言终于忍不住，皱着眉抬了抬眼皮看他一眼："小炮也很强。"

"嗯？"

"我是说……"喻言深吸口气，"都说了会赢了，你操什么心啊，乖乖等着被 SEER 按在地上打就行了。"

她说完，男人不怒反笑，不太在意地挑着眼梢，看起来痞里痞气。

他压低了声音，不怀好意地看着她突然问："你喜欢 SEER？"

喻言睫毛微颤。

她的这一小动作被 SAN 抓了个正着，他"哇"的一声，歪了下脑袋："你这么喜欢他啊？"

喻言也笑了，目光不避："是啊，有 MAK 战队的女粉不喜欢 SEER 的吗？"

男人没再说话，只直勾勾地看着她。

过了一会儿，他突然开口："你认识他吧？"

喻言抿了抿唇。

他还是在笑，阴冷的眸仿佛能穿透身体直接看进人心里去："哦，我换种说法，你们俩认识吧，你和江御景？"

喻言没什么表情地看着他："所以呢？"

"所以，你对他有那么点不同于粉丝的好感。"男人掰着手指梳理，"但是你还没跟他说，他也不知道，对吧？"

你是先知啊？你叫什么 SAN 啊，你应该直接把 SEER（先知）的名字拿去叫才对吧？

喻言心里默默吐槽，表面上一脸的自然淡定："你才见了我几次就知道了？我跟你很熟？"

"不熟啊，我这不是在努力跟你熟吗？"男人撑着下巴，"江御景这个人性格那么糟糕，你喜欢他什么啊，你不如来喜欢我吧？"

喻言差点被自己的口水噎到，瞪大了眼看着他，以为自己没听清。

SAN 拨了拨刘海儿，继续："我长得也挺帅的吧。"

喻言被他的自恋惊到了，缓了一会儿才问道："你喜欢我吗？"

他扬了扬眉，似乎没考虑过这个问题："感情是可以慢慢培养的。"

"你不喜欢我，你在这里废什么话？"

男人手点着眉梢，一脸理所当然："因为你喜欢的那个人，他的东西我都想要啊。"

喻言："……"

虽然说是跟 SAN 信心满满地说了 MAK 会赢这种话，其实喻言心里还是有点不踏实的，晚上准时打开了直播。

AU 战队确实是强，并且夏季赛以来比德杯的时候有很明显的提升，于是无论是在运营还是对线上，MAK 都没能占到任何便宜，前两局 1:1 打平。

第三局前期还是以权泰赫为 carry 点，两波漂亮的中野联动按死小炮，对面乐芙兰两个人头在手，起飞滚起雪球。MAK 难受的防守慢慢发育，拖到大后期几波团战抓住了对方的小失误堪堪翻盘，一波推中上高地拔门牙塔拿下了赛点。

此时，MAK 这边是三路高地全被破掉，中路水晶也才刚刚复活的一个状态。

喻言长长舒了口气，放下心来。

白天刚吹了那么大一个牛，要是晚上就被打脸岂不是尴尬死了。

至此，MAK 战队取得组内全胜战绩，A 组第一。当天晚上，喻言作为小老板请整个战队的人吃饭。

订了个包间，算上工作人员，一共摆了两桌。

其间江御景出去了一会儿，直到饭吃到差不多一半的时候才慢悠悠回来。

吃过饭以后，一行人又去唱歌。

胖子两杯酒下肚，仿佛在 KTV 里找到了自己除了召唤师峡谷以外的第二个战场，把着台上立麦不撒手，面红耳赤地咆哮着："观众朋友们！一首《难忘今宵》献给大家！！"

胖子 ID 叫 ZHACAI，也就是榨菜，于是小炮也蹦到他旁边去配合着吼："我们是——泡菜组合！！"

喻言坐在门口边的沙发上，头靠着镜面墙壁，笑得肚子痛。江御景坐在她旁边的高脚凳上，脚踩着横杆，手里拿着手机噼里啪啦打字，昏暗光线下，手机屏幕的荧光自下而上映在他脸上。

喻言眼睛转了一圈，想跟他说话，可是又不知道该说什么好。

说什么作为开场白会显得自然、不奇怪？

她歪着脑袋习惯性鼓了下嘴巴，还没想出来，那边一个工作人员手臂揽着她脖子把她拉过去了。

工作人员喝了点酒，胆子肥起来了，哥儿俩好地挂在他们小老板的身上，一脸热情地递了杯酒过去，扯着嗓门："小喻总，谢谢你给我一次在MAK 工作的机会！"

喻言干巴巴地说："你还是去谢谢我爸吧。"

她顺手接过他递过来的酒，雪碧兑得有点少，闻起来就很辣。

喻言皱着鼻子纠结了一下，咕咚咕咚一杯干脆直接灌下去了。

伏特加的辛辣味道顺着舌尖直接烧到舌根，呛得她五官全部都挤到了一起，好一会儿才缓过神来。

她闭着的眼睛睁开，侧身放下杯子，上半身晃着后倾了一点，后脑撞上硬邦邦的腹肌。

喻言转身抬起头来，江御景不知道什么时候已经站起来走到她旁边了。

他垂着眼，屏幕上MV的光映在他一边侧脸，在另一边打下分明的阴影。

旁边的工作人员见他过来，也在喊："景哥来一起玩啊，坐下坐下！"

江御景视线移开，往前走了两步，不动声色地走到喻言和那个揽着她的男性工作人员中间，挤进去一屁股坐下了。

肩膀贴着肩膀的距离，喻言扭过头来看着他："景哥。"

"嗯？"

"你觉不觉得有点挤？"

江御景平静地接过旁边的人递过来的杯子，品酒似的慢悠悠喝了一口："有吗？"

"没有吗？"

"那你往旁边坐坐不就行了？"江御景侧过头来看着她，那表情好像在说：这还用我教你吗？

"……"那你就不能往旁边坐坐，非要挤到我的位子上去坐吗？！

喻言翻了个白眼，想吐槽他，又想到这个人毕竟是自己喜欢的，长舒口气，还是算了，乖乖地往旁边移了移。

江御景背脊直起离开沙发靠背，慢悠悠地拿起桌边冰桶里的金属夹子往玻璃杯里夹了两块冰块，然后再次转过头来，扫了她一眼才缓声道："你热吗？"

喻言一愣，没反应过来，老实道："还行。"

"那你挪那么远干吗？沙发上就这么点位置，你自己占那么大还让不让别人坐了？"男人没表情淡淡道，"坐过来点。"

"……"喻言很认真地开始考虑自己到底还要不要喜欢这个男人了。

江御景那边还在作妖："懂事点，过来。"

喻言磨着牙，瞪了他一会儿，还是乖乖地又往他那边蹭了一点。

她刚坐过去，男人手里的酒就递过来了，是他刚刚加过冰块的那杯，里面的雪碧在玻璃杯的杯壁上形成一个个细小的泡泡。

喻言皱着小脸接过来，舌根还残留着之前那一杯伏特加兑雪碧的辛辣味道，有点发麻。

她苦兮兮地抬起头来："景哥，我不太能喝酒。"

江御景"嗯"了一声，没看她，用牙签叉了一片果盘里的橙片，丢到她杯子里："走不动我拖你回去。"

喻言再次皱了皱鼻子，死死闭着眼，一脸视死如归的表情准备干了，第一口灌下去，她"咦"了一声，睁开眼来，看看手里的玻璃杯。

里面没有兑酒，全是雪碧沁凉爽口的味道，甜甜的，加了片橙子，还有一点点酸酸涩涩的。

喻言眨眨眼，捧着杯子又喝了两口，压下嘴里的酒味，抬起头来。

江御景手肘支在大腿上，撑着下巴侧身偏头看着她从痛苦纠结到惊奇诧异最后开心起来的一系列丰富表情，唇角弯起，没忍住笑了。

他另一只手臂抬起，屈指不轻不重地敲了下女生额头，有点冷淡懒散的声线，在 KTV 包厢的背景音里模糊又清晰："傻吗你？"

黑沉的眼被彩色光线浸染，让人无端就生出一种，好似他眼神都柔软起来了的错觉。

35

最后散场的时候已经接近凌晨，大家各回各家，喻言跟着 MAK 战队的一起回去。

她坐在最后一排靠窗的位置，感觉脸热热的，身上却有点冷。

喻言打了个哆嗦，脸贴在玻璃窗上降温。

江御景坐在她前面一排的位置，感觉到后面人窸窸窣窣的小动作，扭过头去，就看见身后的女人脸蛋贴在玻璃上，看起来有点扁，眼角鼻尖都被挤得歪歪的。

江御景面无表情地看着她，淡淡说道："你鼻子假体歪了。"

喻言没喝几杯，头脑还是很清醒，一动不动地靠在上面看着他："啊，好凉快。"

刚好红灯，车子停住。

江御景皱了皱眉，站起身来走到后排，到她旁边坐下。

男人从队服外套口袋里掏出一包手帕纸，撕开，捏着抽出一张来："脸挪开。"

喻言不知道他要干吗，乖乖地直起脑袋来看着他的动作。

江御景把手里那张纸巾展开，对着一折，然后手臂抬起从她面前伸过去，将纸巾"啪"的一下拍在车窗上，开始擦玻璃。

仔仔细细把她可能贴到的那一块擦得干干净净，他才收回手来："好了。"

喻言目瞪口呆地看着他的一系列动作："景哥，你为什么要擦掉我的粉底液？"

江御景抬眸瞥她一眼："啊？"

喻言指着他手里那张纸："你这张纸巾上，现在沾着起码三块钱的粉底液，你知道吗？"

江御景："……"

她脸重新贴回到玻璃上，冲他伸出手来："你给我三块钱，还我粉底液。"

江御景嗤笑一声，"啪"的一下打在她冲他伸过来的手心上，没说话。喻言突然眨了眨眼，直起身来，双手撑着座位，上半身朝他靠了靠，整个人凑近了一点。

喻言眨巴着大杏眼，睫毛扑扇，在车厢影影绰绰的光线下看着他："景哥，你的手好凉啊。"

他垂着眼。

"好舒服。"她继续道。

江御景沉眸，不动声色和她对视。

喻言直起身来，自顾自地拉过男人的大手，她小手白皙，软绵绵的，因为酒精有点烫，两只抓他一只，捧到面前来端详。

第一反应是，好看。

他的手真是好看。

男人的手很大，略显消瘦，手指根根细长，指甲边缘修得整齐干净，骨节明晰不突出，手背上掌骨略微凸起。

冰冰凉凉的触感，手心和手腕靠外侧的地方有几块薄茧。

喻言将他的大手翻过来，手心朝上，指尖一点一点蹭上他手上的茧。

江御景眼睫微颤，喉结滚动，舌尖翘出来舔了一下唇珠。

女人黑发软趴趴地贴在颊边，脸蛋红扑扑的，眼略弯，小嘴红润，唇角无意识地翘着，神态可爱。

他抽出手，眯着眼看她，声音略哑："喻言。"

她乖乖应了一声。

"你喝醉了？"

喻言摇摇头，眼睛清明澄澈，看起来没什么醉意。

车里很安静，只有 the one 和苏立明在前面低声说着话。江御景问题问出来，隔着一排的小炮听见了，他跪在座位上转过身："言姐醉了？"

江御景抿抿唇："一会儿我送她回去。"

喻言没说话，脸蛋已经重新贴回到车窗上了，见小炮扭过头来，灿烂地笑了："炮炮，你给我当弟弟吧？"

小炮确认了一下他的言姐真的和平时不太一样，点点头扭身坐回去了。

江御景"啧"了一声："你怎么什么样的弟弟都要？"

"什么叫'什么样的弟弟都要'？"小炮不满，坐在前面喊，脑瓜顶一点白毛从座位上晃出来。

后排没人理他，这边喻言因为车窗只能贴到一边的脸，干脆整个身子都扭过去，盘着腿面对着车尾坐在位子上，脸颊另一边也贴着玻璃降温。

位子有点小，她半个屁股悬在外面。

江御景无奈地往前坐了一点，一只手按住她的肩膀，防止车晃的时候她掉下去。

女人哼哼唧唧地说："景哥。"

"嗯。"

"你不太聪明吧？"

江御景："……"

江御景不想搭理她，调整了一下位置，大掌托着她背。

车子到门口停下，喻言脸终于舍得从玻璃上移开，坐直了身子扭过头来："到了吗？"

"到了。"他没动，"你先转过来。"

女人一点一点地在椅子上蹭着转过身正着坐好，江御景才放下手站起来，手臂有点麻。

他站在旁边等了一会儿，等到喻言慢吞吞地站起来下车，才跟在后面下去。

喻言步子很稳，走得有点慢，细高跟踩在小花园的石板路上咔嗒咔嗒响，除了脸上有点红，完全看不出喝过酒。

江御景双手插进外套口袋，跟在她后面也慢悠悠地走。

盛夏的风温热，又轻又柔，吹过来有浅浅一层黏在身上。其他人走得快，早就穿过这花园到前面去了，身旁两边低矮树丛里的蝉鸣声在寂静的夜色中显得格外突兀。

前面的人走着走着，突然停下了脚步。

江御景又往前走了两步，距离和她拉近了点，才站住。

喻言站定在他面前，微抬着头，暖色光线下眸里像是汇了春水，清明干净："景景。"

江御景没说话，揣在口袋里的食指抬了抬。

喻言往前走了两步，捏着男人手腕，把他的手从口袋里拽出来轻轻拉着，表情无限柔软地看着他："姐姐爱你。"

江御景："给我回家睡觉。"

第二天下午，喻言做贼似的跑到隔壁，想开门进去，又不太敢。

昨晚她没喝醉，从头到尾全都记得清清楚楚，意识非常清醒，只是在酒精的作用下有点上头，精神稍微亢奋了一些，什么该说的、不该说的话都一股脑儿全说出来了。

想到昨晚她说完那句"姐姐爱你"以后，即使在昏暗的灯光下江御景也黑得那么明显的脸。

还还还摸他手，流氓啊你是？

喻言长长地叹了口气，想了想，又跑回家去从冰箱里抽了两瓶草莓牛奶，想了想，又抽了两瓶，跑出去按密码锁开了 MAK 战队的门。

大厅里依旧是安静的训练日常，the one、浪味仙和小炮三个人在中野辅三排，胖子一个人练英雄。

喻言前前后后扫了一圈也没看见江御景，苏立明刚好从后面工作人员办公室走出来，看见她打了个招呼。

喻言抱着四瓶奶："SEER 大大呢？"

苏立明端着个记录板走进会议室："SEER 大大现在应该还沉浸在甜美的梦乡里，不过你可以等一会儿，他应该快起了。"

喻言眼睛往上抬了抬，"哦"了一声，走到江御景的位子旁边坐下，把他的键盘往里面推了推，怀里抱着的草莓牛奶一瓶一瓶放在他桌面上。

放完对对边，整整齐齐码了一排。

她想了想，又觉得实在没有面对魔王的勇气，还是先走了。

江御景一觉睡醒已经是一个小时后，the one 一个人默默打着排位，中野依旧在双排。

他一下来就看见自己桌上摆着的一排牛奶瓶。

和之前的某个画面差不太多，不同之处在于这次的牛奶瓶里全都是满的。

胖子余光瞥见他，从电脑后面抬起头，看他视线落在桌面的草莓牛奶上，笑眯眯道："景哥早啊，这牛奶是小喻总刚才给你送来的。"

说完，他又埋下头，脸上挂着慈爱又痴汉的笑容盯着电脑屏幕，不时发出令人毛骨悚然的变态笑声。

小炮刚好一局结束去厨房拿可乐，走过去看见胖子的电脑屏幕里面的画面，瞪大了眼睛："赛期光明正大看新番，你这么嚣张的吗，胖哥？"

胖子脸上笑容没退去："老子练了一下午英雄眼睛快瞎了，就不能让我休息个二十分钟吗？游戏肥宅的爱好也就只剩下这么点了。"

小炮拧开可乐咕咚咕咚灌了两口，站在椅子后面跟他一起看："这啥番啊？"

"四月番，真的可爱，番名就是一句告白。"胖子一脸痛并快乐着的表情拍着大腿，"所以我每周定时定点地喂自己狗粮是为了什么？"

江御景慢悠悠地走过去也看了一眼，动漫名叫《月色真美》。

他手里拿着瓶草莓牛奶，歪着头眨了下眼，慢悠悠地回到座位上坐下，开电脑开始排位。

喻言下午回到店里的时候，季夏正坐在吧台和安德说话，看见她进来，冲她招了招手。

喻言有点丧地走过来坐到她旁边，无精打采的。

安德把一杯柠檬水推过来，开口道："我上一次见到她这样的时候，是她和汤启鸣分手。"

喻言指尖捏着杯边的柠檬片直接丢进玻璃杯里，微微抬了抬下巴，咬住吸管，含含糊糊地说："这次也差不多吧。"

季夏挑挑眉："你发生了什么？"

"我昨天摸了他的手。"喻言一脸生无可恋的表情转过头来看着季夏，

"我还拉着他的手跟他说'姐姐爱你'。"

安德："……"

季夏："哈哈哈——"

"……"笑死你算了。

待到差不多晚上七点钟，其间安德下厨做了意面和比萨。几个人吃完后，喻言又拉着季夏生无可恋了一会儿，最后季夏实在受不了她面如死灰的表情，提着包包二话不说先走了。

喻言很丧地看着安德刷杯子和盘子，很丧地看着沈默刷锅，很丧地默默瘫回桌边发呆去了。

她刚进入状态，手机响了。

喻言很丧地拿起手机来，很丧地看了一眼。

江御景发来的微信。

内容很简单，只有三个字：你在哪？

她舔了下下唇，打字回道：在店里。

江御景：你店在哪？

欸？

喻言眨眨眼，想了想：我马上就要回去了。

她等了一会儿，江御景没回。

喻言用下巴磕了下桌面，站起来打了声招呼，准备回家去。

晚上八点灯火通明，喻言踩着路上的石板砖一步一步慢悠悠往回走，一刻钟的路程硬生生让她走了半个小时。

走到小区大门口，她的手机在包包里侧振动了一下。

喻言一手扯着包带一手拉开拉链，把手机拿出来，漫不经心地扫过前面，一个熟悉的身影撞进视线里。

江御景穿着件黑色连帽衫，懒散地侧身倚靠着小区大门口墙面，一手拿着手机，漫不经心地看着她。

喻言怔了几秒，回过神来快走了两步走到他面前，仰起头来。

街道上车水马龙，路灯通亮，暖黄色的灯光由上至下照在他脸上，走近了看，能看清他睫毛在下眼睑投下的一块阴影。

这个人的睫毛是怎么回事啊，长得有点犯规了吧。

喻言意外地看着他："景哥？"

江御景把手机揣回连帽衫口袋里，直起身来。

喻言眨眨眼，视线顺着他的动作落到他身上的那件黑色连帽衫上，怎么看怎么觉得眼熟。

努力回忆了一下，她想起来了，做恍然大悟状："你这件衣服，是不是我蹭过鼻涕那件？"

江御景腮帮子微动，磨了一下后槽牙："不是，我新买了一件。"

他表情看起来不太友好，喻言悄悄吐了吐舌头，转移话题："那你站在这里干啥？"

"赏月。"

你李白在世、诗仙附体？

喻言被噎了一下，以为自己没听清："赏月？"

江御景点点头，抿着唇沉默地看了她一会儿，才缓缓开口："今晚月色——"

喻言心里一紧，心脏突然开始怦怦乱跳，很奇异的感觉一点一点发酵酝酿出来。

江御景："还行。"

喻言："……"

36

江御景两个字吐出来的瞬间，周围都寂静了。

两人旁边汽车高速行驶过的声音，鸣笛声远远都消失得一干二净。喻言站在他面前，嘴巴张了张，又闭上了，无语地看着他。

江御景眉头微蹙，虽说依然是没什么表情，但是总觉得好像哪里有点奇怪。

他低低地"啧"了一声，率先转身迈开长腿往小区里走："走吧。"

喻言乖乖地跟着进去，往独栋的方向走。

小区绿化很好，走到一半会穿过一个小花园。昨天晚上也就是在这里，她借着酒精的劲儿拉着男人的手，跟他来了个自己都不知道算不算的告白，得到了对方敲在她脑袋上的一个栗暴和一脸黑的表情。

想着想着，喻言长长地叹了口气，莫名觉得有点失落，又有点庆幸。

她垂着头一边慢悠悠往前走，一边走着神想事情。江御景今天步子也难得放慢了，就在她斜前方一步一步不紧不慢的，好像在等她似的。

喻言抬起头来看他。

男人宽肩窄腰，薄薄的黑色连帽衫袖口被他卷了几折，从斜后面看过去可以很清晰地看见他小臂外侧的肌肉，线条流畅好看，在暖色光线下看起来柔韧又好捏。

喻言看得心里发痒，想把他手臂拉过来捏捏，看到底是个什么手感。

MAK战队的基地就在她家旁边，中间隔着院子，江御景这次倒是非常有绅士风度地一直走到她家门口，才停下脚步。

喻言天马行空脑内小剧场了一路，此时还有一半的神沉浸在那块小臂肌肉里没回过来，不动声色地瞥了一眼，才抬起头来，想了想，决定临分别之际，干脆问个正经一点的问题："这几天是不是都没有比赛了？"

江御景点点头。

气氛有点尴尬，喻言没话找话："之后的比赛也要赢呀。"

江御景继续点头。

"我今天给你带了草莓牛奶，放在桌子上了，昨天——"她说到一半，说不下去了，总觉得有点羞耻。

喻言鼓了下嘴巴，没有了继续跟他尬聊下去的欲望："那我先回去了。"

江御景这次没再点头，沉默看着她。

在她等不到回应，都准备转身走人的时候，男人闭了闭眼，薄唇微动，声音轻得像是叹息："这样不行啊……"

四周很静，喻言听清了，但是没听懂，略微歪了歪头，问他："嗯？什么不行？"

江御景抬睫睁眼，手蓦地从衣服口袋里伸出来，拉住她的手腕，轻微使力把她往自己身前一带，顺势向前一步，直接拉近了两人的距离。

喻言猝不及防被他这么一拉，没站稳，整个人也往前栽了一步，一头撞上男人硬邦邦的胸膛。

最直观的第一反应是痛。

你这人是铁做的啊？

然后她才缓过神，本来就近的距离瞬间变得更近了，鼻尖似乎全都是他的气息。

她神经有点紧绷，顾不上被撞的额头，稳住脚就直接仰头去看他。

从她的这个角度，刚好可以清晰看见男人凸起的喉结和下颌棱角分明的线条，喻言头皮发麻，直起身来下意识想要后退，却被巨大的力拉着动不了。

江御景抓着她的手腕不松，漆黑的眼暗沉沉的："什么都不行。"

咫尺距离，她整个人都僵住了，小心翼翼叫了他一声："景哥？"

"嗯。"他哑着声回应，视线落在她的杏眼和睫毛上，细细密密卷翘着，眨眼的时候，睫毛的末端仿佛能扫进人心里去。

下一秒，江御景略微倾身低头，唇片直接印在那只在他眼前胡乱眨动搞事情的眼睛上。

湿润的唇带着冰冰凉的触感，小心又轻柔地吻上她的眼。

喻言闭着眼，呼吸瞬间窒住，大脑当场死机，一片空白。

江御景沉着声："有个事跟你说。"

她怔怔抬起头来。

江御景垂眸看她，声音沙沙地说："我好像喜欢你。"

喻言睫毛轻颤，心跳停了一拍，脑袋里有什么东西"轰"的一下炸开了，火星噼里啪啦落在视网膜上，晃得人眼前有点花。

意识回笼，心也跟着乱七八糟地开始躁。

怦、怦、怦。

一下一下，越跳越快。

她眨眨眼，鼻头发酸。

这样的感觉真好，你喜欢的那个人，有一天你发现，原来他也是喜欢你的。

多好啊。

喻言皱了皱鼻子，睁大眼睛瞪他："你为什么要用好像啊？"

她的声音有点黏，江御景抿着唇看了她一会儿，喉结滚了滚，突然笑了："那……我喜欢你。"

他这么坦然，反而让喻言不自在起来。

"以后你是我的了。"江御景继续说。

喻言不满，抗议道："你怎么把我说得像你的所有物一样，我是活的！"

"嗯。"他勾着唇角应了一声，抬起手臂来摸摸她头，声音淡淡的，却一个字一个字清晰地咬着，"那我也是你的。"

在自以为表现很好地接受了某人的告白以后，喻言淡定地和他道了晚安，淡定地转身走人，淡定地开了自家房门，淡定地"嘭"的一声甩上了门。

门一关，她把包包直接丢到地上，脊背紧紧贴在门框，做了个深呼吸，然后，"啊啊啊——"。

她开始尖叫，分贝不低，尾音拉得长长的。

她刚喊完，长舒了口气，手机微信提示就响了。

喻言翻出手机滑开，点进微信消息里。

江御景：关上窗再喊，别扰民。

喻言惊恐地扑到旁边落地窗窗口，纠结了一下，跪坐在地上，拉开窗帘两边，像只小地鼠一样，脑袋从中间伸出去一点点。

她早上走的时候窗没关紧，此时已经被风吹开了一点。

江御景还站在她家门外，一手拿着手机，看见她冒出来的小半颗脑袋，男人唇角没忍住弯了弯。

喻言小心地缩回脑袋，手肘撑在飘窗上，开始给他打字。

某不知名小仙女：你怎么还没回呀？

江御景：刚要走就听见你叫，我以为你家闹鬼了。

喻言脸一热，背靠着窗框坐在地上，只留下一个后脑勺给他。

某不知名小仙女：那你快回去训练。

她想了想，又接着打字。

某不知名小仙女：景哥，我刚刚照了一下镜子。

江御景：嗯？

某不知名小仙女：我发现我左眼的睫毛膏和眼影消失了一块。

喻言上瘾了，美滋滋地飞速打字。

某不知名小仙女：你回去也照照镜子，看看你的嘴巴是不是黑了？

站在门外的江御景一脸无语。

江御景：我是卸妆膏？

喻言惊了。

某不知名小仙女：你还知道卸妆膏？

某不知名小仙女：之前几次，我给你涂了遮瑕，你卸过妆吗？

某不知名小仙女：肯定没有吧，你要闷痘了。

这次，江御景好像终于有点不想回她了。

喻言等了一会儿，没等到回复，有些忧郁地瘪了瘪嘴，又忍不住想笑。

第二天喻言去店里的时候，所有人都发现他们的小老板好像哪里不太对劲。

昨天还很丧的女人今天整个人都冒着快乐的泡泡，眼睛亮晶晶的，脾气也似乎突然特别好了。

新来的小店员是个大学生兼职，白白净净有点容易害羞的小伙子，擦盘子的时候不小心手一滑，撞翻了一排玻璃杯。

小男生脸色煞白，不知所措地看着喻言，结结巴巴"我我我"了半天，还没说出别的字来，喻言笑眯眯地摆了摆手："没事，就几个杯子，你把这儿弄干净了，小心点玻璃片，别划到手。"

男生顿时感动得眼泪都快出来了，哆哆嗦嗦地放下托盘，扫玻璃片去了。

沈默和季夏交换了一个眼神，后者眯着眼睛看向喻言："小喻总。"

"嗯？"喻言扭头。

"你今天为什么这么开心啊？"

喻言哼着歌慢悠悠地端起咖啡来喝了一口，看着外面中午的艳阳眯了眯眼："不知道啊，可能因为今天月色还行吧。"

季夏："……"

差不多下午三点，喻言算着时间，她昨天新上任的男朋友现在差不多也该醒了，想了想，发了条微信过去，是一只狗在被窝里抬起头来打了个哈欠，然后重新躺回被子里的表情。

江御景回得很快：？

喻言"哇"的一声。

某不知名小仙女：你醒了呀？这个表情送给你，可爱不可爱？

江御景：不可爱。

某不知名小仙女：你这个人问题有点大，这明明很可爱。

这次江御景没接她话，过了一会儿才发了条语音过来，声音沙沙哑哑的，带着将醒未醒的慵懒。

"你在店里？"

喻言点点头，又反应过来他看不到，回了个"嗯"过去。

那边又是一条语音过来。

"你店在哪儿？"

喻言这次没多想，直接给他发了个定位过去。

一个小时后，江御景推开店门走进来，神色冷淡地在店里扫了一圈，最终落在浅色玻璃后，穿着白色西点服的人身上。

长长的黑发高高绑起，露出她圆润的耳郭，侧脸的神情看起来既专注又认真。她旁边站着个男人，正很温柔地和她说话。

视线一转，再瞥向吧台，又看见了安德。

男人漆黑的眼直勾勾地看着他，盯得安德一愣一愣的，有点不明所以。

江御景眯着眼，周身气压有点低。

喻言刚好在这时候抬起头来，看见他稍微愣了一下，之后灿烂地笑了笑，放下手里的东西就出来了，站在后厨门口的位置冲他招了招手。

江御景没理会店里小姑娘们偷偷瞄过来的视线，直直走了过去。

后厨门口的地方和前堂隔着墙，是外面看不见的位置，光线也有点暗。

喻言没换衣服，也没洗手，手指上还沾着点糖粉和奶油，杏眼亮亮的，眨巴眨巴看他："你来了呀。"

江御景被眼前美色诱惑了一下，沉着眼抿了抿唇："一会儿帮我改个微信头像。"

喻言有点惊奇，以为这个男人换了个性子终于开窍了，有了自己现在已经是她男朋友而不是互撑对象的意识和自觉，忙点头道："好啊好啊。"

"要绿的，再改个ID，叫原谅绿。"

喻言："……"

江御景"啧"了一声："之前我看到他送你回家。"

"啊？"

"还聊得挺开心。"

她一头雾水地看着他，没太听懂。

"上次宫翮订婚宴，他还来接你。"

喻言反应了一会儿，才恍然大悟，听明白了他在说什么。

提到订婚宴那次，她也很气的，好不好？

她鼓了鼓嘴巴，刚想反驳回去，男人没什么表情地继续说："还有刚刚在后面和你说话那个，又是谁？"

喻言："……"

江御景眯起眼，情绪莫辨地勾了勾唇角，压着嗓子缓声道："我家小傻子，好像人缘很好？"

37

江御景声音不高，在狭小的一方空间里显得格外低沉清楚。

喻言看着他眨眨眼，反应了好一会儿，才意识到，这个人是在吃醋。

第一反应是新奇。

如果放在两个月前，知道江御景吃起醋来原来是这个样子的话，她一定会感到非常惊慌惊恐惊吓。

男人虚着眸光，唇角弧度没有了，表情紧绷，睫毛黑压压地垂着，脸上仿佛写满了不高兴，有点像小朋友。

喻言没忍住笑了。

江御景眯起眼来，不爽："你还挺高兴？"

喻言杏眼笑得弯起，整个人美滋滋地点头，专挑逆鳞迎难而上，故作惊奇地说："咦，我高兴得特别明显吗？"

他磨着牙，一副火山喷发前的模样。

喻言抬起那只沾着点奶油的手，把指尖上的一点点奶油轻轻点在他鼻尖上。男人没反应过来，高挺的鼻梁末端沾着一点白色，柔和了他整个人的气质，看起来既搞笑又可爱。

江御景皱着眉伸手就要去擦，喻言赶紧趁他发火之前一头蹿进了后厨，留下一句"我先去换衣服"。

人刚溜进去，又探出个小脑袋出来，眨巴着眼看他："你不许先走。"

江御景下意识地就想拒绝，又对上了那双干净清澈的大眼。

挫败感自心底倏地一拥而上，他皱着眉妥协："快点去。"

得到他的回答，喻言才又钻回去洗手。

等她换好衣服出来的时候，看见江御景正靠在吧台边，不知道在看什么。

喻言顺着他的方向望过去，刚好看见之前的那张江御景巨幅照片，在素净的背景衬托下，那颗粉红色的大桃心显得格外明显。

她拿了包走过去，江御景刚好转过头来。

喻言打了个招呼，两个人出了店门，并排走。

男人腿长，步子有点大，虽然走得不快但是想要和他保持平行还是有点累，走了一段，喻言"欸"了一声："景景，你走慢点。"

她这个名字一叫出来，旁边的人明显步子顿了一顿，面无表情地转过头来："你腿短？"

喻言不太服气地踢了踢腿："我这双鞋踩上，身高一七五根本挡不住的。"

江御景慢悠悠地垂眸扫了一眼她脚上那双鞋的鞋跟，哼笑了声。

喻言挑了挑眉："你这个反应是有点不相信的意思？"

"你为什么要用'有点'这两个字？我的不相信表现得还不够明显吗？"江御景淡淡道。

喻言翻了个白眼，快走两步跟上，还是有点好奇："景哥，你最开始对我的印象是什么样的呀？"

江御景扫她一眼，步子不动声色迈得小了点。

"最开始，你应该庆幸自己踩了我一脚之后溜得够快，不然今天你可能就不会有跟不上我这个烦恼了。"他顿了顿，轻飘飘继续道，"我推着你走。"

喻言眨眨眼，没听懂："什么？"

"打断你的狗腿，然后给你买辆轮椅。"

"……"这可能就是所谓的默契吧，连对彼此的第一印象都是一模一样的。

喻言一本正经地点点头，接着问："那后来呢？"

江御景有点不耐烦："你无不无聊？"

"不无聊啊。"

"后来觉得你这个人太假了。"

喻言："啥？"

江御景视线再次从她脸上精致的妆容持续向下，滑到她脚上那双细高跟上："明明只是个三岁的傻子，为什么要假装自己是个成年人？"

喻言："……"

"明天换双鞋吧，我看之前胖子给他上小学的侄女买的那双粉红色的小皮鞋就挺好，你回去跟他要个链接。"

喻言面无表情地说："江御景，分手三分钟。"

江御景："啧。"

南方七月初天热得像蒸笼，连潮气都被熏得滚烫。两个人回到 MAK 基地，喻言已经一点都不想动，坐在沙发旁边没铺地毯的地板上吹空调，边吹边哀号："江御景，你下次不开车就不要来了啊！"

江御景好像很耐热，看起来连汗都没有，走到厨房从冰箱里拎了两瓶草莓牛奶出来，走过去指尖捏着瓶口递给她一瓶。

喻言伸过手去刚要接，瓶子被抬高了一点，她抓了个空。

喻言没反应过来，仰头看他。

男人面无表情："站起来，坐沙发上去。"

喻言深吸口气，下唇包上去吹了一下刘海儿，还是乖乖站起来，在沙发上正襟危坐。

魔王这才满意了，把牛奶塞给她。

喻言一边哀叹着自己现在想喝个牛奶怎么都这么难，一边接过来贴在脸上，冰冰凉的触感，她哼唧了两声。

江御景那边已经走到电脑前，弯腰开机，顺便瞥她一眼："你的粉底。"

"嗯？"女人舒服地眯着眼。

"那瓶子上，现在已经沾了你三块钱的粉底了。"

喻言不太想理他，一边横着靠回在沙发里吹着空调喝牛奶，一边掏出手机刷微博。

江御景在那边练英雄，其实他英雄池有点一言难尽，不能说浅但是也不深，因为是暴躁输出型的 AD，英雄上也是那种纯输出型比功能型的更拿手一点。

比较有代表性的例子就是他在春季赛的时候曾经拿出过 1/4 的烬。

戏命师烬这个英雄确实和江御景本人喜好不怎么相符，屈指一下一下敲着桌面，他考虑了一下，抬头问 the one："我练下功能型英雄？"

the one 是见过大世面的，心理素质可以说是很强了，即使当年喻言拿着条冷毛巾掀江御景被窝的时候，他面上都平静得毫无波澜，淡定、淡然地出了房间留出战场，然而此时，他明显呆了一下。

只因为，说出这话的人是江御景。

SEER 这名选手，众所周知，是一个看见有架可以打就凶到嗜血的人，恨不得冲到对面脸上打伤害，任性起来，就是有输出型 AD 在，就基本不会选功能型英雄的，然而这人，现在正主动在跟他商量着要练功能型英雄。

the one 反应过来，板着脸道："你不是有一手寒冰？"

"寒冰 ban 了怎么办？"

"滑板鞋。"

"也 ban 了呢，剩下的几个我拿得出手？"

the one："……"

先 ban 你输出型英雄，再 ban 你寒冰、复仇之矛，你以为对面有一百个 ban 位？

the one 默默腹诽了一下，点点头，没说话："团战输出呢？"

江御景不耐烦地"啧"了一声："C 位只有我一个？小炮以后打不出三万的伤害就不用回来了，而且现在这个版本比起打团确实更偏向于运营和找机会的能力，功能型 AD 比输出型的更合适。"

他这话一出，不仅 the one，其他人也意外地看过来，胖子都惊呆了。

上单从电脑前抬起头来激动道："景哥，我认识你三千年了，没想到还能见证你有这天。"

江御景抬了抬眼皮，没搭理他，开游戏锁了个韦鲁斯。

喻言是饿醒的，一觉醒来，睁开眼夜幕低垂，客厅那边，几个男生还在打练习赛。

她窝在沙发里打了个哈欠，缓了一会儿，才揉揉眼睛坐起来，直勾勾地盯着他们那边。

胖子还在冒着调侃的话："我们景哥的韦鲁斯是真的强，被寒冰丝血逼闪现还卖了龙王一套三狼。"

"闭嘴。"男人淡淡回应，声音压得很低。

胖子趁回城的空往沙发这边看了一眼，贱兮兮地故意小声道："喻妹醒了，景哥，我能大声说话了吗？"

喻言眼神好，越过 the one 刚好看见他旁边的江御景。

男人正懒散地靠在椅背上，四十五度角斜歪身子，听到胖子的话，椅子又转了一点扫过来一眼。

喻言单手撑在沙发上打了个哈欠，将醒未醒的声音，有点黏："你好好打啊，别分心。"

"没事，我们在练阵容。"

"我们 AD 不是在分心，他只是又死了而已。"

小炮输出全靠吼的，此时终于大着嗓门开始咋呼："言姐醒了，我能说话了吗？我能说话了吗！不能大声说话，我打不出伤害啊！"

喻言困意渐散，人清醒过来了，眨了眨眼，反应过来小炮和胖子的话。

人有点躁，她从屁股底下沙发的缝隙里摸出手机，看看那边专注着打练习赛的人，想了想又放下了。

踩上鞋子跑到厨房去，喻言翻出烧饭阿姨晚上烧的菜来，加热吃到半饱，那边练习赛刚好也打完了，江御景走过来开冰箱门。

喻言撅着屁股站在料理台前手里拿着双筷子，夹了片藕塞进嘴里咬着个边，看见男人走过来，仰头看着他含含糊糊"嗯"了一声。

江御景从冰箱里拎出罐啤酒，抬脚钩上冰箱门，眯着眼走过去。

女人还在那里比手画脚地嗯嗯嗯，不知道想说些什么，他也没管，直接弯下腰单手撑着料理台边缘，侧着脑袋低头咬住了她嘴里的那片藕。

"咔嚓"一声脆响，轻微的。

喻言手上没了动作，整个人都安静了，杏眼睁得大大的，呆呆看进男人漆黑的眼眸。

38

藕片切得薄，牙齿也不敢使力，好怕一口咬下去，剩下的那一小块就掉到地上。

江御景缓缓直起腰来，腮帮子一鼓一鼓地咀嚼，半晌开口，淡淡做出点评："还可以。"

喻言回过神来，大脑重新开始工作，有热度一点一点升腾，脸蛋涨得通红，眼神愤怒地瞪着他，嘴里叼着片藕，也不能说话。

江御景单手拿着啤酒罐拉开拉环，"嘭"的一声轻响，他将拉环塞进易拉罐里，喝了一口才道："你先把嘴里的东西吃下去。"

在他提醒下，喻言三两下把咬着的藕囫囵吞了，紧张兮兮地侧着脑袋往客厅摆着电脑的那边瞧，确认了在这个方向只能看见坐在最靠边的 the one 的半张桌子和后脑勺后才长长舒了口气，放下心来。

江御景看着她这一系列小动作，没说话，挑了挑眉。

喻言扭过头来，筷子往盘边一架，瞪他："你吃我的藕。"

"嗯，我吃了。"

"你丑。"

江御景："什么？"

喻言给他解释："你不知道吃藕丑吗？我跟你有代沟了。"

江御景闻言把啤酒放在料理台上，随手拿起她刚刚架在盘边的筷子，又夹了一片："那我这不是在帮你少丑一点吗，你不感激我也就算了，怎么还不满意？"

喻言无语："你很饿？"

"还行。"

"你刚刚没吃晚饭？"

"练英雄。"

"什么英雄，寒冰丝血逼闪现还卖了龙王一套三狼的韦鲁斯？"喻言回忆着刚刚胖子冒出来的吐槽。

这次，江御景终于"喷"了一声，抬起头来，没拿筷子的那只手食指叩了下桌面："米饭。"

喻言把自己面前没吃完的半碗推过去。

"你就给我吃你吃剩下的？我是你的垃圾桶？"

喻言趴在料理台边缘，扬着眉梢："我不想吃了，我吃不下。"

江御景瞥了她一眼，没说话，端起那碗还剩了大半的米饭，米饭的正中间不知道为什么，还被她戳了个圆圆的藏宝洞，里面塞了两根菠菜和一块花菜，再往下翻翻，最下面贴着白瓷碗底，还有一小块糖醋排条。

江御景："……"

见他一直低着头看那碗饭，不动也不说话，喻言扬起头来："你怎么不吃呀？"

"有点嫌弃你。"

喻言翻了个白眼："你用的还是我的筷子，怎么不嫌弃？"

江御景讶异地抬起头来，拿着筷子的那只手手臂顿时长长地伸出去，离开他身体好远的距离："你感冒了？"

"江御景，"喻言磨牙，警告性地一字一字咬着他名字，又瞥了眼客厅的方向，声音压低了点，"分手三分钟。"

男人眯着眼："怎么分？往哪分？三分钟也不行。"

187

喻言撇撇嘴，没再接话，跑到柜子里又抽了双筷子出来，夹青菜吃。

江御景看着她站在旁边慢悠悠有一搭没一搭地吃着，抬起头来："你吃饱了？"

"还好吧，就是不太想吃米。"喻言夹了根刀豆，"想吃汉堡，想吃炸鸡块。"

"你为什么想吃的全是小朋友爱吃的东西？"

没有汉堡吃的喻言放下筷子长叹一声，忧郁地抬起头来："景哥。"

"嗯。"

"我要回家了。"

江御景挑了挑眉，等着她的下文。

"希望你的韦鲁斯今天晚上至少能拿到一次正战绩。"

江御景："赶紧走。"

喻言也没拖沓，迈着轻快的步伐，背上包包回家去了。

到家洗好澡，她头上裹着条大毛巾盘腿窝进沙发里，有点想吃东西，正纠结是自己随便烧点东西吃还是叫个外卖的时候，门铃响了。

喻言抬头看了一眼挂钟，九点了。

晚上九点，她家会来人？

她顺手从沙发上拉了件长睡衣套上，走到门口，没看是谁，也没说话，先"咔嗒"一声把门锁上了。

屋里很静，喻言扒在门上看了一眼，是个送外卖的小哥，穿着蓝色的衣服。

喻言鼓了下嘴巴，小心翼翼问了句谁。

小哥声音很清润，有点好听："您好，您的外卖到了。"

"我没叫外卖。"她皱着眉，又想起刚刚自己在隔壁 MAK 基地说想吃汉堡和炸鸡，愣了一下，顿时有一点感动和被迷到的情绪缓缓升起。

外面的外卖小哥也愣了一下，翻出一张单子，借着浅浅的光线费力辨认："您是小傻子女士吗？"

喻言心里刚刚燃着一点点火星的感动，被劈头盖脸的一桶冷水浇得无影无踪了。

外卖小哥读完似乎也发现了哪里不对劲，愣住了，还没等反应过来，喻言开了门。

她抽着嘴角接过门外的人递进来的袋子，小哥一个劲儿地跟她鞠躬，还憋着笑。

喻言拿着外卖关了门进屋，把袋子放到茶几上，直接跑到沙发上，捞起手机滑开。

她鼓着腮帮子，点开微信。

某不知名小仙女：你不是嫌弃汉堡和炸鸡都是小朋友吃的东西吗？

江御景那边，他的抠脚韦鲁斯大概刚刚又死了一次，微信回得很快：你做梦呢？好好看看是什么。

喻言动作一顿，打开袋子翻出里面的东西。

一碗皮蛋瘦肉粥，还有一份生煎。

放在袋子旁边的手机在茶几上振动，发出"嗡"的一声，屏幕亮起。

江御景：吃完别直接睡。

喻言抽抽嘴角。

某不知名小仙女：我是猪吗？

她等了一会儿，对面才回。

江御景：你是个小傻子。

昏暗的客厅里只有两小盏壁灯发出的光以及开放式厨房透过来的一点光线，手机屏幕的亮度有点高，晃得刺眼。

喻言看着她的微信聊天框上两个人的对话发了一会儿呆，视线挪到旁边的皮蛋瘦肉粥和生煎上，耸了耸肩膀。

算了，粥和生煎好像也蛮想吃的，就暂时不跟他计较称呼的问题了。

毕竟这个人是江御景啊，江御景竟然会帮她叫外卖，喻言觉得自己受到了惊吓。

隔天 MAK 晚上七点有比赛，对战 QW 战队。喻言仔细回忆了一下，这是她第一次看他们打练习赛时约的那支战队，the one 当时还毫不留情、波澜不惊地以一辅助之躯抢了他 AD 的一血。

QW 战队在 LPL 里算是中游偏下的一个水平，当时的练习赛 MAK 赢得不太费力，喻言也就没怎么太紧张，和沈默扎进厨房研究新品去了。

安德和季夏这两天给他们做试吃，吃得已经开始有点腻了，看见甜食胃里就是一阵不适，终于在两个人又端出来一盘的时候苦着脸拒绝。

"你们最近为什么这么劳模？"季夏指尖捏着甜点盘子旁边的樱桃

提起来，塞进嘴里，然后把盘子推得远远的。

"社会是很残酷的啊，季夏小同学，这个行业没有创意和创新，你就等着被前仆后继的后浪淘汰掉吧。"喻言趴在吧台上，拍着她的肩膀一脸深沉，"当然了，像我们这种辛辛苦苦讨生活的穷人家小孩的世界，你这种毕业以后不找工作抱着你爸大腿的有钱人是没办法理解的。"

季夏没接她话："喻叔叔昨天给我打电话了。"

"他为什么给你打电话，不给我打？"

"他说你的电话打不通。"

喻言直起一点身子，从口袋里掏出手机翻通话记录，确定昨天没有收到来自大家长的电话后，抬起头来挑了挑眉："他打的是我哪个手机号？"

闻言，季夏也安静了一下："推测一下，可能是你三四五前的那个号吧。"

喻言动作一顿，放下手机重新懒洋洋趴回到吧台上，表情迷茫："我不知道老喻的这个生意是怎么做起来的，我本来以为我爷爷去世以后，我家应该会破产。"

"我也以为你家会破产。"季夏嫌弃地戳着面前的甜品，"我连收留你的房间都让我妈收拾出来了，就在我家楼梯板下面，那个放杂物的小隔间。"

喻言翻了个白眼："麻烦你现在就抬臀离开椅子从我的店里离开好吗，以后就不要说我们是朋友了。"

结果无业游民季小姐还是磨蹭到了差不多七点半才走，喻言跷着二郎腿坐在窗边，想起她昨天一整天直到现在都没看到江御景。

好像是因为在练新阵容，所以她也没去打扰，两人只发了几条微信。

喻言站起来绕到吧台，从包包里翻了耳机出来，又回到刚才的位子，拉了个靠垫过来垫在屁股底下，坐在店里的大落地窗前，插上耳机打开直播。

屏幕里刚好是 MAK 战队和 QW 战队的比赛，第一局看起来已经进行到了一半，时间在二十分钟左右，刚好刷个大龙啊。

她想着没什么悬念，扫了一眼两队的经济情况，MAK 战队经济落后了 7000。

二十分钟，经济落后 7000。

她下意识看了一眼己方 AD 江御景选出的英雄。

"……"哦，还真是他那烂得抠脚、菜到可以感动天地的韦鲁斯。

39

江御景这个人任性起来一向是比较放飞自我的，这一点喻言清楚，而且 MAK 战队的其他人在情况允许的时候也是会比较宠着他、随他去的，毋庸置疑是真队宠。

而且在当前的这个版本，其实 AD 位已经远没有前几年那么重要，但江御景打得凶残。虽说他掊到你脸上刚的残暴的输出能力也是原因之一，但是 MAK 战队能够夏季赛连胜至今，和春季赛时成绩差异如此之大，更重要的还是因为 the one 的指挥能力比江御景这个只知道打架的二百五强上太多太多了。

还有一个很重要的点就是，MAK 战队的上野两人永远非常稳。

胖子和浪味仙两个人都是 MAK 战队老队员，个人能力没的说。胖子作为上单对线基本没被压制过，团战的时候永远都像是一座无法逾越的高山，画风以及个人偏好是单枪匹马冲入人群开团并且为己方双 C 位扛下伤害与技能，能扛得令人绝望。

可以说是梦幻前排的典型代表了。

所以当喻言看见 MAK 战队二十几分钟落后了 7000 经济的时候，整个人都呆了一下。

她觉得江御景韦鲁斯玩得再烂也没有关系，毕竟怎么说也是个在 LPL 里个人水平可以排在排行榜前列的 ADC，意识什么的各个方面都是很到位的。

就算没 carry，也不会崩得太惨吧，只要上中野可以 carry，再加个无敌辅助 the one 大佬，无论如何也不可能会出现二十几分钟落后 7000 经济的情况。

她这么想着，就看了一下蓝色方战队其他人的英雄选择。

胖子依旧是一手老鳄鱼稳如泰山，没什么问题，然后到了龙王那儿，拿了个挖掘机雷克赛。

记忆中浪味仙是从来没有用过雷克赛的，喻言想着可能是她没注意的时候练过。她继续往下看，小炮拿了个机械先驱维克托，好像也是从来没看到他用过的英雄。

喻言心里有了点不好的预感。

后续的发展是这样的，两队人在野区展开一波团战，疯狂交换了一车技能也并没有收获到一个人头，其间包括江御景的韦鲁斯空了一个大以及小炮的维克托种种技能控不到人，于是双方极有默契地各自撤退。江御景不知道脑袋里哪根线搭得不对了，突然回头A了一下旁边的爆裂球果，刚好站在旁边的小炮被"咻"的一下翻墙弹进已经撤退了一半的敌方队伍当中。

QW战队的全体成员愣了大概零点几秒后，毫不留情地把小炮按在地上捏死了。

这就是你们这几天练的阵容和英雄？老子为了不打扰你们，都特地没去见男朋友！

喻言面无表情地把视频关了，不想再看他们搞事情。

MAK的上野辅就算再稳，也拯救不了智商尽崩的双C位。

她回到家后洗了个澡，又看完一部电影，外面才传来一点说话的声音。

窗没关，能清晰听见小炮熟悉的咋呼声，喻言想了想，从沙发上坐起身来，手里捧着包薯片走到窗边去看了一眼。

MAK战队几个人正往屋里进，一个个表情看起来还挺开心的，看样子是赢了。

江御景没进去，站在路灯下咬着烟，从裤兜里掏出一个打火机来，点燃。

喻言想了想，重新回到沙发上捡起手机，又回到了窗边，看了窗外的人一眼，才开始打字发微信。

某不知名小仙女：赢了？

外面的男人摸出手机来，垂着脑袋。

江御景：出来。

喻言想了一下，直接穿着长睡裙、踩着拖鞋出去了。

女人脱掉了高跟鞋后，看起来比平时矮了一截，穿着件藕荷色棉质睡衣裙，娃娃领，衬得锁骨线条精致，裙子缀着荷叶边，露出纤细的手臂和白生生一段小腿，脚上踩着双拖鞋，露出细白的脚踝。

长发发梢还有点湿，人一走过来，全是沐浴露的味道。

江御景沉着眼看着她走过来，视线先是盯住那裸露在空气中白得过分的肩头，第一个动作是掐了烟，然后把自己的队服外套扯下来，劈头盖脸蒙到她脑袋上。

"穿上。"

铺天盖地的黑隔绝了昏黄色调的光线以及面前的人，喻言脑袋被衣服蒙着，眨眨眼，鼻息间全是他身上的味道。

没什么烟味，一点肥皂香，还有点一闻就知道是属于谁的、形容不出来的味道。

她把罩在脑袋上的外套抓下来，有点莫名其妙："现在是夏天，你想热死我然后继承我的钱？"

江御景冷淡地哼哼了两声："我也穿了，我怎么没热死？"

"我怎么知道，所以你为什么没热死？"

他视线再次不动声色地扫过她锁骨处好看的凹陷，移开眼淡淡道："那就披着，我给你穿？"

喻言翻了他一眼，还是披上了。

江御景看着她慢吞吞地把他的外套披好，才开口："昨天你没来找我。"

语气很平淡，他只垂着眼看她，没什么表情。

他这一句话突如其来，把喻言到嘴边的问题和吐槽都堵回去了，她刚想说话——

"今天你也没有去看比赛。"男人继续道。

喻言："……"

"而且，连直播也没看？"

江御景眼眸眯起："说吧，你想怎么死？"

"你还上瘾了是吧？"喻言翻了个白眼，直接问他，"今天赢了？"

"啧。"

啧个啥。

江御景"嗯"了一声，回答道："输了。"

表情非常淡定，仿佛空大的韦鲁斯不是从他手上拿出来的一样。

喻言眼睛瞪得大大的："输了？"

"嗯，输了，0:2。"

"那为什么还这么开心？"

"不知道，今天打得开心，感觉和以前的比赛不太一样。"

喻言一愣，以为这个男人在心理上终于完成了从单枪匹马一个人到一个团队的巨大蜕变，在她刚想啪啪啪鼓掌庆祝 MAK 战队正式进入了一个新阶段的时候，就听见江御景站在那里慢悠悠道："可能是因为，今天我把小炮害死了。"

哦，真是太高估你了。

男人还在那边美滋滋："野区的这个爆裂球果，设计得挺好。"

"我觉得你就是想把小炮气走，然后让我去把权泰赫挖过来。"

江御景眯起眼来："你把他买过来，我就把他那眼睛给他开成三眼皮，叫什么，桃花眼？"

"景哥，你好残忍啊。"喻言啧啧出声，又回忆了一下，"我记得你有一次，两只眼的双眼皮也开得很开的，很好看。就是德杯的那次，是不是因为没睡好？你那天几点睡的？"

"不知道，不记得了。"他漫不经心。

喻言有点遗憾："那你叫我出来什么事啊？"

江御景沉默了一下，似乎在思考要怎么说。

喻言也不急，很耐心地等着他组织语言，过了一会儿，他才淡淡地看着她开口："你回去吧。"

MAK 战队夏季赛开赛以来的连胜战绩被 QW 终结，并且第一场双 C 位两个人全程都像在梦游一样，从贴吧到微博，小炮根本看都不敢去看一眼，整天面如死灰，一脸的生无可恋。

江御景倒是百毒不侵，丝毫不被外界风起云涌的毒液喷射影响到，依旧喝他的草莓牛奶，练他那抠脚韦鲁斯。

这边刚打开游戏，还没开始排，他突然想起什么似的，扭头问旁边走过去的胖子："德杯的前一天，我是什么时候睡的？"

胖子也配合他很努力地回忆了一下："好像没睡，你忙着跟 SAN 打架去了。"

江御景抿了抿唇角，不说话了。

喻言终于在第二天成功接到了喻嘉恩的电话，喻先生那边放着重金属摇滚音乐，声音听起来心情挺好的样子，一打过来就神清气爽的一声："言言啊！"

喻言把手机举得离耳朵好远，声音开得小了点，才又放回到耳边，应了一声："爸。"

喻爸爸："你都好几年没回家了。"

喻言掰着手指头算了一下："我才两个多月没回去。"

"你还想多长时间回来一次？"喻爸爸不满意，"你再不回，你妈就要把我丢出家门了，她连车库纸箱子都给我准备好了。"

喻言叹了口气："行，那我下周回去。"

"几月几日，上午中午下午，都给我写清楚了微信发过来，我要截图给你妈交差的。"

喻言："……"

她这边电话刚挂，SAN 的脑袋就从店门后面冒出来了。

江御景他们这几天训练紧，FOI 战队肯定训练也很紧张，喻言本来已经快忘了还有这么一号人的时候，他又跑出来刷存在感。

之前见他的时候还是喜欢的人不喜欢的人，现在变成男朋友不喜欢的人，喻言抱着手臂，一脸"我跟你没什么好说的请你离我远一点"的表情。

SAN 这个人非常敏锐，他显然也发现了，眼角一挑，笑得邪里邪气的，还没说话，店门再次被人推开，喻言坐在正对着门的方向，漫不经心地扫过去一眼，视线顿住，人一呆。

江御景站在门口，双手插着口袋，漆黑眼睫懒洋洋耷着，脸上依然没什么表情。

40

喻言心里"咯噔"一下。

江御景和 SAN 这两个人八字不合，尽人皆知，喻言也早就已经通过工作人员、贴吧、微博等一系列渠道被科普过很多遍了。

这两个人有差一点抢走辅助 the one 的血海深仇。

这样一想，其实她好像是个局外人，感觉 the one 才是女主角。

喻言乱七八糟、天马行空地乱想着，江御景那边已经走过来了。

没有她想象中的那种性情大变怒发冲冠拉过衣领子就是一拳的画面出现，男人表情一如既往，平静地走过来，看都没看旁边的 SAN 一眼，径直走到喻言面前，淡淡开口道："走吗？"

喻言眨眼，点点头，有点意外。

旁边的 SAN 愣了一下后回过神来，"哟"的一声，一副难以置信的样子："这不是我们 SEER 吗？"

声音有点大，引得临近的几桌也有人抬起头看过来。

江御景用眼角瞥了他一眼。

男人表情阴恻恻的，假惺惺拍了两下巴掌赞叹："我真没想到会在这里看见你，怎么回事啊？我们这位老板娘真的不简单啊，是我低估她了。"

他话音刚落，江御景也眯起眼，周身气压开始变低："谁是你们老板娘？关你屁事？"

SAN 不为所动，笑眯眯地看向喻言："你是怎么拿下这人的？你教教我啊，让我长长见识。"

喻言也不想给他面子，几乎没思考一秒就站好队做出反应，挑着眉梢："你很闲？"

SAN 磨了下牙，周身危险因子开始躁动。

江御景往前走了两步，站到喻言面前。

SAN 和喻言两个人坐着，他站着，人高出一截来，只低着头，没说话。

喻言被挡在后面，眼前全是他的腰背，看不见他是什么表情。

男人穿着一件奶白色卫衣，料子很薄，一看就非常柔软，近在咫尺的距离，有淡淡的洗衣液和肥皂的味道。

宽肩窄腰大长腿，高挺鼻梁小内双，皮肤白得过分，袖子卷着，露出小臂肌肉。

店里有些小姑娘开始频频往这边瞧，目光落在江御景身上黏糊糊的，移不开。

虽然知道现在时间不太对，但是喻言莫名有点不高兴。

也没管为啥谁也没先开口说话，在那边眼神交流了快半分钟的两个人，手从他身后伸过来，抓着男人的薄卫衣边，又轻又缓地扯了扯。

江御景回过头来，黑眸里还带着没来得及隐去的戾气。

喻言微怔，眨了下眼。

男人看着她，那股煞意从眼底云雾般缓慢散去。

女生坐在他身后，仰着脑袋看着他，杏眼黑白分明，安安静静的。

细白柔嫩的小手捏住他上衣边缘一点，力度轻轻小幅度拉着，像是在撒娇。

江御景眼神不易察觉地软下来，反手拉住她扒着他衣角的小手。

他手很大，指尖稍微有点凉，手掌上有薄茧，蹭到她的手背，有一点点痒。

喻言紧张得心怦怦跳，攥成小拳的手心里有一点汗，小心翼翼地开口问他："走吗？"

江御景抿了抿唇角："走吧。"

SAN 看着面前两个人明目张胆的动作，挑着眉，没说话。

两个人出了门，江御景这次倒是开了车来。喻言站在车门口，正纠结着要怎么办，江御景绕到驾驶位那边，打开车门，抬起头来："坐前面。"

喻言原本准备去开后门的手缩回来，"哦"了一声，跑到前面去了。

她在副驾驶位坐好，扣上安全带，目不斜视、一言不发等着江御景开车，顺便发问。

上车以后，男人果然安静坐了一会儿，半晌，才发动车子，把着方向盘打了个转。

他把方向盘的时候也有个小动作，会卡着虎口，食指微抬，漫不经心地敲一下。

就像他每次打游戏之前，都会下意识地把一下耳麦。细长好看骨节明晰的手，扣在黑色耳麦上，表情淡漠侧脸线条分明，每次镜头给到这个动作的时候，都会引来现场迷妹的一阵尖叫。

只不过，这个是所有人都能看到的，但是他把着方向盘的时候，只有她能看得到。

喻言美滋滋想着，有点得意。

"你还挺高兴？"江御景开着车，瞥她一眼。

喻言装傻："什么？"

男人情绪莫辨地哼了两声，车子平稳地驶进小区，拐进车库，熄火。

喻言坐在车子上，慢吞吞地问他："景哥，我能问个问题吗？"

"我还没问呢，你先问上了。"江御景拔了车钥匙，食指钩着，"你说。"

"你之前为什么不让我坐副驾驶位？"

江御景："……"

"后来你为什么又让我坐了？"

江御景不太想搭理她，径直下车。

"这是一种认可吗？"喻言也跟着"啪嗒"按开安全带，打开车门，跟在后面继续追问，"因为我的 LOL 现在打得太好了？"

江御景终于忍不住了："你怕是活在梦里。"

"你不要不承认了，是不是当时我就已经打开了你的心门？毕竟我是天赋型选手，长得还好看。我妈说，我上幼儿园的时候就有小男生偷偷拉我的手。"

江御景一顿，没表情地转过头来："哪只手？"

喻言牛吹到一半，没想到真的能得到对方的回应，眨眨眼："什么？我不记得了啊，你要去找人打他吗？"

"不是，我准备把你被他拉过的那只手剁了。"江御景阴阳怪气道，语气和他们刚认识的时候一样刻薄。

喻言强压下心底的怪异感："景哥，你这个假男朋友。"

江御景低着头看手机，头都没抬。

"你根本就没有让我感受到来自男朋友的如沐春风般的爱意。"喻言再接再厉。

此时两个人已经走到了基地门口，江御景似笑非笑地看她一眼："是吗，那你感没感受到我的杀意？"

他开门进去，喻言秒变严肃脸，话也不接了，甚至看都不看他一眼，一脸灿烂地和同样一脸灿烂地冲她走过来的小炮打招呼。

"言姐，好久没见到你了！"小炮超热情。

江御景沉着眼没说话，不爽地磨了下牙。

男人随手把手机丢在沙发上，走过去开电脑坐下。喻言那边从苏立明那儿要了赛程表和之前的 BP 记录，坐在沙发上看。

看了一会儿，她旁边江御景的手机屏幕亮了一下。

喻言瞥了一眼，是条微信消息，她抬起头来喊客厅另一头的男人："景哥，有你微信。"

江御景握着鼠标懒洋洋靠进椅子里，转了半圈，"嗯"了一声："等会儿。"

她也没再管，直接把他手机放到旁边，结果屏幕一直亮，微信提示一条一条往外蹦。

喻言把手里的东西放到一边："景哥，你业务好忙。"

江御景抬了抬眼皮，从客厅那边远远看过来。

喻言没什么表情："你微信一直在响。"

听见这话，小炮开始狂咳嗽，挪了下椅子滑过去，压低了声音凑近："景哥，你的小女朋友还没断？"

江御景冷淡地瞥他一眼，推开椅子走过去，站在沙发旁边，弯腰俯身拿起手机来翻看。

喻言仰着头，就看着他的表情越来越可怕、越来越可怕，然后倏地，扬眉看向她。

两人视线对视十秒，喻言看了一眼客厅另一边的几人，确定大家都很投入，沉迷在召唤师峡谷，重新仰起头来，冲他眨巴着眼睛，企图眨出一点抛媚眼的感觉来。

江御景冷淡地看着她："你沙眼了？"

"……"我这一拳下去，你可能会死。

喻言翻了个白眼，不想搭理他，重新看手里的东西。

MAK 战队下场比赛打 FOI，这也是两支战队夏季赛第一次相遇。德杯的时候，在 SEER 和 SAN 双双缺席的情况下，MAK2:1 拿下比赛，打得也不是很轻松。

而从这段时间看下来的复盘录像来说，SAN 这个中单转型半路出家的 AD 给到 MAK 这边的压力还是非常足的，至少下路对线期再想要拿到优势就很难了。

一沓东西翻下来肚子有点饿，她伸了个懒腰，准备看看可以弄点什么东西吃吃。

喻言打着哈欠站起来去洗手间洗手，拧开水龙头放出水流，淋湿手后挤了一点洗手液，慢悠悠地把它们搓出泡沫来。

细细密密的白色沫沫一点一点出现，带着一点水果香，喻言细细地搓了搓手指头，刚打开水龙头准备冲水，一道白色人影闪身进来。

她回过头去，刚好看见江御景进来，顺手还带上了洗手间的门："你怎么不关门？"

奶白色的卫衣衬着他看起来更白了，她觉得这个男人的衣品怎么可以这么好，眼光完美得不像个电竞宅男。

"不用关啊，我就洗个手。"喻言手上的泡沫还没来得及冲掉，手臂高高举过去冲他摆了摆爪子，"你先出去。"

江御景长睫垂着看她，缓慢地"嗯"了一声，人往前走了两步。

"我先亲你。"

字还没落地，男人已经走到她面前，扣着她脑袋带到身前来，俯身低下头。

唇片上毫无预兆贴上一个软绵绵的东西。

有点凉，软软的触感，带着草莓牛奶和他的味道。

41

凉凉软软的唇片和她的触碰，没有下一步的动静，就那么贴合了几秒。

两个人都没闭眼，喻言眼睛瞪得大大的，和男人双眸对上，漆黑幽暗。

洗手间空间狭小、逼仄，温度攀爬，热气升腾。

江御景舌尖顺着她上唇中间唇珠的位置一路向侧，绵长地舔过去，缓慢滑到嘴角。

喻言骤然僵住，浑身开始发软，几乎站不稳。

他一手按着她后脑，一手揽住纤细腰肢，把她整个人往前带，柔软的身体顿时全压上来。

她手上还沾满了泡沫，不敢去推，只得软绵绵伸出手去，身体没着力点，依附在男人身上，感受着他生涩小心又莫名有点暴躁的舔舐。

喻言脑子里乱哄哄的，像是一锅被搅拌的糖浆，熬炖至浓稠，咕嘟咕嘟冒着甜丝丝的泡泡，微微透明的琥珀色，舀起一勺来，拉着丝。

软绵绵的舌尖也小心翼翼伸出一点来，试探性地舔了他一下。

江御景动作一顿，眸光一寸一寸拉暗，毫不留情地咬住她蹭过来捣乱的舌尖。

刺痛感传来，喻言轻叫一声，轻微挣扎了一下。

男人充耳不闻，直接将她整个人提起来抱在怀里搁到旁边洗手台上，咬着她舌尖的动作没松，软嫩一点拉进口里含住，细细吮吸。

她身体和脑袋一起下意识往后缩，拉动舌尖痛感更剧，脊背紧紧贴着瓷砖墙面，冰凉，身前的人却带着她热度不断攀升。

直到她呼吸开始急促，杏眼里泛起一点水光来，他才停下动作松了口，身体微微往后撤离了一点。

江御景双手撑在洗手台边缘，将她整个人圈在他和墙面之间，弓着身子看着她，黑眸里带着某种陌生的侵略感，像是极具攻击性的大型猫科动物。

"喻言，"他也在喘，沙哑着嗓子缓慢地叫着她名字，"我忍你很久了。"

喻言还没回过神来，身上的衣服有点乱，露出一半锁骨，柔软胸脯随着呼吸轻微起伏，晶莹红肿的唇片微张着一口口吐气，茫然无助地看着他。

被她这样看着，江御景浑身热度开始往下蹿。

喉结滚动，他强压下身体里燃起的躁意，平稳了下呼吸，缓缓开口："你店里的那两个男的是怎么回事？

"这几天为什么不主动来找我？

"为什么不想让别人知道我们在一起了？

"SAN 又是怎么回事？你什么时候跟他认识的？"

"他刚刚还特地发微信给我，让我跟你说，很喜欢你。"他压低声音咬着音，"原来你们俩这么熟？"

江御景有点躁。

一点点的别扭和小不爽从那天去店里找她开始沉淀，包括这几天以来，除非他去接她，否则她完全不主动来找他，在基地里明显不想让别人知道两个人关系的遮掩，再到今天看到她在跟 SAN 说话。

他没怎么明说，她也没在意没察觉，所有的这些统统都没得到解释和解决。小小的、细微的情绪慢慢地一点一点累积起来，在收到 SAN 发过来的那几条微信的时候，终于变成了不开心。

一连串的问题砸过来，砸得喻言有些措手不及，她眨了下眼，说不出话来。

她坐在洗手台上，有点呆地看着他，突然明白过来："所以你这几天都对我很凶。"

没想到会得到她这样的回复，江御景微愣，又皱了皱眉："我什么时候对你很凶？"

"有的。"喻言清了清嗓子，一本正经地点头，掰着手指头给他一样一样数，"你说你要卸了我的腿，剁了我的手，还要给我开三眼皮。"

"我没说过要给你开三眼皮。"他反驳。

"反正就是，很凶残，超可怕。"喻言总结。

这次男人没话可说了，半晌，才吐了口气出来。

他声音很低，还有点不易察觉的赌气和无奈："谁让你气我！"

她眨眼："我哪儿气你了？"

"你这几天主动找过我？哪次不是我去找你？而且——"他眯起眼来，"你很怕被发现和我在一起？"

喻言有点呆，仔细回忆了一下，这个人之前好像也有过好几次这种表现，生病的时候、在医院的时候、两个人独处的时候——

占有欲强，没安全感又黏人，任性幼稚起来像个小朋友。

喻言放轻声音解释："这几天你们都在练新阵容，时间很宝贵啊，不想让你分心。"她歪着脑袋，"而且，你不觉得就这么虐狗太过分了吗？"

江御景哼笑一声："你以为他们不知道吗？"

喻言呆了："你说了吗？"

"没有。"

喻言松了口气，放心了："那他们肯定不知道了，你最近几天都对我那么刻薄，他们看不出来的。"虽然也有暖的时候。

后面半句话，她没说出来。

江御景不自然地抿着唇，转移话题："那黄毛咖啡师是怎么回事，你为什么不跟我说？"

"你也没有问我。"

"我都改名叫原谅绿了，你没懂？"

"……"你让我怎么懂。

洗手台上有点硬，硌得她屁股疼，喻言低下头，满手的泡沫几乎已经消失不见了，感觉手上黏黏的。

她犹豫着抬起头来："你能先让我洗个手吗？"

他没有让开的意思，直接直起身子，一手拧开水龙头，一手拉了她的手过去，仔细冲洗。

冰凉的水流滑过手掌，他细细地帮她冲干净每一根手指。

喻言觉得有点别扭，往回抽了下手："我自己洗……"

男人瞥眼看她。

喻言鼓了下嘴，觉得还是不动不说话的好。

江御景关了水，又从架子上抽了条毛巾出来，低头认认真真把她手上的水珠给擦干净，动作轻柔，睫毛垂着，看起来既柔软又温和。

满分的全套服务结束，他把毛巾随手丢到一边，抬起头来，冷淡垂眼："说吧。"

哦，还是那个冷酷无情的江御景。

喻言点点头，一本正经开始编瞎话："那黄毛有喜欢的人了，在意大利。"

就算现在没有，以后也总会有的。

"天天跟你一起做蛋糕那个。"

"他喜欢我闺密！"喻言马上接话，心里默默为沈默和季夏虔诚地道歉。

江御景沉默没说话，过了一会儿，缓缓弯下腰，倾身往前靠近了一点，亲她唇角。

眼睫垂着，唇瓣开合蹭着她唇边，有点痒，声音压得低低的，丝丝缕缕，一字一字地钻进耳膜："你是我的。"

小炮的大嗓门就在此时从门外适时响起："景哥，你便秘吗？！"

江御景动作一顿，没准备理他，咬着她唇角正要继续，少年又在外面喊了一声："言姐怎么不见了？她回家了吗？"

"……"喻言差点笑出声来。

江御景烦躁地"啧"了一声，直起身来，把人抱下洗手台。

喻言觉得自己像是个生活不能自理的小婴儿。

双脚终于落了地，她站稳了以后先是轻轻跺跺脚，然后抬头看着他，一本正经地看着他，声音轻轻："你别扭的时候唯一的表达方式就是嘴巴更毒吗？"

他没说话。

"景景，你很过分。"

你才过分，江御景想说，但是他说不出来，因为做得不对的好像确实是他。

他垂着眼安静地站在那里，浓密的睫毛在眼睑下打出阴影，看起来无端有点可怜。

喻言轻叹口气，踮起脚来，仰头亲了亲他的下巴。

江御景微怔，抬眼看她。

"以后你都要和我说啊。"喻言歪着头，苦恼皱起眉，"你什么都不肯说，就在那里一个人别扭，是谈不好恋爱的。"

良久，就在喻言以为自己等不到回应的时候，江御景才缓缓开口："好。"

"以后都和你说。"他淡声说。

三天后，迎来 MAK 战队和 FOI 战队的比赛。喻言感到前所未有的紧张，特地和苏立明说了一声，让他到时候帮她留个前排的位置。

苏立明奇怪："你可以跟我们一起去后台看的啊。"

喻言一本正经地拒绝："那气氛不一样的，我要亲临现场去感受粉丝对我们战队狂热的爱意。"

苏立明："……"

江御景在耍过小性子以后，喻言也就没了什么顾虑，每天下午继续去 MAK 基地报到，有的时候看看录像复盘，有的时候就安安静静地做点自己的事情。

傍晚夕阳呈暖色调，透过落地窗进来，整个客厅一片安静，只有鼠标轻微的咔嚓咔嚓声和机械键盘发出的悦耳响动。

喻言盘着腿坐在沙发下面地毯上，厚厚的一大本关于甜点的书在茶几上摊开，人已经趴在上面睡着了。

小炮去了厕所，其余三人都在召唤师峡谷激烈厮杀着。江御景一局打完，转了下椅子，侧着身子看了她一会儿。

直到他旁边被隔在视线中间的 the one 终于忍不住，意味深长地转过头来。

虽然说是没人明说，但是江御景也没做什么遮掩，谁都不是傻子，有些事情不需要说大家就都明白了。

江御景指尖轻叩了下桌边，站起来走过去，站在茶几边侧着头又看了她一会儿。

她上半身一半趴在茶几上，侧着脸枕着胳膊，睡得正香。

睫毛黑压压地覆盖着，侧面半边脸和嘴唇被小臂挤得有点变形，微微嘟着，手肘压着厚厚的书边，硌出来一道道不浅的红色印子。

江御景弯腰，缓慢小心地把她手下的书抽出来，用书签夹好放在旁边，然后垂着眼又看了她一会儿。

他俯身低头，动作很轻地亲了亲她的鬓角。

亲完，他站直转身，步子还没迈开，抬起头来，视线一顿。

小炮刚从洗手间出来，手上还滴水，石化一般站在原地，张着嘴看着他，表情呆滞，一副山崩地裂、完全难以置信的样子。

刚才说错了，这个战队里，傻子还是有一个的。

42

PIO 十六岁的时候，第一次知道 SEER 这位选手。

少年当时还在上高中，成绩非常好，考试时常年和第一考场的考生眼熟，长得也清俊好看，算是校草排行榜上的人物，走在校园里都有人叫得出他名字的那种。

直到某天，他陪同学去网吧，几个人在开黑，他平时不怎么打游戏，就随便找了个电影看。

电影名《侬叫撒》，青春文艺爱情动漫。

PIO 觉得这片子巨没意思，侧着脑袋百无聊赖瞥了一眼，只见同学啪啪啪敲键盘，屏幕上的小人身边绕着几个球咻咻咻往外丢。

PIO 觉得挺有意思，问他："这游戏好玩吗？"

同学做了个您请的动作："不好玩我叫你爸爸。"

PIO 冷哼一声，怀抱着想当爹的念头开了游戏。

清华北大中科大的苗子入了 LOL 的坑，一个不小心变成了一位电竞选手。

江御景那年十八岁，刚开始打职业，夏季赛首战就秀到飞天，二级越塔拿双杀，团战输出爆炸伤害，把对面老牌 ADC 按在地上摩擦，装到不行。

PIO 那场刚好和同学去现场看的，他眼睛都盯直了。

当时他就觉得，这个游戏的 C 位就应该是这样的，手里的英雄站在那里就是一个凶，仿佛能够撑天撑地，一身嚣张骨。

SEER 这个 ID 从此深深刻在 PIO 脑子里了，后来他作为第一路人王签约 MAK 的时候，激动兴奋得连续一个星期没睡好觉。每天排位的时候手都在抖，闪现撞墙，龙坑空大，段位疯狂掉了 300 点。

他成了江御景的脑残粉，一直以来，都对对方抱着极大的尊敬和敬仰。

直到今天。

直到现在。

直到此时此刻。

他的景哥、他的偶像，刚刚趁着他的言姐睡觉的时候，偷偷亲了她。

像个变态。

小炮心都凉了，睫毛轻颤，嘴唇煞白，一脸的难以置信，手臂抬起，伸出一根手指头来指着他，抖啊抖啊抖，连声音都打着战："你在干什么？"

小炮觉得自己像个捉奸的。

江御景冷淡平静地看了他一眼，迈开步子重新回到电脑前。

小炮像个小尾巴一样小跑了两步跟上，一脸沉痛："景哥，你这种行为是不对的！你这算骚扰，你知道吗？！"

江御景坐下握上鼠标，一点都不想搭理他。

小炮也在旁边自己的位子上坐下了，锲而不舍地拉着椅子往他面前滑了滑，严肃道："景哥，你做人不能这样的，你那女朋友怎么办？"

这次江御景终于抬了抬眼皮："你在说什么？"

"你之前几天一直夜不归宿那会儿，胖哥跟我说你陪女朋友去了。"

江御景反应过来，他说的应该是在医院的那段时间。

轻飘飘地抬眼扫了一眼对面的胖子，上单明显是在听着这边的对话，脑瓜往电脑屏幕后面缩了缩。

江御景"哧"了一声，重新看向小炮："我女朋友，现在在那边睡觉。"

小炮呆呆的："啊？"

"听懂了？"

"没听懂？"

"没听懂自己琢磨。"江御景不耐烦，"一边去。"

小炮持续一脸呆滞。

胖子抬起脑袋来，表示孺子不可教，摇了摇头。

浪味仙瞥过来一眼，摇了摇头。

苏立明长叹口气，摇了摇头。

小炮其实不傻，他非常聪明，学习能力强到恐怖，反应也快，唯一的缺陷大概是情商低得要命，毫无恋爱脑。

少年被嫌弃地推远了，茫然地在原地坐了一会儿，想起这两个人之前在基地里的一系列小动作，瞳孔骤缩，眼睛瞪大，恍然大悟，然后他又陷入了无尽的茫然。

怎么能这样呢？

小炮觉得这两个人很过分。

怎么能就这么把他抛弃了呢？说好的大家以后一起娶狐狸、女警、辛德拉呢？

小炮觉得自己现在的心情就好像是基友上一秒还在和他对着电脑屏幕打 call 说我永远爱西木野真姬，下一秒就脱单抱着他的小姐姐奔现了。

虽然江御景从来没和他一起打过 call。

于是喻言一觉睡醒，就觉得好像总有一道复杂的目光追逐着自己的后脑勺。

深沉地、持续地、连续不断地缠绵望着她。

喻言打了个哆嗦，扭过头来，刚好看见江御景按着小炮的白毛，将少年的脑袋强行按下去了。

男人没什么表情："睡醒了？"

喻言点头。

"饿不饿？厨房有吃的。"

喻言摇摇头。

江御景点头："行，那你去帮我拿个饮料。"

"……"老子宠死你了，是吧？

喻言翻了个白眼，站起来走到厨房去，打开冰箱门，拿了两瓶草莓牛奶，关上。

喻言把手里的其中一瓶放在料理台上，直接打开一瓶喝了两口，才拿起另一瓶。她咬着瓶子边缘走过去，递给坐着打游戏的男人。

江御景没马上接过来，先是抬起头来扫了她一眼，视线落在她正咬着的牛奶瓶口上，长臂一伸，直接把她嘴边的那瓶拿过来，喝了两口。

喻言手里一空，还没来得及反应，递出去的那瓶垂在男人眼前一晃一晃的。

她眨眨眼："那个是——"我的。

"我没手开。"男人已经扭头开了新一局的排位，不再看她，一本正经道。

"……"假正经。

和 FOI 战队的这场比赛大概是迄今为止 MAK 全员准备得最认真的一

场比赛，主要是因为，MAK 战队的 AD 这次非常认真。

这个非常，已经完全达到可以称为异常的程度了。

正式比赛的前一天晚上最后一场练习赛，MAK 战队的新阵容终于取得不错的效果，小炮松了口气，虚脱般地躺在椅子上往下滑："明天不赢FOI 老子直播吃芥末，血洗我不敢上贴吧之耻，我才是 LPL 第一中单！"

苏立明敲了下他脑袋："就你那五毛钱英雄勾还敢膨胀。"

胖子食指交叉活动放松着手腕："你看景哥现在韦鲁斯多稳啊，能不能跟着学学啊，输终于比浪味仙高啦，可喜可贺。"

江御景没说话，倚靠进椅子里，单手撑着下巴看数据，皱了皱眉。

小炮抻长了脖子探过去看，想了想，又去翻了翻江御景最近几天的对战记录。

满满的一长排，时间从下午两点一直到第二天上午十点，中间几个小时的空白，又是下午两点到第二天上午。

有点拼。

小炮有点呆，抓着头发想了想，刚想叫江御景，视线一偏对上了后面the one 的视线。

娃娃脸和白毛少年对视十秒，PIO 张开的嘴巴闭上了，扭过头去截了两张对战记录的图，发给喻言了。

the one 露出了一个欣赏的眼神。

五分钟后，江御景手机振动，收到了一条微信。

他刚开始没理继续看数据，等了几分钟，才缓慢地拿起手机来，滑开看。

微信内容挺简单，来自某个小仙女。

某不知名小仙女：给我过来。

江御景挑着眉。

今天这个不知名小仙女，好像有点暴躁。

唇边弯了弯，他把手机揣进口袋，滑开椅子站起来出去，走到隔壁，敲门。

他刚敲了两下，门"唰"地就开了。

喻言穿着条白睡裙，一手拿着手机，头上戴着个毛绒兔子耳朵的发箍，下巴上还沾着点没洗掉的面膜。

她抬起头来，表情很凶地瞪了他一眼："一天睡四个小时？你是神啊你？"

"三个小时。"江御景纠正她。

喻言磨着牙，转身直接进屋："你今天晚上就在这儿，给我老老实实睡满十二个小时，明天上午九点之前别想碰你的鼠标键盘一下。"

江御景安静听着她发脾气，没说话，也跟着进去，顺便带上了门。

虽然喻言对于隔壁已经熟得像是进自己家门一样了，他却只来过她家一次。他刚进来，喻言已经从鞋柜里抽了双男士拖鞋，动作不是很温柔地丢在他脚边。

江御景弯下腰去换鞋："你家为什么有男士拖鞋？"

"因为之前喻勉一直住在我家。"喻言头都没回。

江御景想起之前那个抿着嘴巴，眼神既渴望又痛苦地看着他说"姐姐是我的"，最后还是纠结挣扎着问他能不能拍张合照的少年，意识到自己问了个多么愚蠢的问题。

房子里只开了厨房吧台的小灯以及壁灯，光线很暗，和基地看起来差不太多的格局，暖色调墙纸，沙发后面壁灯的色调晦暗又柔软。

喻言径直走进屋子，然后"啪"的一下，拍开了客厅吊灯。

明亮的光线顿时涌入视网膜。

江御景有点遗憾，不太爽地"啧"了一声："你为什么要开灯？"

女人嘴巴还鼓着，语气依然不太友善："我为什么不能开灯？"

"因为我不喜欢。"他垂着眼睫看她，"刚刚那个光线很适合接吻，现在这个太亮了，就有点烦。"

43

这男人确定了关系在一起以后，好像就有哪里跟之前不太一样了，总觉得有种肆无忌惮的感觉。

气氛就因为这么一句话陡然变了味道，就像是清新励志片看着看着突然换了台，变成某个泛着粉红色泡泡的午夜场。

喻言也没想到他会这么说，热度顺着爬上面颊，耳尖红了一点点。

刚刚心里的一点气就这么卡在了中间，不上不下地堵着。

她瞪了他一眼，还没来得及说话，就被人一手按着后脑，一手绕过腰身揽过来抱在怀里。

喻言脑袋被按着深深埋进男人胸口，荷尔蒙气息混着洗衣液的味道萦绕鼻尖。

卡了一半的恼就这么"唰"的一下，顺下去了。

她顿了顿，也伸出手来抱住他的腰，隔着衣服能够感受到手下一身覆盖均匀的紧实肌肉。

喻言没忍住，弯起一根食指来，钩着衣料在他背上挠了两下，手下肌肉的触感隔着一层薄薄衣料，紧绷，有一点点弹性。

江御景身体微僵，按着她后脑的大掌轻微使力把她脑袋往怀里按了按，喻言鼻尖撞上他胸口，有点发酸。

她吃痛，抬手去推他，却被人死死箍着动不了。

"别动。"男人声音自头顶传来，低哑平缓，"你老实点。"

喻言闻言动作顿了下，脑袋从他怀里抬起来，眨眨眼："你准备要耍流氓了吗？"

江御景垂眼看她，虚着眸光冷淡哼笑了声："你想得美。"

喻言皱着鼻子把人推开，摆摆手："去洗澡，洗完澡睡觉，你今天睡喻勉的房间。"

顿了顿，她又想起来，小心靠过去："你跟明哥怎么说？"

江御景慢悠悠地扬了下眉："我没说。"

喻言点点头："行，我一会儿给他打电话，说看见你跟一妙龄少女在我家门口抱在一起，然后两个人手牵着手走了，让他上报财务，给你把这个月工资都扣光。"

江御景也点点头，没说话，平静地指了指客厅侧窗。

喻言顺着他指的方向看过去，刚好看见苏立明站在隔壁 MAK 基地窗口，面无表情地把窗帘拉上了。

喻言一脸惊恐。

江御景的表情看上去挺愉悦："谁让你开那么亮的灯，说你还不听。"

喻言扭过头来，哭丧着脸抓着他袖子："怎么办，他们会不会不喜欢我了？从此对我的印象一落千丈，我再也没有话语权了。"

江御景扫了一眼被她抓得有点皱起来的袖口："你在说什么？"

"我在说，我身为老板竟然勾搭了员工啊……"喻言忏悔，"我怎么能勾搭员工呢？"

被勾搭了的员工腮帮子微动，磨了下牙，往回抽袖子："松手。"

喻言不松，还特地攥紧了拽拽，惆怅道："景哥，我们的地下情被发现了吗？"

江御景抬手敲了下她额头："你这个脑袋里每天装的都是什么玩意儿？"

他没使力，动作轻飘飘的，喻言弯着眼笑了下："你啊。"

江御景："啧。"

等他洗完澡，刚好十点半，因为长期的作息时间不规律，十点是他精神状态最好的时段，没什么困意。

他头上顶着条毛巾出来的时候，喻言窝在沙发里打着哈欠，眼角有点长。

她整个人懒洋洋蜷缩着，眼睛里带着点水光，看上去困困的。

这女人倒是个一直作息良好的乖宝宝，十一点左右准时就开始困了。

看见他出来，她抬起脑袋来，又打了个哈欠："你洗完啦？"

江御景揉了揉吹得半干还带着点潮意的黑发，"嗯"了一声，走过去，居高临下地看着她："睡吗？"

喻言动作先是一顿，之后干脆利落道："睡吧。"

说着，她从沙发上站起来，踩上拖鞋噔噔噔跑上楼，跑到一半又停下脚步，伸着脑袋对还在楼下站着的他眨眨眼："晚安。"

语毕，她头也不回地跑上去了，背影看起来总觉得有点落荒而逃的味道。

江御景手里抓着毛巾站在客厅，视线落在楼梯尽头那道小小背影消失的地方，无声地弯起唇角。

这小傻子还知道怕呢。

第二天八点喻言起床的时候，江御景已经醒了，正懒散地跷着腿坐在沙发里玩手机，听见她开门下楼的声音抬起头来："醒了？"

喻言有点被吓到："你为什么起得这么早？"

"因为睡得早。"可能是睡足了的原因，他今天精神和脸色看起来终于好了点。

喻言点点头，晃悠着脑袋下楼来，嘴里咬着根发绳把一头长发绑起来，往厨房走，没回头，边绑边问他："那你早上想吃什么——"

她拐进厨房，说到一半的话停住了。

小吧台上摆着豆花、生煎、一小笼水晶虾饺，还有一颗水煮蛋。

水煮蛋的蛋皮已经被剥掉了，白白净净的一颗盛在莹白的小瓷碟里，下面倒了点酱油，染上了一点浅棕色。

喻言眨眨眼："景哥，你给我准备了早餐呀？"

江御景垂着头玩手机："你知道这个世界上还有一种东西叫外卖吗？"

她点点头，故意说："外卖员小哥哥还给我煮了水煮蛋。"

等了一会儿，没得到回应，她继续道："他还给我剥好了，这个外卖员是不是暗恋我？

"毕竟我长得好看。

"又有钱。"

男人动作一顿，终于"啧"了一声抬起头来："你吃不吃？"

喻言捏着水煮蛋蘸了点酱油，塞进嘴里咬了一口，腮帮子一鼓一鼓的："不想吃外卖员剥的，想吃景景剥的。"

江御景："……"

喻言再接再厉："要吃景景剥的。"

江御景沉默了三秒，站起身来走过去，先去水池洗了手，然后坐到她对面。他长臂伸出，从旁边的小铁盆里捏出一颗水煮蛋来，在桌边敲破一点。

细长白皙的手指，顺着鸡蛋上面的裂缝，一点一点剥开蛋壳，白嫩嫩的蛋白颤巍巍地在他手里慢慢呈现出来。

他剥得很仔细，上面的一层薄膜也干干净净掀掉，黑睫垂着，表情很淡。

一颗剥好，放进她面前的小碟子里："还要吗？"

喻言眨眼，安安静静摇了摇头。

心口"嘭"的一下，感觉自己快被他暖死了。

饭后，江御景回基地。

所有人都已经起了，正在吃早饭，江御景一进来，餐桌前的谈话声戛然而止，数道目光齐刷刷地向他直射而来。

江御景视若无睹，淡定地进门，淡定地上楼，十分钟后，淡定地换了身衣服下来了。

小炮咽了口唾沫："景哥，起得真早啊。"

江御景径直走到电脑前坐下，没理。

浪味仙清了清嗓子："景哥，来吃早饭啊。"

江御景弯腰开电脑："吃过了。"

餐桌前的几个人迅速交换了一个眼神，没再问他。

小炮身子往前趴了趴，脑袋快扎进豆浆里了，声音压得很低："我觉得今天这把我们稳了，景哥已经不是以前的景哥了，我甚至能够感觉得到，他现在浑身上下都透着一股成熟男人的气息。"

"the one 心里苦不苦，想哭不想哭？"

胖子捅了把根本不存在的老泪："我们的队宠，终于也长大了。"

"但是你还没长大，你可能长不大了。"浪味仙面无表情地吐槽他。

胖子也瞬间面无表情了："上野恩断义绝，今天的峡谷先锋你别想让我帮你 A 半下。"

比赛在下午第一场，MAK 战队众人依旧早早就到了场馆做准备。

喻言没和他们一起，在昨晚确认了地下恋情被撞破以后，喻言觉得有一种拉着高考生去网吧打游戏的负罪感，面对 the one 的时候，她还有种横刀夺爱的心虚。

苏立明给她的票在第一排，非常好的位置，她排队进场，旁边有各家粉丝在发应援道具。

喻言接过一小条腕带，黑色的布料，上面遒劲有力的白色字体印着 MAK 三个字母和队标。

她突然想起之前遇见的那个热泪盈眶地看比赛，坐在她旁边塞给她一张江御景大照片，还说觉得她很酷的 MAK 战队粉丝，不知道这次有没有来。

想想肯定也会来的吧，毕竟她那么喜欢这支战队啊。

喻言下意识地扭头往后扫了一圈，黑压压的人群，抱着 SEER 照片的没找到，眼熟的倒还真的看见了。

汤启鸣坐在她后面，旁边坐着个身材娇小的小姑娘，正和他抱怨着好无聊，是颜果。

男人还穿着他的标配白衬衫，表情有点不耐烦，语气也没了喻言印象中那种如沐春风般的温柔："无聊？这个位置的票你知不知道网上炒到多少钱？有市无价知不知道，很难买到的，还好我有这方面的朋友，因为和 MAK 的工作人员很熟好不容易才搞到两张。"

他难掩得意地吹着牛。

喻言听着，越来越觉得自己是瞎了眼了，怎么当初就会答应这么个人渣的。

她翻了个白眼，刚想转过身去，颜果那边抬起头来，和她视线对上，愣住了。

喻言表情淡然地和她对视，心里纠结要不要打个招呼。

打吧，感觉有点尴尬；不打吧，毕竟这姑娘跟她也朝夕相处过挺长一段时间。

飞速权衡了两秒，她平静地冲颜果点了点头，也没管对方是什么反应，优雅地扭过身去。

喻言心里暗爽，觉得自己高贵得像只头上顶着皇冠的白天鹅。

你吹任你吹，我连票都比你们前一排。

汤启鸣刚才没在看前面，没看到她，颜果也没说话。台上选手已经从后面上场，镜头给到 MAK，周围顿时爆发出一阵尖叫声。

江御景穿着黑色队服，双手插口袋，眼角懒散垂着，漫不经心地往镜头前瞥了一眼。

喻言想起了今天上午男人坐在她对面给她剥水煮蛋的样子，嘴角无意识地刚翘起来一点，就听见后面颜果"呀"的一声娇呼："最后面的那个穿黑衣服的好帅啊！"

声音太过刻意，属于典型的"我都夸别的男人帅了你快点吃醋"的语气。

汤启鸣果然没有让人失望，得意扬扬道："那个就是 SEER，我的偶像。"

颜果沉默，不说话了。

喻言心里冷笑一声。

竟然妄想和《英雄联盟》争宠？你怕是太年轻。

44

台上 MAK 战队和 FOI 战队对垒，MAK 战队在蓝色方。

小炮搓了搓手指，耸着肩膀晃脑袋哼歌。

胖子扭过身来看他一眼："炮炮怕不怕？"

"怕字怎么写？打野如果敢抓中，我就跟景哥技术性换线去带下。"小炮高举双手，"这个游戏胜利方只需要用三个字概括，江、御、景！先有景哥后有天！！"

浪味仙坐在他旁边瞥他一眼，想笑："你现在拍景哥马屁没用，想不被对面压着摩擦，你得找我啊。"

小炮想想有道理，一本正经："龙哥，一会儿我想要个辛德拉。"他说完，一顿，又扭过头去，"景哥，我想要个蓝。"

江御景哼笑了声，没说话。

比赛进入 ban/pick 环节，胖子敲着鼠标抖腿："兄弟们我这把要拿皇子了，鳄鱼你们必须给我 ban 了，不然胖爷挂机啊。"他说着，毫不犹豫禁掉了这个版本不能留的扎克。

两队 ban/pick 你来我往地进行着，原本以为 FOI 会非常针对双人路，结果没想到，对面把中单禁得像拔鸡毛一样干净。

小炮英雄池也不深，拿手的刺客以及输出型英雄被禁得差不多，解说在台上咋舌："这局从 BP 环节开始就在很凶地针对中路了，MAK 战队这边 PIO 的英雄池也被 FOI 战队摸了个透彻。

"FOI 战队这边的 BP 也能够理解，你看，我下路双人路首先跟你其实是完全可以打个平手的，不会出现那种对线期 SEER 压着对面凶的情况，再加上现在这个版本必须前三 ban 掉的几个英雄，你又在蓝色方，那你一抢大嘴，我就拿女警，前期压你揍，知道你中单英雄池浅，再把你中路全部清干净，让你中路也打不出优势来。"

解说 A 点点头，继续接道："PIO 这个选手你有没有觉得，很像当年的 SEER 啊。我记得 SEER 的第一场比赛就是我做的解说，已经几年了？三年了吧，真的印象深刻，LPL 新人第一场打得凶的不是没有，但是打得那么凶。"

"你这么一说，这两个选手的风格和英雄池也非常相像，都是那种喜欢打架喜欢掉在对面脸上的类型，像那种输出型的英雄，拿出来就会有一个非常亮眼的发挥，而偏向功能性强的好像就很少看他们有用过。"

解说话音刚落，MAK 这边最后一手锁了个扇子妈。

解说："……"

打脸痛不痛？痛不痛？

虽然扣着耳麦，但是外面的声音还是多多少少能听见一点，ban/pick 环节结束，比赛正式开始。

小炮一边钻进野区一边得意扬扬地哼哼："没想到吧？没想到吧！这

个故事告诉了我们，MAK 战队的 PIO，是一个全方面发展的 carry 选手，不要以为老子就只会无脑输出。"

江御景闻言，眼皮抬起来，往己方蓝 buff 的位置打了个信号。

小炮话锋立转："毕竟是个团队游戏，分工还是要明确合理，MAK 的爆炸输出点景哥一个人就能当两个用。"说着，他去中路河道边草丛插了个眼，摇了摇头，"我应该带个洞察的啊，这游戏打得墨守成规就很没意思了。"

江御景食指敲敲鼠标："你再带个惩戒，防止漏刀。"

胖子咯咯笑："还能提高抢龙的成功率。"

MAK 这把江御景拿到大嘴，辅助璐璐，中单扇子妈，完全保 AD 打后期的阵容。

女警当前版本前期推线推塔能力非常恐怖，SAN 一手女警拿着打得也很凶，趁着大嘴弱势的前期，二级一到，一个小走位配合辅助上前直接打了一套，the one 璐璐上前帮他挡了两下伤害，江御景大嘴残血后撤。

然而，这个时候浪味仙已经从旁边包过来，刚靠近了两步，SAN 就像是在他的蜘蛛丝上藏了眼位一样，非常有灵性地后撤，完全没有恋战的意思。

胖子啧啧出声："刚刚这波要是景哥就直接撑上去了吧，丝血还不杀？是不是男人？"

小炮表示赞同："大不了一换一啊！一换一啊！"

浪味仙从下路绕回来，摇了摇头："你们是真的膨胀，对面 FOI 啊兄弟们，别浪了。"

江御景稳稳地厌在璐璐和一大堆兵线后面补刀发育，然而女警前期压线速度非常快，再加上对面打野的两波 gank，趁着 the one 游走做眼的空当，FOI 三人包夹拿掉大嘴人头以及下路一血塔。

与此同时，浪味仙蜘蛛蹲到上路配合胖子拿下上单人头带掉上路外塔，顺势打掉峡谷先锋。

一下被对面拿下一血和一塔，MAK 战队经济稍微落后，转为防守阶段，大嘴转线发育等装备成形。

比赛进行到第二十分钟，大龙刷新，FOI 率先做视野排眼偷龙，被 the one 察觉，MAK 战队其他四人迅速靠拢。

此时大嘴前期两波小龙坑团战抓掉几个人头再加上漫长的发育，装备已经基本成形，羊刀、破败、三相在手，璐璐变羊，女警开团，皇子进场，扇子妈双保护，大嘴开了 W 上前疯狂喷射前排，输出位置美滋滋。

MAK 先点上单，再收 AD，切了 C 位以后对方血量不太健康的中野辅四散撤退，皇子大招困住打野砍残，大嘴扭头两下普攻。

三杀。

江御景头也不回，闪现再次追上去 E 技能减速接普攻，收掉残血辅助。

四杀。

此时比赛进行到接近三十分钟，MAK 五人直接残血回头，迅速击杀掉大龙以后，回家补满状态，带着大龙 buff 分别带路，连破中下两座塔推上高地破掉中路水晶后后撤，并且继续分带滚起雪球。

四十八分钟，红色方基地下路水晶前洛闪现开团，女警试图换掉大嘴，但江御景此时的伤害已经达到了可怕的程度，再加上他的位置实在是太好了，左一个扇子妈右一个璐璐，开着 W 撑上去疯狂输出，切前排像切大白菜一样。

最终将近五十分钟，MAK 战队拿下比赛的胜利，大嘴四杀，小炮的扇子妈零死亡，几乎拿到人头数八成的助攻。

一局结束，小炮扯下耳麦直接瘫在椅子上，长长呼出一口气来，站起来扭头看向旁边的人："老大，我今天这几波盾是不是给得很及时、很到位？"

"比你练习赛的时候好一点。"

小炮得到夸奖，头顶呆毛一翘一翘的："我也是会玩扇子妈的人了！"

江御景站起来往后台走，又看了眼在他旁边兴奋得直蹦跶的少年，有点嫌弃："你能不能拿出一点强队首发中单的气场来，一个扇子妈把你兴奋成这样？"

少年抓抓白毛："但是我一次没死。"

江御景没说话，等着他下文。

"但是你死了好几次。"

江御景："……"

"虽然你拿到了四杀，可是我无敌扇子妈参战率怎么也有个百分之八九十了。

"所以说，MVP 是我的。"

"……"幼稚。

江御景懒得理他，一边往休息室走，一边摸出手机发微信。

喻言那边第一局比赛看到结束，心还在紧张地怦怦跳，甩了甩被她捏得有点发麻的指尖，站起来准备去洗手间。

也就是这么一回身的工夫，汤启鸣看见了她。

她起身拿包，穿着白衬衫的男人刚好抬起头来，脸上喜气洋溢的表情还没退去，视线扫过来一眼，就看见了女人熟悉的侧脸。

喻言不经意抬头，刚好和他目光对上。

汤启鸣一愣，倒是没说话。

颜果拿着手机抬头站起来，捂着嘴巴打了个哈欠："完了吗？可以回家了吗？"

汤启鸣瞬间把视线从她脸上移开，落在了她手上绑着的那根 MAK 小横条上，略微皱了皱眉，又看看旁边哈欠连天的颜果，有点不耐烦了。

一个是贼心还没死的前女友，一个是已经在一起几个月新鲜感几乎磨没了的现任，更何况，这个前女友现在看来，还和他喜欢着同一个战队。

男人总是会在心里给这种和他们拥有相同爱好与立场的女生无意识加分，而不是一个什么都不懂，花了大价钱买来的票却一直在他旁边打哈欠的。

汤启鸣觉得从心灵上来说，他和喻言站得更近了。

看着他秒移开视线假装没看见她的样子，喻言挑了挑眉，很能理解。

毕竟一个前任、一个现任，前任和现任还是认识的，这种场合下确实不太适合旧友相遇打招呼寒暄，再加上灯光有点暗，就当作没看见无视掉挺好的，也少了麻烦。

所以这对情侣，全都看见她了，但是全都假装自己没看见？

喻言觉得这两个人还怪有意思的。

她也十分愿意配合，站在原地转过身去掏出手机，准备等他们先走自己再走，顺便给四杀的某人发个微信，奖励一只鸡腿。

手机刚拿出来，江御景微信已经过来了：你在哪儿？

喻言弯着眼，抿起唇角。

某不知名小仙女：准备去洗手间。

她打完抬起头来，已经看不见汤启鸣和颜果的影子了。

喻言拿着手机也出去，女洗手间门口人有点多，排着队，她站在队伍末端，边排队边等微信回复。

很快，那边发过来两个字：过来。

她一愣，下意识抬起头来四处望了一圈。

江御景站在走廊末端门边的阴影里，脑袋靠着墙边，五官影影绰绰藏在暗处，手臂抬起，对着她勾了勾手指。

喻言想笑。

这个人是不是有点奇怪啊，为什么每次都堵在女厕所旁等她？

她看着前面长长的队伍，一时半会儿也等不到，也就放弃了，转身直接向男人的方向走过去。

脚下刚迈开两步，身后传来熟悉的声音：

"言言。"

温柔的，缠绵的，有点叹息味道的，是汤启鸣。

喻言脚步一顿，一个大白眼翻过去。

45

走廊有些吵，汤启鸣声音不大，掩进背景音里。

喻言没回头，步子重新迈开，打算就这么假装没听到，直接无视他。

眼见着前面的人不知道是没听见还是什么，步子没停，汤启鸣连忙快走了几步赶上去，走到她侧后方，也顾不得别的，直接抬臂去抓她胳膊："言言！"

他手指刚触到她手臂，喻言浑身一激灵，条件反射般甩开，猛地转过身去。

小臂被触碰到的感觉像是沾上了什么东西一样，心里似汤里泛起了一层油，油腻又恶心。

喻言忍不住皱了皱眉，烦躁地抬起头来。

汤启鸣深情又无奈地注视着她："我是真的没想到，你还特地去玩《英雄联盟》了，还来看 MAK 的比赛。"

他顿了顿，之后微微一笑："言言，你是因为我，所以才喜欢这支战队的，是吗？"

"……"你到底在说些啥玩意儿？

喻言用不可思议的眼神看着他。

本来她还很单纯地觉得，汤启鸣这个人只是个死缠烂打的渣男而已，此时突然发现，原来他不仅是个渣男，还是个傻子。

此时两人距离厕所门口的人群已经有一段距离了，汤启鸣站到她面前来，跟她说话："言言，我真的很感动。"

喻言没理他，也没心思仔细听他到底在说些什么，视线直接错开，径直地落在他身后。

江御景垂着眼，正慢悠悠一步一步地往两个人的方向走过来。

他走得不急，无声又安静，喻言却感受到仿佛一大拨僵尸正在接近的凶煞之气。

汤启鸣说着说着，意识到眼前的人正在走神，扭过头去，也顺着她的目光看过去，江御景刚好走到他面前。

他穿着刚刚在赛场上的那件队服，冷淡的表情和他拿四杀的时候没什么两样。

汤启鸣先是惊讶，没想到 SEER 会出现在这里，接着露出了一个有点小激动的表情。

活的 SEER。

他上次见到 SEER 还是在清吧的时候，这才过了几个月的时间，竟然就这么巧地能够再次近距离见到对方，汤启鸣心里琢磨着怎么能跟这位 ADC 搭句话。

结果，他完全没想到，SEER 先跟他说话了。

男人眼皮神奇地翻了外双出来，表情平淡，声音微冷："你有事？"

汤启鸣一愣，没反应过来他是什么意思。

江御景也没指望他反应，抬眼看着他，人没动，黑眸里有藏不住的煞气："没有就滚吧。"

汤启鸣不知道自己哪里惹到这位 SEER 了，但是当着正准备撩的前女友的面，被另一个男人这么说，即使是偶像也不能忍了。

他和江御景差不多高，扬着下巴梗起脖子，刚往前走了两步，脸上善意没了踪影。

"你说什么？"

江御景不避不让，眼角微垂，看起来冷淡又散漫："你聋吗？"

他话音刚落，汤启鸣还没来得及反应，颜果从洗手间里出来了，在门口没找到人，又往前走了两步，看清站在走廊那边的人。

颜果冲他招了招手，喊了一声，正要走过来。

汤启鸣怕她过来看见喻言，也顾不得其他，连忙走过去了。

喻言高高吊起的一口气松了下来，猛地转过头来，瞪着面前男人："你想跟他打一架然后多禁一段时间的赛？你干脆提前退役回家去算了！"

江御景视线回转，垂眼看着她笑了下，手臂伸过去大掌按在她脑袋上直接把她仰起的头按回去，一把捞到自己身前来。

喻言皱着眉拍他："发型乱了！"

江御景没理她，又按着揉了两下，满意地看着她头上被揉起来两根呆毛，才收回手来："走吧。"

喻言跺了跺脚，小跑了两步跟在他后面气得不行："这刘海儿我今天早上吹了好久的！而且江御景你是小流氓吗煞气这么重？你以后再这样我真的生气了！"

放慢了步子，他"啧"了一声，看起来还是不太爽："你那个前任，为什么还没消失？"

喻言有点想打他："你刚刚好凶啊，你完了，你要被黑了，什么 MAK 战队 SEER 态度嚣张，SEER 辱骂粉丝让粉丝滚之类的评论肯定全都会冒出来。"

江御景听到最后一句，脚步倏地一顿，转过头来。

他带她走的后门，此时绕进后台往休息室走，一路上都没什么人，喻言也就肆无忌惮，还在那里掰着手指头继续道："景哥，你一个礼拜内别看贴吧微博了，汤启鸣那种人他不趁机黑你一波我真的不信。"

江御景没接话，眯着眼，情绪莫辨地看着她。

喻言眨眨眼："怎么了？"

他顿了一下，突然弯了下唇角："小傻子。"

喻言好气啊："我在帮你分析问题啊！你为什么说我傻？"

"因为你傻。"

"我读书的时候跳过级的！"

"是吗，你给了校长多少钱收买他的良心？"

"景哥，我想上厕所。"喻言突然转移话题，她刚刚排队没排到人就走了，现在有点急。

江御景垂着眼，表情没什么波澜："然后呢，用我教你？"

喻言面无表情："我只是想问你，这边洗手间在哪里。"

被汤启鸣一搞事情，喻言也不想再坐在那两个人前面看比赛了，干脆和江御景一起回了休息室。第二场比赛快开始了，苏立明正在给目前为止发挥相对来讲略不稳定的小炮上小课，看见喻言进来，打了个招呼。

场馆空调开得很足，喻言穿着一字肩上衣和短裙，稍微有一点冷。她轻微抖了一下，往前走了两步，想摸摸小炮的小白毛，给他加加油。

一步刚迈出去，她就被人按着脑袋拉回来了。

今天第二次被破坏发型，喻言怒了，鼓着腮帮子扭过头去，正打算和直男科普女人的发型就是第二条命这个道理，就看见江御景在脱衣服。

肩膀向后拉，胸骨略微挺起，薄料的短袖队服隐约勾勒出胸肌的线条。

喻言鼓着的嘴巴"噗"的一声，瘪掉了。

江御景将脱下来的队服外套递到她面前："穿上。"

喻言没接，不动声色地扫了一眼他的手臂肌肉和领口稍微露出一点点锁骨，抬起头看着他："你一会儿就这么上去吗？"

他挑了下眉："不行？"

"你是不是准备这样上去勾引女粉丝？"喻言愤愤道，停了停，人又往前靠了靠，踮起脚来小小声指控，"你就是目的不纯。"

江御景被她气笑了，也不等她接了，直接拉着外套领子两边从前面把她整个人包起来，垂下头去咬着字压着嗓子，用只有他们两个人能听见的声音道："对，我就是想……"

他拿着外套包住她，双臂在她身侧环起伸到她身后，就好像是被他抱在了怀里一样。

喻言周身全是他的味道，眼神飘忽了一下，耳朵有点发热，刚刚的冷意一下子就跑不见了。

小炮第一次见到活的队友秀恩爱，还是传说中的那个SEER，嘴巴张开，没反应过来。

他本来以为亲鬓角已经是终极暴击了，没想到自己还是目光太短浅。

浪味仙靠坐在桌边，拿起旁边的咖啡喝了两口压惊。

苏立明轻咳一声："准备准备，2:0送他们回去洗厕所。"

小炮回过神来，纠正他："明哥，输了洗厕所这个规定只有咱们战队才有。”

“就你贫。”苏立明敲了他脑袋一下，“这把 FOI 肯定针对下路，大嘴百分之百 ban 了，你看着拿。”

比赛第二局开始，FOI 战队果然一上来就把大嘴禁了，MAK 战队禁掉女警，SAN 一抢韦鲁斯。

“这 SAN 是不是哪里有问题？”小炮晃了晃脑袋，“景哥韦鲁斯玩得那么烂，他还一抢？”

胖子摇了摇手指头：“你没跟他接触过你不了解，他这个人就是这样的，他觉得我们这边韦鲁斯肯定会练，可能还会有奇招。

“但是他没想到，我们景哥韦鲁斯依旧是那么烂。”

“讲道理，我觉得不错了，输出比龙王高，打个 FOI，三千伤害足够了。”

“你们要是哪天死了就是被自己活活浪死的。”

第二局果不其然，对面中野疯狂联动，抓死浪味仙两次，野区被反了个稀巴烂一路疯狂滚雪球。三十八分钟 MAK 战队三路高地被破，四十一分钟掉水晶。

此时战绩是 1:1。

第三局赛点，江御景掏出一手烬。

包括解说在内，所有人都没想到，现场一片哗然。

SEER 春季赛上，一手 1/4 的烬几乎是无人不知了，其发挥之烂，完全惨不忍睹。

小炮拿了最近很火的中单飞机，难得一本正经严肃道：“这把如果输了，我就只穿泳裤站在东方明珠下跳舞，然后顺着黄浦江从浦东游回浦西。”

他的话音一落，所有人都转过头来。

胖子目瞪口呆：“可以的，兄弟，你是真的不怕上麦克风。”

小炮：“我忘了……”

上天垂怜，到底没让他真的只穿泳裤站在东方明珠下跳舞，烬每次开大留人的时机都完美得恰到好处，淡定优雅从容架枪，一屏之外取项上人头，配合小炮飞机爆炸伤害收割，四十八分钟的时候双龙会一波破掉水晶，拿下赛点。

喻言此时已经在休息室等不下去了，直接跑到后台门口看着他们握完手，鞠躬下台。

女生身上穿着明显大了好几码的 MAK 战队黑外套，脸上挂着隐不去的大大笑容，甩着长出一截来的袖子站在门口等他出来。

江御景向来走得慢，最后一个出来，看见等在那里的人，愣了一下。下了两级台阶朝她走过去，又借着一点光仔仔细细看了看她，小脸蛋红扑扑的。

刚刚在休息室里，她冷得肩膀直抖。

江御景扫了眼她露在外面的笔直长腿，轻皱了下眉："下次来看比赛带件外套。"

喻言还在兴奋中，含糊听着胡乱点点头，开心甩着袖子，黯淡光线下杏眼亮得惊人："我们赢了！"

他挑眉："赢了这么多场，你才想起兴奋来。"

"这场不一样啊。"喻言反驳道，"FOI 很强啊，而且这个 SAN 真的有点烦人，临近赛期转会阴了 MAK 整个春季赛也就算了，之前他还打算抢你的辅助！"

江御景没说话，就那么垂着眼听着她给他抱不平，略微弯了下腰，拽着她身上那件大外套长出来的一截袖子，拉到面前来。

男人垂着眼，细长的手指一折一折地挽上去，直到露出她莹白的手指，才整了整卷得不太平整的地方，放下。随即又捏过另外一个，慢悠悠地卷。

"嗯，他还打算抢我的 AD 位置。"他没抬头，淡声道，"不能忍了。"

喻言瞬间安静下来，看着他的动作，刚刚一肚子想吐的槽全都没了踪影。

她眨眨眼，喊他："景景。"

他"嗯"了一声，手上挽到最后一折，捏着她的指尖，抚平卷得有点厚的袖口褶皱。

喻言四周扫了一圈，两个人站在靠墙边的暗处，离工作人员和队员都有点远，没人注意到这边。

她咽了下口水，声音小小的："想亲你。"

江御景动作一顿，终于抬起头来。

女生伸着手安安静静站在那里，身上穿着他的外套，小脸白皙，红唇微启，大眼晶亮地看着他，在索吻。

江御景眸色一沉，喉结微动，捏着她指尖的力道略微加重了些，刚想把人拉过来。

"但我今天涂的是唇釉，蹭到就不好看了，而且三块钱呢，蹭掉了好不划算的，所以还是算了。"喻言继续道，表情还有点遗憾。

江御景："……"

46

打完 FOI 战队，MAK 众人紧绷了很久的神经终于放松下来。回去的时候，车上一路的轻松加愉快，小炮和胖子两人泡菜组合甚至抱着椅背合唱了一首《天路》。

江御景坐在倒数第二排的位置，全程情绪都不是很高涨。

喻言坐在最后一排，半个脑袋卡在玻璃和椅背中间的缝隙里，眨巴着大眼盯着男人耳垂看。

就这么看了五六分钟，江御景回过头来。

两个人距离极近，女生从椅背后面露出大半张脸来，左眼眼角匿着。

之前在后台的时候灯光昏暗还没怎么感觉，此时车窗外灌进大量的明亮光线，她皮肤白净又通透，毛孔细腻得几乎看不见，唇瓣莹润晶亮，色泽粉红好看，像是清晨还挂着露珠待人采摘的新鲜草莓，鲜艳欲滴。

江御景觉得，真不愧是涂一次三块钱的粉底液和唇膏。

见他转过头来，喻言眼睛再眨，也不说话，右手从缝隙里伸过去，细白的指尖捏住他短袖队服的袖管，拽了拽。

等了一会儿，对方依然没反应。

她又屈起食指来，顺着衣边滑下去，在他上臂肌肉上轻轻挠了两下。

这次男人终于动了。

左手伸过去，不动声色地按住她在他手臂摸来摸去的手指，黑眸微眯。

喻言抬起脑袋来，看了一眼占着江御景旁边的位子抱着椅背唱《无敌》的胖子，一下虚了，静悄悄地把手指抽回去了，若无其事地在后排坐好了。

江御景哼笑了声。

唱得正高兴的胖子突然回过头来："啊？景哥你说话了吗？"

"没，你继续唱。"

等车子开到小区门口，MAK战队泡菜传奇组合嗓子都哑了。七月S市热得像蒸笼，傍晚闷热，只从车上下来背好外设走到基地这一段路，人就开始冒汗。

众人一进到基地的门，就以最快速度换鞋，争先恐后抢到空调前的位置，站了一排。

喻言最后进来，就看见一排高矮胖瘦的男生在沙发前像复活节岛石像一样，保持着直立的姿势，一动不动地站在空调出风口前。

喻言呆滞了一秒，觉得好笑，也不和他们抢，直接走到厨房，打开冰箱上面的保鲜层。

五摄氏度的清凉气瞬间扑过来，喻言美滋滋地从冰箱里抽了瓶牛奶，转过身来，背倚在上面，靠着慢悠悠地拧开喝了两口。

江御景一过来，就看见女人藏在大开的冰箱门后面眯着眼喝牛奶，好不惬意的样子。

他弯了弯唇边，走过去手臂自她耳侧伸进去，从冰箱里也取出一瓶牛奶。

冰凉的牛奶瓶身擦过她耳侧一点，突如其来的凉意让喻言轻呼出声来，直起身来往旁边靠了靠，把贴着唇边的瓶子也放下来了。

江御景垂眼，视线落在她手里印着浅粉色唇膏印子的瓶口上。

喻言没注意，扭过头去，看了一下空了大半的冰箱侧格："景哥，牛奶又快没有了，要不我们晚上吃完饭去买呀？"

他也不知道在没在听，没作声，抬臂将手里刚拿出来的牛奶瓶子不动声色地又塞回到冰箱小格子里，人往前走了两步。

喻言再转过头来的时候，刚好对上他漆黑的眼。

冰箱保鲜层的暖光映在他脸上，黄色调，显得眼珠颜色稍浅了些，长睫上挂着疏疏淡淡的光影。

她还没来得及反应，江御景突然垂下头来，唇瓣上落了个温温软软的东西。

柔软舌尖顺着下唇绵长细腻地一扫而过，舔掉了她唇瓣上残留的一点草莓牛奶，带进口腔。

甜。

甜到腻得慌。

女生背脊靠在冰箱上，身后是丝丝凉气，手上开始发软，手里的瓶子往下滑了一点。

江御景抬眼，唇瓣贴着她嘴角勾出笑意来，声音低哑，喃喃道："拿稳了。"

喻言紧了紧手里的瓶子，上面遇热冒出来的水汽，导致瓶子有点滑。

江御景咬着她唇瓣没松，只抬臂伸过去，大手从牛奶瓶另一端包过来，稳稳托住，另一只手探到后面，隔在冰箱横板和她背脊之间，人压上去亲。

开放式的厨房，小吧台后，冰箱上门九十度角开，挡着两人上半身，隔住旁边客厅里还在一边吹空调一边放狠话的队友。

声音很大，清晰，近在咫尺。

喻言心脏怦怦怦地跳，整个人都傻掉了，羞耻感陡升。

这男人现在路子这么野的吗？这是个什么剧情？

她软趴趴被夹在面前的人和冰箱之间，任由他直闯腹地钩住了细细咬，空出来的一只小手抬起来推他。

他完全不理，直到把她口腔里草莓牛奶的味道搜刮了个一干二净，才抬起头来。

她唇瓣晶莹红润，有点肿，微启着喘息，看起来好像比涂那三块钱的唇釉更好看点。

江御景心满意足，轻喘着笑了一声。

他也不急，就慢悠悠地看着，等她气喘匀了，直起身来，磨着牙想骂他，又不得不把声音压得低低的："你是流氓吗？"

江御景把一直垫在她背上的手抽回来，有点麻，轻甩了两下："我帮你换个色号。"

喻言愣了一下才反应过来是唇膏色号，狠狠瞪他一眼，想想又不解气，抬腿一脚踩在男人拖鞋上，才把人推开走了。

旁边瘫坐在沙发里吹空调的小炮见她眼角发红，看起来泪汪汪地从厨房出来，一愣："言姐，你咋啦？"

喻言沉默了下，下意识抿了抿唇："被狗咬了。"

小炮一听，连忙坐直了身子往厨房的方向探过头去，就看见狗御景慢悠悠关上冰箱门，手里拿着瓶喝了一半的草莓牛奶出来了。

小炮用自己有点迟钝的恋爱脑反应了差不多五秒，然后面无表情地"哦"了一声，重新瘫回了沙发里。

胖子啧啧出声："PIO 啊 PIO，你说你为什么要嘴贱找虐？

"关键是你还虐到了我们。

"我还看什么《月色真美》？人在沙发坐，狗粮天上来。"

"好吃。"浪味仙总结。

小炮也很无辜，他怎么也没想到队友竟然秀得这么肆无忌惮、明目张胆，仰着脑袋巴巴看着天花板好半天，突然说："我也想要妹子。"

他话音刚落，其余的人"唰"地扭过头来。

小炮神色忧郁地看向苏立明："明哥，当时你找上我的时候，跟我说过入队帮我找妹子的。"

胖子惊了："明哥，你竟然说过这么不讲良心的话？"

苏立明神色平静完全不慌："想要妹子你首先得会辅助啊，你会打辅助吗？你会插眼吗？"

小炮没被他忽悠住，直接扭头看向旁边辅助大佬："one 哥，你有妹子吗？"

the one："有啊。"

小炮："……"

众人："……"

the one 面无表情："娜美，我妹子。"

众人："……"

哦。

MAK 战队下场比赛在五天后，苏立明停了晚上的训练，给他们放了个假，最近几天练新阵容练到脱力的几个人一声欢呼，各回各房间安静补觉去了。

江御景昨晚就被按着强行睡到自然醒，此时不困，在楼下开了局排位。喻言坐在他旁边用小炮的电脑看东北话版《猫和老鼠》，整个人窝在椅子里笑得东倒西歪。

一集结束，她偏过头去，看他的电脑屏幕。

男人拿了个霞，应该是在练英雄。

喻言想起这个英雄好像和另一个英雄是双人路情侣款,《英雄联盟》凤凰传奇,眼珠子一转,提议道:"景哥,我给你打辅助吧。"

江御景鼠标一停,车都不吃了,直接转过头来:"你吃错什么了?"

"我只是好久没感受过征战召唤师峡谷的快感了,但是又怕你打辅助会坏了手感,万一真的比赛的时候对线对着对着去插眼怎么办?这个锅我不想背。"

江御景点点头,转过头准备着推过去一拨兵线:"你什么时候才能清醒过来,意识到自己从来没征战过召唤师峡谷。"

"在你给我打辅助的时候,我都觉得自己能一秒五。"

江御景唇边翘起一点来,刚要说话,放在桌子上的手机微信提示音响了。

喻言"咦"了声,脑袋探过去就要看:"谁?哪个小妖精?"

男人一手拿起手机,另一只手按着她脑袋不让她再往前凑。喻言挣扎了两下,没挣开。

她眯起眼来:"你现在微信藏有小秘密了,你外面有狗了。"

此时,他的霞已经在下路挂机三分钟,漏了无数补刀,队友在狂打信号。

喻言看了眼他屏幕:"景哥,说真的,假如我是你队友,我早就堵在MAK基地门口等着套麻袋打你一顿了。"

江御景哼笑,单手稳稳打字,然后锁屏,把手机重新丢回在桌面上。

他按着她脑袋顺势揉了两下,看着她头发今天第三次乱糟糟翘起来:"生日会,想不想去?"

喻言拍开他手,胡乱抓了两下刘海儿:"又是哪个美女解说小姐姐?你现在嚣张了,还敢邀请我参加你红颜知己的生日会了?"

"嗯。"江御景重新握上鼠标,食指敲了两下,"权泰赫的。"

"想去。"喻言话锋秒转。

江御景嗤笑一声,斜眼瞥她。

喻言把椅子往他那边滑了滑,又鬼鬼祟祟回头看了一圈,确定客厅里没有别人在了,才笑眯眯地转过头来,抬臂食指屈起,与拇指相对,给他比了个小心心:"带我去嘛,景哥哥,爱您哦。"

"啧。"

47

虽然说是很积极地想去，但是江御景真的答应了带她去，喻言还是有点虚。

见男朋友的朋友，感觉和见男朋友家长好像也没什么两样，再加上职业选手有女朋友这种事情如果被曝光也会有一定的影响。

想到这一点她又有点犹豫，拉了拉男人袖子："如果我去了，是不是要做自我介绍？"

江御景挑了挑眉："你以为是小学生入学？"

"那万一他们问起我是谁怎么办？"

"女朋友。"

"那不就暴露了吗？"

江御景抬眼，不是很能理解："现在不是已经暴露了吗？"

"队里不一样，队里的人肯定不会说出去啊。"喻言皱了下眉，"万一参加生日会的人里刚好有对你恨之入骨的，知道这件事以后直接抖出去了怎么办？"

江御景好像听懂了，又好像没听懂："你为什么这么怕这个？"

"因为会产生负面影响。这场打 FOI 是我们赢了，上场输给 QW，贴吧、微博什么节奏你没看到吗？如果之后 MAK 比赛打输了，有些人会怎么说？会说你 SEER 拿着高额年薪每天不认真训练，只知道吃喝玩乐谈恋爱。"喻言皱巴着张小脸，"景哥，你会被骂啊。"

江御景没说话，看着她认真又苦恼的样子，靠回到椅背上，好半天，才点点头："听起来好像比对粉丝图谋不轨好一点。"

"……"喻言翻了他一眼。

江御景手指叩了下桌沿，突然开口："去吧。"

"嗯？"

"你想去，我就带你去。"

权泰赫生日会时间订在第二天，江御景在刚打职业那年，权泰赫刚好从韩国来到中国。当时 FOI 战队和 AU 战队基地在同一个产业园区内，离得很近，两个队伍也经常会一起打练习赛。

一来二去这两个人不知道怎么就熟悉起来了，私下里权泰赫也经常会找他一起打排位。

自从他上次偶遇 SEER 的号抠脚操作疯狂送人头以为是被盗号，发了个微信去问情况还被 SEER 本人告知下次再遇见，不要管让她随便送的时候，权泰赫就觉得，这个战斗暴龙兽型 AD 可能有了点小情况。

因此，他这次生日，特地跟对方强调了一下，朋友家属什么的都可以带。

虽然说是生日会，毕竟是在赛期，即使不是比赛日大家也都忙着训练，没有那个时间精力怎么搞，权泰赫干脆找了家火锅店，请队友、教练和一些比较熟的朋友晚上一起吃个饭。

电竞圈子本就不大，各个战队之间又经常进行比赛和练习赛，再加上转会期的队员变动，基本上每个战队的人都是互相认识，并且关系都还不错，不是你前队友的队友，就是你队友的前队友。

眼看着快到约好的时间了，人陆陆续续地到，权泰赫开始有点期待江御景的到来。

他找的这家火锅店比较大，装修也不错，订了个包间。房间很大，长方形，里面还架出一桌台球来，此时正被一群网瘾少年占着，手里握着杆打得有滋有味。

江御景踩着时间前五分钟到，他推门进来，权泰赫只看了他一眼，就开始往他身后扫描。

果不其然，男人身后跟着一妹子。

黑长发，巴掌脸，杏眼尾睫狭长，人很白。身上香风小黑裙，长腿笔直。

是个风格看起来很轻熟的妹子。

正打台球打得热火朝天的几个人注意到这边的动静，也扭过头来，看见江御景领着个妹子来的，忍不住骚动了，各种各样的怪声开始四面八方地传来，视线全落在了妹子身上。

妹子挂着淡定从容自然的微笑，大眼睛转了一圈，手里提着个蛋糕盒子，既不怯场也不害羞，大大方方地从江御景身后走出来，递给了权泰赫。

权泰赫桃花眼一弯，笑着道谢，对于这个兄弟媳妇儿看起来好像十分满意，并且觉得这个兄弟媳妇儿看起来有点眼熟。

台球桌旁边还倚着一姑娘，原本看见江御景进来，招呼都打出去了，又看见他身后跟着的喻言，手缩了回来。

人握着球杆站在那边没动，表情看起来有点微妙。

喻言还站在门口，距离稍微有点远，不动声色扫了一圈，顺便注意了一下整个包厢里除了自己以外唯一的小姑娘，看到她伸出去一半的手。

再看看那张脸，就是之前订婚宴上，和江某人聊得开心的那个女解说。

喻言挑了挑眉，觉得这次这顿火锅自己来得太对了。

人来齐，众人落座。权泰赫中文还不错，一桌子的职业选手，聊的话题也基本上全是游戏。

比如，某某队中单从锅里捞出一筷子肥牛来，放进旁边某某队打野的油碟里，讨好道："兄弟，这星期比赛别抓中了吧，求求你多去去下。"

——诸如此类的卖队友行为数不胜数。

喻言听着他们聊，一边安静如常地吃自己的，一边欣赏着坐在对面的权泰赫那双好看的桃花眼，直到桌下，她的手指被人捉住，狠狠捏了一下。

喻言吃痛，差点叫出声来，反射性往回抽手。

没能抽动。

她扭过头去，鼓着半边腮帮子看着身边的男人。

江御景单手捏着她的指尖，抬臂拿起旁边的漏勺来，捞了个虾滑给她，身子靠近脑袋凑过来的瞬间小声问她："那么好看？"

喻言点点头，很诚实地回答："还挺好看的。"

下一秒，手上一痛，男人大手捏住她手掌两端掌骨，轻微使力。

这次她没能忍住，轻呼一声，手往外抽。

江御景顺势放开她的手。

喻言一副委屈巴巴的表情看着他："明明是你带我来的……"

江御景从辣锅夹了一筷子肥牛放在自己的盘子里，垂着眼认真挑掉上面的花椒："你让我带你来的。"

喻言看着他挑，把旁边的虾滑夹起来塞进嘴里："你先问我的。"

"我让你来，我让你看了没有？"

"没有，我眼里只有景哥哥。"

江御景哼笑了声，把刚刚花椒挑干净了的肥牛夹到她面前的小瓷碗里。

这边两个人的小动作没逃过其他人的眼睛，不过在场的大家心照不宣，全都假装没看见，该冒闲话的冒闲话，该卖队友的卖队友。

虽说如此，但搞事情的人还是有。

从一开始就阴魂不散闹得喻言眼睛疼的女解说此时就坐在她斜对面，微笑着，视线落在她身上："这位美女，SEER 都不给大家介绍一下啊，太不热情了啊。"

江御景没理，又从锅里夹了块鳕鱼出来，放到喻言碗里。

气氛有点尴尬，女解说表情微僵了下，旁边一个小胖子见状，刚要开口打圆场，那女解说又笑了下，直接对着喻言开口道："美女小姐姐你好啊，我是 SOPHIA。"

喻言手里捏着筷子，嘴里还咬着肥牛，闻言赶紧把嘴里的肉吞下去了应声："你好你好。"

她吞得有点急，稍微噎了一下。江御景眉头不易察觉地轻皱了下，把她手边的果汁拿走，换了自己的茶水递过去，另一只手拍了她背两下。

喻言顺手把他的茶水接过来，眼都没抬，咕咚咕咚几口灌下去，感觉气终于顺下来了。

两个人的一系列动作都太过于自然而然，围观群众都是一副我懂得的表情，有几个还发出了起哄的声音。

之前坐在女解说旁边的那个小胖子摇了摇头："真的没想到 SEER 下手这么快，在下佩服。"

"同样是每天异性只能看见娜美、璐璐、扇子妈的人，为什么你就有妹子了？真的气。"

女解说笑脸有点挂不住了，调整了下表情半开玩笑道："小姐姐原来还真的是 SEER 女朋友啊，这下 LPL 有多少女粉要哭了。"

喻言来的时候就做好心理准备，此时也没什么反应，再加上这女解说又不停地叨叨碛她的眼，干脆淡定地把喝空的茶杯放在桌上，一副默认的样子。

她旁边，江御景抬起眼来，视线隔着半张桌看过去，声音淡淡道："不是。"

众人一愣。

喻言也愣住了，扭过头来看着他。

顿时气氛有点尴尬，大家本来以为是带了女朋友，没想到就这么被当事人干脆果断地否认了。

女解说回过神来，用略带同情以及一点不易察觉的暗爽的眼神看了喻言一眼，才又笑了起来："这样吗？看来是我误会了，小姐姐你别介意啊。"

喻言心里酝酿出了一点不太舒服的小情绪，脑内已经上演了一百八十种此时掀桌站起来，冲到这女人面前打她一套广播体操拳的画面，脸上表情却还是没有丝毫破绽，也微笑："不会啊。"

桌下，手伸过去捏住身边男人的手背，毫不留情地狠狠掐了他一下。

江御景极轻地"咝"了一声，表情没变，只转回视线垂着眼看了她一会儿，唇边慢慢地弯出一点弧度来。

藏在桌下的大手抬起，将刚刚残忍施暴的白嫩小手反握回来，包住。

"是喜欢的人。"

第五章

我会一直陪着他

48

话音刚落，满桌瞬间寂静。

几乎所有人都带着不同程度惊讶的表情。

江御景的烂性格众所周知，是在职业选手里也非常少见的古怪脾气，软硬不吃，不近人情，对女生几乎绝缘体。他谈了个女朋友，其实也还是说得通的，毕竟是男人。

但是让这个人当着众人的面亲口说出自己喜欢一个姑娘，并且疑似是单方面喜欢，这几乎是不可能的事情。

他们本来都是这么以为的。

直到这个男人此时此刻真的就唇边带笑看着身边的人，平淡又自然地说"是喜欢的人"。

女解说旁边那个小胖子眼珠子都快瞪出来了："娘咧，我长这么大没见过 SEER 这么温柔的表情。"

"我长这么大第一次看见 SEER 除了嘲笑以外的另一种笑容。"

"景哥厉害厉害，这算表白了吧？"

"这都不在一起？这都还不是女朋友？小姐姐，我们 SEER 真的好，你给他一次机会试看啊，不满意包退包换的。"

"我服气，小姐姐厉害了啊，这么个怪物你怎么就收得服服帖帖的？"

权泰赫笑完，终于回忆起这个姑娘是在哪里见到过。

这不就是之前德杯，在 N 市夫子庙遇见的时候，在 SEER 旁边的那个妹子吗？原来早在几个月前，苗头就已经出来了。

当时因为光线太暗，他也没怎么太注意，现在这么一看，这个女孩子长得确实蛮好看的。

电竞圈其实和娱乐圈有点相似，最不缺的就是好看的妹子，像那些玩COS 的、做解说的、主播、主持人，随便挑出来一个颜值都不低，而且有很多长得更好看。

再加上那些粉丝什么的，美的比比皆是，也没看见江御景在谁身上多落过一个眼神。

比如说此时桌上，就有一位人气非常高的当红女解说，靠一套女枪的COS打出名气来，人美声甜身材还好，活泼开朗会说话，在圈子里非常吃得开，垂涎江姓SEER某好久了，并且基本上不会对这种垂涎做什么掩饰。

此时女解说脸色煞白，脸上的笑容终于挂不住了。

喻言听着他们的调侃，想了想，最终还是选择保持安静，淡定吃肉。

途中，喻妈妈打来电话，喻言到门口去接，喻妈妈那边温柔和蔼："言言，你爹地说你今天回家呀？"

喻言回忆了一下，才想起来好像确实答应了喻嘉恩今天会回去，还特地在他的再三强调与嘱咐下，发了微信过去做证据。

喻言拍拍脑袋："我差点忘记了。"

"回家你都能忘呀，那你现在回来呀。"

喻言抬手看了眼腕表："我现在在外面吃饭，应该晚上八九点钟回去。"

喻妈妈有点遗憾："那你不回来吃晚饭了呀？本来还想问你想吃什么，让你爹地给你烧的。"

喻言沉默了一下："妈，你最近别看港台言情片了吧。"

"怎么了？我看个港台片也不行了，现在女儿长大了，连妈妈看什么电视剧也要管了。"

"没这个意思，你随便看。"

喻妈妈轻哼了一声："反正你早点回来啊，妈妈给你煮点绿豆汤，天气太热了，消消暑。"

喻言应了，又说了两句话，那边才肯挂电话。

她这边手机挂掉刚准备进去，包厢门再次被打开，女解说出来了。

喻言冲她点点头，让过身子就准备进去。女解说人没动，就站在门口，脸上带着笑，声音甜甜的："要不要一起去个洗手间？"

满脸写的都是"我想跟你聊一个刀光剑影的天"。

喻言挑了挑眉，她长这么大，面对这种大张旗鼓来挑事的从来就没虚过，也笑："好啊。"

两个女人一起拐进了洗手间，女解说进去以后，从小手包里翻出一块粉饼来，拿的时候还特地亮了一下粉饼上面的标识，装模作样地补妆。

喻言心里哼哼笑了两声，理都没理她，直接进隔间，上厕所，出来，洗手，表情淡定，就好像真的只是来上个厕所一样。

果然，女解说绷不住了，拿着粉扑补着从两个人进来补到了现在的妆，扫过来一眼，状似漫不经心地开口："其实我真的没想到，SEER 会这么快就喜欢上别人。"

喻言挤了一点旁边的洗手液，在手心里搓出绵密的泡沫来。

"毕竟那个人，他当初那么喜欢她啊，还把她的名字文在手臂上，是真的很喜欢吧。"女解说叹了口气，"虽然我没见过那个女生，但是当时SEER 的痛苦，大家都看在眼里的。"

喻言把手放在出水口下，感应的水龙头，清凉的水流哗啦啦涌下来，冲掉手上的白色泡泡。

"如果他真的走出来了，那也挺好的。"女解说微微一笑，"希望你们能够幸福。"

喻言慢悠悠地从镜子下面抽出两张纸巾，把手上的水珠擦干，抬起头来："你没见过她吗？"

她的表情太从容、太淡定，看起来完全没有受到影响的样子，女解说略有迟疑地点了点头。

"怪不得你认不出来，真是不好意思了，我刚刚应该告诉你才对。"喻言微微笑了一下，"你说的那个人就是我，这么多年了，我真的没想到，他原来一直都是喜欢我的，谢谢你告诉我这些。"

她抬手，把手里的纸巾丢到旁边的垃圾桶里，回身往外走，走到一半，又提醒对方："你不是要上厕所吗？那我先回去了哦。"

拐出洗手间的瞬间，喻言脸上的笑容，完全没了。

喻言觉得这女人果然厉害，每一句话都让人要压抑着想把她那块粉饼糊到她脸上的欲望。

即使知道她就是故意这么说的，真实性有多少也未可知，但是前女友这种东西简直就是慢性毒，只要有一点点掺进来，就会心里存疑。

不好问，不能提，但是又堵在那里，像一点一点烧开的水，在心里慢慢沸腾，咕嘟咕嘟冒着泡泡，无时无刻不在提醒着她。

喻言开始后悔今天来了。

她神色未变地回到包厢，埋头吃东西，一句话都不想说。

吃完火锅，又切了蛋糕，大家晚上还要回去训练，也都没做逗留直接散了。走之前还都给江御景留下了美好祝福，顺便准备和喻言疯狂安利一波江御景的优点，想了半天想不出来，只能憋出一句——

"他长得真的挺好的。"

江御景："……"

难为你们了。

两个人把礼物给了权泰赫后出饭店门，此时已经是晚上八点，喻言站在车边犹豫了一下，抬起头来："我今天晚上回爸妈那里。"

江御景"嗯"了一声，抬起眼来："我送你。"

"不用了，我打个车就行，你回去吧。"

"上车。"

喻言耐着性子："你回去还要训练，来回很麻烦——"

"你不开心？"江御景眯起眼来，打断她。

"没有。"喻言很快否认。

"上车。"他坚持道。

喻言突然觉得，心里那壶水烧到了沸点。

盖子盖得太紧，烦躁感和委屈像水蒸气一样叫嚣着往外扑。

她倏地抬起头来，皱着眉，声音有点大："你烦不烦啊！我干吗听你的！你让我上车我就上车，你是神啊你！"

真的有点过分。

他不懂得怎么谈恋爱，只会自己一个人生闷气毒舌，没问题的，她可以耐下性子，她可以教他。

性格霸道嘴巴又毒，也可以，毕竟这样才是他，二十一年来的他都是这样的，她喜欢上他的时候他也是这样的。

有什么事情都习惯性地憋在心里，他不愿意说，她也就不问，每个人都有自己不愿意提起的故事，她也可以等到他愿意告诉她的时候。

但是，也不能太过分了。

一直这样，还是会让人觉得过分。

没有办法掩饰，无论表面上表现得再若无其事，那个女解说说的话还是给她带来了太大的影响。

他完全闭口不提的曾经、难搞的性格，都让人偶尔会产生一种自己还没有被接受的错觉，太不安、太烦躁了。

喻言站在车边，突然像泄了气的气球，肩膀垂下来："你不能仗着我喜欢你，就欺负我啊。"她垂着眼，声音低低的，"我也是个女孩子……"也想谈那种被男朋友宠着哄着，被喜欢的人完全信任着的恋爱。

江御景身体一僵，没说话。

两个人就在车边站着，半晌，他叹了口气，从驾驶位那边绕过去，拉开车门，看着脑袋垂得低低的小人："你先上车。"

喻言抬起头来，眼眶有点红。

江御景抿了抿唇，放软了声音："你乖啊。"

她站在车边好一会儿，才爬上去。

江御景帮她关了车门，绕回到驾驶位，也坐上去。

他没急着走，转过头来，看着她。

女生安安静静坐在副驾驶位，低着头盯住自己的裙子边，从侧面看，睫毛一颤一颤的。

车子里车窗紧闭，空气燥热、闷。酒店门口通亮的光线被车窗防晒膜过滤一层，黯淡模糊。

江御景垂眼，视线落在她倔强抿紧的唇瓣上，手指伸过去，戳了一下她脸蛋，又摸摸她白净的耳郭。

喻言抬起头来，眼圈还红红的。

他喉间像是被什么东西哽住了一样，说不出话来，好半天，捏着她耳垂的手指往上，摸了摸她头发，声音沉沉的："你别哭。"

他话音刚落，喻言眼睛更红了一点，委屈巴巴的，像只小兔子，声音有点哑："江御景，你真的很过分。"

江御景唇线紧紧抿着，揽着她后颈把人整个揽过来，抱在怀里，轻柔抚摸她后脑："嗯，我好过分。"

"你总骂我，嘴巴又毒，你太坏了。"

"我太坏了。"

"还很霸道，又凶，凭什么你让我做什么我就要听你的啊！"

"以后不凶了，你不想做就不做，都听你的。"

他一哄，喻言眼睛愈酸："以后只能我骂你，你不能回嘴。"

他亲了亲她的发顶："好，不回。"

喻言不说话了，窝在他怀里，缩着肩膀抽了下鼻子。

江御景一下一下，缓慢地拍着她的背，手指有点僵。

在医院的时候也是这样，她眼睛一红，他就完全不知道该怎么办，像个少年一样手足无措，又不知道怎么哄，好怕她眼泪就这么掉下来，心里慌成一团，乱糟糟的。

长叹口气，男人沉着声叫她："言言。"

他第一次叫她名字叠字，低沉的声线一字一字咬着音，他嗓音放得很轻，尾音带着缱绻的温柔。

喻言仰起头来看他。

睫毛看起来比女人还长，黑眸沉沉的，里面浅浅地映出她的轮廓。

"有什么事情你要跟我说。"他垂着眼看她，"我没谈过恋爱，做得不好的地方你要让我知道。"

喻言皱了皱鼻子，又瘪起嘴巴："那你那个前女友是怎么回事？"

江御景一愣："什么？"

"你的前女友，你手臂上的那个文身，不是她的名字吗？"喻言越想越觉得很委屈，自己的男朋友身上是别的女人的名字。

关键的是，她以前注意过，确实是个人名拼音的花体。

她话音刚落，江御景愣了好一会儿，然后毫无预兆地，突然低低地笑出声来，胸腔震颤。

他笑得看起来太开心了，喻言呆了一下，反应过来，气得想打他："你还笑啊！"

江御景喉结动了动，唇边还挂着止不住的笑意，舔了下唇珠，缓缓开口："我刚打职业那年，性格有点叛逆。"

"你现在也很叛逆。"喻言接话。

"当时有个认识的朋友，准备开家文身店，刚好跃跃欲试，想要练练手。"江御景继续道，"之前我在家里乖了太久了，那时候产生反叛心理，有点不太乖，而且文身这种事情，我妈是肯定不会同意的，她会很生气。

"所以，为了让她生气——"

江御景慢悠悠地说："我就让他随便帮我文了个我妈的名字在手臂上。"

喻言："……"

49

喻言的第一反应是，抱过他的胳膊来看一眼。

叱咤风云多年，她从未想过，自己有朝一日会败在一个文身手上。

她想过各种各样的原因，比如说当时他年少轻狂无知非常，虽然说江御景这个人看起来也不像是会做出这种非主流事情的人，但实在让人想不出更说得通的原因了。

完全没想到，这个人只是为了给他朋友练手，顺便气气他妈，就随便文了一个。

你是有多随便啊你！

想起她之前在洗手间里和那位女解说说的话，喻言下巴发痒，嘴巴张了合、合了张，像是在机械地做着咀嚼动作。

真的很尴尬。

她轻咳一声，视线移开了，有点心虚。

江御景似笑非笑地看着她："你第一次跟我发脾气，是因为这种问题？"

喻言清了清嗓子，义正词严："主要还是因为，你平时对我都好凶，让我无法体会到如沐春风般的温暖。"

他笑了声，戳戳她小脑瓜："所以这些乱七八糟的事情都是谁跟你说的？"

"之前订婚宴上那个跟你谈笑风生聊得很开心的小姐姐，我跟她说——"话说到一半，她反应过来了，猛地停住嘴。

江御景等着后面的话，半天没等到，挑了挑眉："你跟她说？"

"我跟她说放屁吧，老子才不相信你。"喻言快速接道。

心里一口气提起来，缓慢落了回去，她哪里敢告诉他，自己就这么偷偷又占了他一次便宜，当了一回妈。

对于这个明显敷衍的蹩脚谎话，江御景没戳破，只点点头，转过身去手握上方向盘，发动车子的时候顺便申请："那不别扭了，可以走了？"

喻言望着车顶，报了串地址出去，等了好一会儿，车也没动地方。

喻言扭过头去，对上江御景视线。

男人单手搭在方向盘上，身体前倾靠过来，捏着她头顶侧的安全带搭扣，摩擦着衣料拉下来，"咔嗒"一声轻响。

帮她扣好安全带后，他没动。

喻言侧过头去，极近距离地和他对视。

"我没在订婚宴上和她聊得开心。"江御景突然说，"我本来是准备去找你的。"

喻言愣住。

"PIO说那里的蛋糕是你弄的，"他直起身来，转过头去，打着方向盘出了停车位，"所以我想去找你的。"

喻言愣了好半天，才眨眨眼，双手撑在座位上身子往前靠了一点："景哥，"她看着他侧脸，"你那个时候就喜欢我了吗？"

他瞥她一眼，没说话。

她撤回身子坐回座位里看着前面，过了一会儿，才小声道："我觉得我那个时候就喜欢你了。"

江御景动作一顿，转过头来。

女生右手轻敲着下巴似乎是在回忆，想了想，又点点头，确认着："那个时候，我看见你跟那女解说说话就好气啊，应该是因为喜欢你吧？"

江御景重新看向前面，唇角勾出一点笑来，空出一只手来拍了下她脑袋："傻子。"

晚上市中心车流量大，车子到喻言家门口已经九点，江御景熄了火，看着她："明天回来？"

喻言不确定："不知道呀，要看吧，我妈可能会让我多待几天。"

江御景点点头："到时候我来接你。"

"你好好训练，别成天往外跑。"她没答应，想了想，又补充，"但是也不能通宵到早上才睡，我会派小眼线给我传递情报的。"

他笑了下："去吧，在家乖乖的，垃圾食品少吃。"

喻言解开安全带，坐在那里没动。

她安静了几秒，屁股往他那边蹭了一点，又蹭一点，直到坐到座位的边缘，才仰起头来，上身靠过去，偷偷亲了他一下。

女生软绵绵的胸口贴着他，柔软唇瓣印在他唇角，只一瞬，人就离开了。

喻言笑眯眯地拉起包包打开车门跳下去，站在门口冲他摆摆手，然后转身跑上台阶，按响门铃。

身上黑色的连衣裙显得她腰肢纤细，雪白的胳膊、腿露在外面，和裙子的颜色形成鲜明反差。

江御景看着她进门，无意识地缓慢舔了下唇角。

喻言好久没回过家，一进家门就被喻妈妈拉着手左看右看，好像恨不得拉着她跳个舞。

喻言被她转得迷糊："妈，你扯得我有点晕。"

喻妈妈大惊失色："怎么了呀？怎么好好的就晕了？是不是你自己一个人的时候不好好吃饭？"

"没，我天天准时吃饭。"吃隔壁阿姨烧的。

知女莫若母，喻妈妈完全不相信她："都叫外卖来着吧？妈妈跟你说多少次了，像汉堡呀什么的那些东西都少吃，对身体不好，你就是不听！"

喻言没说话，突然想起刚刚在车里，有个人让她在家里乖乖的，别吃垃圾食品。

她没忍住，抿着嘴笑了一下。

喻妈妈白了她一眼，拉着她手把人领进屋，又去厨房给她端绿豆汤出来。

喻言到沙发上坐下，扫了一圈，侧着脑袋往楼上瞧："喻勉呢？"

"和同学去图书馆了，应该也快回来了，都九点多了，在家里学习怎么就不行？非要去什么图书馆，说是有感觉。"

喻言接过绿豆汤，一边听着大家长日常唠叨一边安静地喝了两口，慢悠悠地说："妈，操太多心容易老得快。"

喻妈妈在旁边坐下，忍不住轻轻打了下她手臂："我看就让你爸把那房子卖了，怎么回事啊你？国都回了，天天就在你那小破店里面窝着，一个月一个月不回家，你也不想妈妈呀？"

喻言闻言连忙把手里的绿豆汤放到茶几上，装模作样地给自家母亲大人捏肩膀："超想你，还想跟你一起看港台剧，还想吃你给我烧的糖醋排条。"

喻妈妈哼哼笑了两声，扭过头来："我听勉勉说，你谈了个男朋友。"

喻言动作一顿，手放下了。

喻妈妈一脸伤感："现在女儿长大了，连谈了朋友这么大的事情都不跟妈妈说了。"

喻言眼珠子转了一圈："这不是还没来得及嘛。"

"还听说就住在你家隔壁。"

喻言重新端起茶几上的绿豆汤来，安安静静喝了两口。

"是个打游戏的？"

"不是。"

喻妈妈挑了挑眉。

喻言清了清嗓子，抬起头来："他是个职业选手。"

喻妈妈"哼"了声："不就是你爸当时买的那个什么战队的，投了那么多钱进去有什么用？好好的投资不做，挪出钱来给一帮孩子打游戏。"

喻言再次把碗放下，白瓷碗底撞击大理石茶几面，声音清脆，有点响。

喻妈妈停了话，有点诧异地看着她。

"他们很厉害的，也很了不起，每天训练都很辛苦，不是随便玩玩打游戏的那种。"喻言垂着眼，声音不大，却很清晰，"妈，你不是不讲道理的那种家长，有些问题你应该明白的吧，就算是你不能理解的职业，也不应该轻视他们。"

喻妈妈叹了口气，语气缓和："言言，不是妈妈轻视他们，你谈朋友是可以，但是你找一个这样的男朋友。我也了解了一下，他这个职业比赛也打不了几年吧？几年之后他才二十几岁，他拿什么来照顾你？"

"他工资很高的！也不会没钱——"

"这不是钱的问题，我们家也不缺那点钱。"喻妈妈不耐烦地打断她，"等他几年后做不了职业选手了，他有任何稳定的工作可以做吗？他有除了打游戏以外其他的能力吗？这样一个男孩子，恐怕连他自己都很迷茫自己的未来会是怎么样的，你让妈妈怎么放心把我女儿的未来交给他？"

喻言语塞，说不出话来。

她想反驳，等他以后赚够了钱，可以去投资其他的战队做赞助，可以去做教练，甚至可以在直播平台做主播，不会找不到工作的。

但是问题根本就不在这里。

电子竞技，职业选手，这个行业本身，才是不能被接受的原因。在家长的眼里，即使那些少年在台上光芒万丈，即使他们能够捧起冠军奖杯赢得全世界的欢呼，他们也永远都只是一群不爱学习打游戏的，永远无法和所谓的好大学、好专业毕业的写字楼里的精英白领相提并论。

甚至最开始在没接触到这个圈子的时候，喻言自己也无法理解。

其实不是不明白，她都懂。

喻言垂着眼，良久，嘴巴动了动。

"什么？"喻妈妈没听清。

"电竞不是那么简单的事情，"喻言咬了咬下唇，抬起头来，"也不是一群男生每天打打游戏，游戏赢了就结束那么简单，它是一项和这个世界上其他所有成就一样难以取得、一样值得所有人尊敬的成就。"

喻妈妈愣住了。

"妈妈，我喜欢他。"女生抿了抿唇，杏眼黑亮，倔强又坚定，"我不只想跟他谈个恋爱，我现在喜欢他，以后还想爱他。

"他是很厉害的职业选手，他还会变得更好，会成为他的行业里面最厉害的人。

"我会一直陪着他。"

即使不被认可、不被看好、不被接受，他也终有一天会披荆斩棘，捧着他的荣耀站上世界之巅。

她会陪着他。

两人之间的这场谈话，直到被喻勉回来打断，也没有结果。

喻妈妈最终也没能松口，喻言其实是明白她的意思的，但是不能接受。

最后，小姑娘争得眼圈都快红了，喻勉背着书包，有点愣愣地看着她："姐，你怎么啦？"

喻言深吸口气，猛地站起身来："没事，我先上去了。"

她说着，转身上楼了。

喻勉看着她上去，又看看脸色不太好的自家老妈，微微缩了缩脖子，觉得还是不说话的好。

喻言上楼回了房间，坐在床上发呆。

她很久没回过家，房间里还是原来的样子，干净的床单，桌面上一点灰尘都没有，粉蓝色的窗帘上印着大大的天线宝宝，还是从她读高中的时候就一直挂着到现在都没换过。

她摸出手机来，给江御景打电话，刚拨过去"嘟"了一声，又被她秒挂断了。

十点多，不能打扰到他训练。

安静又空荡的房间里，喻言抱着膝盖坐在床尾，手里拿着手机发呆，突然觉得委屈。

不知道该怎么说服妈妈，也不知道爸爸的态度是什么样的，有点无奈，既茫然又无措。

她手指松了松，手机闷闷一声，掉在床单上，开始振动。

喻言垂眼，看见来电显示，咬了咬下唇，才接起来。

男人那边很安静，似乎是找了个地方才给她拨过来的，声音低沉好听，熟悉得让人鼻尖发酸："怎么了？"

喻言调整了一下情绪，才开口："训练时间打电话，你要被扣工资了。"

江御景漫不经心地说："不是你打给我的？"

喻言"哦"了一声，垂下脑袋，手指揪着床单的荷叶边："没事，想听听你的声音。"

电话那头的人不说话了。

过了一会儿，淡淡的声音才顺着电流清晰传来："你不开心吗？"

"没有。"喻言很快否认，对着墙面壁纸笑了笑，"就是想看看我不在你们有没有在好好训练啊，过两天又有比赛了吧，不准偷懒，不然我就把你奖金拿去买包包了！"

她语速很快，带着一种无法辨别真假的轻松感。

江御景那边应了声，没再说别的。

喻言垂着眼笑："那你快去训练，我挂啦。"

"好。"

电话挂断，房间重新恢复到一片寂静。

喻言挫败地把手机扔到一边，仰着把自己摔到床上，长长叹了口气。

我不开心，因为我妈不同意我们在一起，要我们分手，我说服不了她。

不敢跟他说。

这种话，怎么可能跟他说。

他是心气那么高的一个人。

盯着天花板发了好长时间的呆，她才忧郁地爬起来，踩上拖鞋去洗澡。

折腾了一整天，从女解说再到喻妈妈这里，喻言累得脑子有点糊，慢吞吞洗好澡，头发也懒得吹，只包了条毛巾就出了浴室。

床上的手机，屏幕刚好在亮。

喻言头上顶着毛巾过来接电话。

她把手机举到耳边，"喂"了一声。

江御景那边依旧很安静，喻言等了一会儿，他也没说话。

"你训练结束了？"她看看墙上的挂钟，"还没到十二点呢，今天这么早。"

他"嗯"了声，慢悠悠问她："你房间在二楼？"

"对呀。"喻言有点莫名其妙。

"哦，"电话那端，男人突然低笑了一声，"你这么喜欢天线宝宝吗？"

50

喻言反应了至少半分钟的时间，才意识到这个人在说什么。

她下意识扭过头去，看向自己房间的窗帘。

很少女的颜色，上面印着几个大大的天线宝宝。

喻言没再多想，直接拿着手机跑到窗边去，犹豫了一下，将窗帘稍微拉开了一条缝隙，脑袋顺着伸出去了。

男人安静地站在她窗口正下方，身形颀长，衣服还是下午那套，没来得及换，拿着手机，微仰着头看着她窗口的方向。

喻言眨眨眼，头上顶着的毛巾顺着滑下去了一半，挡住了左半张脸和眼睛。

她干脆直接把毛巾一把拽下来，丢到一边，整个人钻到窗帘后面，跪在飘窗上，额头抵在玻璃上看他。

昏暗一点的光线下，他眉眼看起来既影绰又朦胧，像是被蒙上了一层滤镜。

喻言没忍住笑了，一手握着手机举在耳边，抬手去开窗，夏夜的软风吹进来，鼓起了她身后的窗帘。

江御景弯了弯唇角："天线宝宝变形了。"

喻言随手扯了个抱枕垫着，歪着脑袋趴在窗口："你怎么来了呀？"

"今天练习赛赢了，训练结束得早。"他的声音顺着耳边电话和窗外混着一起传来，看着她，又皱了皱眉，"你头发没吹？"

喻言随便甩了两下脑袋，水珠顺着发梢往下滴，她没理，脑袋顺着窗口伸出去，紧接着是小半个身子，想离他更近一点。

江御景心里一紧，下意识就往前走了两步，把手机直接挂掉揣进口袋，虚张着双臂往前迎，沉着眼，下颌线条绷得很紧："作？把你的小脑袋给我缩回去。"

喻言也不怕他，笑嘻嘻的，往旁边看了看，又按亮了手机看了眼时间，估计着这个时间大家长应该也睡了，溜下去的难度应该不大，才又探出头来，压低了声音："你往边上站站等我一会儿，旁边是喻勉的房间，小心点别被发现了。"

她话音刚落，隔壁就传来轻微一声——拉开窗户的声音，喻勉一个小脑袋从窗户后面探出来了。

喻言："……"

江御景："……"

喻勉大眼睛滴溜溜转了一圈，看看旁边同样只伸个脑袋出来的自家姐姐，又看了眼楼下站着的男人，冷哼了一声。

喻言一脸惊喜："呀，弟弟，还没睡啊！"

少年手里的黑色水性笔末端抵着鼻尖，哼哼唧唧的："睡了不是就错过一场大戏了？"

她清了清嗓子，调整了一下表情："勉勉，姐姐对你好不好？"

"姐，我高三了，你还想把我当小学三年级那样哄？"

喻言想了想觉得确实是这个道理，毫不犹豫决定换个政策："你帮我个忙。"

"凭什么？我凭什么帮你？"喻勉翻了个大白眼，"黑灯瞎火的偷偷摸摸干吗呢你们俩？一个在楼上，一个在楼下，以为是罗密欧与朱丽叶啊？"

喻言点点头："那我换个说法吧，我有一个五个英雄皮肤的生意要跟你谈。"

喻勉："……"

五分钟后，少年重新出现在窗口，顺着窗边，偷偷摸摸地，放了根绳子下去。

喻言白他一眼："我看你这个五个皮肤的生意是不想谈了。"

从喻嘉恩那一代开始，喻家就一向秉承儿子是穷养的，所以喻勉平时拿到的零花钱其实也不算多，再加上少年花钱一向是比较大手大脚的，五个皮肤的生意对他来说，已经非常有诱惑力了。

喻勉苦着个脸："那怎么办啊？"

"你有没有梯子？"

"我还得去给他搬架梯子？"喻勉大惊失色。

"那你直接下去给我把人带上来。"

"万一被妈发现了呢？"少年小脸煞白，"五个皮肤的生意和你亲弟弟一条命，哪个比较重要？"

喻言朝着正倚在墙上看戏似的看着他俩的男人抬了抬下巴："这价值是五个皮肤可以概括的？你关系搞好了，还怕上不了王者吗？"

喻勉觉得她说得有道理。

他权衡了一下以后，强调道："得是贵的啊，不能用便宜皮肤糊弄我。"

"成，你自己挑。"喻言大方地说。

十分钟后，少年穿着浅蓝色的睡衣，脚上还踩着双拖鞋，偷偷摸摸地下楼去帮忙打开了家里的房门，从门缝里警惕地探出个脑袋来。

江御景挑了挑眉，突然觉得这姐弟俩很多地方还都挺像的。

喻勉激光扫描一样上上下下从头到脚扫了他两圈，才不情不愿地开了门，让他进来。

少年声音压得很低，一边带着人上楼，一边回头看了他一眼："虽然你是我偶像，但是也不代表我就承认你是我姐夫了。"

江御景点点头："你说过了。"

"那我再强调一遍。"

"如果换成别人当姐夫——"男人一级一级上楼，声音放轻，"他能带你上分吗？"

"……"喻勉觉得自己几乎就要被说动了。

两人上楼，喻言那边门都开着了，伸着脑袋往外，看见人上来，朝自家弟弟摆了摆手："辛苦了辛苦了。"

喻勉不想说话，想了想，又拉住江御景的衣服，黑暗中眼神警惕地看着他，用只有两个人能听见的声音道："但是，今天晚上你还是得跟我睡。"

江御景："……"

喻言没听见他俩在说些什么，直接把也想钻进她房间的喻勉赶出去，拉着江御景进来，门一关，软绵绵的小胳膊直接就环着他的精壮腰肢把人抱住了。

女生刚洗完澡，身上还带着沐浴露和洗发水的味道，头发湿着，软绵绵、热乎乎的一团窝进他怀里，小脸深埋，鼻尖还不老实地蹭了蹭。

江御景僵硬了一下，垂着眼低下头去，抬起手来摸了摸她湿漉漉的头发，喉结滚动："先把头发吹了。"

喻言摇头，不说话，抱着他的胳膊紧了紧，脑袋往他怀里拱，像只小金毛，声音闷闷的："景景，你以后如果欺负我，我就把你绑在五百响的挂鞭上点着了听响。"

江御景："……"

看着完全不知道是出于什么原因一反常态的小姑娘，他叹了口气，抬手把她紧紧环住自己腰的手臂掰开，引着搭上脖颈，人略微倾身，拖着她大腿把她整个人抱起来，一手揽着腿窝，一手搭在背上。

喻言猝不及防，轻呼了一声，环着他脖子的手紧了紧。

她穿着夏天的睡裙，料子很薄，到大腿中间的长度，再这么一折腾，布料柔软的裙摆又往上蹭了一段，堪堪遮着腿根。

手下女生肌肤触感滑腻美好，江御景唇线抿得有点紧，抱着人走到床边，俯身放下。

喻言坐在床上，想起之前好像也有那么一次，某人吃完豆腐后帮她洗手，还把她抱下洗手台。她仰起头来，眼巴巴地看着他："景哥，有的时候我觉得自己像高位截瘫生活不能自理，然后你对我不离不弃，我好感动。"

江御景轻笑了声："不是你抱着我怎么都不肯撒手？"他直起身来，问她，"吹风机？"

喻言指了指浴室那边，没说话。

江御景转身进了洗手间，没一会儿人出来，手里拿着个吹风机走过来，弯下腰插在床头的插线板上，然后冲她招了招手："过来。"

喻言手撑着床面，屁股一抬一抬地蹭过去。

"转过去。"

喻言继续手撑着床一蹭一蹭地转过身去，背对着他。

江御景站在床边，一手拿着吹风机打开，另一手手指穿过她濡湿的发丝，低低的呜呜声响在耳边。喻言舒舒服服地眯起眼来，原本挺得笔直的背也弯了下去，一点一点倾斜着往后靠。

斜了一半，被人用一根手指抵着又按回去了："坐好了。"

喻言转过身去。

江御景挑着眉，手里吹风机调小了一挡风力，对着她脸晃了晃。

她被吹得紧紧皱着鼻子直往后躲，江御景笑着舔了下嘴角，按着她脑袋不让她动，语气严肃又认真："别动，我给你吹个空气刘海儿。"

喻言好气又想笑，闭着眼，手臂伸长了打他，手指戳上他腹部肌肉，有点硬，还有点弹弹的柔韧，有点好玩。

她睁开眼来，隔着衣料又戳了两下。

江御景抬起眼睫，警告性地看她一眼："上瘾了你？"

喻言小腿悬在床沿，赤裸的脚丫晃了两下，脚趾一根根，莹润透白："我现在正享受着年薪百万的手给我吹头发，好荣幸，我感觉我的头发都变贵了。"

江御景嗤笑了声："在你看来，我就这么便宜？"

喻言惊了："你竟然这么贵吗？"

江御景捏着她发梢，漫不经心地说："反正养你够了。"

她愣住，嘴角慢慢牵起。

头发吹干，他把吹风机关了，拔掉插头，重新送回浴室放好，再出来，就看见喻言还保持着刚刚的姿势坐在床上，笑得傻呆呆的。

江御景好笑，走过去轻轻地敲了敲她的额头。

喻言回过神来，拽着男人的手把他拉到自己身边坐下："景哥，等你退役了，我们就把 MAK 从我爸手里买下来，然后你做老板。"

江御景抬起眼睫来看她一眼，点点头："小姑娘已经学会胳膊肘向外拐了，我要是你爸，我就把你打包装到行李箱里扔出去。"

喻言捉着他大手放在自己腿上，细嫩的指尖爬上他手心和手腕处的薄茧和骨节，突然低低开口："景景。"

他手指动了动，安安静静坐在那里，"嗯"了一声。

喻言玩着他手指，头也垂得低低的，声音很小，近乎呢喃："好喜欢你。"

几乎是她声音落地的下一秒，江御景大手直接抽出，托着她耳际抬起那颗低垂的小脑袋，单手按在她身侧后将人整个圈进怀里，俯身低头亲上去。

喻言还没来得及反应，唇瓣被人撬开，从舌尖开始，全部感官都充斥着醇冽的，他的气息。

51

不知是不是错觉，喻言总觉得，这个吻好像有那么一点不一样。

男人气息有点混乱，卷着她的舌尖拉出来，喻言倒吸着气，理智被他蚕食一般一点点吞噬。

蒙蒙胧胧地，她睁开眼，眼前是距离极近的睫毛，根根分明，又长又翘。

看一百遍都觉得好看。

她迷迷糊糊想着，舌尖被人毫不留情地重重咬了一下。

喻言吃痛轻叫出声，半数声音全被另一个人吃进嘴巴里。

江御景抬起眼睫来，漆黑眼底涌出幽光："别叫。"

声音沙哑又暧昧，意味深长的。

喻言脸腾的一下红了个透，手抵着他把人推开。

她坐在床上，身体后仰，胸口起伏，裙摆蹿上去，白嫩嫩的大腿全部露在外面。

江御景黑眸幽深，抿着唇瓣捏着薄料睡裙裙边，把她的裙摆拉下来，遮住白得晃眼的大片肌肤。

喻言此时也回过神来，看着他的动作，心里打鼓。

她下了决心一般深吸了口气，眼睛闭了闭，又睁开。

素白的小脸上大眼转了一圈，她直起身来换了个姿势，跪在床上，双手撑住床面，身体前倾，小脑袋朝着男人凑近了。

睡衣的衣领，就随着她的动作晃悠着下垂，腻白胸脯和一道美好沟壑在他眼前暴露出来。

江御景虚着眸光，看着从行为到表情都写得明明白白的"我就是在搞事"的女人。

她舔着下唇，声音绵软轻如耳语："景哥哥，爱你哦。"

江御景呼吸有点重，神经紧绷，腮帮子微动，磨了下后槽牙。

他真的想把她按在床上揍一顿。

他喉结滚了滚："你今天就是想搞事情，是吧？"

喻言眨眨眼，阐述事实："你声音好哑。"

江御景下颌线条克制地紧绷着，声音低沉，带着明确的警告："喻言。"

她笑了下，眼角略弯："不要吗？"

这女人接二连三地撩拨，江御景压着燥气，眯起眼来。

喻言还垂着眼摇头嘚瑟，就被人拽着胳膊直接拉进怀里翻了个身，天旋地转以后一声闷响，柔软的床垫颤了颤，她整个人已经平躺在床上。

江御景双臂撑在她耳侧，黑发丝丝垂下，昏暗灯光下眼眸幽深，危险又陌生的暗色沸腾翻涌。

喻言呼吸猛地窒住，身体微僵，抓着床单的手指紧了紧，无意识地睫毛开始打战。

江御景垂眼看着她似乎有些抵触的反应，没再动了。

半晌，他长长叹出一口气来，上半身低低地俯了下去。

喻言咬住嘴唇，浑身颤抖着紧闭上眼。

软绵绵的触感轻柔落在她眉间，气息既干净又克制。

喻言一怔。

江御景声音喑哑，沉得可怕："不行啊。"柔软的吻顺着眉心向侧，他又亲了亲她眼角，才抬起头来，表情看起来有点无奈，"你太小了。"

喻言一脸呆滞，下意识垂下头，看向自己的胸，又抬起头，有点不满地看着他："明明还行啊。"

江御景也愣了下，之后哑然失笑，翻身侧过来，把她整个人抱进怀里："不是，我不是说那里小。"

喻言枕住他手臂，看着男人近在眼前的喉结"哦"了一声，反应过来，脸有点红："那你生日还没过，我比你大，你得叫我姐姐。"

他挑了挑眉："我现在二十一。"

她点点头表示知道："我也二十一。"

江御景强行平复着身体里翻涌的躁意，一下一下摸着她头发："所以，八月生日过完，我二十二。"他亲了亲她发顶，哑着嗓子，"等你准备好再说。"

喻言皱了皱鼻子，抬起小手来环住他的腰，把脑袋埋进男人胸膛："我准备好了，我只是有点……紧张……"

江御景没说话，只紧了紧抱着她的手臂。

喻言还想说话，放在床边的手机响了。

她眨眨眼，从他怀里退出去，撑起身子爬过去跪坐在床上接。

隔壁房间的喻勉压着嗓子，声音严肃："我找 SEER，让他接电话。"

"……"喻言无语了一下，看了一眼旁边的男人。

江御景单手撑着脑袋侧躺在床边，挑了挑眉。

喻言默默地把手机递了过去。

江御景接过手机，也不知道喻勉在那边说了些什么，他应了一声，又安静地听了一会儿，才挂掉电话。

"他跟你说什么了？"喻言好奇，歪着脑袋问他。

"男人的秘密。"江御景勾着唇角坐起来，倾身咬了咬她唇瓣，"下次别在床上勾引我。"

喻言鼓了鼓一边腮帮子："景哥，你是不是害怕？"她愤愤指控，"你就是怕我要你负责。"

江御景咬着音哼笑，抬手敲敲她小脑瓜："是怕啊，怕把你弄哭。"

她撇撇嘴，看着男人站起来，整理了下有点乱的衣服，垂眼看着坐在床上的她："我走了。"

喻言围观完他整理衣服的动作，点点头，一本正经地仰头看着他道："你知道你现在像什么吗？像那种吃完就跑的坏蛋。"

江御景想了一下，似乎觉得她说的有道理，也点点头，站在床边冲她招招手："过来。"

喻言跪坐在床上蹭过去。

江御景长指伸出，帮她拉起自雪白肩头滑落的睡衣带子，才继续道："伸手。"

喻言抬起手臂来。

江御景一手握着她手腕，翻过来，掌心向上摊开，另一只手不知道从哪儿拿出来一串东西，放在她手心。

喻言收回手，掌心里静静躺着一条细链子，上面挂着枚小巧精致的尾戒，戒指上嵌着颗碎钻。

她抬起头来，素白小脸呆滞地看着他。

有点可爱。

江御景舔了下唇角，没忍住，伸手捏了捏她还泛着点红晕的脸蛋，轻笑了声。

喻言脸被捏着，声音有点含混："这是银的还是白金的？不是白金我不要的。"

江御景："……"

虽说喻勉坚定地把他从喻言房间里叫出来让他跟自己一起睡，但最后江御景人还是走了。

喻勉提心吊胆、小心翼翼地带着人又下了楼，江御景出去，他又站在门后看着对方出了院子，才关上门，长舒口气，转身准备上楼，结果一抬眼，就看见喻妈妈抱着手臂站在卧室门口看着他。

喻勉"嗷"地大叫了一声，整个人吓得都蹦起来了。

喻妈妈："你干吗呢？"

喻勉惊魂未定，眼睛都快瞪出来了，心脏突突突地跳："妈，你吓死我了！你差点吓死我！！"

喻妈妈眯着眼："你大半夜的不睡觉，站在门口看什么呢？"

喻勉张张嘴，手臂抬起在空中比画了两圈，咬了下嘴里的软肉："就……我梦见我在喝可乐，然后就醒了，想下来拿瓶可乐喝，然后一下来就听见门口有猫叫，我就开门看看。"

喻妈妈怀疑地看了他一会儿，才瞪他一眼："大晚上的随随便便就开门危险不危险？现在都几点了？明天还上不上课？上去睡觉！"

喻勉松了口气，连忙点头哈腰、满脸堆笑地上楼去了。

喻言猜得准，喻妈妈第二天果然是没让自己走，想着自己确实好久没待在家里了，喻言也就顺着她的意，每天在家陪着她看电视剧，给她揉揉肩捏捏腿，无限讨好。

喻妈妈对她的意图心知肚明，两个人心照不宣，谁也没再提起关于她男朋友的这件事。第二天晚上，喻嘉恩临时出差回来了，一看见宝贝女儿在家，顿时眉开眼笑。

喻言也开心，等着自家老爸例行发完出差礼物，就赶紧迫不及待地把人拉进了书房，神秘兮兮地关上了书房门。

喻嘉恩挑着眉看着她。

喻言笑眯眯地拽着他手臂，拉到橡木长桌后的椅子前，用上敬语："爸爸，您坐。"

"无事献殷勤。"喻嘉恩狐疑地眯起眼来，看着自家女儿，"你那小破店赔钱了？"

"什么叫小破店，我那儿现在也算是家网红店了，好不好？"喻言不满抗议，又恢复了一脸乖巧笑容，"爸爸，有个事情要跟您报备一下。"

喻嘉恩挑了挑眉："说。"

"就您赞助的那个电子竞技战队。"

喻嘉恩敲了敲椅子扶手，示意她继续。

"有个叫 SEER 的，您记得吗？"

"最贵的那个？"

喻言小鸡啄米式点头。

喻嘉恩点点头："然后？"

"然后……"喻言慢吞吞地整理了下措辞，"您觉得，让他做您女婿怎么样？"

52

喻言之所以一直觉得，爷爷去世以后他们家可能就会濒临破产困境，其中最主要的一个原因就在于，有的时候，喻嘉恩这个大家长在某些事情上会表现得非常不靠谱，不正经，不能让人信服。

比如说此时此刻，男人听到她这句话以后，没急着马上说话，而是沉思了片刻，手指在皮质椅子的扶手上敲了两下，眯起眼来。

他仔细回忆了一下那个最贵的叫 SEER 的选手，有点沉默寡言，不怎么爱说话，长得确实没的说，骨子里透着傲气。

喻嘉恩点点头，表情严肃地看了眼满脸期待看着他的自家女儿，又上上下下打量了一圈，最终视线落在她脚上那双彩色的袜子上，有点嫌弃地摇了摇头："你看上他了？想追他？要不爸爸给你介绍个别的男孩子吧？"

喻言先是蒙了一下，之后反应过来，一脸难以置信地看着自家老爸："你觉得他看不上我？"

"我觉得他应该眼光挺高的吧。"喻嘉恩委婉道。

喻言磨着牙皮笑肉不笑："那我觉得你看人还是挺准的，我已经把他拐到手了。"

这次，轮到大家长蒙了。喻嘉恩惊讶了三秒，之后又恢复了正常表情，表示理解地点点头："战队里女孩子确实是少，除了几个工作人员就没有异性了，也是苦了这帮孩子。"

你什么意思？

还是不是我亲爸了！

喻言十分愤怒地鼓着腮帮子吹出口气来，一脸不满地刚想说什么，又想起来自己此番有艰巨任务在身，满腔怨气又憋回去了，眉梢一点一点地垂下来，苦兮兮道："反正，我们现在在谈恋爱。"

喻嘉恩也不逗她了，先是清了清嗓子，然后和蔼地笑了："嗯，我没什么严禁职业选手谈恋爱之类的变态要求，而且那男孩子我也见过，印象挺好的，你喜欢就谈着，顺便看看哪天有时间，也可以叫他来家里吃个饭。"

听到他这么说，喻言心头一轻，一口气总算是舒了出来，美滋滋地跑过去，刚要撒娇，大家长那边已经抓起电话来给秘书拨过去："小王啊，你去把 MAK 战队那个江御景的资料给我整理一份，顺便现在把他的电话给我。"

他说到一半，突然又想起什么来，放下电话抬起头，问喻言："对了，这事你妈怎么说？"

喻言可怜巴巴地说："我妈说她不同意。"

妻管严喻嘉恩点点头，重新举起电话到耳边："小王啊，不用给我资料了，直接把那江御景踢了吧，给他双倍的违约金，让他从哪儿来回哪儿去。"

喻言小脸一白，大惊失色，杏眼瞪得老大："爸！"

喻嘉恩趴在桌子上开始哈哈笑，越笑越大声，笑到最后，他开始捶桌子了。

喻言："……"

秘书："……"

电话那头，秘书声音冷静："董事长，这江御景还开吗？"

喻嘉恩笑得眼泪都出来了："开啥！这我未来女婿呢，资料给我整理一份出来。"

秘书显然对这位董事长的奇葩风格已经很是习惯了，非常精英范职业化地应声，挂了电话。

喻言提到嗓子眼的心脏再次落回去了。

所以说，为什么有个这么不靠谱的大家长，她们家还没破产？

喻老板那边挂了电话笑够了，笑吟吟地看着自家女儿："几个月前你是怎么跟我说的来着？不是不喜欢吗？不是不能理解吗？"喻嘉恩咋舌，"这江御景有什么本事啊，竟然能把我女儿迷得神魂颠倒的？"

"是我把他迷得神魂颠倒的。"喻言严肃地纠正道。

喻嘉恩不乐意了："还是你倒追的他？"

她歪着头想了想，皱皱眉："好像也不是。"

"什么叫好像也不是？"喻嘉恩挑了挑眉梢，"是就是是，不是就是不是。"

喻言无语了一下，不知道怎么解释，也不想纠结这个问题，她有点犹豫地咬了下嘴巴里的软肉，声音闷闷地说："但是妈妈说，她不同意的。"

"她那套理论——"喻嘉恩说到一半，深刻地点点头表示自己了解得透彻了，"你妈妈反对的原因我也完全能够理解，她有她自己的考虑和道理。很多时候，男人和女人在看问题的角度上还是非常不一样的。"

他手肘撑着宽大桌面，身体前倾看着咬着唇站在自己面前的女儿，笑了一下："你这个小男朋友之前我也见过几次，其实有些人啊，言言，你从他的眼神里，就能看出来他的未来。"

喻言沉默了一下，面无表情道："爸，只有算命的才能看出别人的未来，还多半都是吹的。"

喻嘉恩："……"

吐槽归吐槽，得到了喻嘉恩的背后支持，喻言觉得自己瞬间底气足了很多。

在家里待了没两天，喻言就以七月暑假店里客人超多人手完全不足忙不过来为理由，并且在喻妈妈提出她完全可以住在家里每天去店里的时候用太远了好麻烦作为搪塞，屁颠屁颠回去了。

事实是店里暑假人确实非常多，并且帅哥西点师这种人设好像也确实比美女西点师老板受欢迎得多，自从她挖来了沈默以后，店里的人开始越来越多。

喻言良心完全不痛地直奔进口超市，买了一整箱草莓牛奶以及一大堆零食以后，推着小推车站在超市门口，才意识到东西好像有点多。

正午日头正盛，喻言顶着大太阳苦兮兮地看着推车里的一箱牛奶和两袋零食，尝试性地搬了搬，没搬动。

她准备去拦辆出租车，又想起小区里出租车好像是不让进的，最终还是推着车子跑到超市门口阴凉的地方去，翻出手机来给江御景打电话。

电话响过两声后被接通，那边低沉沙哑地"喂"了一声。

喻言把手机拿离脸侧，看了下上面的时间，已经十二点半了，也该起了。

她重新举起手机，侧身轻倚着推车把手："你还没睡醒呀？"

电话那边传来一阵轻微的窸窸窣窣的衣料摩擦的声音，紧接着男人懒散微哑地应了声："醒了。"

喻言眯起眼来："你是不是昨晚又通宵了？"

"没有，昨晚和小炮他们一起睡的。"江御景揉着头发下床，半敛着眼走进浴室。

"和小炮他们一起睡的？？"喻言大惊失色。

江御景哼笑了声，把手机放在洗手台上按了免提，打着哈欠脱衣服："怎么了，今天回来？"

电话那端突然诡异地沉默了一会儿，才传来她带着笑的、讨好的声音："我给你买了草莓牛奶！"

江御景懂了，把睡衣睡裤丢在一边，准备脱内裤："你在哪儿？"

"超市门口，景景，你的女朋友现在非常需要你。"

"现在不行。"

"为什么现在不行？"喻言以为他没睡够，"你是不是不想起床？你为了不起床要我自己回去吗？你好残忍！"

"因为我现在在脱内裤。"

喻言沉默了。

江御景笑了声："我洗个澡，二十分钟，你先找家店吃个冷饮？"

喻言懒得推着购物车走，干脆蹲在原地，一边刷着微博一边等他来。

大概一刻钟多一点，黑色 SUV 停在她面前。

喻言抬起头来，看着驾驶位车门打开，男人下了车，走到她面前来，逆光居高临下看着她。

她蹲在原地没动，手臂朝他高高举起来："景哥，我腿麻了。"

江御景叹了口气："我不只得拿东西，我还得把你也捧回去？"

说着他朝她伸出手来，喻言手搭上去，借力慢悠悠地蹲起来，一脸痛苦地站在原地缓了一会儿，才抬起头来。

他站在她面前等着："好了？"

喻言摇摇头，视线四下扫了一圈，确定周围没太多人，冲着他敞开了胳膊仰起头来："要景景抱抱才能好。"

江御景垂眼，看着小姑娘撒娇，往前一步，俯身亲了亲她。

唇膏带着点水蜜桃的味道，他眯起眼，把旁边推车里两个袋子和一箱草莓牛奶都搬出来，冲她扬了扬下巴："走了，给我开车门。"

喻言抿着嘴唇眨眨眼，连忙跑过去把后排车门帮他开了。

两人上车，她坐在副驾驶位刷着微博，突然想起前几天和喻嘉恩的对话，不由得扭过头去，看他："景哥。"

江御景把着方向盘漫不经心敲了两下，"嗯"了声。

喻言把手机锁屏放到一边，身子前倾，脑袋一点一点地歪过去，最后几乎要贴在车子中间空调出风口上了，认认真真盯着他看。

江御景"啧"了声，没看她，车子驶进小区，空出手来按着她小脑瓜把人重新按回去："坐好了。"

喻言手肘撑在大腿上，托住下巴专注看着他的眼睛，等着车停了，才道："我前两天跟我爸说到你。"

江御景动作微顿，抬起眼来。

"他跟我说，从一个人的眼睛里，能看到这个人的未来。"喻言说着自己笑出声来，弯着眼睛拉着他的手正过身子来和他开玩笑，"来，让本大仙看看我们 SEER 的未来。"

他没说话，任由她拉住转过身来，一本正经盯着他眼睛观察。

车子里一片寂静，喻言就这么仰着脑袋盯着那双漆黑的眼细细地瞧，原本有一只单眼皮眼睛此时变戏法儿似的翻成了内双，眼形有点长，眼角垂着，瞳仁是纯度很高的黑。

好半天，他才挑着眉问她："看出来了？"

喻言摇摇头。

只觉得他眼睛真好看，内双看久了，好像比桃花眼更好看一点。

她正这么想着，面前的人突然凑近了一点，细密的睫毛低垂着，深深望进她眼里："那再好好看看。"

男人近在咫尺，漆黑的眼里，只有一个小小的、她的影子。

喻言微怔。

江御景唇角勾起，声线低润微沉："看清楚了，我的未来？"

——是你。

53

喻言反应了好一会儿，才明白过来他的意思。

她怔怔眨了眨眼，唇边弧度一点一点扩大，摇摇头。

江御景眯起眼来，表情看起来颇为危险。

喻言笑眯眯地再接再厉："景哥，你最近黑眼圈好像更重了。"

他不说话，好半天，低低"哼"了一声，身子转回去开车门下了车。

喻言也跟着下了车，甩上车门，还拍了拍手掌上并不存在的灰尘，看着江御景打开后车门单手先提了个袋子出来，之后搬起那箱草莓牛奶。

喻言自觉地提着车里另一袋零食，帮他关上了车门。

江御景抱着个箱子站在那里，没动。

他不动，喻言也没急着走，提着袋子站在他面前等。

男人垂着眼，侧了侧身子："锁车。"

她"哦"了一声，把手里的袋子换到一只手提，空出来的手在他示意下伸进他裤子口袋。

夏天天气闷热，人体肌肤温度要更高些，裤子口袋和男人大腿只隔着薄薄一层布料，她指尖探进去的时候似乎隐约感受到一点肌肉的硬度。

她无端地就想到了那天晚上。

她耳根稍微红了一点点，清了清嗓子，指尖钩着圆环把那串钥匙拉出来，帮他把车锁了，一回头，就对上男人似笑非笑的眼神。

喻言莫名有点心虚，别开视线转身就走，脚上高度不矮的高跟鞋踩着，手里还提着个大袋子，步履生风。

这会儿，袋子又不重了。

基地门口，胖子刚好在外面拿外卖，看着他们两个人提着东西又抱着箱子走过来，赶紧帮忙开了门。

进了基地的大门，喻言感受着空调的充足冷气，长长舒了口气，将手里的东西放在茶几上，感觉自己又活过来了，缓过神来又觉得好像少了点东西。

平常那个一看见她就会急速摇着尾巴靠过来的小白毛不见了。

喻言扫了一圈客厅，没看见人，转过头去问："炮炮呢？"

"被明哥拉去上课了。"胖子弓着腰把外卖从袋子里一盒一盒拿出来，翻了半天翻到自己的，坐在沙发扶手上，打开，芝士焗饭的香味飘散。

"昨天比赛第一局被对面抓上头了，后面疯狂地送了几波人头。"

喻言一愣："输了？"

胖子点点头："后期团战伤害完全不够。"他夹了颗肉丸出来，筷子拉出长长的丝，转头看向江御景，"景哥，一会儿练习赛你拿个啥英雄？"

"再说。"江御景把东西放到厨房冰箱里，走到电脑前坐下，弯腰开机。

喻言怀里抱个沙发靠垫跑到会议室门口，偷偷扒在那里瞧了瞧里面的苏立明和小炮，也走过来，摇了摇头："明哥严肃起来真恐怖啊。"

浪味仙抬起头："你是没看到他昨天晚上，那才叫恐怖，今天他已经理智回笼了。"

喻言坐在小炮的椅子上，转了两圈，才抓着桌沿往前拉了拉椅子，刚好旁边江御景电脑打开，她漫不经心扫上，视线顿住。

江御景抬起头来，视线也顿住。

两个人面无表情地盯着那桌面半分钟，旁边的the one转过头，看了一眼。

电脑屏幕上，是一张cosplay的高清横幅大图。

那coser长得很是好看，五官精致，COS的九尾妖狐阿狸，红唇雪肤，胸形美好呼之欲出，大腿白嫩极具肉感，头上顶着耳朵，身后大尾巴雪白雪白。

the one想起刚刚江御景出去接人的时候，一直撅在这电脑前不知道捣鼓些什么东西的中上野三人组，眼里闪过一丝了然。

他再看看此时喻小老板的表情和脸色，又莫名有点期待。

喻言此面无表情，心里对于认识江御景到现在建立起来的，至少在女色方面的正人君子形象在看见这个桌面的时候已经彻底荡然无存了，只觉得真的是宁可相信这个世界上有鬼，也绝对不能信男人的那张破嘴。

明明上一秒还在跟她说着"我眼里的未来都是你"的男人，虽然话他确实是没说出口。

但是下一秒就被发现用其他妹子COS照做桌面这又算什么？这感觉不就和宅男在床底下藏了成人漫画晚上偷偷看一样吗？！

然而人家又确实只是个coser，她总不能说什么吧？

喻言脖子一寸一寸地转过去，看向同样有点没反应过来的男人，没表情："你喜欢这种？"

江御景也没什么表情，坦然又淡定："还行吧。"

"……"还行吧？？

喻言没忍住，手里的抱枕直接拍到男人脑袋上。

磨着牙翻了个大白眼，她看了一眼旁边完全没想到是这个发展的 the one，又看看坐在对面明显是在听着，已经憋着无声地笑得前仰后合的浪味仙和胖子，深吸口气，推开桌边蹭远了点，站起来，拿包穿鞋走人了。

"嘭"的一声，基地门被甩上。

江御景扯了个抱枕坐在椅子上，眼神轻飘飘地瞥向对面笑得山崩地裂还要拼命保持安静的两个人。

浪味仙轻咳一声，瞬间没表情了。

胖子趴在桌子上，为了不发出声音就差把拳头塞嘴巴里了，笑得眼睛都快没了，没注意这边魔王的注视。

浪味仙伸出手来，戳了他两下。

胖子抬起头，和江御景对视。

"景哥，"他憋回笑容，一脸正直，"我不是，我没有。"

江御景没说话。

胖子又想了想："而且恋爱不能谈得太无波无澜了，偶尔的这种小误会也是一种情趣。"

这次男人缓慢地点了点头，没再看他，垂下眼来把桌面换掉了。

下午和BM战队打练习赛，对面上单鳄鱼，金在孝一手蜘蛛疯狂蹲上，导致胖子对线非常难受。

眼看着对面上野跟着一波兵线压过来，浪味仙刚刷了组野准备过去保一保上单，江御景食指敲了下鼠标，声音不轻不重，开口："过来蹲一波。"

浪味仙："……"

胖子："……"

浪味仙懂的。

正是因为懂，所以他义无反顾地溜下路去了。

于是双人路形成三打二的局面，江御景拿到对面 AD 一血逼退辅助，对面上野一看你打野在下路，也就毫无顾忌地直接冲上来越塔强杀了胖子，紧随其后相隔不到二十秒，拿到一颗人头。

胖子躺在冰凉冰凉的召唤师峡谷地板上，苦兮兮地叫了声："景哥……"

江御景当没听见："六级再来蹲一波。"

浪味仙："好的老大。"

几分钟后，胖子第二次被对面联动抓死，欲哭无泪。

江御景此时两颗人头在手准备起飞，回家的间隙瞥了他一眼，慢慢道："练习赛不能打得太无波无澜，偶尔死个一次两次也是一种乐趣。"

胖子："……"

胖子听着这耳熟的台词，内心无限悲凉。

半个小时后，MAK 战队三路高地被破。

MAK 战队上单"榨菜"虚脱地瘫在椅子里，一脸苍白。

他觉得自己怎么这么欠呢，无聊有什么不好，非要去搞事情。

虽然说是开场两波上路崩了，但是后期主要问题还是出在团战的配合和转线运营上，蝙蝠侠战队的转线确实做得更好。苏立明拉着他们开了个一刻钟的小会，然后大家各打各的排位去了。

喻言其实也没怎么生气，虽然说靠枕拍是拍了，不开心也肯定是有一点，但是比起生气嫉妒想发脾气，她更想去发个帖子倾诉一下，比如我那个坐怀不乱柳下惠的男朋友电脑桌面是美女 COS 图，由此是不是可以推断出其实他的内心是个猥琐宅男，禁欲全是假的；是不是也可以推断出他床底下肯定藏着成人本——诸如此类的推测。

回家睡了一觉醒来，又洗好澡换了衣服，喻言吹着空调贴了张面膜，拿着手机盘腿坐在沙发上，有点纠结要不要给江御景发个微信。

可是她明明表现得挺生气的呢！

她正想着，江御景那边先发过来张照片，里面她中午买的零食，一样一样全被拿出来，放在桌上，其中还有几个喻言特别想吃的，她走的时候完全忘记了。

江御景：垃圾食品，我扔了。

喻言身子一下坐直了，想了想，还是沉下气来鼓着腮帮子回：别扔啊，拿去给你的狐狸妹妹吃，我要去找我的小狼狗了，没空吃零食。

她一条发过去，对面没了回应。

等了一会儿没等到回复，喻言不开心地撇撇嘴，把手机扔到沙发上，面膜掀了，跑去洗掉脸上的面膜液。

她再回来，刚好看见被她丢在沙发里的手机屏幕亮起。

她走过去俯身拿起来，江御景直接发了一条语音过来，很短只有两秒。

喻言把语音点开，然后拿起手机放在耳边听。

安静的背景里，男人先是沉默了一下，之后熟悉的声线压得低低的传过来一声——

"汪。"

54

男人的声线平时其实不沉，清润疏朗，此时压得低低的，就莫名多出了一点低沉的感觉，喻言听得心痒痒，一颤一颤的。

尤其还是一声——

汪。

喻言没忍住，扑哧一下笑出声来。

笑完了她又鼓了下腮帮子，把笑容收回去了，也不知道是做给谁看的。

她盘着腿坐回到沙发上，又反反复复地把那条两秒钟的语音听了几遍，才弯着眼睛琢磨着怎么回。

就这么不生气了吧，好像自己又太好说话了，不过他这一声出来，喻言是真的没什么气了，堵在胸口的那点不开心就这么通畅地挥发干净了。

她就在那里纠结了差不多五分钟，门铃突然响起来。

喻言坐在沙发上没动。

这个时间来敲她家门的，好像也没别人了。

歪着头略微想了想，她轻咳一声，整理了下面部表情，才跳下地去，扒在门上看了一眼。

果然是他。

喻言把门开了条缝，靠在门框上，没什么表情地看着他，也没有让人进去的意思。

江御景站在门口，手里提着一袋零食，往前递了递，也没说话。

喻言挑着眉梢，伸手接过来，放在旁边鞋柜上："你练习赛打完了？"

他点点头。

喻言也没说话，就靠在门口看着他，表情控制得非常到位，面色平淡。

"你不让我进去吗？"等了一会儿，江御景道。

喻言没想到他会这么直接。

稍微愣了一下，她无意识地侧了侧身子，让出空来，直到男人推开门人已经进来了，"咔嗒"一声关了门，她才反应过来。

这男人什么时候开始这么直接了？

喻言眨眨眼："你有什么事？"

"你没回我，也不去找我，那我只能来找你了。"江御景回身看她，还很认真，"万一真藏了什么小狼狗怎么办，总要来确认一下。"

她嗤笑了一声："你还有你的狐狸妹妹啊。"

"不是我的狐狸妹妹，"他的表情很是无辜，"应该是我走的时候胖子他们换的，我也不知道。"

喻言闻言抬起头来，将信将疑地看着他。

"我如果真要看，也不会大张旗鼓地换基地桌面啊，这么蠢的事。"江御景继续道。

喻言面无表情："哦，所以你会偷偷看，是这么个意思吗？"

他没忍住轻笑出声来，抬手敲了敲她额头："我们家小傻子。"

喻言瞪眼拍开他的手，原地跳了一下："不是你家的了！分手！"

江御景手被拍开，顺着按在她脑瓜顶上，看着小姑娘发脾气，语气有点无奈："我自己有女朋友，我看她们做什么？"

喻言"哼"了一声："你对你女朋友倒是把持得住，正人君子得很，坐怀不乱江下惠。"

她这句话说完，江御景好半天都没接话。

喻言抬起头来。

男人眸色深深看着她，有点沉，眼神看上去危险系数很高。

长睫敛着，半晌，他才缓缓开口道："你是不是对男人有什么误解？"

喻言歪着脑袋，不动声色地往后撤了一点。

江御景亦步亦趋，长腿也跟着往前迈了一步："是我让你产生了这种误解？"

喻言咽了口口水，脊背贴在了鞋柜上，靠上了上面装着零食的塑料袋，窸窸窣窣的响声响起。

江御景眯起眼来，扯着嘴角笑了一下："这我责任很大啊，那怎么办，我帮你矫正回来？"

矫正回来什么？男人都是禽兽吗？

喻言眼睛转了一圈，看着他眨了眨，突然转移话题："景哥，你饿吗？"

江御景挑着眉。

"我给你烧个意面吃？"

江御景："……"

"算了，我刚洗好澡，我们叫个外卖吧？"

江御景"啧"了一声，抬手捏了捏她鼻尖："我回去训练。"

喻言点点头："你这样训练中途跑出来，是要被扣工资的。"

江御景转身，刚开门，又扭过头来："不准吃炸鸡。"

喻言："……"

"比萨汉堡也不行。"

"景哥，"喻言干巴巴地开口，"我觉得你跟我妈肯定很有共同语言。"

可以交流一下养生心得。

夏季赛进行到中后期，再加上最近的几次比赛以及练习赛里 MAK 战队发现了不少问题，训练时间更长了。

喻言也忙到焦灼，八月的新品，分店选地，暑假本就忙，一些打工的外地大学生此时也都放假回家，人手短缺。于是两个人虽然就相邻一个院子、两堵墙，见面却开始变少。

"所以说你这个恋爱谈的到底有什么意思？"季夏嘴里叼着叉子含含糊糊地说，"就住对面都这么苦。"

"他要打夏季赛啊，训练很辛苦的，我哪能每天拉着他让他陪我谈恋爱。"

"但是就在你隔壁啊！"季夏强调，"他必须住在基地里吗？"

"你想说什么？"

"我想说——"女人意味深长地拉长了音，"他晚上可以去你家过夜啊。"

喻言翻了个白眼。

"远在天边近在眼前的女朋友。"季夏发出两声怪笑，"喻勉这个姐夫哦，心里应该很苦吧。"

"他一点都不苦。"这人淡定着呢，喻言心里想。

又想起了那张九尾妖狐阿狸的 COS 照片，喻言犹豫了一下，抬起头来："你记不记得我之前跟你说的那个，有一个电竞战队的老板娘，光凭声音就能让人爱上的那个？"

"记得，怎么了？"

"她之前跟我说过，她和她未婚夫定情是因为她COS了女警，然后——"

"她未婚夫为她爆了灯。"季夏接道。

喻言点点头。

"所以，你想说什么？"

喻言手撑着下巴："所以，对男人来说，这玩意儿真的那么有冲击力？"

"那我这么跟你说吧。"季夏思考了一下，手指指向旁边的安德，"你之前死活非要让安德穿执事装是为了什么？"

安德："……"

喻言懂了。

夏季赛常规赛进行到后期，两天后MAK战队有一场比赛，当天下午，喻言算着时间差不多，给自家男朋友发了条信息：比赛加油哦。

男朋友那边好像等了很久似的，直接秒回，只有四个字，每一个字都透着一股不满意：你不来看？

喻言盘腿坐在床上，看着床尾摆着的东西，突然放下手机，捂住了脸。

低低呜呜了两声，她红着脸摇头晃脑地重新拿起手机，咬了咬嘴唇：我在家里等你回来呀。

这次，江御景没马上回。

喻言想了想，又继续发过去一条：赢了有礼物送你。

比赛场馆那边，江御景靠坐在休息室椅子里，手里握着手机边转了两圈，视线最终定在那一句话上——我在家里等你回来呀。

他唇角勾起，清了清嗓子，突然站起来："走吧。"

浪味仙那边还在和胖子说话，看到他突然这么积极上场，有点诧异。

毕竟每次SEER都是懒洋洋走在最后一个的。

小炮吹了声口哨，跳起来了："景哥突然好燃啊！"

江御景敲敲他脑袋："今天别浑，稳一点。"

小炮一本正经地点点头："景哥，你今天突然态度这么端正，我很害怕。"

江御景挑挑眉："我平时态度不端正？"

"你平时游戏开始以后才会端正，今天还没上场就进入状态了，怎么

269

回事？"

"今天有那么点事。"几个人上台，江御景在椅子上坐下，扣好耳麦调整外设，"打快点。"

苏立明听不下去了："那也要能快得起来才行，你个英雄勺别这么膨胀，快点赶着输吗？"

"哦。"江御景瘫回到椅子里，"那帮我拿个女警。"

皮城御景不负重托，虽然第二场前期逆风，靠着大龙坑和高地两波团战堪堪翻盘，最终还是拿下了比赛的胜利，MAK 战队拿到 9:3 的成绩，暂居第二位。

众人回到基地，江御景没急着进去，慢悠悠走在最后，靠在女朋友家门口的柱子上给她打了个电话。

对方接起来以后，诡异地沉默着。

江御景不明所以，侧身看向面前的房子："我赢了。"

"……恭喜你。"她声音小小的。

江御景挑了挑眉："礼物呢？"

他话音刚落，紧闭的门"咔嗒"一声，被人从里面打开了，一点一点推开。

江御景走过去，拉着门把手正要进去，迈进一只左脚来，眼睫抬起，只看到眼前人影一晃，还没来得及反应，就被人猛地大力推出去了，然后"嘭"的一声，大门在他眼前重重砸上了。

江御景错愕。

喻言声音慌乱又懊恼地在门后响起："你等会儿再进来！"

江御景："……"

他刚刚一晃眼好像看到了个什么玩意儿，猫耳？

55

刚刚她反应太快，他刚抬起眼来就被推出来了，根本来不及看清里面的人到底怎么回事，只隐约好像看到了一个什么玩意儿在她脑袋上。

动态视觉好到打蚊子一巴掌可以拍死两只的 SEER 同学挑了挑眉，也不急，站在门口等着。

过了三四分钟，门才悄悄地从里面开了。

先是"咔嗒"一声轻响，然后门被人开了一条缝，停顿了片刻，才一点一点慢慢被推开。

紧接着，一颗脑袋悄悄伸出来。

喻言手把着门边，探出头来瞧了他一眼。

头上两只狐狸耳朵随着她的动作，微微晃动了两下。

江御景身形一顿。

她冲他眨眨眼："恭喜你今天赢了呀。"

江御景抿了抿唇，没说话，往前走了两步抓着门把手拉开门，人进去，回手关上门。

又是"咔嗒"一声，喻言后退了两步，给他让位置。

江御景没动，就站在门口看她。

面前的人，身上红色抹胸上衣，露出好看的肩线，脖颈修长，锁骨线条完美，胸部饱满，V形裙摆下两条白嫩修长的腿。

身后雪白的九条大尾巴软趴趴地垂在地上，看起来蔫巴巴的，其中一条被她扯着，攥得紧紧，纤细的手指在上面画着圈。

江御景喉咙发痒，半天才找回自己的声音："你在干什么？"

她小脑袋低垂着，头上毛茸茸的耳朵没戴稳，晃了两下，声音很小："就……想试试看。"

"想试试看？"他眯起眼，哑着嗓子。

喻言抬起头来，耳根红得通透，漆黑大杏眼和他对视片刻，之后很快再次垂下睫去。

她将手里捏着的那条尾巴，犹犹豫豫递到他面前："说好的礼物。"

九尾妖狐阿狸这套衣服裙子中间实在是太短，她双腿微拢，膝盖骨内侧不自在地摩擦了一下。

也就是这一下，再抬起头来，对面的男人从人到眼神整个好像都不对了。

喻言动作顿了顿，把伸到他面前去的尾巴下意识想收回来。

手上还没来得及动，已经被他一把抓住，雪白的狐尾连带着她的指尖，她顺势往前走了两步，两人距离直接拉近。

江御景垂着眼，认认真真、仔仔细细看着她，缓慢开口："尾巴绑歪了。"

近在咫尺的呼吸带出灼热气流，熨烫得周围的空气仿佛都在升温。

喻言磕磕巴巴："我……我第一次穿这个……"

他"嗯"了一声，放开手里捏着的一条尾巴，覆上她腰际，红白的衣服显得她腰肢纤细。江御景垂下眼来，手指慢条斯理地解开她腰间用来固定住狐尾的带子："那我帮你绑。"

指尖捏着一端抽开，摩擦布料发出轻微的细响，在此时寂静的背景里显得格外清晰。他眼神专注，心无旁骛似的帮她系带子，细长的手指打出好看的结。

指尖滑过的地方像是被点了火，喻言身体微僵，双手捂住了脸。

江御景手指最终停在她裙摆边缘，不动了。

他抬起头来看着她，声音沉缓沙哑："你知道你在干什么吧？"

喻言硬着头皮抬起头来，和他对视。

男人薄薄的嘴唇抿得很紧，眸色黑沉，眼底有大片大片的暗色翻涌着上来。

这个人是她喜欢的人。

是会让她生出——如果是他的话，好像被怎么样对待都是可以的——这种可怕至极却无法阻止的念头的人。

太糟糕了啊。

她深吸口气，长睫微颤，细白的手指也伸出来，顺着他衣摆钻进去，点燃一簇簇火苗，声音细小，糯糯地说："知道。"

江御景脑子里某根紧绷的神经一下子就崩了，有什么东西在那一瞬间被粉碎得荡然无存。

滑到裙摆的手指收回，扣住纤细腰肢一手托着大腿将人整个抱起来放在旁边鞋柜上，躬身垂头，灼热的气带出咬着的音烫着她耳郭："那你没机会后悔了。"

喻言咬了咬唇，纤细手臂抬起环住他脖颈，紧闭着眼，嫣红唇瓣送上去。

男人毫不客气地张口咬住唇瓣，撬开贝齿攻城略地，扫过贝齿牙床，卷着她的舌尖带进自己的口腔里，细细地、一寸一寸地吮吸。

江御景咬住后槽牙，下颌线紧绷，刚想动，耳边突兀响起一个声音来。

某人的手机响了。

喻言挣扎了一下："手机、手机。"

他皱着眉，指尖动作勾了勾："不管它。"

她咬着音哼哧着抓他的手往外推，眼角泛着水光。她捂着脸胡乱拍他："你去给我拿！"

他无奈，干脆直接抱起她来，一手托住腿根把人抱进去。

喻言身上还发软，软绵绵地趴在他身上，双腿夹着男人坐上沙发。

她倾身抓起角落里被靠垫压住的手机，就那么坐在他身上。

水光潋滟的眼，红肿莹润的唇，头上两只尖尖的小耳朵随着动作在抖，长长的、毛茸茸的九条尾巴一直垂到地面上。

小小柔软的一团坐在他身上。

小狐狸精。

江御景喉结滚动，干脆闭上了眼睛，手背搭在眉骨处，仰靠在沙发上。

喻言接起电话。

她手机声音放得有点大，极其安静的客厅里，喻妈妈的声音显得格外清晰，即使不外放也能隐约听见："言言呀，你在家吧？妈妈现在去你家呀，给你带了点东西，马上就到门口了。"

喻言整个人一呆。

江御景倏地睁眼，抬起头来。

小姑娘呆滞地和他对视，十秒钟后，才反应过来，声音有点慌乱："妈妈妈，你到哪儿了？"

"就要到你们家门口了。"喻妈妈那边絮絮叨叨，"之前去B市带回来了一堆小点心，好像有什么当地八件吧，还有好几种口味的小麻花，勉勉也不吃，家里其他人也不吃，我就给你送来。顺便还给你做了点小菜，你放在冰箱里能放几天，要不你平时老吃些垃圾食品……"

然而喻言此时完全没心情听她妈都给她带了什么菜，也顾不得别的，一边扯着衣服领子，一边从江御景身上跳下去，腿还有点软，一个趔趄，被男人眼疾手快一把捞住。

喻言慌张地看着他，给他比了个口型，让他赶紧走，对那边随便应付了两声，挂掉电话。

她把手机扔到沙发上，把江御景往门口推："我妈马上到了，马上到了，你快走！"

江御景被她推到玄关，转过身来："你就这样见你妈？"

"你先走了再说，我一会儿上楼——"

她话没说完，门铃响起。

喻言："……"

喻言绝望地闭上了眼睛。

56

电话挂断到门铃响起没有几分钟的时间。

喻言本来以为她妈至少也是在小区门口给她打来这个电话的，没想到人会来得这么快。

她浑身僵了一下，声音都不敢出了，只无助地看着面前的男人，压着声音小声问他："怎么办？"

江御景看着此时面前小姑娘的模样，只觉得完了。

让人家女儿这副样子见家长，他大概会被剥皮抽骨，死无葬身之地。

唇瓣抿了抿，他刚想让她别慌，喻言直接拉着他跑上楼去，拽着男人手去自己房间。

还没来得及进去，楼下外面门锁的声音已经响起，喻妈妈进来了。

"言言，你这门锁没换呀？"喻妈妈拎着满满的东西进来，放到茶几上，又从里面挑了几个袋子走向厨房。

喻言把江御景推进去，门只开了条缝朝外面喊："妈，我先洗个澡！刚刚睡觉睡得好热！"

喻妈妈没抬头，把带来的装在保鲜小盒子里的东西一样一样拿出来塞进冰箱里："那你快洗，妈妈在家里烧了咖喱蟹给你带来了，一会儿下来吃。"

喻言应声，把门关上了，转过身来靠在门板上。

慌张的神情终于缓和了下，她长长舒了口气。

就这么往楼上跑折腾的这一下，刚刚就扯松了的衣服此刻更松了。

江御景头疼得别开视线。

喻言一愣，顺着往下看，赶紧侧了侧身子，想了想又跑到床边，拽过床头的枕头抱在身前遮着。

男人靠在她化妆台桌沿，眼睫低垂着看她，看起来蔫巴巴的："你快洗个澡下去。"嗓子还沙哑着。

喻言有点于心不忍。

她低垂着头"哦"了一声，又抬起来，顺着床边往床尾蹭过去，一手抱着枕头，一手伸出去，扯住他衣边，晕红着一张小脸，抬眼看着他，犹犹豫豫地说："我洗澡可以洗久一点。"

江御景眼睫微抬，没说话，等着她的下文。

小姑娘大眼垂下去，声音低如耳语："我们家隔音效果还是挺好的……你轻一点，我们声音小点就可以。"

你轻一点。

江御景身体陡然绷紧。

软软糯糯说出的每字每句，都像是一把一把加进去的柴，无休止地让他身体里的火狂热燃烧。

他腮帮子紧紧绷着，咬肌轻微抽动了一下，咬着音一个字一个字从牙缝里蹦出："你就是想搞死我，是吧？"

本身是第一次做这事，这姑娘她妈妈甚至还在下面，现在她是在让他干吗？让他干吗？？

但是又不得不承认，此时他浑身上下每一个细胞都在叫嚣着，甚至可耻地……感觉更燥了。

江御景觉得自己像个禽兽，还是变态的那种。

"我怕你难受。"她偏偏还委委屈屈地说，"那你可以先去浴室，自己解决一下。"说到最后，声音越来越小。

他太阳穴突突跳着，头疼，抓着她梳妆台桌边的手青筋暴起，浑身肌肉都绷着。

江御景觉得自己挨完这一遭，基本可以清心寡欲剃度出家了。

他盯着那张小脸，半晌，长长地、挫败地叹出口气来："你先去洗。"

喻言："要么你先？我怕你——"

憋坏了。

江御景挑着眼角："快点去，阿姨还在下面等着你。"

喻言红着脸"呜"了一声，直接把怀里的枕头砸过去，又羞又怒瞪他一眼，转身跑进洗手间去了。

毛茸茸的大尾巴还垂着，随着步子在身后一晃一晃的。

要了命了。

江御景真的是很绝望。

喻言很快洗了个澡，换了套睡衣出来，领口扣子系到最上面一个。

人已经清明了，让出浴室示意他可以进去了："景哥，接下来是你的自由时间。"

江御景走到门口沉着声："再有第三次——"

他顿了顿，眯起眼，后面的话还没说出口。

喻言点点头，直接接道："你就弄死我。"

她也知道他此时此刻对她完全没辙，毫不畏惧铆足了劲儿使劲地开始嘚瑟："怎么弄死我？在哪弄死我？"她笑眯眯，"别等第三次了，就现在呀。"

江御景："……"

喻言出了房间，仔仔细细关好门才下了楼。喻妈妈已经把咖喱蟹加热好，装在小盆子里放在桌上等着她，见人下来，扭过头来："洗完啦？"

喻言点点头，走过去探头看了眼，夸张道："哇，这个好香！妈妈，你烧饭是不是又变好吃了？"

"你就哄我。"喻妈妈笑道，"对了，我看你外面怎么有双男款鞋呀？"

喻言心里"咯噔"一下，眼睛转了一圈："之前给勉勉买的，他走的时候没带，就放这儿了。"

喻妈妈没再说什么，盛了米饭给她，又去把客厅里的窗帘全都拉开了："这夏天天还长着，你窗帘拉这么严干什么呀，阳光都进不来了。"

喻言安静地夹了块土豆吃，没说话。心里想着，这窗帘可不得拉上吗？

喻妈妈看着女儿吃完了饭，又把冰箱打开，将带的东西一样一样告诉她，最后又拉着她在沙发上谈心。

"你那个男朋友，在隔壁呢？"

没，他在楼上呢。

"嗯。"喻言一本正经，"他训练很忙的，我们好久好久没见过面了。"

喻妈妈开口："这件事我跟你爸爸讲过了。"

喻言一脸期冀抬起头来。

"你爸说了，他也不赞成。"

"……"喻嘉恩，你这个大骗子。

喻妈妈担忧道："言言，爸爸妈妈是肯定不会害你的，反对的事情都有我们的考虑和道理。你现在见过的人还是少，你还太小，才二十一岁，正常你这个年纪的孩子现在大学甚至都还没毕业。"她叹了口气，"妈妈现在都觉得当初让你读书读那么早又跳级什么的是做错了。"

喻言皱眉："妈，我不小了，我知道自己在干什么，你就不能相信一次我的眼光吗？"

"不是妈妈不相信你，但是打电竞这种——"喻妈妈话没说完，喻言突然抱住她。

她声音很小："妈，我好爱你。"

喻妈妈说不出话来了。

"我也好喜欢他，"小姑娘黏糊糊地窝在妈妈怀里，有点沮丧、有点委屈地撒娇，"也希望我爱的人能喜欢我爱的人，你都还没见过他，你都不知道他是个什么样的人，你怎么能连机会都不给，直接把人否决掉。他真的很好的，性格也很好，对我也很好。"

喻言这么说着，眼睫心虚地垂着。

最终温情攻势终于起到了那么一点点效果，喻妈妈没再说什么，喻言权当她默认了，开开心心又是讨好又是乖巧地说了会儿话，眼看着天色黑下来，喻妈妈准备走。

喻言把人送到门口，直到关了门，才长长地松了口气出来。

江御景听着楼下隐约有声音，开门出来，靠在楼梯扶手上："走了？"

男朋友终于被家长默默认同，喻言开心地仰起头看他，眼睛亮亮的，脸上挂着大大的笑："走啦！"

江御景点点头，下楼，慢悠悠地走到沙发前，站定了，抬臂冲她招了招手。

"来。"他虚眸看着她，意味深长地扯了下唇角，"过来，我弄死你。"

"……"喻言深刻地体会到了，事情还是不能随便搞的。

她轻咳了声："你明天没比赛吗？"

"没有。"

喻言脚尖往里收了下，身体没动。

"过来啊。"江御景似笑非笑，"你刚刚在上面不是挺嚣张？不是别等第三次了就现在？"

"哦。"喻言眨眨眼，缓慢蹭到窗边去，"那我拉窗帘。"

有点厚的布艺窗帘，上面的铁环擦过横杆发出刺啦的声音，绵长入耳，连带着隐约掩住了门锁轻微的声响。

等屋子里两个人反应过来，外面的人已经推门进来："言言啊，妈妈突然想起——"

喻妈妈抬眼，正好看见站在沙发旁边的男人，到嘴边的话就这么卡在那里。

手指一颤，手里的东西差点掉在地上。

空气瞬间凝滞寂静，喻言吓得脸都白了，嘴巴张半天，话没说出来。

江御景最先反应过来，他迅速调整了一下站姿，面容平淡，不慌不忙微微欠了欠身："阿姨好。"

喻妈妈也很快反应过来，上下左右激光扫射似的看了他一圈，回忆着他的名字："这位是，江……"

"江御景。"

喻妈妈抬起头来，笑了笑："言言跟我说过你，什么时候来的？"

"刚来，训练刚结束，想来看看言言吃没吃晚饭。"江御景一本正经面不改色道，"她晚上总爱叫些汉堡炸鸡这些没营养的东西吃，我不太放心她一个人吃饭。"

果然，他话音一落，喻妈妈脸色有所缓和。

这个上一秒还在说着"过来，我弄死你"的男人，现在正一脸淡然地瞎扯。

喻言看得目瞪口呆，两只手抬着，就差拍巴掌给他鼓掌了。

她正呆着，喻妈妈转过头来："言言，你先上楼去，我跟小江单独说几句话。"

57

所谓的单独说几句话，说起来肯定就不是几句那么简单可以解决的。

喻言几乎是下意识地就想拒绝，脑袋里闪过的第一个念头就是不可以。

她怕，心里慌，虽然妈妈也已经有默认了恋爱可以谈的这么个意思，但是她还是没底，不知道妈妈会说些什么，不知道江御景又会有什么反应。

她快走了两步到江御景面前，双臂张开，将高大的男人护在身后，可怜巴巴："妈！"

没穿高跟，身高矮了一大截，身后男人的脑袋从她头顶露在外面，和喻妈妈对视。

江御景手放在她发顶，轻轻拍了两下。

喻言转过头来。

他静静看着她，没说话，漆黑的眼无波无澜。

喻言僵着的肩膀一点一点放松下去，最终还是依依不舍地，一步三回头地一级一级蹭上楼，徘徊在楼梯口久久不肯进房间，最后喻妈妈一眼，把人瞪回去了。

"……"喻妈妈觉得，自己怎么这么像拆散牛郎织女的王母娘娘呢？

两个人在楼下聊了差不多半个小时，最后走的时候，江御景为了避嫌和喻妈妈一起走了。喻言站在门口送他们，看着人影消失，扑腾着扑回沙发里，一把抓起手机，然后跑到侧窗，脑袋伸进窗帘里撅着屁股往对面瞧，同时给江御景打电话。

响了几声，对面接起来，懒洋洋"喂"了一声。

声音没什么异样。

喻言心里不安，不知道妈妈是怎么跟他说的，是不是说了什么轻视他职业的话，也不知道男人心里会不会有点介怀。

想着他现在应该是坐在椅子上，准备开电脑什么的，她憋了一会儿没说话，最终还是憋不住，问他："我妈跟你说什么了？"

那边江御景说："阿姨说，不太同意我们在一起。"

喻言愣了一下。

她本来以为，以他的性格，可能会说"没什么"之类的话敷衍过去，没想到他会这么直接跟她说。

她呼吸不由自主放轻了些，惴惴地问："那你……怎么说的？"

"我说不行。"似乎知道她在胡思乱想些什么，他轻笑一声，语速很慢，声音沉缓地传过来，"你这小姑娘这么能折腾人，交给别人我不放心。"

喻言眨眨眼，心窝、眼眶都像是被温水浸过了似的，暖洋洋、热乎乎的，又泛着涩意。

她之前在楼上房间里坐立难安地等了许久以后，实在不放心，偷偷地藏在楼梯口瞄了一眼。

当时只看见男人站在沙发旁，上半身弓着，视线直落在地毯上，平静地说："请您给我一次机会。"

喻言当时眼睛都酸了。

他不该是这样的。

他有折不断、敲不烂的一身傲骨和心气，低垂着头请求得到认可这种事情，不应该是他来做。

对着谁、对着什么事都不应该这样。

这些原本她都是准备自己处理好的。

这种事情本来就不应该让他知道，只要她自己来就可以了，她甚至都已经快要成功了。

喻言不说话了，心里不是滋味。

江御景注意到她的沉默："怎么了？"

她皱了皱鼻子，不知道该怎么说。

好半天，她才小声道："对不起。"

她话一说出口，轮到江御景安静了。

良久，他才轻慢出声："傻。"

他那边 MAK 基地声音很杂，有点吵。有小炮打排位放狠话的声音，少年熟悉的声线大吼一声"风来吴山"冲上去，然后被对面瞬间来的一帮人捅回来，哇哇乱叫着往回撤，又引来苏立明一顿训。

胖子吹着口哨在旁边，笑得一脸贱兮兮的："景哥，打电话呢？"

江御景瞥他一眼，没出声，做了个"滚"的口型给他，手里握着电话开门站到门口去打。

四周一下静下来了，江御景靠在门框上，侧身看着隔壁窗帘拉得死死的客厅窗，听着耳边手机里，吞吞吐吐的声音传过来问他：

"那……你今天晚上还要不要来？"

她暗示得太明显，江御景眉心一跳："刚被家长叫了训过话，现在做坏事，我罪恶感有点强啊。"

喻言好不容易又鼓起一次勇气，就这么被拒绝，羞得有点小麦毛："那你不要来了不要来了永远都别来了！"

江御景无奈，干脆直接穿着拖鞋走过去："开门。"

"不开！你以后别来我家。"

她这么说着，门还是从里面打开了。

两个人一个站在门里，一个站在门外，就这么拿着手机对视了一会儿。

喻言突然啪嗒啪嗒跑过来，环着男人腰杆把人抱住了，脑袋埋在他的怀里，低低道："景哥，对不起。"她闷着声重复，"对不起。"

江御景手指微僵，叹了口气抱着人进屋，下巴蹭着她发顶："傻不傻？"

喻言头也不抬："我本来不想让你知道的。"

他"哼"了一声，敲敲她小脑瓜："就你主意正？"

她终于抬起脑袋来，仰着脖子看他，手没松："因为我觉得我妈说得不对，你超厉害的。"

江御景唇边弯了弯，挑起眉来，没说话，就听着她抱着他念叨着："我妈说的话你都别听，她平时讲话也是那样的，其实她心里不是那么想的。之前我跟她说的时候她已经默认同意我们在一起了，你别生气。"

他听着，手抓进她软软长发里揉了揉，语气难得柔软："我没有生气，也没有怎么样。阿姨人很好，她说的也都很有道理，宝贝了这么多年的女儿，谨慎些是应该的，她怕我能力不够，怕我照顾不好你。阿姨怕的，我也怕。"江御景嗓音放轻，叹息一般，"你曾经的生活完美得一点瑕疵都没有，被父母捧在手心里，顺顺当当过了二十一年，我也怕我做得不够好，怕自己以后不能给你最好的未来。"

"你什么都有，然后选择了什么都没有的我。"他垂下眼来，黑沉的眼平静地看着她，"但是只要我有的，我全都给你。"

夏季赛常规赛每支队伍一共要打十六场比赛，组内每支战队打两场，组外一场，最终常规赛积分排名前八的战队进入季后赛。

八月中旬，MAK 战队迎来常规赛最后一场比赛。此时他们与 FOI 战队并居第二位，BM 蝙蝠侠战队暂列第一。

MAK 战队最重要的问题还是在中单位置的不稳定性，小炮状态上来了开启疯狂屠杀模式，神挡杀神丝血反杀都是常有的，有些时候状态不好，被对面打野 gank，也经常一抓一个准负战绩开局。

苏立明总结：缺少经验。

赛场休息室里，苏教练用手里的纸卷子敲着少年的脑袋："就是被抓得少了，以后三分钟抓你一次，看你后面在草丛还记不记得放眼。一天天都快掉到钻石了头发倒是一趟一趟染！"

少年一头白毛，黑发长出一点来就会显得特别明显，于是为了自己的帅气值不落下，小炮前两天刚出去染了个头，结果耽误了不少时间，回来被苏立明揪着一顿神骂。

小炮委屈："BM的那个金在孝，他是个魔鬼啊神出鬼没的，我感觉他有三百六十种抓我的方法。"

"我也有三百六十种抓对面的方法，你哪次跟我完美联动过了？"浪味仙头也不抬道。

"行了。"苏立明敲敲桌子，"一会儿常规赛最后一场，赢了就压下FOI拿个第二，输了你们脸也别要了，全给我扒光了衣服跳黄浦江里游回浦西。"

江御景轻飘飘地抬了抬眼。

胖子极有眼色，轻咳了声："明哥，这儿还有妹子呢。"

喻言正窝在舒服的大电竞椅上玩《植物大战僵尸》，身上披着江御景的大外套，茫然地抬起头来，"啊"了一声。

江御景看了她一眼，又拽过背包，从里面翻出了件黑色棒球服出来，走过去盖在她露在外面的大白腿上。

喻言正和僵尸大部队越战越勇，没空理他。

江御景弯着腰，单手撑在她椅子扶手上，不急不缓地，用空出来的一只手摸过她手机侧边缘某个键，"咔嗒"一下给她锁屏了。

喻言战到一半正澎湃激昂，屏幕一下子就黑了，她愤怒地抬起头来。

男人挑着眉，对她的怒视视而不见，淡定问："冷不冷？"

"不冷。"

江御景点点头，想了想，继续道："想不想吃火锅？"

"不想。"

"日料？"

"不想。"

"小龙虾？"

"不，我不，我只想和僵尸战斗！"

江御景不耐烦"啧"了声，眯起眼："考虑好了重说。"

"想，我巨想。"喻言立马道。

江御景哼笑了声，抬手敲了下她额头："行吧，明天带你去。"

什么叫行吧？你还挺勉强的哦，就大大方方地说一句"明天我想和你约个会"能死吗？能死？

喻言翻了个白眼。

58

后来，事情的发展是这个样子的。

对面打大龙的时候，胖子的克烈骑着他俊逸非常的小毛驴一猛子扎进人堆里找到 C 位开了个完美的团，敌方将士撤出龙坑稍慢被男爵疯狂喷射了好几下，江御景闪现上去点掉对面中单，就在他准备继续往前收了残血打野的时候，小炮一边激动地大吼着"nice"，一边毫不犹豫干脆利落地落了个 R。

岩雀的蓝灰色墙壁大招封路，就这么直接横在 MAK 战队全体和敌方四人中间。

众人："……"

所有人都没反应过来，队内频道里一片寂静。

江御景举起的枪放下了，扭过头来看了他一眼："你是对面的幻之第六人？"

"我手抖了一下。"小炮哆嗦着，"咋办啊，明哥一会儿会不会打死我？"

"哪能让你就这么被打死，他可能会把你做成咸鱼干挂在基地门口晾着。"

好在最后有惊无险 2:1，MAK 战队结束了常规赛最后一场比赛，最终以第二名进入季后赛，与春季赛那会儿倒数第三进季后赛相比，成绩可以说是好了太多太多。

胖子感慨了一句："所谓指挥的重要性啊。"

此时大家已经回到了基地，江御景坐在沙发靠边的位置，喻言躺在上面，脑袋枕在他大腿上打着手游。

听到这话，她笑出声来，手指啪啪点在手机屏幕上："这游戏打得墨守成规就知道转线运营多没意思啊，我们景哥是战斗流指挥，有自己的独特风格，鲜明。"

江御景闻言"啧"了一声，手指在她耳垂上捏了捏："就你皮？"

喻言手上正忙，腾不出空来，耸了耸肩膀歪着脑袋夹了下他手："明天吃什么呀？"

"都好。"

喻言点点头，说道："那中午吃火锅，晚上小龙虾，火锅我要加三份虾滑。"

"嗯。"

胖子真的是听不下去了。

他觉得这个基地原本那种芬芳和谐友爱一屋子单身狗相互扶持的日子不复存在也就算了，他们还得时时刻刻承受被虐的痛苦，生活宛如炼狱，充满煎熬。

更何况，此时这个一口一个"都好""嗯"的男人，是那个平日里只会说"爬""离我远点""你脑子里有坑"的江御景。

这已经不是惊悚可以形容的了。

胖子面无表情地说："不是我说，隔壁走过来一分钟用不用？你们俩非要在这儿虐得人心肝脾肺全都疼吗？直接去隔壁享受二人时光不好吗？"

"不行的。"喻言义正词严，"他今天训练时间不够，还是要扣工资。"

江御景："……"

结果就是江御景在小老板的强烈要求下乖乖去补训练时间，具体操作就是带着她双排。

喻言好久没碰这游戏，好不容易提升到黄金水平又跌回了青铜，在大师局里用她那令人窒息的操作抱着她辅助妈妈大腿挣扎，伴随着一声声女高音喊着的"江御景"三个字。

江御景耳膜疼。

最后直到晚上差不多十点，小炮在贴吧上刷到一个标题是"SEER 深夜带妹惨遭灵车漂移"的帖子，这个开往地狱在苦海里沉浮的车队才算是散了。

考虑到男人的作息时间和早起实在是挨不上边，喻言干脆定好第二天中午的时候一起先吃个中饭再说。

结果上午十点，喻言慢悠悠地赖了一会儿床，爬起来洗了个澡正敷着面膜的时候，门铃就被按响了。

她脸上还贴着张面膜纸，去开门的时候江御景进来明显愣了下。

白色面膜纸上几个洞，那双杏眼好像显得更大了一些。

江御景第一次看见女人敷面膜，有点好奇，伸出一根手指来，想去戳。

喻言一把抓住，白了他一眼，嘴巴张合不敢太大，声音有点含混："你怎么来这么早呀？"

他看了眼墙上挂钟："十点了。"

喻言抓住他一根手指来拉着，把人领到洗手间，面膜撕了丢到旁边垃圾桶里，又拧开水龙头，从镜子里看着他："你帮我拉一下头发，我洗个脸。"

江御景抬手顺着脖颈把她散在背上的发丝钩过来，拢成一束捏着，露出白皙的后颈。

他垂着眼盯住那一截腻白肌肤，没说话。

一直到差不多十一点，喻言才算是折腾完了准备出门。

此时，她和刚刚已经完全不一样了，妆容精致，眼线拉出斜上眼尾，使得原本杏形的眼被拉长，一下就变了味道。

江御景坐在沙发上看了她一会儿，突然笑了。

喻言不明所以。

男人手肘撑在沙发扶手上，手指骨节撑住额角笑。

突然就想起刚认识她那会儿，女人也是这么一个妆，看起来冷漠又嚣张，把高出她许多的那个前任抵在墙上干净利落地扇了两巴掌。

当时江御景根本没想过，这姑娘脱了高跟鞋以后是这么个性子，也没想过有一天，她会黏糊糊地窝在自己怀里，小朋友似的撒娇。

他以为她是个高冷的小豹子，没想到是只梅花鹿。

还是软绵绵的那种。

软绵绵的小鹿宝宝当然不知道他在想什么，两个人出门上了车。喻言坐在那里翻着微博上美食博主推荐，最终两个人挑了一家很有名的重庆火锅店。

店里木门推开，香气扑面而来，两个人等了一会儿才等到位置。

铜色大火锅盆，里面红汤翻滚着，翻上麻椒辣椒和一大堆料来，香味儿也跟着往上翻，顺着鼻腔钻进去，引得人唾液腺开始活跃。

等点的东西都一盘盘上来了，喻言才意识到好像有这么个问题。

她咬着筷子，眼睛转了一圈，微微往前伸了伸脑袋："景哥，你是不是还挺出名的？"

江御景这个人向来不知道谦虚两个字怎么写，夹了两筷子肉放下去，淡淡道："还行吧。"

喻言咬着筷子："那你一般走在街上，有人认出你来跟你要签名吗？"

"没有。"

"为啥？"她顺口问。

"他们不敢。"

"哇！"喻言非常配合地做了一个夸张的表情，"那你这个破烂脾气还是挺尽人皆知的啊。"

江御景没理她，把刚刚下锅的肉捞出来，放到小碗里挑干净花椒，指尖顶着小碗边缘推到她面前。

喻言毫不客气地夹起来塞进嘴巴里："那我们就这么大摇大摆的，万一你被人认出来怎么办？"

这次，江御景抬了抬眼，瞥她："你现在想起来这茬儿了？"

喻言把嘴巴里塞着的肉吞了，说道："小桃花眼生日那次是因为全都是圈子里的人，现在又不一样，哪能随便出来吃个火锅就被人认出来了？毕竟现在电竞其实也还没推广到这种程度。"

江御景看着她一本正经分析着的样子忍不住弯了下唇角："吃都不耽误你说话。"

喻言弯着眼笑："景景，下午我想去科技馆。"

男人眉梢挑起："你几岁了？"

她一本正经回答道："二十一了。"

"科技馆是你这个年龄倒过来的小朋友去的地方。"

喻言"哦"了一声："你不想陪我去。"她平静地点点头，"行吧，那你帮我买张票，我自己进去看，然后我给你买个泡泡水玩，你在门口坐着等我。"

江御景："……"

最终江御景还是屈服了，暑假科技馆小朋友多。江御景阴着张脸，好大的一只，被小姑娘拉着和一堆小朋友一起玩了一下午，甚至她还跟两个小女孩交了朋友，临走的时候，小女孩好舍不得地拉着喻言的手，邀请她到自己家里玩。

江御景觉得梅花鹿这种形容还是太给她加分了，这姑娘玩起泥巴来和小她十岁的小朋友看起来没有太大差别。

两个人出了科技馆已是黄昏，薄阳被晕红的光寸寸拉掉。喻言穿着高跟鞋跑了一下午，累得腿都抬不起来了，垂着头无精打采地走。

江御景看着身边蔫巴巴的人，冷笑了声："接着跳啊。"

喻言扯着他袖子："景哥哥，想回家。"

女朋友一撒娇就很没辙的 SEER 大大觉得有点挫败，让她坐在台阶上等着，自己去把车开过来了。

喻言爬上车，扣好安全带，第一件事就是把脚上的高跟鞋脱了。

她端掉鞋子，腿伸了伸，脚跟相碰舒展着自己的小脚丫，垂着脑袋，有点遗憾："我们还没去吃小龙虾。"

江御景瞥了一眼她一双露在外面的腿，把空调调小了点："你回去换双鞋，我带你去吃。"

"我今天不想动了。"喻言抖着腿，"你给我买回来。"

江御景似笑非笑瞥了一眼："我再喂你？"

她一脸惊喜："可以吗？"

男人还没说话，放在中间格子里的手机振了下。

喻言直接探过身去，把他的手机拿过来，是一条微信消息。

她扭头问他："景景，你有没有我不能看的小秘密？有的话我就不看了。"

江御景不假思索："我有，我微信里有一百二十个妹子。"

喻言冷哼一声，直接点开那条微信消息。

他手机没锁，喻言直接点进去，是小炮发过来的一张截图。

内容是一条微博：两张照片，配字——吃个火锅撞破了 SEER 的惊天大秘密怎么办，很急。

第六章

给我女朋友打辅助

59

　　照片照的角度比较偏，是从喻言那个方向拍过来的，只能看见江御景的半张侧脸和喻言的后脑勺，第二张则是他夹了虾滑放到她的油碟里的一个动作。

　　喻言第一反应是：吃个火锅原来是真的会被认出来的吗？

　　有一种在和明星谈恋爱的感觉——第二个反应。

　　她突然就噤了声，江御景等了一会儿，也没见她有说话的意思，视线移过去看了她一眼："怎么了？"

　　她这才抬起头来，看着他，缓慢地说："我需要准备一下签名吗？"

　　江御景听得云里雾里："你在说什么？"

　　"这个，我需要准备签名吗？"喻言把手机递过去，他趁红灯的空看了一眼，听着她继续道，"SEER 大大的女朋友签名照啥的，感觉可以赚一笔。"

　　SEER 大大挑起眉梢来："他们也可能认为你是我的粉丝。"

　　"跟粉丝去吃火锅还给她夹肉，你也太温柔了。"说着，她翻出手机来，在搜索框里打了江御景 ID，点进他微博，最近的一条是转发的某个游戏视频，再往下拉没什么内容，无聊得像个僵尸号。

　　喻言无语了一下，点进去看了一眼，果然，下面留言已经炸成了一片，多方言论大混战，掐架掐得精彩纷呈。

　　有些是战队的团粉和理智粉，惊讶于 SEER 竟然真的会喜欢妹子，并且大呼好奇小姐姐的真身和脸，有些 ID 叫"江御景的老婆""SEER 怀里的小可爱"的则在下面大吼失恋了，哭天抢地地不相信，还有一些言论就比较极端了，什么不堪入目的话都有。

　　她咬着腮帮内侧的肉，刚看了几条，手机突然被男人一把按下去了。

　　喻言抬起头来。

　　江御景把车停在路边，抿着唇看着她："别看了。"

　　喻言心里闷得慌，侧了侧脑袋，问他："景哥，你怎么都不惊讶的？"

江御景也学着她的样子，歪了下脑袋："刚刚苏立明给我打过电话了。"

她点点头，小心地问："明哥怎么说？"

"你是老板，他能怎么说？再说，俱乐部本来也没有不让谈恋爱这一说。"

喻言就又不说话了。

男人的手掌是温热的，盖在她手上，带着暖意和安定感。

她长长舒了口气，视线落到窗外，眼神发直："景景，我会不会影响到你啊？"

江御景视线一顿，缓缓眯了眯眼。

喻言回忆着刚刚看到的那些负面的话，直勾勾地盯着窗外往来的车流，思绪飘忽着，没注意他："你看，你只是想安安静静打个职业，乱七八糟的花边料没有，能力也没话说，也就是脾气差了点，你的迷妹们可能还觉得这是你的萌点呢，结果突然就多出个我来……"她停了停，又道，"这下那些喷子终于有地方发挥了，什么难听的话都跑出来，这也就算了，关键是你还有那么多老婆粉呢，万一她们因为这个不喜欢你了怎么办？万一她们改粉别人了呢？"

江御景没说话，就听着她在那里嘀咕着，也不知道到底是在跟他说，还是说给自己听。

"其实今天会被看到我也考虑过，不应该任性拉着你出来的，电竞圈虽然接触也才几个月，但是粉丝哪个圈子其实都一样，知道你有女朋友以后肯定就会有一部分改去喜欢别人了，她们就不要你了。"

她说了实话。

不是没有考虑过两个人就这么出来会被认出来，但还是抱着侥幸的心理这么做了，假如说，万一真的被看到了，那就看到了，他也只是个二十几岁的普通男生，凭什么不可以谈恋爱？不可以有女朋友？

这是她的不好，是她的私心和任性。

女生脚丫还裸着，舒展着的腿已经收回来了，膝盖弯起，此时脚尖点在车垫上，小趾被鞋子挤得有点红肿。

江御景身子探过去弯下，握着她的脚踝拉过来。

腿被拉过去，喻言吓了一跳，她穿着裙子，为了不走光，身体不得不顺势跟着斜过去，另一条腿赶紧靠着过去并拢，屁股往下滑了点，整个人横着坐在了车里，脊背靠上车门。

脚丫搭在男人腿上，紧张得脚趾蜷在一起。

喻言朝车窗外看了一圈，结结巴巴："景景景哥，在这里不太好吧？"

她觉得我这正跟你进行心灵交流沟通正经事呢，你怎么说不正经就不正经上了。

男人没理，一手握着她脚踝，一手捏上白嫩脚板，力度和缓地帮她按摩放松，没有更进一步的动作了。

喻言呆了下，"欸"了一声。换来他勾着唇轻瞥过去一眼："你刚刚说什么不太好？"

她张了张嘴，又合上了，尴尬地移开视线，脸颊稍微薄红。

江御景看见，笑了一声："你这个小脑袋瓜里每天都想的什么东西，见过因为粉丝和男朋友吵架的女朋友，还没见过喜欢给自己男朋友找老婆粉的，你是不是闲的？"

喻言正沉痛地双手捂住脸，唾弃着自己的猥琐思想，闷声呜呜着："肯定不一样啊，他们只是你的老婆粉，我以后可是你老婆。"

她话音刚落，男人手上动作顿了顿。

喻言也反应过来自己刚刚说了什么，呆滞地抬起头来。

他黑沉的眼习惯性低垂看着她，眼神深邃悠长，握着她脚踝的手力道重了些，拉住了轻微使力，往自己这边带了带。

喻言只觉得自己整个人被他拉着又往下蹭了点，屁股下面的裙子摩擦座椅也跟着往上蹭，脊背瞬间离了车门下滑，最后变成后颈抵在车门上。

这个姿势实在不太舒服，颈椎骨被硌得有点疼，而且车子不够宽，她膝盖屈了屈，短裙也就跟着翻上去。

喻言意识到，腿往回缩了缩，男人攥着她脚踝的力度不小，没挣开，又想拿手去捂，可是动作怎么做怎么都好像哪里不太对劲。

日暮西沉，昏黄暖色的光顺着车窗攀进车里。车子就停在路边，偶尔有车擦着飞驰而过。

喻言快哭了，手捂着裙子努力想坐起来，又羞又急："这还在车里呢，光天化日的，外面有人看见怎么办啊？你这人怎么这样！"

江御景挑着眉，松了手。

喻言连忙抽回脚来。

他垂眸看着她缩回到副驾驶位上，缓声道："不用等到以后，你现在就可以是我老婆。"

小姑娘看着他，脸就这么"唰"的一下直接红到了耳根。

喻言整理好裙子，身子直起来坐好，想了想，还是把脚伸下去，乖乖穿上了鞋子。

回到基地天色渐沉，喻言站在基地门口犹豫了一下，没进去，仰起头来："一会儿明哥会不会骂我啊？"

"他哪儿敢骂你？"江御景捏了捏她脸，"小龙虾不吃了？"

他提到小龙虾，喻言来了精神，跟在后面去拉他的手，软乎乎的小手被男人反握住，两个人就这么牵着进了屋。

他们一进门，数道视线就齐刷刷落了过来。

小炮目光落在两人相牵的手上，一脸沉痛："恋情曝光了，以后这两个人是不是就可以更无法无天了？"

胖子也痛苦，痛苦的表情中不知为何还有一丝快乐的味道："可以肆无忌惮发狗粮了，可能还得发个微博秀。"

小炮扭过头来看他："胖哥，我感觉你看起来还有点开心，你是不是被刺激得疯魔了？"

胖子很正经道："有种，本来以为我那个性格畸形的儿子要注孤生了，没想到最后竟然找了个仙女。"

浪味仙冷笑一声："你这个马屁继续拍下去，声音再大点，这个月奖金双份稳了。"

对于队友恋情被曝光还上了个微博热搜这么个事，MAK战队全员都表现得非常淡定淡然，让喻言有点意外。

此时，众人正围在茶几边吃小龙虾，胖子肉乎乎的手捏住虾头，技巧性一掰，摇摇头表示那都不是事："你这其实都算好的，不就谈了个恋爱吗？你知道我们春季赛的时候被骂得有多惨，黑子骂，粉也骂，各种五花八门的骂法，跟奇门遁甲似的，喷到你怀疑人生。那段时间，我们所有人什么贴吧、微博啊，一眼都不敢看，官博下面都被喷疯了。"

小炮用手腕没沾到汤的地方敲了敲胸口，接道："职业选手，都要有一颗大心脏。"

旁边坐着的苏立明踹了他一脚："就你心脏大，大得都没边儿了。你昨天岩雀放的那是个什么垃圾大招？一会儿吃完给我练！"

60

消息几乎两天内就在整个圈子里蔓延开来。

一时间，LPL 颜值担当江御景 SEER 和某神秘女子疑似恋爱这件事，整个圈子里几乎无人不晓，甚至江御景 SEER 这名字还上了微博热搜。很多不接触电竞圈子的人十分茫然，不知道这人是干吗的。

虽然说爆料是爆料，但是因为照片角度实在不太好，女生的脸是一丁点都没露出来，所以大家也根本想不到这姑娘是谁，原本想着把圈子里和 SEER 关系还不错的几位女解说、主持什么的拉出来背影对比一下的，这时候众人才恍然发现——

SEER 这个人，好像根本就没有和他关系走得近的圈内异性。

结果就是他那个看起来像僵尸号一样的微博从关注列表到点赞到转发等被翻了个底朝天，依旧找不到任何一点蛛丝马迹。

这就很尴尬。

无论是围观吃瓜群众还是想搞事的抑或是 SEER 粉都已经好奇得抓心挠肝了，偏偏这个女主角，真的找不到她一丝一毫的动向。

事情就这么闹腾了几天，临近季后赛，众人默默接受了电竞圈的颜值扛把子好像终于被私有化了的设定，大部分人的注意力放在了即将开始的季后赛上。

恰巧就在此时，微博上某个名为"说给电竞"的博主，放了一个某小号的神秘投稿，一张照片。

犹如平地一声雷迸然乍起，再次掀起波澜。

照片里的女人这次是有正脸的，身上穿着一条香风小黑裙，露出白皙修长的胳膊和腿，身形纤细，巴掌脸，胃烟眉，眼梢微挑，睫羽狭长。

她当时站在车边，垂着眼，情绪看上去不太高涨，旁边站着个男人，略微垂着头，两人距离极近，看起来十分亲昵。

微博配文只有四个字——你们要的。

喻言在看见这张照片的时候，眼睛都快要瞪出来了。

她盘着腿坐在沙发上，一手拿着瓶牛奶一手刷微博，口中草莓牛奶咽了一半，呛在嗓子里，剩下的差点喷出来。

喻言家，整栋房子顿时响起了女鬼侵袭一般的惨叫。

她嗷嗷叫着把江御景喊过来，垮着一张小脸，仰头看着他。

男人站在沙发前，垂头，挑了挑眉。

"景哥。"她欲哭无泪。

"说。"

喻言抬臂，把手机递给他看："我要被围了。"

江御景："……"

把手机拿起来瞄了几眼，又往下翻了翻，江御景视线飞快掠过下面的留言，黑眸缓慢地眯起。

他抬起头来，把手机递还回去，喻言还在那边皱巴着脸，假兮兮地抽了抽鼻子："这是小桃花眼生日的那天吗？"

江御景低垂着眼："显然是。"

喻言绝望地叹出口气来，又陷入了沉思："这个偷拍的是怎么回事啊，这都过去多久的事情了，现在才放出来又是为啥？"

男人看着她一本正经皱着眉苦恼的样子想笑，也配合着她缓缓接道，若有所思似的："是啊，为什么呢？"

喻言闻言，再次抬起头来看他："你怎么都不紧张的呀？"

江御景敛着眸，长睫黑压压的，腮帮子似乎动了一下："没拍到你的时候，我不紧张。"他声音低缓，慢慢说道，"现在紧张。"

没拍到她的时候怎么都好说，矛头都在他身上，话都千篇一律，看过百遍，江御景觉得没什么所谓。

然而现在，喻言被曝光了。

一股冷冰冰的怒意和不安顺着尾椎骨，缓慢地，一节一节攀爬上来。

他虚着眸，对上她漆黑的大眼。

女生坐在沙发上仰头看着站着的他，杏眼里没有他想象中的不安情绪。

瞳仁黑亮，熠熠的，她平静地看着他，然后突然笑开了。

江御景微愣了下。

喻言笑得眼角微弯，眼睛里荡着的也全是笑意："这样也挺好的呀。"她笑吟吟开口，"这样你就不是一个人了，我就跟你一起承担。"

男人像是被钉在原地一样，一动不动，没说话。

她还是笑，平静又柔软地看着他，微微倾身，牵起他的一根手指过来："以后我都跟你一起。"

江御景喉咙哽着，半晌，才开口，声音微哑："好，以后你都跟我一起。"

事情出了这样的一个转折，本来觉得扒神秘小姐姐没戏了的人看到了希望似的，力量可怕到令人窒息。没过多久，就有人认出，SEER 的这个女朋友正是现在很火的某家网红甜品店的那位美女西点师。

不得不说，喻言的这个西点师人设其实还是很加分的，尤其是在女粉这一边来说，对于这种长得好看、职业都甜滋滋的人有一种天然的好感。

只是她当天下午还是接到了安德的电话，问她到底又闯了什么祸，今天下午人一下子多了好多，还有好多人去店里打听她在不在啥的。

喻言心里一喜，"哇"的一声："那今天的销售额是不是要翻一番了？"

江御景在旁边听着，觉得这姑娘心怎么这么大呢。

网上的战场从 MAK 战队的官方微博又转移到了甜品店特地开的微博，其中也有几张她穿着西点服的照片被翻出来，下面的留言观光团打卡有之，言论冷静者有之，污言秽语有之。

喻言新店九月开张，节骨眼儿上事情被闹出来，确实有点苦恼。

想了想，她没怎么犹豫就给大股东喻嘉恩打电话。

喻老板好像有点忙，她第一个打过去的电话没接，过了三四分钟，重新给她打回来了。

喻言接起来，"喂"了一声，软绵绵地、糯糯地叫了声"爸爸"。

她话音刚落，喻总那边不出声了。

好半天，他才悠悠道："你这个语气不太对啊，又出什么事了？你妈把你那小男朋友揍了一顿？"喻嘉恩啧啧两声，"我说她这两天怎么一直问我有没有适合四十多岁的人上的那种跆拳道班呢。"

喻言没什么表情，平静陈述："我被欺负了。"

那边果然沉默了下，语气变了："怎么回事？"

"我谈恋爱这事被人扒出来了，现在我连我自己店门都不敢踏进去。"

喻嘉恩诧异了："谈个恋爱就被扒？你这么有名？"

"还行吧，虽然我也有名，主要还是我男朋友有名。"

喻嘉恩凝重道："家里也被知道了？"

喻言想了想，摇摇头道："那倒没有，但是我店的那个微博下面，惨不忍睹、一片狼藉。"

喻嘉恩"喊"了一声，瞬间就不屑了："这么点事，你就给我打电话？你处理不了？父皇我日理万机没空管你这些破烂事情，自己解决。"

喻总说完，把电话毫不犹豫地挂掉了。

喻言："……"

你还是我亲爸吗？

江御景在那边低头按手机，听着她电话挂断，瞥了眼过去。

喻言安静了片刻，抬起头来看他："景景，我要破产了。"

江御景把手机丢到茶几上，歪着身子扭过头来，斜坐在沙发上，长臂伸出一把把人捞进怀里抱住，下巴搁在她头顶上："行，我养你。"

"那不行的。"喻言被人搂着，脊背贴着男人胸膛，脑袋歪着枕上他上臂，手里一边刷微博，"我要做一个经济独立的人，万一以后你哪天腻了把我丢出去，我连回娘家的钱都没有。"

江御景低低笑了："就你脑洞大。"

喻言没接话。

她安安静静的，江御景也没说话，就抱着人在沙发上坐着。

好半天，她才侧着脑袋仰起头来，澄澈大眼看着他。

毫无预兆地，身子就那么突然往上蹿起一点，抬着脑袋，亲了亲他的下巴。

江御景垂眸。

小姑娘笑嘻嘻地把手机举到他面前："你怎么偷拍我呀？"

她手里手机屏幕停留在江御景的微博界面上，上面有男人刚发了不久的一张照片。照片里的姑娘盘腿坐在沙发上，腿上平摊着一本书，手里一瓶草莓牛奶，正抬着头，在笑。

薄薄的余晖蹭在她的侧脸发梢衣角，她眼角可爱地弯着，长睫黑压压的，唇边绽开大大的弧度冲着面前的人，笑得柔软又温暖。

配文比那个爆出照片的微博还要简单，没有任何解释，只两个字——我的。

算是江御景对于最近几天事情的表态和回应，也可以说是非常 SEER 的一个回应。

这条微博发出去没多久，评论立刻爆炸了。

喻言翻着往下看，"咦"了一声，有点惊奇地发现，这次下面的留言竟然没有很多负面的。

更多的是——

> 小姐姐好好看啊啊啊啊，心服口服了。
> 这个小姐姐笑得暖化了！还会做甜品，小姐姐是天使吗？！
> 你的你的，是你的，没人跟你抢。
> 说好的电子竞技没有谈恋爱呢？！
> SEER 真的承认了，SEER 竟然也是会谈恋爱的？？
> 小仙女！小仙女！！ SEER 把你女朋友交出来我们还可以做
> 你的粉！

诸如此类。

喻言看得惊奇，软趴趴缩在男人怀里，一边忍不住咯咯傻笑一边给他读："这里还有个人评论说，之前那个博主发了我的照片然后说'你们要的'，SEER 一看这不行啊，赶紧表示你们要也没用了，这我的。"

江御景懒洋洋地靠在沙发里听着她在自己耳边念，低笑了一声："你帮我给他点个赞。"

61

江御景的微博很快被 MAK 战队其他人转发了。

调侃的也有，只转了没说话的也有，总之就是全队的人都表现出了"这个景嫂和我们关系好得很，你们别想带节奏"的意思。

权泰赫生日时在场的几个职业选手也转发了微博，恭喜 SEER 苦苦追求终于抱得美人归。

而下面的热评第一条则是——从这张照片里我几乎能感受得到 SEER 拍的时候溢出来的温柔了喂。

喻言看见这条的时候，老脸一红。

然后，她就看着江御景直接从茶几上把自己的手机捞过来，在上面点了个赞。

点完，这人还没够，不紧不慢地往下拉着，边看边挑了几个他好像特别满意的评论，挨个点赞。

至此，SEER 真的谈了个西点师女朋友这件事情得到回应，三千年不发一条微博的当事人特地发了女朋友照片并说是"我的"，还被队友疯狂调侃吐槽不想再被塞狗粮。

于是事情的脉络就这么被梳理清楚，人家小姐姐是正牌女友，听起来好像还是 SEER 千辛万苦才追到手的。

一系列乱七八糟的言论站不住脚，干脆改喷区区一个西点师哪里有钱在市中心开那么大的一个店，独立洋房不说还筹划着准备开分店。

包养论还没等肆虐起来，甚至只在几个小时之内，这一波搞事情的言论就在各个平台上消失得一干二净。

喻言反应了一下，点开喻嘉恩先生的微信，给他发了个 520 元的转账过去。

喻总那边乐颠颠收了，开心完还忍不住傲娇，给他闺女发语音："520 块钱？我是饿着你了还是饿着你了你穷成这样？这么点钱你也拿得出手？"

喻言嘿嘿笑着，又发了个 5.2 元的红包过去，附赠一个"爱您"的表情包。

喻嘉恩点开一看，笑开了，眼角的纹路渐深，嘀咕了一句"这小丫头"，又发了句话过去。

喻老板：改天把你那个小男朋友带回来吃个饭。

喻言眨巴了下眼，又偷偷瞥了眼身旁的男人，回了个"哦"。

LPL 夏季赛常规赛结束，每个小组前四支战队进入季后赛，后两支战队进入保级赛。比赛一周后开始，持续半个月直到九月初季后赛总决赛决出夏季赛冠军。

MAK 战队目前为止实力排在前四的位置没什么压力，然而距夏季赛冠军依然是有很大距离，前有保持着唯一一场负战绩的春季赛冠军 BM 蝙蝠侠战队大山一样横着，后有 FOI 战队和权泰赫所在 AU 战队紧追不舍、虎视眈眈，压力不可谓不大。

虽然喻言之前说过"必须是第一"这种话，其实她当时真的只是随口那么一说，此时看着他们每天训练赛一盘一盘地打，排位赛一打打通宵，她明白，他们比谁都想赢。

凌晨两点，喻言蜷缩在 MAK 基地的沙发上醒过来，她怀里抱着个抱枕，身上盖着一件队服外套，上面有熟悉的味道。

喻言把外套领子往上拉了拉，半颗脑袋缩进去盖住，迷迷糊糊地眨着困倦的眼。

沙发这边一半的灯被关掉，客厅的另一端还灯火通明，安静得只能听见机械键盘敲击短促而清脆的声响。

喻言撑起身子缓慢坐起来，揉了揉眼睛，又打了个哈欠，眼睛半睁不睁的。

她半垂着眼睑，飘飘忽忽地看着对面的一群男生，小炮手按在颈椎的位置活动着脖子，扭过头来看了一眼，见她坐起来，咧开大大的笑容："言姐醒了？"

喻言睡得迷糊，只看着他，没开口，心里默默回应了一声，假装自己回复了。

江御景听见小炮说话，也侧过头来。

刚好一局结束，他起身去厨房倒了杯水，走过来递给她。

有一点中药的淡淡香气随着他的动作传来，萦绕鼻尖。

喻言垂眼，看着男人右手手腕处从袖口露出来的一点浅黄色膏药贴，乖乖接过水来咕咚咕咚喝了两口，没说话。

她喝完，江御景把杯子接过去："醒了就回家睡。"

喻言软趴趴地靠在柔软沙发里，半个身子塞进沙发靠垫中间的缝隙，声音睡得有点哑，黏糊糊的："不想动。"

"走过去要不要一分钟？"

她懒洋洋地抬了抬手臂，把盖在身上的他的队服外套往上拽，蒙住嘴巴鼻尖，闷声拉着尾音："半分钟都不想走。"

说着，她又打了个哈欠，眼角溢出一点晶莹的水珠来。

江御景无奈垂眼："那你到楼上我房间睡。"

这次她终于抬起眼来看了他一眼："那你睡哪儿？"

"胖子房间他一个人住，我去跟他睡。"江御景随口一说。

喻言脑子里也混沌着，没怎么考虑，缓慢地点点头，屁股一点一点往下挪，不情不愿地蹭下了沙发，垂着脑袋站在那里，又不动了。

她撒娇似的皱巴着一张小脸："我能不能就睡这儿？"

江御景直接沉默否决，拉着她手腕把人领上了楼，打开房门开了灯。

喻言走了这么一路清醒了小半，进了房间，自觉爬上他的床。

她半跪在床上往里面爬了一点。

结果人爬到一半，又缓慢地，退下来了，转头看向他："我没洗澡。"

江御景："……"

"没事，睡吧，明天起来再洗。"

这不是知道你的洁癖嘛。

喻言点点头，重新爬回去了，躺好。

江御景俯身把被子帮她拉上去盖好："睡吧。"

喻言眨眨眼："那你也早点睡，要劳逸结合，不然状态不是也不好？"

他抬手，把她贴在脸颊的碎发往后别了别："嗯，再打几盘就睡。"

等江御景下楼来，MAK 战队众人纷纷注视。

胖子一脸不可思议地看了看表："景哥，五分钟？"

江御景不咸不淡轻飘飘地瞥了他一眼。

胖子闭嘴了，并且抬手做了一个嘴巴上拉链的动作。

看着他重新回到座位上坐好，胖子眼睛转了一圈，又开口道："景哥，炮炮给你买了一份脱单礼物，恭喜你和喻妹小嫂子以后终于可以公开虐狗了，就在你房间床头柜子的抽屉里，你看见了没有？"

小炮一口口水差点呛着，连忙道："是胖哥挑的来着。"

江御景抬起眼来，挑了挑眉。

胖子摇头晃脑，假装没听见小炮说了啥："哎呀，我们炮这个礼物，选得好啊，以后谁再说 PIO 情商低，我第一个不服气。"

江御景懒得理他们，直接又开了一局。

半个多小时后，the one 准备去睡觉。

娃娃脸关了电脑站起来，推开椅子刚走了两步，又想起什么来，扭过头来看向江御景："我去胖子房间睡？"

江御景那边正在拆对面高地水晶，没看他，"嗯"了一声："委屈你了。"

胖子瞬间就不乐意了："怎么就委屈了？我房间怎么了？我房间哪里不好了？"

the one 眼神淡淡的："你袜子洗了吗？"

胖子："啊哈哈哈，中路这个蛇女被对面辛德拉单杀了啊，这什么室

301

息操作。"

江御景和这边队友拔了门牙塔点掉水晶，一局结束，也跟着关电脑站起来。

小炮摇了摇头："不一样啊不一样，我三千年没见过睡这么早的景哥了。"

正在跟自家中单双排的浪味仙："过来拿蓝，打完这盘我也睡了。"

江御景没理他，径直上楼轻手轻脚开了门进去，房间里的人睡得正香。

小小一只躺在他床上，乌黑的发散在他枕边，似乎是睡得热了，被子边被掀起来，一条雪白的长腿伸出来压在深灰色被面上，身上的裙子也翻了上去。

江御景脑壳疼，又想笑，她倒是真的睡得安稳，一点防范意识都不带有的。

他俯身把裙摆拉下来，指尖不经意间擦过滑腻肌肤。他的喉结滚了滚，开始后悔一个小时前让人到楼上来睡，就是扛也应该把她扛回自己家的。

江御景无声叹了口气，怕把人吵醒，去隔壁浪味仙房间洗澡。

洗完出来再开房间门，喻言已经醒了。

小姑娘半垂着睫躺在床上看他，睡眼惺忪，唇瓣睡得红润润的。

江御景穿着睡衣走过去看她："醒了？"

喻言眼里还糅着雾气，长发软软地散在枕头上打着卷，白皙纤细的手指抓着枕边。

好半天，她才低低"嗯"了一声，声音低低糯糯的，丝丝缕缕挠着人心尖。

她身下是他的床，盖着他的被子，枕着他的枕头。

人还没睡够，安安静静躺在那里，蒙眬着眼看他。

江御景无意识舔了下唇角。

太乖了。

这个样子的她太乖了，让人不由得生出了一点不太纯洁的想法。

62

江御景开了荤，绷到后面终于绷不住了，本性毕现几乎毫无绅士风度可言，直到天蒙蒙亮才算餍足，捏着她脖颈咬住嘴角："去洗了澡再睡。"

喻言手指头都不想抬一下，哼哼唧唧地缩在他怀里，哑着嗓子迷迷糊糊道："不要。"

江御景亲上她浓密睫毛上挂着的水珠，大掌搭在她滑腻的脊背上把人揽住："好，那不洗了。"

——有洁癖的男人是这么说的。

喻言生物钟时间准，睡了没几个小时意识混沌着醒过来，一睁开眼就是一片赤裸胸膛。

江御景还沉沉睡着，早上八点多，阳光顺着窗帘缝隙晃晃进来一束，她手臂轻慢地从被子里伸出来，去拉开男人箍在她身上的胳膊。身子还没动，江御景睁开眼，沙哑的嗓音自她头顶传过来："醒了？"

喻言抬起头来，委屈巴巴："腿酸。"

江御景眼睛半睁不睁，大掌插进她发丝按着后脑把人重新揽进怀里哼笑着。

她拱在他怀里红着耳朵"唉"了一声："你这个人怎么耍流氓？"

江御景亲着她发顶："那怎么办？耍都耍了。"

喻言推着他胸口撤离了一点，手肘支着床面撑起一点身子看他，男人闭着眼躺着，唇瓣很薄，长睫覆盖着的眼底因为长期睡眠不足昼夜颠倒生出退不去的黑眼圈。

她托着下巴歪着脑袋："景景，你是不是蓄谋已久？"

男人闻言，缓慢睁开眼来。

小姑娘身上灰色薄被半掩着，露出白皙肩头和肩线，黑发披散，隐约露出背后蝴蝶骨，脖颈修长。

江御景眯起眼来，一把把人捞起来，放到自己身上。

喻言本来腿根就酸得难受，被他这么毫无防备地一提，痛得"嗷"的一声。

江御景"嘘"的一声，示意她小点声："隔壁听得到。"

喻言"啪"的一下打开男人的手："听得到个啥！你就骗人吧！"

她昨天迷迷糊糊反应不过来，今天清醒了越来越觉得他是糊弄她的，只是声音还是不自觉降低了点。

喻言拖拉着身体从他身上蹭下去，又把被子边往上扯了扯，坐起身来，看着被压在两个人身下的皱巴巴的衣服和裙子，摆出苦兮兮的样子。

喻言涨红着脸，一把抓起衣服裙子全都往他脸上丢。

江御景笑出声来，边笑边把脑袋上的裙子扯下来，随手丢到地上："才八点，再睡一会儿？"

她确实没睡够，眼角还有点发红，慢吞吞地又躺下蹭回到枕头上，表情哀愁："我这个样子，一会儿怎么走啊？"

男人一下一下拍着她背，哄小孩似的："穿我的。"

"不行。"喻言倦怠上来，闭着眼，"那被他们看见了得怎么想啊？"

她又跟他嘟囔了一会儿，说着说着尾音渐低，没几分钟，人就睡着了，呼吸均匀安静。

小身子软乎乎地贴着他，睡得又熟又安稳。

江御景靠在床头看了她一会儿，也跟着睡过去。

这一觉再醒来已经日上三竿，江御景感受到身边人的动作抬起眼皮，就看见喻言正小心翼翼往床下爬，爬到一半回头看了他一眼，正好对上男人困倦黑沉的眼。

喻言吓了一跳，屁滚尿流滚下了床，双脚刚一落地，腿一软，"啪"的一下摔在了地上。

她"嗷"的一声，江御景也被她吓得清醒了，掀了被子就准备下床去，被喻言一声"停"喊住了。

她坐在床脚地上，背对他，红着耳朵只转过头来："你先闭上眼睛。"

他无奈闭上了眼："你慢点，别急。"

听着窸窸窣窣响了一阵，江御景睁开眼来，刚好看见小姑娘跑进浴室去了。

"……"江御景想笑。

等两个人都洗好澡，喻言穿着江御景的大 T 恤和运动裤甩着裤腿下楼的时候，MAK 人都已经起了，看见穿着大码 T 恤从楼上下来走两步甩下腿的姑娘和跟在她身后一脸神清气爽的男人，众人露出意味深长的表情。

喻言有点尴尬，尤其是她现在穿着这条好肥的运动裤，浑身上下不自在，只想马上冲回家去换衣服。

两人下了楼，江御景垂眼看着她堆在脚踝好长一截一直往拖鞋下面滑的裤腿，蹲下身去，捏着她脚踝提起来，把她踩在脚跟下面的裤腿一圈一圈卷上去，露出白嫩的脚背。

被一群人看着，喻言不自在地抽了两下脚。

江御景手握着她纤细的脚踝，钩起裤腿，没松手，声音淡淡："别动。"

小炮面无表情："我要转会，老子要转会，这个基地我真的待不下去了。"

胖子神情复杂地摇头："景哥变了，景哥再也不是那个薄情寡义无情无义的大魔王景哥了。"

下午江御景训练赛，喻言回家换了衣服，又在床上瘫了几个小时，身上的不适感缓过来，她准备去店里看看。

好几天没去，喻言收拾了一下，一边给安德打电话一边出了门。

到店里的时候，安德正在跟一个女人说话。

女人背对着门站，穿着一条深绿色长裙，黑发烫成大波浪，身段有致，只背影就让人觉得气质出众。

喻言正想着，女人转过头来，两人视线对上。

喻言一愣。

她的正脸看起来不年轻，大概四十岁的样子，保养得却很好，五官立体又明晰，高鼻梁，眼窝很深，薄唇。

眼睛是很耐看的内双，非常有味道。

几乎是一瞬间，喻言就知道她是谁了。

她有点紧张，手心里冒出汗来，捏着背包带子的手紧了紧，悄悄深呼吸了一下，才走过去，欠了欠身："阿姨。"

女人露出了一个有点诧异的表情："你知道我是谁？"

喻言笑了下："江御景跟您长得很像。"

女人微怔，也露出一个笑容来："我看见他的照片了，真的长大了，就是还和小的时候一样，总是一脸不高兴。"

喻言不知道怎么接话。

她想起之前苏立明跟她说过，江御景十八岁离家出走，但是十八岁，好像已经不算小时候了。

喻言压下心里的疑虑带着人去靠窗的位置坐，都说婆媳是天生的情敌，她打起十二分精神，看着对面女人优雅地抿了两口咖啡，才缓慢开口："你叫？"

"喻言。"

女人点点头："我在网上看到有你这里的地址，就过来了，你是御景的女朋友？”

喻言努力控制着微笑的表情别太僵硬，尽量得体地点了点头。

女人用一种让人非常不舒服的审视目光看着她，突然也笑了一下，表情很平静："你不用紧张，我今天来没有别的意思，我跟御景十几年没见过面了，也没有权利以他什么人的身份来见你。"

喻言愣住，不是十八岁才出走的吗？

女人看见她没反应过来的表情，又笑了，笑容看起来落寞又苦涩："是我做了错事，他怨我，不能接受我，我都不怪他，只是希望他能愿意见我一面。"她疲惫地闭了闭眼，"我希望他能给我一个机会，给我一次解释的机会。"

晚上七点，夕色褪尽夜幕降临，喻言趴在店里的桌上。

下午女人说的话在脑子里打着转，乱糟糟搅着她的思绪。

她直勾勾盯着窗外发呆，直到有人走到她趴着的那张桌前来，屈指，轻敲了两下。

喻言猛然回神，抬起头来。

江御景挑着眉："发什么呆？"

喻言仰着头愣愣地看他，又想起女人的话，咬了下唇角，想了想，到嘴边的话最终还是咽回去了，话头一转："你怎么来啦？"

江御景"嗯"了一声，懒散垂着眼，漫不经心："我听说，今天有人来找过你。"

"……"你是神仙啊？

63

喻言刚刚摆平了男朋友他妈直接找上门来谈话的事件，前脚人刚走，后脚男朋友本人就来了，仿佛她一举一动皆在他掌握中的样子。

喻言皱着鼻子想了想，屁股往里面挪了一点，给他空出位置来，笑呵呵："景哥，您坐。"

男人看着她有点讨好的样子，唇边翘起一点来，慢悠悠坐下来，一双长腿前伸舒展着，手肘架在桌上撑住下巴看着她："说吧。"

喻言有点纠结地看了他一眼，又叹了口气："景景，你不爱我了。"

江御景："嗯？"

"你在不顾我是否会留下心理阴影的情况下对我做了那么过分的事情，还没完没了，之后甚至根本不关心我的身体状况，直接就准备拷问我了。"

江御景眯起眼来："来，你现在跟我回家，我好好拷问拷问你。"

"欸，你这个人怎么回事啊？"喻言小心地回头瞧了一圈旁边没人，才又扭过头来，避重就轻转移话题，"练习赛赢了吗？"

江御景挑了下眉："输了。"

喻言点点头，仔细回忆了一下："我怎么感觉你们打练习赛就没赢过？你是不是练习赛都用韦鲁斯的？"

江御景不想继续这个话题，抬手捏了捏她鼻尖，干脆直接问："晚饭吃了？"

喻言眨眨眼："没呢，等着晚上回去和男朋友一起吃。"

她明显是在讨好，他偏偏很是受用，弯弯唇边："吃什么？"

喻言身子挪了挪，脑袋往前凑了凑，下巴搁在男人手臂臂弯，仰着脑袋自下往上看着他，大眼睛亮晶晶，像某种食草类小动物："想吃冒菜。"

江御景直起背，抬手拍拍她的脑袋："走吧。"

喻言笑嘻嘻的，站起身来摇头晃脑去拿包，和安德打了招呼走人。

看了一眼站在门口等着她的男人，她边往外走边跟他说："你今天如果再来早一点，可能就走不了了。据说我店里现在每天都会来大批的江御景迷弟迷妹，就差把你的粉丝团驻扎在这里了。"

江御景倒是已经对她了解得不行，掏出车钥匙来："那你不是开心死了，我帮你多赚了多少钱？"

喻言警惕地看了他一眼："你想跟我要分成吗？广告费？"

"小傻子。"他嗤笑了声，绕到驾驶位那边，"上车。"

她乖乖"哦"了一声，拉开车门上了车，又扣上安全带："景景，我们回去叫个冒菜的外卖吧。在外面吃太累了，我想躺着吃，你喂我。"

江御景瞥了她一眼："我嚼碎了喂你？"

喻言被他噎了一下，犹犹豫豫地说："你喜欢这样吗？"她一脸为难，"行吧，我就当为爱献身了。"

他失笑："我是让你干什么了？"

"景景，其实你是个假洁癖吧？"

他笑了声，开车的间隙抬臂敲了敲她额头。

喻言心里一直藏着事，刚刚尽力打岔也没什么作用，没再说话，下巴搁在车窗框上，看着外面暮色中的流光发呆。

江御景微微侧了侧头，不动声色看她一眼。

安静一片的车内，良久，喻言终于还是忍不住，轻轻地叹了口气，叫他："景景。"

江御景"嗯"了一声。

她看着车窗玻璃上映出的一点自己的模糊轮廓："阿姨今天来找过我了。"

他继续应道，表情没什么变化。

喻言直起身，转过头来，歪了歪脑袋："你喜欢她吗？"

江御景声音平平淡淡的，没什么起伏："不喜欢。"

"她说想让你给她一次解释的机会。"喻言长长地舒了口气，声音放软，降低了点，"说只要见你一面就好了。"

喻言想起下午的时候，女人一边说着来找她没有什么别的意思，一边用那种很奇怪的近乎刻薄的审视眼神打量着她，就像是在——

估价。

她鼓了下嘴巴，觉得这种话实在没办法说出口。

江御景唇边蓦地勾出了一个有点嘲讽的弧度："她不是想让我给她一次解释的机会，只不过是在她眼里，我又有价值了。"

喻言微愣了下。

江御景视线看着前面，手搭在方向盘上，漫不经心敲了两下："我五岁那年，我现在的父母收养了我。"

喻言呆怔着转过头来。

"我那时候有记忆了，逗小孩的把戏，她带我去商场，给我买衣服，等我从试衣间出来，她人已经不在了。"

车子缓缓驶进小区，他打着方向盘，声音平淡。

"没什么特别的原因，她找了个有钱男人，要去美国，带着个累赘，人家哪能要她。对那个时候的她来说，我没有价值，随便找个地方丢了，甚至连力气都不想费。

"不值钱的玩意儿，父亲、儿子血缘都可以不要，外公生病，她一次都没有回来看过。"

停车入库，熄火，江御景拔出车钥匙转过头来，黑眸低垂，安安静静的。

喻言眼角有点红，坐在副驾驶位上，咬着唇，说不出话来。

原来如此。

他极其强烈的不安全感，他习惯性不表达的别扭性格，他任性起来幼稚的占有欲，他所谓的"什么都没有的我"，全都不是没原因的。

江御景看着她染了点潮意的大眼，轻叹了口气，抬臂拍拍她脑袋："怎么回事啊，你不是一直想知道吗？不跟你说的时候你又乱想，说了又这个表情。"

喻言鼻尖酸涩，摁开安全带身子蹭过去，手臂伸出环着男人腰把人抱住，头深埋进他腰腹处："不见了，一眼我们都不见，她好讨厌，以后她再来我就帮你把她赶出去。"

江御景垂头看着脑袋深埋的小姑娘，笑了下，轻柔地摸她头发："好，你帮我赶出去。"

喻言吸了吸鼻子："景景，以后你要什么我都给你。"

你有的全都给我，我也全都给你。

所有的爱，都给你。

江御景带着笑的声音响在她头顶："你在脑补些什么东西，我现在的爸妈对我很好。"

喻言头还埋在他衣服里，闷闷的："那你还叛逆文身气阿姨，你还离家出走，你还三年不回家，你还好意思说他们对你好，你对得起他们吗？SEER 小朋友，你很任性！"

江御景被批评得哑口无言，哽了半晌，才低缓道："那你要不要陪我回家？"

喻言环着他腰的手臂一僵，猛地抬起头来。

她还泛着红的眼瞪得老大，反应了一会儿，眨眨眼："阿姨会不会把你踢出去？你这个行为完全可以被按在地上打五十大板了。"

江御景抿了抿唇："我过年、生日都会发信息的。"

"那四十大板。"喻言脑袋缩回去，重新坐到副驾驶位上，掰着手指头一样一样数他的罪状。

江御景饶有兴致地听着，也不打断，等她终于念叨够了，才应声把罪名全数承担下来，淡定道："那你要不要跟我一起回去？"

刚刚还精神着批斗他的人一顿，蔫巴巴地抬起头来："我不敢……"

他挑着眉："我也不敢，那怎么办？毕竟我三年没回家，身上还顶着十好几条罪名，每一条都大到一进家门可能就会被我妈活剥了下油锅的那种。"

喻言点点头，认真地看着他说："景景，你如果真的被阿姨活剥了下油锅，我是不会为你守寡的。"

江御景："……"

LPL夏季赛季后赛第一场MAK战队对战AU战队。前一天晚上十点，喻言收到"小内奸"小炮微信发过来的某人最近几天对战记录截图，再次跑到隔壁去拽着男人袖子拉到自己家来，愤愤威胁："江御景，你今天给我老老实实睡满八个小时把昨天的觉补回来，不然明天老子就上替补让你坐在后面抱着饮水机哭泣，你信不信？"

江御景完全没有挣扎的意思，任由她拽着出了基地进隔壁门，顺便回手把她家房门关上了。

他看了眼墙上的挂钟，反手拉过扯着他袖口的手，轻微使力把人拉进怀里："睡不满八小时了。"

喻言皱着眉仰起头来，刚要说话，江御景垂下头去轻咬住她嘴角，压低了嗓子："可能得用几个小时干点别的事情。"

喻言耳朵红了一下，软趴趴地推他："明天比赛了，你正经点啊，权泰赫很厉害的好吧！"

江御景大掌顺着她脊背中间一条浅浅沟壑一路摸上去，突然没头没尾道："权泰赫是中单。"

喻言手抵着他，人缩了下，大眼迷茫不解地看着他。

江御景手上动作没停："中单是AP魔法英雄。"他托着她腿根把人抱在怀里往沙发走，磨着她耳垂沉沉笑，"所以我补魔[1]。"

---

1 补魔，ACGN用语，意思是补充魔力，出自Type-Moon世界观下的游戏 *Fate/stay night*。

64

房子里只开了前厅的小盏灯，壁灯幽淡，昏暗光线下沙发里响声轻微。

小姑娘趴在沙发上，手指绞着身下沙发靠垫捏紧，背脊弯成诱人的弧度。

隐隐还能分辨得出"浑蛋禽兽人渣你滚啊"之类的字眼——

在骂他。

江御景笑着喘息，最后停的时候她嗓子已经哑得几乎说不出话来，缩在男人怀里抽着鼻子颤抖："你是魔鬼……"

江御景失笑："累的是我才对。"

喻言疲得一个字都不想说，脑袋往里拱了拱，闭着眼睛睡。

江御景一手抚上她脖颈后的滑腻肌肤："去洗澡。"

她皱着眉哼唧唧，缩了缩身子躲他的手："你给我洗……"

他掐着她细腰，捏了捏："我给你洗就洗不成了。"

"……"体力这么好你打什么电竞啊。

喻言心里默默吐槽，不理他话里暗示，眼紧闭着，鼻尖贴上肌肉，轻轻呼出温热的鼻息，用实际行动向他展现自己不准备洗澡的坚定决心。

展着展着她就真的差点睡着了，迷迷糊糊的，最后还是被拖着去洗了个澡，一觉醒来人已经睡在了楼上卧室的床上，身上干干净净，还被套了件衣服。

喻言穿着从江御景家穿回来的他的 T 恤，撑起身子靠坐在床头打哈欠，衣领松松垮垮，露出半截锁骨，上面没消的印子又覆了一层。

看着身边睡得正香的男人，喻言眯起眼来磨着牙，抬手拽住他一缕额发，往上拉。

江御景轻微"唑"了一声，皱着眉迷迷糊糊睁开眼来，半合着眼皮，看了她一眼，长臂一伸钩着她腰直接把人又拽下来捞进怀里，低哑呢喃："老实睡觉。"

喻言脑袋费力地抻出一点来，看了下墙上的挂钟，又趴回去，提醒他："你还能睡两个小时。"

江御景扣着她后脑直接把她脑袋重新按回来，困倦地"嗯"了一声。

几个小时后，喻言坐在 MAK 战队车里跟着他们一起去。江御景补了魔又睡足了觉，此时神清气爽地和 the one 讨论战术。

季后赛和常规赛不同，BO5 五局三胜制，AU 战队第二轮晋级直接和第二名的 MAK 对战，赢的一方进入总决赛。

MAK 战队连续两年折在总决赛，距冠军一步之遥，对手又是那个权泰赫，小炮尤其紧张，到了休息室手机都不玩了，坐在饮水机旁捧着杯子发呆。

喻言悄悄看着，挪到江御景旁边去，用手肘碰了碰他："小炮对桃花眼的恐惧症还没克服啊？"

江御景看了她一眼："这就像是别的 AD 对我的恐惧一样，哪能说克服就克服了。"

"……"您最牛。

喻言翻了个白眼，不想跟他对话，想了想，走到小炮旁边，拉了把椅子到他面前，坐下了。

小炮抬起头来，惴惴不安："言姐。"

喻言轻叹，微笑着安慰他："对线稳住，走位小心点，别太浪，小心对面打野蹲，注意着点浪味仙位置，没事的。"

少年感动地提了口气上来："言姐！"

她温柔地拍了拍他的小脑袋："要是这样还能被压，你就解约吧。"

小炮："……"

AU 本就是以韩援中单权泰赫为核心的中野 carry 的战队，个人实力上相比权泰赫也确实比小炮略胜一筹。MAK 战队第一局拿了一套相对灵活的中前期转线阵容，取得不错效果拿下第一局。结果第二局延续战术翻车，前期对线优势微弱没能滚起雪球，后期对面双 C 位装备成形，阵容上的劣势团战不敌，输掉比赛。

此时 1:1，休息过后进入第三局 BP 环节，喻言在休息室里收到汤启鸣发过来的短信。

比赛开始，解说开始在台上疯狂叨叨，她的手机在旁边桌上同一频率疯狂振动，一连几条信息过来，喻言不耐烦地拿起手机一目十行看完。

短信的内容大致就是——真的没想到你和 SEER 在一起了，我虽然是SEER 的粉但他性格不好是众所周知的事情，人与人之间的相处也是要日久见人心的,如果有一天他伤了你的心,我还在等你。

最后一条,女孩子要好好爱惜自己,就算跟他在一起也别让他占你便宜。

字词质朴句句肺腑,情感真挚令人动容,字句间充斥的对 SEER 的恶意以及不甘心几乎破屏而出,令人不由得潸然泪下。

喻言飞快扫过,觉得这人吃相简直难看到令人心疼的程度,然后删短信,手机号也顺手拉黑了。

MAK 战队和 AU 战队半决赛打满了整五场,MAK 战队最终以 3:2 拿下总决赛门票,并且将在一周后对战 FOI 战队和 BM 战队之间的胜者争夺夏季赛冠军。

喻言在后面等着台上的人握手鞠躬,然后收外设下场,脸上的笑容抑制不住。

几乎就在江御景出来的一瞬间,人直接扑进他怀里。

周围全是队友和工作人员起哄的声音,江御景直接把外设塞给旁边的浪味仙,回手抱住她。

起哄的声音更响了。

喻言已经不要面子了,笑嘻嘻地抬起头来,眼睛亮亮的:"最后一场了。"

江御景也笑,抬手捏了捏她鼻子:"这才刚开始。"

她退出他怀抱,跟在众人后面往休息室走,问他:"景哥,LCK(韩国)赛区是不是很厉害?"

江御景走了两步,突然停了,转身垂头帮她立起了她身上大号队服外套的领子,拉链严严实实拉到头,才继续往前走:"嗯,很厉害。"

喻言没看过除了 LPL 以外的比赛,有点好奇:"多厉害?"

他想了想,慢悠悠道:"我第一次打进 S 系比赛,遇到 LCK 的队伍,被打成 3:0。"

喻言:"⋯⋯"

"去年还行,翻了一盘,3:1。"

江御景心态很好:"有进步了,不错。"

众人回休息室整理了东西,又看着屏幕里胖子的赛后采访仰在椅子里笑。江御景倚靠在喻言椅子旁边,手指卷着她的头发玩,休息室门被敲响。

小炮蹦跶着去开门,推开一条缝,宫翮的脑袋从门后伸出来,四下张望了一圈:"我家景儿呢?"

江御景目不斜视地看着电视屏幕上胖子的那张大脸，全当没听见。

宫翻看见他，也不介意，笑眯眯招了招手："景儿，来，跟你谈谈心。"

男人小朋友一样一脸不高兴地扭过头去，看着他"喊"了一声，缓慢地、不情不愿地跟着出去了。

江御景记事比其他小朋友都要早，他四岁那年见到宫翻，低矮破旧的老居民楼里，这个刚搬到他家隔壁的邻居小哥哥正倚靠在楼道里落了漆满是灰尘的旧木窗上，穿着看起来就很贵的衣服，问他："小朋友，你每天放学都自己回家？"

小江御景背着书包，没什么表情，稚嫩的童音："我妈妈很忙，我还能自己吃饭。"

少年当时愣了下，然后突然笑着说："是吗？那你妈可太忙了。"

小江御景听邻居的阿姨说悄悄话的时候听到过，宫家私生子什么的，他当时不知道私生子是什么意思，只觉得这个人有点奇怪，但是不讨厌。

现在，江御景觉得这人何止讨厌，简直太烦人了。

一看见对方就手痒想抽烟，他干脆插着口袋不耐烦地倚靠在墙边，等着对面的人开口。

宫翻看着他那副"有事赶紧说"的臭表情笑了，也不急，慢悠悠："她问我，你生日是不是快到了。"

江御景挑起眉来。

"我说是今天。"

江御景扬着下巴，低呵了声："你今天倒是不帮她说话了。"

宫翻笑着骂了他一声："老子一直是站在你这边的行吗？我只是觉得确实应该见一面，算是做个了断。"

"和谁做了断？"江御景觉得有点好笑，"一个被男人甩了日子过不下去了才想起自己有个儿子，还连儿子的生日都不记得的人？"

他话音刚落，宫翻笑容没了，沉默了好一会儿，才叹了口气："她今天应该会来找你。"

"哦。"江御景懒洋洋地歪着脑袋抵在墙面，漫不经心道，"我老婆说了，来一次，她帮我赶一次。"

65

FOI 战队和 BM 战队的比赛即将开始，宫翻在被某人的"我老婆说"论恶心完了以后不太想搭理他了，没说几句话，人就走开看自家战队比赛去了。

江御景推门进去的时候众人已经理完了东西，喻言坐在椅子上玩手机，抬眼看见他进来，直接把手机拍到桌上，光脚踩在椅子上站起来了："叛徒江御景！和 FOI 战队老板有私交是怎么回事！你坦白从宽抗拒从严！"

电竞椅摇摇晃晃的，微微往旁边转了一点，她站在上面晃悠了一下，险险站稳。

江御景见状快走了两步向前，皱着眉熊她："下来！"

喻言身子往后晃了一下也吓了一跳，连忙弯下身来手抓住椅子靠背，缓缓蹲回去了。

男人走过去一把抓住椅背稳住，黑眸低垂，语气不怎么温柔："你要上天？"

她蹲在椅子上仰着脑袋，伸出手来："组织怀疑你通敌叛国，你老实说你和这个宫翻有什么不正当交易。"

"我跟他计划着把你卖了，正在谈价。"江御景抬手托住她伸过来的手，喻言抓着他从椅子上下来，穿鞋。

胖子采访完回来，一行人背着包包上车回基地。回去的路上，小炮他们围在一起拿手机看 BM 战队和 FOI 战队的比赛直播，边看边分析。

"中路为啥拿个卢锡安？我觉得完全可以拿飞机啊。"小炮不解。

"可能是因为英雄池和你的一样浅得连鞋底儿都没过吧。"

"我现在也是会玩辅助型中单的人了，我再也不是以前的炮了。"

"谁今天被权泰赫单杀了来着？"

喻言坐在最后一排一边听着他们吐槽，一边玩手游，江御景侧头看了一眼，看起来像是个类似抽卡的游戏。

喻言连抽了几张，都是白的，气得直呜呜。

江御景笑了一声。

她听见，鼓着腮帮子转过头去："你好开心啊。"

男人勾着唇角："有吗？"

喻言瞪着他把手机塞到他手里："你来。"

江御景接过，歪着脑袋在上面点了点："这游戏怎么玩？"

她拉过他一条手臂，举着抬起来，然后自己侧着身子钻进怀里，又把他手臂放下，趴在男人大腿上点了几下屏幕，调出界面："随便点点。"

江御景手臂搭在她肩头，真的只是随便点了一下，出了个最高级别金色的。

喻言从他怀里钻出来，抢过手机，一脸愤恨："我们血统不同，不适合在一起了，你运气也太好了。"

江御景："……"

直到车子停了，她还沉浸在要不要以后这游戏都让他帮忙玩的纠结里。

跟在最后面下了车往基地走，喻言把自己的包包丢给江御景，然后扯过他的外设包背在身上，美滋滋地说："我像不像个凯旋的电竞选手，赛场女战士。"

大大的外设包背在她身后，江御景怕她觉得重，一路拽着往上提："你对你爸爸好一点，他要是签你这样的选手得赔多少钱。"

喻言不太服气，甩了下脑袋，视线一侧，看见基地门口站着个人。

女人黑色裙子，熟悉的眉眼，连表情都和那天去店里找她的时候不差分毫。

喻言皱了皱眉。

战队的基地地址的确不是保密的，队员们也经常会收到粉丝寄来的明信片和小礼物什么的，她会知道也不奇怪。

大概是通过各种渠道都见不到人，最终没办法，干脆直接来了。

女人站在路灯下，远远看过来。小炮他们看看女人，又回头看看江御景，察觉到他表情不太对劲，面面相觑，最终被苏立明推着进了基地。

此时女人已经走过来了，站在苏立明侧后方两步的地方。

了解事情的人只有苏立明，他犹豫了一下，表情无奈："要么你还是跟她聊聊。"

江御景唇线抿直，眼没抬，不知道在想什么。

沉默半晌，他原本低垂的眼睫突然抬起，笑了下，侧了下头刚想说话，大手被一只柔软温热的小手拉住了。

喻言抬头看着他，稳稳地扯着他的手，之后人往前走了两步，挡在江御景面前："他不聊。"

她穿着高跟鞋，脊背又刻意往直挺了挺，比面前的女人还要高出一截来，周身那种不容置喙的气场扩散开来。

江御景没动，任由她小小的手费力地想要包住他的大手。

人站在身后，看不见她是什么表情，只能听到熟悉的女声，一字一字，清晰缓慢地说："他不想跟您聊，也不想听解释。事情已经发生过了，伤害也已经造成了，不是解释和道歉这种毫无意义的行为可以轻易抹去的。"

江御景没说话，长睫微动。

宫翮也好，苏立明也好，所有人都觉得，她毕竟是你的母亲，她也许有什么难言之隐，可能事情并不是你想的那样，你听她解释一次。

就算没有也还是聊一聊说清楚得好。

所有人都是这么跟他说的。

江御景不懂为什么。

明明事情是已经发生了的，难言之隐也好，有他不知道的缘由也好，明明无论当年她有什么样的苦衷，都不能成为她抛弃孩子和别的男人远走高飞的理由。

更何况，她没有。

从他有记忆起，她从来都没尽到过一个母亲的责任，他永远都是一个人上学吃饭睡觉，然后听着她凌晨醉醺醺带着男人回来。后来她不再带人回来了，她走了。

她在他最需要她的时候丢下他，一句话也没有消失十几年，现在突然回来，毫无顾忌地找他，要他原谅，好像他就理所应当听她解释、接受她的道歉似的。

凭什么啊？

黑裙女人和喻言对视片刻，偏过头去，看向她身后的江御景，似乎在极力压抑情绪，唇边挤出一个笑容来："我跟我儿子的事情——"

"您儿子在哪儿呢？"喻言冷淡地打断她，费力地挺直了脊背拔高想把人藏住不让她看，"您早在十几年前就已经失去作为江御景母亲的资格了，阿姨，每个人做了错事都是要付出代价的，希望您以后不要再来了。"

她语气里藏着怒气，带着冷冰冰的刺，江御景听着，又垂眸看着她笔直紧绷的脊背，突然就笑出声来。

她在替他生气。

小小的身子挡在前面，想要保护他。

太可爱了。

男人手臂抬起，掌心按住她发顶，缓缓将人按下去了。

喻言一愣，回过头来看他，皱了皱眉。

江御景唇边含笑，被她紧紧捏着的手张开翻了一圈，反手握住她的手，拇指指肚轻缓摩擦了两下作为安抚。

喻言不满地抬手拍掉他按在自己脑袋上的手："你干吗呀？"

江御景手也不移开，顺势揉了揉她头发，几根碎发被他揉得乱糟糟地翘起来，他才满意收了手："饿了，回家吃饭。"

说着他拉着她往前走，目不斜视地和面前的穿黑裙的人擦肩而过，余光都没瞥过去一眼。

走了几步，女人不甘心的声音再度自身后响起："御景！"

江御景脚步一顿。

她声音哀凄酸楚："你不肯原谅妈妈了是吗？甚至连机会都不给妈妈一次吗？"

"我有个好妈妈，"江御景缓慢出声，回过头去，看着女人熟悉的、被他继承下来的眉眼，"她早上会叫我起床，送我去学校，周末会带我出去玩，给我买我想要的东西。她知道我爱吃什么、讨厌什么，她教我写作业，给我织围巾。她爱我，和这个世界上所有的母亲爱自己的孩子一样，我也爱她。"

他眼神淡漠，声音平静："那人不是你。"

喻言直到进了家门，还有点小心翼翼的。

她被江御景拉着跟在后面，进去以后偷偷朝外面瞅了一眼，才缓缓地关上门，犹犹豫豫"欸"了一声，转过身来，去拽他的袖子。

身子刚转过来，被男人一把按在门板上，脊背撞击发出"嘭"的一声轻响，喻言吃痛，还没叫出声来，唇舌被封住。

这个吻和他压着她的力度不太一样，轻缓温和地磨着她唇瓣，舌尖探进去，划地盘似的一寸一寸舔舐。

喻言微仰着头接受这个绵长的吻，再次呼吸到空气的时候眼角已经有点红了，大眼水汪汪的，轻微喘息，哪里还有之前挡在他前面时的那股气势。

江御景眉眼全部匿在阴影里，低垂着头看她，黑眸中有幽淡的光。

她拽着他胸口衣料，力度软绵绵的："我刚刚有没有太……自以为是了？"

她有点不安。

毕竟算是他的私事。

江御景低笑了声："没有。"

喻言听见，轻轻松了口气，手臂环着他的腰，脑袋侧着贴上去："我就觉得很离谱，凭什么她说回来就回来，说聊就聊，说要解释你就一定得听啊，还要让你原谅她，哪有这样的道理。"

江御景下巴搁在她发顶，手指一下一下摸着她头发："是啊，哪有这样的道理。"

喻言在他怀里蹭了蹭，之后仰起头来，下巴搁在他胸膛，弯着眼笑眯眯地看着他："那……女朋友今天表现怎么样？"

江御景心软像是深陷云层，手扣在她耳畔，垂头轻吻她额头，声线沙哑低柔："女朋友今天很帅。"

66

MAK 战队打进夏季赛决赛，他们最终的对手，另一支队伍也将在 FOI 和 BM 之间产生。然后 MAK 要开始研究阵容，看复盘，算算两支战队比赛差不多该结束了，江御景唇瓣贴着喻言额头，轻缓摩擦了两下："过去吗？看看 FOI 和 BM 谁赢了，顺便吃个晚饭。"

喻言一顿，抬起脑袋："等下再过去，现在不想吃晚饭。"她试探性提议道，"我们先看个电影？"

江御景挑了挑眉。放在往常，她应该是推着他往隔壁赶生怕自己会耽误他训练的那种才对。

喻言皱巴着脸，似乎又苦思冥想了好一会儿，没办法才叹了口气，胳膊环着他的腰，仰着脑袋亲他，从脖颈到喉结，细白手臂伸出来揽着他脖颈往下勾咬住他唇瓣。

江御景微眯着眼，扣住她耳畔毫不犹豫地反客为主。

事后，浴缸里瘫软着的喻言觉得这样下去不行，这个人最近越来越过分，花样多到令人发指，青天白日的，就这么肆无忌惮地抱着她满屋子换地方。

她没好气地翻了他一眼，手臂冲他张开："膝盖痛。"

江御景无奈，长臂勾着把人捞出来，浴巾严严实实裹了两条，扛麻袋似的扛出去了。

喻言踢着腿拍他背："你就这么下去小心以后肾亏。"

江御景俯身把人放到床上，抽了条毛巾给她擦头发，玩儿似的揉着那颗摇摇晃晃的小脑袋："不是你先勾引我的？说吧，有什么目的。"动作不太温柔，湿漉漉的长发被他擦得乱七八糟地遮着眼。

喻言"哎呀"了一声，没好气地去拍他的手，累兮兮地仰身摔回到床上，侧着脑袋去看墙上挂钟。

用生命争取到的时间，她觉得自己太伟大了。

喻言撑着床面坐起身来，再次伸出双臂，半眯着眼懒洋洋地对着面前的男人说："行了，你退下吧，本宫要更衣了。"

江御景觉得这丫头每次这种时候就好像什么都没在怕的，对着他完全是一副肆无忌惮的样子，就好像料定了他肯定不会熊她。

事实上，似乎就是这么回事。

喻言懒洋洋地看着男人出了她的房间，眼皮"唰"的一下抬起来了，回身扑到床头掀开枕头找手机，没找到。

她努力回忆了一下，想起自己之前在比赛场地穿着江御景的队服外套的时候，手机好像顺手就放在他那衣服口袋里了。

现在那件衣服在哪儿来着？好像在她家楼下厨房台子上铺着。

喻言苦着脸磨了两下牙齿，想了想，飞快地从床上爬起来拉开衣柜换了套衣服，然后光着脚噔噔噔跑出了房间下楼。

她一下去，就看见江御景已经穿好了衣服，此时正倚靠在厨房吧台边玩手机。

他那件沦为两人战斗牺牲品的队服外套被他一根手指钩在手里，袖口蔫巴巴地拖着地。

喻言走过去，垂头看了一眼黑色衣服上的痕迹，红着耳朵抬起头来："我手机好像还在你外套里。"

江御景点点头，从旁边吧台上把手机拿过来递给她，淡声道："小炮给你发微信了。"

喻言心里"咯噔"一下，还没等想好怎么说，就听见他继续道："说准备完毕，现在可以过去了。"

喻言："……"

"你为了拖时间，这个代价付出得还挺惨烈的。"

男人舔了舔唇角，低垂着眼看着她缓慢地笑了一声："腿酸不酸？"

喻言："……"

网上江御景的资料缺失不少，出生年月什么的全没有，只有个坊间传闻的处女座，也不知道是真是假。

喻言只隐约记得好像谁跟她说过他生日在八月底，具体知道是今天，还是苏立明偷偷摸摸跟她说的。

MAK队员几个人和几个工作人员暗搓搓地拉了个微信讨论组，起名叫"MAK战队队宠二十二岁生日研讨大会"。

喻言的任务则是在比赛结束回到基地以后，尽量拉着江御景拖个一小时的时间，让其他人有充足的时间做出准备。

她在这个群里说的最后一句话是——保证圆满完成任务。

事实上，她这个任务完成得确实挺圆满的，如果忽略她这个前锋战士的奉献与牺牲不谈的话。

两个人出了家门，走到隔壁基地门口，摁开密码锁，江御景瞥了一眼黑漆漆的窗口，扭过头来，看向身后的人："你先进。"

喻言："啊？"

江御景道："我怎么知道他们会不会在门后藏着泼我一桶水什么的。"

"那你就让这一桶水泼在我身上吗？你到底是不是真心喜欢我？？"她一脸难以置信。

江御景抬手摸了摸她的头发，体贴地说："如果真的泼了，我会帮你洗澡的。"

"……"谁要你帮我洗澡啊！

喻言深吸口气，想着反正也不会真的有从天而降的一个水桶什么的，干脆往前迈了两步，打开门，一步迈进去了。

漆黑一片的客厅，喻言眯着眼，还没等适应黑暗的环境，一个清新的带着淡淡甜香味道的怀抱直接把她圈住了。

喻言吓得"嗷"的一声，下意识去推，还没等推开，她身后江御景拉着她手臂把人给拉回来了。

冲过来抱上去的小炮也吓到了，手臂接触到的触感不太对，温软的，还带着沐浴露的味道。

小炮松了手，后退了两步，点亮手机屏幕。

幽幽的蓝光从少年下颌映上去，配合着他错愕的表情，颇有点鬼故事的气氛。

喻言一脸惊恐地抱住江御景的胳膊，脑袋埋进他怀里。

江御景单手揽着她，长臂伸出，"啪"的一下拍开客厅灯。

小炮身上套着件蛋糕形睡衣，头上戴着的帽子上面还有一根蜡烛形状的物体立着，手里捏着部手机。

苏立明手里拿着条大横幅，因为做得有点长，他不得不嘴巴咬着一边竖着拉开，红色的底子白字，上面写着"SEER 二十二岁生日快乐"。

浪味仙和 the one 头上戴着顶小丑的帽子，一人手里拿着个彩炮站在门口两边。

the one 没什么表情地拉开手里的彩炮，"嘭"的一声响起，斑斓彩条从他手里跳出来，蹦跳着冲到半空中而后在众人面前洋洋洒洒散落下来。

刚巧这个时候，听着外面信号响起的胖子推着个点满了蜡烛的大蛋糕从会议室推开门拐出来，胖胖的脸上笑呵呵的，澎湃激昂开口唱道："祝你——"

刚唱了两个字，他敏感地察觉到气氛好像和想象中的有点不一样，停在原地闭嘴了。

一片寂静中，the one 面无表情接道："生日快乐。"

"……"喻言捂住了脸。

这帮直男到底准备了些什么东西啊！就是这么用她辛辛苦苦争取到的时间的啊！

十分钟后，MAK 战队基地大厅，江御景大爷似的跷着二郎腿坐在沙发上，小炮身上还穿着那套大大的，不知道他们从哪里搞来的生日蛋糕棉睡衣，头顶帽子上的那根蜡烛已经耷拉下来了，连带着少年的声音也蔫巴巴的："我们就是想给你个惊喜。"

江御景手里捏着个气球，指尖按在两端转："然后你上来就抱着我女朋友是什么意思？"

小炮委屈巴巴："我明明发了微信说让景哥先进来的……"

江御景沉默了。

喻言撑着下巴坐在旁边，手里捧着块蛋糕，边吃边晃悠着脑袋啧啧出声："明明是某人的锅，结果还要我们小炮背哦。"

胖子捏着叉子把蛋糕上的水果挑起来一块，放在自己的纸盘子里，笑得一脸不怀好意："炮炮，黄桃快没了啊。"

小炮看着近在眼前的蛋糕就被几个没良心看热闹的分食，眼见着越来越少，又扭过头来，大眼水汪汪地看着江御景："景哥……"

白毛少年也生着一双大杏眼，就用那种莫名熟悉的眼神巴巴瞧着他。江御景抿了抿嘴唇，抬手敲了下他脑袋："吃你的蛋糕去。"

小炮高举双臂"耶"了一声，嘿嘿笑着跑过去切蛋糕，边切边煞有介事道："景哥，二十二岁生日好重要，我们还给你准备了礼物。"

喻言眨眨眼："为啥好重要，又不是整数岁的生日呀。"

"非也。"胖子冲着她摇摇手指头，"二十二岁，对于男人来说有着很重要的意义。"

"尤其是有妹子的男人。"

苏立明一脸怅然："二十二岁啊，我都过多少年了，真惆怅啊。"

浪味仙慢悠悠推了下眼镜："然而你还是没有妹子，更惆怅了。"

"国家男性法定结婚年龄，过完这个生日可以去民政局领'驾照'了。"

"是信仰之年。"

"人生完整。"

the one 淡声说："成熟的象征。"

喻言："……"

67

一群男生围着沙发坐了一圈，嘴巴就像加特林一样探讨着队宠的人生大事，而队宠本人听着他们七嘴八舌地叨叨甚至还一副很是受用挺开心的样子，偶尔跟着吐槽两句。

喻言坐在旁边跷着腿吃蛋糕，此时大家已经聊到了婚礼礼服话题。

小炮一手举着盘子拍大腿："鱼尾啊鱼尾！鱼尾好看啊！"

"抹胸啊，婚纱的灵魂。"

"别了吧，抹胸我们景可能要暴走，开着 W 对着婚礼现场所有男性同胞狂喷一顿。"

"景哥不是那么小气又大男子主义的男人。"

江御景："……"

喻言看着他们津津有味地讨论，觉得这方面男生的战斗力好像一点也不输给小姑娘。

她舔了舔嘴角的奶油，扭过头去，看向身边男人，问："你喜欢什么样的？"

江御景"嗯"了一声，侧过头来："都好。"

喻言歪了歪脑袋，也皱着眉想了想："抹胸和鱼尾我都喜欢，那就都要了吧。"

看着她很认真地说着，男人瞳孔蓦地变得深了些，凝视了她半晌，突然勾起唇角："你已经准备好嫁了？"

喻言理所当然道："我不嫁啊。"

江御景："……"

喻言踢着腿说："我才二十一岁啊景哥哥，你就打算把我送进婚姻的坟墓了，你好残忍，我拒绝。"

江御景不想跟她说话了。

胖子在那头好半天没说话，翻着手机突然啧啧两声，摇摇头，清了嗓子拔高音量："兄弟们，FOI 赢了啊，3:2，决赛对手。"

小炮仰天长笑摩拳擦掌："老子终于不用被金在孝 gank 了！"

苏立明笑了声："然后你会被 FOI 中野 gank。"

少年是不服气的，二话不说放下盘子拉着苏立明理论去了。

这个消息一出，所有人都燃了，胖子提议在这个特殊的日子里，大家干脆换位置打个娱乐五黑什么的玩。

中单在跟教练理论，胖子双下巴抖了抖，看向旁边坐着的喻言，笑眯眯："喻妹来不来啊？四缺一啊。"

喻言一下就来精神了，挺直了腰板举起一只手来："我打 AD！"

顿了顿，她的另一只手抓住江御景的手腕，也高高举起来："景哥辅助！"

江御景："……"

小炮电脑没开，现在用数据分析师的电脑在理论。喻言干脆坐到他的位子，深吸口气："好紧张，好紧张，我第一次五黑。"

江御景在她旁边坐下，开游戏："别紧张，你平时怎么躺这把怎么躺。"

"我觉得你的表述有点问题。"喻言提出异议，"我一直都是用我精妙的操作征服对面的。"

江御景哼哼笑了一声，没说话。

喻言差不多将将能摸着国服黄金的小边边，胖子开直播进行了一段解说念白，由于 SEER 打辅助这个噱头实在是太足，直播间人数暴增，甚至贴吧已经开起了直播帖。

游戏开始，胖子上半野区开，边打边在那边没完没了冒闲话："我们景嫂英雄池深不可测，知道什么叫太平洋吗，知道吗？今天就让你们知道知道，景哥跟嫂子不能比的，连韦鲁斯都不会玩——"

江御景在那边不耐烦地敲鼠标："下路蹲一波。"

喻言拿了个大嘴，用了那个哈巴狗的皮肤，小心翼翼在江御景的娜美旁边补着刀。

整局游戏打下来，所有蹲在胖子直播间的 MAK 粉丝，都觉得自己不是来看他们五黑娱乐、SEER 打辅助的，是来吃狗粮的。

整个不到四十分钟的时间里，下路双人组的画风都是这样的——

"我要死了！江御景你奶我一口！"

"milk! milk!"

"我又要死了。"

"江御景！！！"

"奶我！你这个奶量对得起谁？！"

"我要死了，我跑了。"

SEER："嗯，我挡着。"

SEER 粉："……"

娱乐五黑结束后，喻言偷偷摸走了江御景的手机，发了条微博——

MAK.SEER：我电竞小软妹，风琴星娜璐，样样都会。

这条微博后来被 SEER 本人发现，据说肇事者是被从基地拽着衣领挣扎着拖回家的。

生日过去，MAK 战队重新进入地狱模式训练阶段。

喻言第二天中午回了趟家。高三已经开学了，喻勉没在，喻嘉恩倒是意外地在家里。

喻言一进门，喻妈妈就伸着脑袋往她身后瞧，直到看见自家女儿进来关了门，才把头收回来。

喻言看着觉得有意思，没忍住笑了，问她："妈，你看什么呢？"

喻妈妈没好气地白了她一眼："看你那个情深意切的小男朋友呀，你们两个这个相爱，搞得我像个故意要拆散你们的老巫婆一样。"

喻言笑嘻嘻地说："我妈妈哪是老巫婆，是美少女战士。"

"同意你们在一起就是好，不同意就是老巫婆，我是看那孩子确实还不错，才勉强同意你们先谈谈看的。"喻妈妈做了一个幼稚的撇嘴巴的表情，"怎么没把人带回来呀？"

喻言把包丢在茶几上，人窝进沙发里："他忙，下个星期总决赛了。"

"总决赛？"

"嗯，全国总决赛，这次打完就可以代表中国去打世界赛。"

喻妈妈不接触这个，有点惊讶地挑了挑眉："还真打进总决赛啦？"

喻言狂点头，一脸"我男朋友棒吧厉害吧快点夸奖他"的自豪表情："赢了就是全国第一，再往后面进化进化就是世界第一。"

一直没说话的喻嘉恩从笔记本上抬起头来："还可以，我女儿有个世界第一的男朋友。"

喻言笑嘻嘻的，刚要说话，就听见喻嘉恩继续道："如果没赢，那就分手吧，不是世界冠军还有什么时间谈女朋友。"

喻言："……"

当天晚上喻言没走，直接在家里待了一晚。喻勉放学回来看见她，也是四处瞧了一圈，没看见人，才扭头问她："姐夫呢？"

少年这个称呼脱口而出，太过自然，喻言惊了："江御景给你什么好处了，让你倒戈得这么快？"

喻勉面色平静地背着书包往楼上走："他说以后带我上分。"

你就这么容易被收买了？说好的姐姐是你一个人的呢？

喻言翻了个白眼，给某人发微信：今天早点睡。

过了差不多十分钟，男人才回：嗯。

江御景：明天什么时候回来？

喻言拿着手机走到厨房，从冰箱里翻出根雪糕来往楼上走，嘴巴里叼着打字：不知道啊，中午吧。

那边的人发了条语音过来，她点开来听。

依然是基地里熟悉的嘈杂背景音，胖子和小炮正在对着嚷嚷，输出全靠吼的，可能怕她听不清，他讲话的时候手机应该是拿得很近，声音清晰震颤，好像就响在她耳畔。

"我去接你。"

喻言美滋滋地推开房门，咬着雪糕趴在床上，想了想，还是不想耽误他训练时间。

指尖敲上手机屏幕，一个"不"字刚打出来，动作停了停。

想了想，她还是删掉了，回他：好呀，你来接我。

第二天下午，江御景来的时候不到一点，喻言刚吃完饭。

喻妈妈在楼上准备午睡，喻言没叫她，出门弯着大眼下台阶，跑到门口停着的黑色 SUV 前，拉开副驾驶车门。

车子后排，放了一大堆东西。

喻言回头瞧了瞧，都是上门见家长必备的那种。

她扭过头来，忍着笑咳了一声，歪着脑袋认真道："你要不要到我家里坐坐再走？"

她话说完，江御景沉默了至少半分钟。

车开了空调，和外面截然是两个世界，他侧脸的线条棱角分明，后槽牙似乎咬合了一下，下颌线微微绷起。

然后，男人缓缓地抿了抿唇，平淡语气里，有一丝极其细微的、不易察觉的懊恼："下次吧。"

喻言终于没忍住笑出声来。

这个男人也有紧张的时候啊，怎么这么可爱呢。

极少见到这个样子的江御景，喻言来了兴致，扣上安全带，然后侧着个身子没完没了地逗他："来都来了，不看看吗？"

江御景没说话。

"真不看看？

"我妈昨天还问你怎么没来呢。"

男人终于"嗯"了一声，偏过头来瞥她一眼。

喻言笑眯眯地和他对视。

江御景看着她那副得意扬扬的样子，微微眯了眯眼，伸出手来朝她勾了勾："过来。"

喻言完全不怕地，蹭过去一点，即使他的表情看上去危险系数不低。

"再过来点。"

她又慢吞吞地蹭过去了一点。

江御景什么都没说，先是看了她一会儿，之后叹了口气，手伸过来，抓着她手腕抬起，手里一根链子绕过她细白的腕子圈了一圈。

手指捏着细链子两端，认认真真地挑起挂钩挂好才放手。

喻言眨眨眼，将手腕抬到面前。

细细的一根手链，上面挂着一把雕琢精巧的小锁。

她抬起头来，一本正经："你昨天还一副要拖着我去民政局的样子，结果连戒指都不送的。"

江御景重新靠回到椅背，低垂着眉眼笑了一下："奖杯没拿到底气不足啊，女朋友又不愿意嫁，没办法，怕你跑了，先锁着，等赢了再换成戒指。"

68

九月三日，H市体育中心，LPL夏季总决赛将在此举行。

江御景一整个星期几乎都忙得见不到人，除了训练和战局分析以外，还有宣传片的拍摄以及各种官方活动，其中拍宣传片的时候，江御景尤其烦躁。

胖子他们对此倒是已经习以为常了，化妆师给他遮黑眼圈的空儿，他闭着眼对旁边的喻言说："景哥这个脸啊，大概每年都要黑这么一遭，总决赛的宣传片拍了几次了，冠军一次都还没拿到倒是真的。"

MAK战队无论春夏季赛，打入决赛的次数不少，甚至总决赛对手也轮换了几个，但是至今一次都没赢过。

坊间称之为无冕之王。

也不知道是个什么魔咒。

喻言没和战队的人一起，当天早上和喻勉两个人一起坐了高铁去 H 市。他们到得早，找到座位坐好的时候，观众和粉丝还在陆续往里进。

喻勉脸上贴着一张 MAK 战队队标的贴纸，胳膊上绑着根横条，他甚至把她店里的之前某位 SEER 女粉送的那张巨幅海报也带来了。

小少年一脸感激："姐，大恩不言谢，我爱你。"

喻勉今年高三，如果没有喻言的话，喻妈妈是绝对不会让他来看这个什么比赛的。

喻言也配合他象征性地抱了抱拳，一副江湖中人的样子："还望你以后在妈面前为你姐夫美言几句。"

"好说好说。"

场馆里人渐满，到处都是人，男生女生们脸上贴着两队队标贴纸，手里发光的应援板高高举着，尖叫声欢笑声此起彼伏，还不时有女粉从各个方向大喊着"×× 我爱你一辈子"之类的话。

喻勉往后瞧了一圈，忍不住摇头叹气："你怎么就勾搭到了 SEER 呢？"

喻言鸭舌帽压得很低，眉眼遮在阴影里，听到他这么说微微了扬下巴，挑起眉来："我勾搭到 SEER 怎么了？"

"不真实啊，你想，这一秒出现在大屏幕里、出现在舞台上、出现在粉丝欢呼声中的名字，是你男朋友。"

喻言安静了一会儿，似乎在回味他说的话，之后缓慢地弯了弯唇角，最后还是敲了敲旁边少年的脑袋："经常出现在财经杂志上的男人还是你爹呢，真实不真实？"

少年怀里抱着 SEER 的大幅照片，下巴搁在边缘："那不一样的。"

大屏幕上，总决赛宣传片开始播放，随着气势恢宏的背景音乐轰然响起，两队队员的脸和 ID 一个个晃过，最后昏暗背景里、明灭光影中，黑发男人低垂着的头颅缓缓抬起，周身轮廓锐化清晰，细长的眼深潭一般漆黑幽暗。

SEER 四个字母撼地砸来，随之从字母边隙，男人的脸在屏幕上龟裂破碎，总决赛十人全数出现在画面里，逆着光对立而站。

LPL 夏季赛总决赛即将开始。

周围掌声雷动，尖叫声和欢呼声此起彼伏，响彻整个体育馆。随着解说调动气氛开幕，两队队员从后面出来，走到电脑前坐好。

江御景还是往常冷淡散漫的样子，耷拉着眼角坐在 the one 旁边。摄影师特地如往常一般，在男人习惯性把上耳麦的时候给了他一个特写。

细长的手指，指尖扣在麦边，正弯着唇角听队友说话。

"我要死了，我是 SEER 手把着的那个耳麦！"

"我也想 SEER 这么温柔地摸我！"

"但是人家有女朋友了。"

"我不听，我不管，我不相信！"

——喻言听见她斜后方的位置两个女孩子说话的声音。

FOI 原本是个纯运营队伍，然而今年 SAN 转会，并且担任队伍指挥，这个队伍现在不仅运营在整个 LPL 里数一数二，打架的实力也越发恐怖。

BO5 两局结束，此时比分为 2:0。

MAK 战队是 0。

此时 MAK 战队这边的粉丝已经是一片死寂，整个会场全是 FOI 粉丝的加油欢呼呐喊声。

身后有女孩子带着哭腔的声音响起："为什么我们永远和冠军只差一步啊，浪味仙今年二十四岁了，SEER 也都二十二了，他们还能打几次啊？退役之前，至少让他们拿一次冠军行不行啊！"

喻言紧紧抿着唇，脊背绷着，指甲几乎掐进了手心皮肤里。

她身边，喻勉也安安静静的，一句话都没说。

休息时间，耳边全是嘈杂喧闹声，混着"MAK 这个中单在梦游""SEER 打的那是什么东西，都不走位的，瞎撑""转线上也没 FOI 细节""这场换成 BM 和 FOI 可能还好看一点"诸如此类的言论。

喻勉叹了口气，故作轻松地耸了耸肩，转过头去，拉过旁边姐姐的手，在手背上拍了拍。

喻言没什么反应。

第三局比赛开场，两队队员从后台上场。

镜头给过去，小炮表情紧绷，胖子揽着少年的脖子凑到他耳边，在笑着说些什么，似乎想逗逗他。

小炮的眼睛有点红，还是勉强笑了，人往电脑前走，镜头一转，从他衣领处露出来的一片脖颈皮肤上可以看见浅黄色的膏药贴。

喻言想起之前看到的，江御景右手手腕的地方也贴着这么个东西。那时她睡得迷糊，只清晰记得他手伸过来的时候，那股淡淡的中药味道，还有他每次连着几场训练赛结束以后，手腕垂下，微不可察地皱起的眉。

她看着大屏幕上男人因为光的问题视觉上被弱化了不少的黑眼圈，突然站起身来。

喻言一把抽过旁边喻勉怀里印着SEER脸的大海报，卷成纸筒双手圈着举到唇边，深吸口气，用尽了全力对着纸筒："MAK！！！"

明晰微沉的嗓音，因为声音太大，声线带着不平稳的颤，却在MAK粉丝这边一片的压抑氛围中拍出惊涛。

她旁边，喻勉也反应过来，少年双手圈在嘴边，跟在后面大吼一声："加油！！！"

台上的几名选手拿着水刚刚走到电脑前，还没坐下，耳麦也没戴。

现在这个时间，第三局比赛还未开始，并不是加油的时候，然而这两道熟悉的声音就这么隐约又清晰地在一群声音里破空而出。

过了七八秒，MAK战队的粉丝回过神来，由一道中气十足的男声领头，震耳欲聋的加油声响彻偌大的场馆。

台上MAK战队这边，江御景垂眸，突然笑了一声。

小炮眼睛发红："刚刚是不是言姐？"

浪味仙拍拍他脑袋："对面赛点啊，能不能让老子最后一场夏季赛拿一次冠军？"

胖子沉默了一会儿，没好气说："你才二十四就想退役溜了？再给老子打一年，什么时候惩不动龙了什么时候再滚。"

最后的准备时间过，比赛正式进入ban/pick环节。

FOI战队主动选边选择了蓝色方，首先就直接毫不留情禁掉了两个AD英雄，针对意味十足，根本不打算给MAK翻身的机会。

江御景之前的比赛中一手烬打出不错效果，用实际数据推翻了"SEER玩功能型AD玩得很烂"的说法，让人不敢轻视。

由于自己在红色方，对方一选，所以MAK战队也毫不犹豫禁掉了女警。

苏立明站在众人身后，声音不急不缓："对面可能会直接拿滑板鞋，现在留在外面的AD英雄能用的不多，老鼠可以考虑一手，就是对线压力可能会有一点，尤其是和SAN对线。"

江御景敲了两下桌边："不急，你们先拿，小炮英雄池浅，对面之后可能会针对中单。"

胖子乐了："什么意思，counter[1]位留给胖爷的节奏？"

果不其然，FOI战队直接禁掉小炮的招牌英雄艾克和球女辛德拉，小炮拿了个卡萨丁，配合着队伍选了个后期阵容。

BP结束，全军出击，比赛正式开始。

浪味仙顺着上半野区开，拿完buff在下路双人路稍微蹲了一会儿，没找到合适机会走人。在上路对线的胖子突然叹了口气，等了一会儿才说："我们没有退路了啊兄弟们，胖爷我不想拿这第四次的第二名了。"

MAK这个阵容打法很明确，要么前期建立起优势滚雪球，滚不起来就只能拖到后期打团。然而两个队伍实力相当，抓机会的能力也强，不见得能让你顺顺心心拖下去，FOI强制性转线提前结束了对线期，并且通过岩雀极强的游走支援能力和打野的gank全线施加压力。

比赛进行到二十五分钟，MAK战队三路外塔全破，FOI五人回身直接大龙逼团。

甚至连视野都没排，料定了这个团你不敢接。

FOI战队拿的一手前中期阵容，MAK这边则是要拖到后期才有可能发力翻盘的，此时也确实不是最好的大龙接团时间段。

团战的赢面非常小。

小炮有点犹豫："放龙？"

江御景垂睫盯紧屏幕："不能放，龙王赌一手？"

说着，他已经和the one往龙坑靠。

此时，大龙还剩下三分之一血。

MAK战队五人蹲在龙坑边，FOI这边中辅二人出来不停骚扰逼退，其余三人继续打大龙。

此时，大龙还剩一千血。

the one没再犹豫，瞬间直接开R准确无误丢到了对面打野和双C，浪味仙盲僧摸眼进去稳稳惩戒掉大龙闪现出墙，架也不打，胖子大招关人

---

1 counter：游戏术语，一般出现在排位ban/pick中。后选方的5楼就是counter位，此时双方其他选手都选好了位置、角色，他的选择一般就会比较有针对性，针对对面的阵容选英雄。

拖在前面卖，剩下四个人毫不恋战带着大龙 buff 钻了隧道逃之夭夭。

观众席爆发出一阵声响。

解说喊得都快破音了："MAK 这波大龙抢得我还能说什么！"

"巴德的这个大给得真的准！稍微偏一点都不行。"

"他们有眼啊，FOI 可能觉得这个时间段，你这个阵容和装备，大龙你拿什么跟我争！你肯定会放！"

解说 B 笑了一声："自信。"

"还有点贪了，其实放龙直接打团的话，这个时间点，MAK 一不小心可能就是个团灭。"

"这样看来局势其实就有点说不准了，MAK 四人带着大龙 buff 拖着时间还能反推你塔，再过一会儿等这个卡萨丁发育起来那就很难受。"

大龙 buff 结束，MAK 拿掉三座塔，此时经济已经只差不到两千，双 C 位装备逐渐成形，胖子单带推掉对面上下两座高地塔。

四十二分钟，MAK 战队排眼打大龙被发现，五人果断放龙回身，皇子扣大招开团，江御景老鼠一波爆炸伤害打出来阵亡，小炮卡萨丁进人群收割残血，拿到三杀，打出一换三。

剩余四人没回家，直接转远古巨龙，拿到一波双龙会，破掉中路水晶以后，带着兵线拆掉门牙塔点破水晶。

这个时候，江御景刚从泉水出来，走到对面高地门口。

赢了。

2:1。

他们追回了一局。

隔着耳麦，隐约能够听见观众席爆发出一阵排山倒海的欢呼与尖叫，那一阵阵声浪激动得就好像是他们已经拿到了总决赛冠军一样，解说激动得名字都叫错了。

the one 摘掉耳麦，长长地舒了口气。

小炮嘴巴快咧到耳朵了："景哥，躺赢的感觉怎么样？"

江御景拿起水杯站起身来，笑了声："你什么时候岩雀能打成你卡萨丁这样？"

69

第三局结束，MVP 给到了辅助位 the one 的巴德，队员们回到台上继续开始进行第四场比赛，FOI 战队仍然手握赛点，让人完全松懈不得。

MAK 战队是一支极其擅长打后期的队伍，一般来说对上他们，大多数战队都会选择前中期打优势，禁掉后期英雄，不给他们拖下去的机会，FOI 反其道而行之并且极其自信，他们拿了套后期阵容。

——我就跟你打后期，看看谁能打过谁。

MAK 这边也是毫不犹豫，两手直接锁下蜘蛛和岩雀。

——跟你打个屁后期，老子这把要打前中期！

小炮的岩雀一出手，连对面的都沉默了。

所有人都忘不掉，他岩雀大招封了一手好路阻止队友继续乘胜追击，并且在麦克风里被戏称为"对面的幻之第六人"这么一回事。

小炮冷笑了声，说："他们是不是以为我的英雄池还跟夏季赛刚开始的时候一样呢？"

浪味仙讶异了："难道不是吗？"

这时候，他已经刷完了魔沼蛙三狼，蓝 buff 惩到手，直接绕到上路吃蟹搞事情，抓掉对面上单拿到一血。

一血在手开局完美发育的蜘蛛，在前期可以说是噩梦般的存在，抓哪路崩哪路，就在所有人的视线都在跟着这个疯狂带节奏的蜘蛛走的时候，小炮在中路完成一波单杀。

众人一脸蒙。

解说一脸蒙。

解说蒙了，切了镜头回放去看，岩雀在和对面换血消耗了两波取得优势的情况下带着兵线往前靠，抓到了对方一个走位的小小失误，岩突抬回来撒石阵一放加点燃，直接一套把对面烫死在防御塔下。

解说："这个岩雀好像跟半个月前的那个岩雀不太一样。"

"看起来不像是同一个人玩的。"

"是不是同一个人玩的就看大招了。"

FOI 战队由于浪味仙的 gank 和小炮中路一波单杀对方上中野全崩，

节奏完全掌握在 MAK 手里，比赛进行到二十分钟左右视野布好，龙坑一波团战岩雀大招分割打乱对面队形再拿三个人头起飞，MAK 战队打出一换三转身打大龙。

解说："我看出来了，今天的岩雀确实不是同一个人玩的。"

江御景作为率先阵亡的选手，黑着屏幕躺在龙坑里，平静说："今天的 ADC 你们就选择用来卖了？"

小炮放着撒石阵呱唧呱唧地笑："C 这个字母可以让给我吗？至少现在，此时此刻，你们的王者是 APC 爸爸。"

浪味仙惩掉大龙："你笑得像我的魔沼蛙。"

众人带着大龙 buff 回家更新补给状态，分带推到高地，磨掉中下路两座高地塔以后大龙 buff 时间结束，五个人直接撤退，回去的路上顺手还把 FOI 野区反了个干干净净。

此时第四局进行不到三十分钟，FOI 战队掉八座防御塔，野区视野几乎一片漆黑，MAK 已经滚起巨大雪球，FOI 想要翻盘几乎不可能。

最终三十七分钟在对面高地门口，岩雀先手 R 开团，江御景疯狂输出，紧随小炮之后也拿到一个三杀找回自己在上一波团战里被献祭的 C 位尊严，一波结束比赛，没有给他们拖到后期的机会。

2:2。

比分扳平。

所有人都没想到，这把小炮的岩雀几波大招放得实在是太好了。

少年得意扬扬一蹦一跳："炮爷我这么长时间废寝忘食练岩雀难道白练的？为了她老子都得颈椎病了。"

短暂的休息时间过后，两队决胜局第五局开始。江御景掏出了他"一把都没赢过""1/4 封神""敌方看了欢呼我方抱头痛哭流涕"的终极英雄韦鲁斯。

这个英雄在江御景手里和小炮的岩雀还不一样，小炮当初的那场岩雀能够明显看出来手比较生，而且也只拿过一次；韦鲁斯这个英雄，江御景时不时就拿出来浪一下，也一次都没能浪起来过。

就连喻勉都看得目瞪口呆："SEER 是不是练过铁头功？"

喻言完全没看他，视线紧紧盯着大屏幕，目光坚定："会赢的。"

喻勉一愣，顿时觉得自己对 SEER 的爱实在是太肤浅了，一脸动容开口："姐——"

他剩下的话没说完，就听喻言沉痛地继续道："要相信我们的上中野辅，我队就算这把没有 AD 也是可以一战的！"

喻勉："……"

你对你男人的信任真是少得让人觉得他可怜。

喻言其实说归说，她也并没有觉得这把真的没有 AD 了。

江御景这个人虽然有的时候会任性到拿英雄打比赛给她教学，因为她说金克丝的皮肤好看就直接用，心血来潮点爆裂球果弹飞小炮什么的，但是他也不会拿队伍的胜利、这么重要的比赛开玩笑。

他既然拿出来这个英雄，那就说明他觉得可以拿。

于是，在粉丝的胆战心惊下，韦鲁斯 carry 了。

SAN 一抢拿到女警，前期对线能力较强，江御景控着兵线走位非常小心，提防着对面打野 gank。他一反常态沉下性子，也不急，紧紧追着女警补刀一个不落，游刃有余的样子让 SAN 开始有点烦躁。

他一选拿到女警，本来就是为了压线推塔下路前期给出压力，此时优势没打出来，他有点急，打了个信号让打野过来蹲。

MAK 这边，浪味仙也从后面绕过来靠近。

下路河道处一波三对三团战爆发，小炮迅速支援，胖子直接交传送下来盖大，江御景半血站在队友身后切掉对面中单。

FOI 战队依然打出一波一换四，剩下江御景开始后撤，身后残血四人组如同上了头一般穷追不舍。

一波五对五的团切掉四人，其实 FOI 这边技能已经交得差不多了，女警因为刚刚一直被抓点血量尤其不健康，但是 SAN 对江御景有着谜一般的执念，此时的韦鲁斯就像是一只孤军奋战的小绵羊，这个残血的小绵羊再给他几枪，就是一波团灭。

SAN 太想杀他了，想到忘了这只小绵羊，他是食肉的。

胖子躺在河道里看着对面穿羊肉串似的追过来，摇摇头："闪现都还没用，我们 AD 这是想秀。"

小炮吧唧嘴："景哥秀的欲望感觉很强烈啊，要破屏而出了都。"

浪味仙躺在他旁边："这波他们都没技能，可以赌一下试试。"

小绵羊走位扭身躲过身后技能，目标锁在女警身上，蓄力一箭秒掉触发被动。

　　手指在键盘上飞速敲击，腐败藤蔓甩在剩余三人之间，开 W 迅速叠 buff 接 E，最后只剩下一个叠着枯萎的上单扭身跑路，被韦鲁斯蓄力 Q 一箭点掉。

　　Quadra kill（四杀）。

　　韦鲁斯残血反身拿到四杀。

　　小炮仰着脑袋往上看了一眼："我说怎么觉得这么亮呢。"

　　"原来是因为我们 AD 把天花板给秀飞了。"

　　"这是要赔钱的吧。"

　　"言姐有钱，让言姐给我们再建一个，弄个新的，印上 MAK 队标。"

　　因为下路这一波团战韦鲁斯天秀一波起飞，MAK 战队初期拿到优势，也完全不给对面翻身的机会，直接趁着女警进入疲软期的时间点找各种机会开团，野区压缩视野，经济差快速拉开，最终不到四十分钟大龙团战零换四一波推掉水晶赢得比赛。

　　对面水晶破掉的那一瞬间，小炮直接红着眼扯了耳机大吼一声跳了起来。

　　让二追三！

　　整个场馆里，MAK 战队粉丝们的欢呼声震耳欲聋，馆里冷气开得很足，每个人依然觉得体内有热气往外蹿，连带着好像周边的空气都在升温，似乎所有人都在喊着 MAK 战队的名字。

　　解说还在大喊："恭喜 MAK 战队拿下夏季赛总冠军！"

　　"恭喜我们的无冕之王！在今夜，在大家的见证下，成功加冕！"

　　舞台上灯光乍起，穿着黑色队服的五个男生站起身来，走到对面和 FOI 战队的队员一一鞠躬握手。江御景走到 SAN 面前，SAN 紧紧抓着他的手没放，两秒后，突然笑了一声，头凑近了一点轻声说："帮我跟你女朋友问好，说我超喜欢她的。"

　　江御景悠悠道："我女朋友不喜欢输了比赛还爱狗叫的菜鸟。"

　　SAN："……"

　　江御景和他擦肩而过，和队友一起走到舞台正中央。

　　耀眼灯光落在他们的脸上，江御景似乎是被刺到，微微眯起了眼。

　　小炮在哭，大眼晶莹通红，嘴角却咧开大大的笑容，白净的小脸上全是激动和兴奋。

他们身后是大大的，MAK 的队标。

面前是 LPL 夏季赛总决赛的冠军奖杯和印着 MAK 三个大大字母的旗帜。

灯光下，中间笔挺站立着的五人，在一片恢宏音乐的轰鸣声和尖叫欢呼声中，一齐捧起了金色奖杯。

颁奖典礼过后，MAK 全体队员和教练接受赛后采访。

小炮情绪已经平复，众人成一排坐在沙发上，江御景坐在最边缘，靠着沙发听下面的媒体一个个发问。

直到下面一位媒体人最后拿麦："我想请问一下 SEER，对于接下来即将出战的 S 系比赛的预期目标是什么？"

江御景眼睫微抬，从身边的小炮手里接过话筒，他似乎是思考了一下，之后蓦地勾起唇角，缓慢举起话筒开口："拿个世界冠军吧，然后回来给我女朋友打辅助。"

70

男人说着这话的时候，唇边带笑，镜头对着那张脸笔直拉近，他视线仿佛透过去看着谁似的。

漆黑的眼，深邃又沉静，眼尾微垂，长睫鸦羽一般。

这番话话音一落，下面的媒体都愣了一下，身边的队友全体发出古怪声音，主持人也露出一个谜之微笑，没忍住问他："其实我也想问一下，SEER 作为一个 AD 选手，为什么会打辅助位呢？因为一般让女朋友来打辅助好像才是比较常见的那种，经典情侣携手召唤师峡谷模式。"

江御景舔了下唇珠，没什么起伏地淡淡道："她喜欢玩 AD，所以我打什么都无所谓。"

喻言在后来看到这段赛后采访的时候，脸上挂着止不住的笑。

视频里的男人就坐在她旁边玩手机，看见她笑得像个二傻子，也忍不住弯唇，细长食指伸出，戳在她脸侧的小酒窝上。

喻言看也没看他，笑嘻嘻地拍掉男人手，举着手机按了播放键又看了一遍。

江御景好笑："你看好几遍了。"

喻言小脑袋一歪，靠在他肩膀上，"哎呀"了一声，手指着视频里坐在沙发最边侧的某人："这个男的是谁啊，长得好像有点帅，我要泡他，然后把他娶回家。"

江御景手里握着手机打字，没抬头："父母之命媒妁之言。"

喻言没反应过来，"啊"了一下。

"咔嗒"一声，江御景把手机锁了屏，伸出来一根食指推着她脑袋把人推起，侧过身来："媒妁之言我就不要了，想娶回家，你是不是得先去我家提亲？"

"……"是不是哪里搞反了？

全国总决赛打完，MAK一号种子队晋级世界赛，剩余两个名额一个是积分最高的BM战队，另一个将会从世界总决赛中国赛区预选赛中角逐产生。

第二天，江御景带着喻言去看外公。

老人恢复得很好，只还不太能走路，被护理人员推着。

喻言起了大早做了一个无糖蛋糕带去，老人一看见她就笑，眼神平和慈祥。

喻言算是在老人清醒过来以后第一次正式来见他，也是见到的江御景的第一个家长，难免有点紧张，提着蛋糕盒子规规矩矩地鞠了个躬："外公好。"

老人眼角笑出深陷的沟壑，讲话还不太清楚，模糊缓慢："医院的小姑娘，以后他敢对你不好，你跟外公说，我打他。"

江御景无奈地按住喻言发顶："她都快骑在我脑袋上了。"

喻言笑眯眯地把手里的无糖蛋糕递给他让他去切，坐在老人旁边不急不缓地陪对方聊天。

两个人待到差不多中午，又陪着外公吃完了饭，才准备走。

这里环境很好，绿植茂盛，空气中有浓郁的植物清香，从门口出来到黑色铁门，青石板路面干净得一丝不苟。

喻言的高跟鞋踩在上面，发出咔嗒咔嗒的清脆声响。她跟在江御景身边，眨眨眼，扯住他的一根手指。

他的步子放慢了点。

喻言捏着他的指尖摇了摇："我们下次带外公出去转转呀？"

江御景脚步微顿，长睫低垂着看她，眸光微动。

半晌，他回握住细白的小手，紧紧圈在掌中，抬到唇边轻吻："好。"

下午，江御景带喻言回了家。

男人打职业以来，三年多，这是他第一次回家。

喻言觉得这人真的浑蛋，还是有恃无恐的那种。

车子停在小区门口，两人下车。江御景手里提着东西，喻言拉着他跟着往里走，越想越觉得这男人实在任性得很，步子一顿："景景，你会不会被阿姨一套降龙十八掌拍出来？"

江御景嗤笑了声，也故意挑起了眉说："不是没有可能。"

喻言大惊失色："那我不就被你连累了吗？要么你在车上等着吧，我自己去。"

他点点头，也没说什么，把手里的东西往她手里一塞："十二幢401。"

"……"这么干脆的吗？

喻言当然是没胆子自己去的，最终还是讨好带着撒娇地把东西重新塞了回去，捧着男人胳膊拉着他走，直到站到他家门口。喻言开始深呼吸："景景，好几年没回家了，你紧张吗？"

江御景甩给她一个"你就这点出息"的眼神，直接抬手按了门铃。

喻言这边心理准备还没做好，下意识轻轻出了一声，后退两步侧着脑袋站到他身后去，两秒钟调整了一下面部表情，重新站回到江御景身侧，咬了一下腮帮子，唇角翘起来。

门开了。

门里的女人穿着一套素色的棉麻料子衣服，黑发盘起，眉眼温润，周身气场柔和，是一个一眼看上去就让人觉得温柔似水的人。

女人看着门外的人，愣了至少十秒钟，眼睛开始有点泛红。

喻言动容，嗓子哽了哽，正要后撤两步给他们一点交流感情的空间，步子还没挪，她就看见，江妈妈手臂缓缓向侧面探过去，从玄关墙边摸出了把扫把，反着拿，对着外面的江御景，扫把尖都快捅到他鼻子上了："你滚进来，来，我不打你。"

喻言："……"

最后还是看见江御景身边的她，江妈妈的表情瞬间从凶神恶煞切换到如沐春风。她狠狠地瞪了江御景一眼，才笑容满面地拉着喻言的手把人拉进来。

喻言脸上保持着笑容，鞠躬问好，换了鞋子进屋。

江御景摸了摸被戳到的鼻尖，手里提着一大堆东西孤零零地进了门，顺便把丢在他脚下的扫把捡起来，进屋放在门边立好。

江御景家是错层，墙上挂着水墨画和书法作品，客厅低凹。沙发上坐着个男人，正在看电视品茶，看见人进来，捧着小紫砂壶，慢悠悠温声道："回来了？"

这家的夫妻俩至少外表看起来都有点学术派的味道，带着点清润的书香气，这么一想，不同意江御景去打职业好像就更能理解了点。

江妈妈听着，更不乐意了，拉着喻言的手让她坐，扭头看向丈夫："回来了？搞了半天你知道他要回来呀？"

江爸爸拿起小茶杯品了口茶："前两天给我发过信息。"

江妈妈冷哼一声："还知道回来，你干脆一辈子待在外面，还回什么家？"

江御景没说话，抬起头来。里面房间的门开了，一颗小小的脑袋和半个小身子从门后露了出来，黑葡萄一样的大眼睛滴溜溜地看看他，又看看喻言，之后犹犹豫豫地走了出来。

是个看起来六七岁的小姑娘，双马尾的大辫子上绑着蝴蝶结，穿着条粉蓝色的小裙子，小步小步地蹭到客厅门口，手扒在墙边看着他们，最后视线长久地落在喻言身上。

喻言有点蒙。

江御景坐在她旁边，简单介绍："我妹妹。"

喻言恍然，侧着脑袋和藏在墙边的怯生生的小人对视。

两个小姑娘，四只漆黑大眼，喻言眨眨眼，长睫扑扇，纤细的手臂缓缓地冲着她伸出去，试探性开口："抱抱？"

小女孩也眨巴着大眼，顿了两秒，然后光着小脚丫噔噔噔跑出来，直接扎进喻言怀里，软绵绵带着婴儿肥的小胳膊抱着她的腰，声音带着稚气："我喜欢你。"

喻言笑了："我也喜欢你。"

小人继续道："不喜欢哥哥。"

江御景："……"

她抱着喻言的小胳膊松了松，肉嘟嘟的脸蛋仰起来，由下至上看着喻言："你是哥哥的女朋友吗？你把他甩了喜欢我吧，你可以睡他的房间，也可以跟我睡，他不好，他都不回家。"

江御景："……"

晚上两个人留在家里吃饭，饭后，江妈妈拉着喻言的手和她聊天，念叨着江御景，一顿神骂以后，开始讲起他从小到大的一些事情。

"他小时候脾气大，一点小孩子的样子都没有，像个小大人。那个眉啊——"江妈妈伸出手来，拉了下眉心，"就是这样的，每天都不高兴地皱着，表情凶得很。后来他上小学，他们老师找我，说他欺负同学。"

江妈妈笑了一声，继续道："我就把他叫过来，说你不能欺负同学啊，他就跟我说，'我没欺负他，我看着他，他突然就开始哭了'。"

喻言怀里抱着小姑娘，想象了一下小江御景那副能吓哭小朋友的表情，没忍住笑出声。

"从小也没让我们操过心，人家别的男孩十五六岁开始叛逆期、青春期，他全都没有的，本来成绩那么好，结果谁知道，高考那年，不知道怎么了，突然就跟我和他爸说要去打职业。"江妈妈叹了口气，"马上就要高考了，我们哪能同意，僵持了好长一段时间。那时候果果才三岁，结果这个小浑蛋说了什么？说反正我们也有自己的孩子了，不需要他了。"

"我当时气得呀，又气又哭，边哭边骂他。他也知道自己说错话了，也不说话，就在旁边给我递纸巾，你说气不气死人？说两句软话能怎么着？"

喻言任由怀里的小朋友扯着她手指玩，安静地听着，垂着睫，没说话。

江御景这个什么都不肯说出来的性子，她太了解了。

会讲出那种过分的话，一个是因为年纪小性子还特别倔，再加上他心里的不安、安全感的缺乏，养父母有了自己的孩子，他就更加患得患失。

好半天，她才低低叹了口气，抬起头来："阿姨，江御景很厉害的。"

"他刚拿到了全国总冠军，代表中国赛区参加世界赛。"喻言笑了，"您儿子是未来的世界冠军。"

书房里，江父手里提着他那个宝贝的紫砂壶，把江御景叫进去了。

江御景跟着进去，四下扫了一圈。

整个书房还跟他走之前一样，大书桌正后方墙面上，挂着一幅巨大的毛笔字，四个大字，浓纤折中，笔锋遒劲，却带着一点稚嫩拙劣。

——明心见性。

江御景看着那幅字，好久没说话。

这幅字是他十四岁那年写的。

少年当时年纪小，性格又暴，没什么耐心，跟着江父写了一段时间的字，不想写了，最后还是被哄着又练了几个月，终于写了张能看得过眼的。

江父领着他装裱，把书房正后方墙面上的一首词撤了，将他的字挂上去。

那个时候，江父教他，人活着要清楚，要明本心，见真性。

言语道断，心行处灭。

江御景当时年纪小，不懂。直到现在，他觉得自己还是不明白。

江父性子就不慌不忙，他站在江御景旁边，也跟着看那张纸，缓缓开口："哪天再写一幅，看看这么多年不练，有没有退步。"

江御景应了一声。

两个人又不说话了。

良久，江父才又缓缓开口："你那个比赛，爸爸妈妈都看不懂。"

江御景长睫轻颤了下，手指微不可察地动了动。

"但是每场也都看了，你妈从叫什么微博的东西上头搞了张比赛的时间表保存在手机里，有你们队的比赛她比谁都积极，虽然不明白，但是你输了赢了还是看得出来的，你妈前两天还翻着微博跟我说你拿了冠军，要去打世界赛了。"

他转过头来，看着身边不知道从什么时候开始，好像就这么不知不觉已经比他还要高了一些的男人："你很棒，儿子。

"我们为你骄傲。"

九月二十九日，全球总决赛小组赛将在美国洛杉矶举行。众人准备出发的前一天，喻言带江御景回去见了个家长。

喻嘉恩刚好也在家，连带着喻勉，三个男人在书房里待了一下午，其间喻言进去看了一眼，这三个人，在开黑。

喻言："……"

想想也不是无迹可寻，毕竟她爸为啥平白无故地就去赞助了个战队呢，都是有原因的。

喻言陪在厨房和喻妈妈聊天，一边添油加醋地说了一下男朋友拿到全国总冠军马上就要去打世界赛的事，一边帮着家里阿姨弄晚饭。

最后，还是喻妈妈实在忍不下去，大着嗓门把三个人吼出来吃晚饭。

饭桌上，喻勉一脸激昂澎湃，还没从召唤师峡谷里抽身，捏着筷子兴奋道："姐夫，刚刚那把韦鲁斯真的厉害，我信你总决赛的时候不是瞎蒙的了！"

江御景："……"

喻嘉恩坐在主位，淡定道："这就姐夫了，我为什么会有个你这么没立场的儿子？"

喻勉毫不留情地说："爸，你刚刚在中路快死了"女婿女婿"地叫的时候可不是这么说的。"

喻言"噗"的一声笑出来："爸，我们还没准备结婚呢。"

话音刚落，江御景抬起头来，看了她一眼。

喻勉抬起头来，看了她一眼。

喻嘉恩不满意了："怎么着啊？你准备对人家始乱终弃啊？"

江御景点点头，平淡道："就很无情。"

喻嘉恩又不乐意了："你这孩子敢说我女儿无情？你想提前退休啊？"

江御景："……"

一顿饭吃得还算和谐，喻妈妈也没多说什么，饭后两人走了，出门上车，江御景唇角始终翘着。

喻言觉得好笑："你为什么这么开心啊？"

江御景发动车子，抿了下唇角，一副佯装平静的样子："阿姨刚刚让我多吃点。"

然后你就偷偷开心了一晚上啊？你怎么这么好哄啊你？

时间还早，两个人没急着回去，想着男朋友明天就要走了，干脆出去逛了一圈。

外滩夜景很漂亮，喻言扯着江御景的手，随着步子一晃一晃的。

身侧是旧 S 市的万国建筑，隔着黄浦江对面陆家嘴璀璨灯火铺满漫天流彩，巨大的 LED 屏幕变换，犹如烟花绽放。

小姑娘一路一直在讲话，江御景安静听着，应两声，偶尔笑着吐槽她两句，两个人就这么从外滩的一头走到另一头。

喻言突然停住脚步，转过身来看着他，不说话了。

江御景也垂下眼来。

涌动人潮中，她脖颈高仰，手臂伸出，蓦地钩上他脖子，唇瓣凑上去。

朦胧夜色中，如织人潮里，她就这么旁若无人般亲他。

她的动作来得太突然，江御景愣了半秒才反应过来，托着她后脑垂下头，和她接吻。

这是一个毫无任何欲念的吻，她纤细手臂揽着他脖颈，薄唇柔软贴合舔舐，小巧的舌尖从他唇珠嘴角滑进口腔，触到男人口腔内软肉，勾起对方回应。

旁边有人吹口哨的声音响起，喻言后退了一点点，稍微撤离，脚跟落地，揽着他脖子的手没放，只仰头看着他："洛杉矶一点都不好玩。"

江御景眸色有点暗，微微垂着睫："我不是去玩的。"

喻言仿佛没听见，继续说："漂亮妹子也没多少。"

这次，他听懂了，只挑了挑眉，没再说话了。

喻言鼓了下腮帮子："而且身材太丰满了，性格也太奔放，不适合你这种类型的。"

江御景弯起唇角，问她："我是什么类型？"

她秒答："你是除了我以外没人能忍受得了的类型，随便换了哪个妹妹一个星期你就要被甩了。"

江御景低垂着眉眼笑出声来，"哦"了一声。

喻言皱起眉来："你笑什么呀？我在跟你说很正经的事情呢。"

他点点头："行，你说。"

她咬着嘴巴里的软肉说："你到那边去要乖乖的，不许跟别的女生说话，外国妹子再美胸再大也不准看，别给自己太大压力，不准不睡觉，就算没时间打电话发信息什么的，每天也都要想我。"

喻言念叨了一大堆，看着男人渐渐扩大弧度的唇角，手臂收回来，不满地戳了戳他胸膛："我们要分开一个多月了，我们在一起才几个月，就要分开一个月了，你怎么一点舍不得的表现都没有呀？"

江御景没说话。

黄浦江上，游船挂着彩灯，两边建筑群光影斑驳，映在她脸上，有奇异的明黄色调染上她毛茸茸的卷翘睫毛。

男人垂着眼睫，就那么仔仔细细地看着面前的小姑娘。上身缓慢躬低，细长的手指下移，缓缓钩起她柔软的手，指间捏着的东西，从她手指指尖开始，一寸一寸向指根推下去。

喻言垂下眼去看。

纤细的银色戒指穿进她指间，上面有一颗颗小小的钻石，在光线下折射出温暖的光影。

他捏着她的手不肯放，指尖先是落在她手腕链子上挂着的那把小巧的锁上，之后细长手指一翻，十指相扣，和她紧紧交叠在一起，头微扬，亲上她饱满光洁的额头。

"说好了的，赢了换成戒指。"

喻言突然鼻尖开始泛酸，视线有点模糊，眼眶有潮意翻涌着上来。

她抽抽鼻子："我还小呢，你怎么就想骗我和你领证了。"

江御景低低笑了一声，长臂伸出将她揽进怀里，轻拍着她背，声音低柔："那不领，先把你双重保险锁住了，不然我不放心。"

江御景本来以为，他的生命中不会出现这么一个人，她的一举一动全部深刻烙印在他脑海中，让他从见到她的第一面起就开始铭记，让他缱绻地吐出喜欢和爱这样的字眼。

然后，她出现了。

何其有幸。

从最开始的印象里，她毫不留情的行事作风和张扬跋扈的一张小脸，到后来，她软软的声音喊他名字，抱着他胳膊撒娇。

这个此时此刻、站在他面前、缩在他怀里的小姑娘，是有着最明媚的笑容和最温暖的眼神的人。

是他想要拥入怀中尽全力呵护、悉心照料一生的人。

是他的小女孩、他的女朋友，以及他未来的妻子。

—正文完—

番外 PIO

1

PIO 拿到《英雄联盟》世界赛冠军那年二十岁。

场馆里人声鼎沸，音乐恢宏，他的两名队友相继宣布退役。

男人就站在他身边，手里是 S 赛奖杯，勾着唇角笑，声线懒散："等着我回去给你打辅助。"

黑眼虚望着镜头，当着全世界人的面，这话也不知道是对谁说的。

小炮眼睛酸，眼泪就这么翻涌着出来，一如他十九岁第一次拿到冠军奖杯的时候，像个大姑娘似的红着眼哭。

小炮觉得自己太没用了，哪能拿一次奖杯就哭一次呢。

他想起自己第一次见到江御景时，对方站在灯光下和现场观众鞠躬，想起两年来的朝夕相处，想起基地厨房门口摞得高高的草莓牛奶箱，想起苏立明揪着他耳朵把他从会议室里拽到电脑桌前时，黑发男人坐在他旁边漫不经心地敲敲桌边，说："别着急，慢慢来。"

小炮又想哭。边哭边抱着身边的江御景，像条八爪鱼似的，也不顾全世界媒体还在对着他们猛拍，小声跟他说了句话。

被抱住的男人一反常态没推开，好半天都没动，最后抬手拍了拍他的脑袋。

第二天，国内沸腾爆炸，大家都说 MAK 战队的中单 PIO 似乎有点问题……

2

MAK 战队五百年来，终于代表中国赛区拿到了世界赛冠军，国内瞬间沸腾。

他们第二天回国，当天在巴黎玩一圈，大家分头行动。小炮一个人逛到了一条不知道叫什么名字的大街，街角角落里有那么一家小店。

店里暖黄色的灯光顺着大格子窗透出来，隐约能看出里面的人影和商品轮廓。

这是一家香水店，老板是个大胡子法国人，一双湛蓝的、海洋一般的眼睛。

小炮有一种被惊艳到了的感觉。

香水店店面不大，装修风格却很独特精妙，空气中散发着各种香水混合在一起的味道，奇异又好闻。

一个月没回去，小炮想给喻言带个礼物。

视线从玻璃架子上一排排香水瓶上滑过，最终落在最后一排的一瓶香水上。

清透的薄荷绿液体，瓶身上有凸起的纹路，瓶口刻着一排法文。

高中的时候，他上过半年的法语班，简单的词能够认识一点。

——林间精灵。

有那么一个女孩子的身影倏地浮上脑海。

她有明媚好看的笑容、清甜好闻的味道，手指温暖地揉着他的头发，嗓音轻柔地叫他："我们炮炮啊。"

小炮垂下眼去，长睫覆盖下来，停在瓶身上的手指缩了回来。

初秋的巴黎潮气没有 S 市那么大，风却一点都不比 S 市小，顺着橱窗穿过厚实的墙壁，穿透身体，势头猛烈，吹上心尖。

是因为他来得太晚了吗？

也不是吧。

喻言这个名字，好像怎么看都和江御景放在一起比较般配。

3

拿到世界赛冠军的那天，小炮站在台上抱住江御景，只有他们两个人知道，他对对方说了什么。

头发从白毛染回黑色，五官稚气褪去，面部线条棱角逐渐分明的少年在他耳边哽咽着，最后说：

"景哥，你要一辈子都对她好啊。"

两人耳边乐声轰鸣，队友在欢呼说话，江御景沉默了良久，最终抬手揉了揉他的小脑袋：

"嗯。"

4

小炮躁动的，还只来得及冒出一点尖尖来的小小初恋火苗，在十九岁那年就已经被他强行掐灭。

一切都在无法开始的时候，结束了。

番外 怀孕

发现喻言怀孕这事，是因为一盘意大利面。

往常很喜欢奶油培根的女人今天从开始烧饭的时候就一直不太对劲，闻着锅里的味道反胃，一阵一阵强压未果以后，她手掌撑在料理台水池边缘干呕了两声。

江御景刚好这个时候从楼上下来，听到声音走过来："怎么了？"

喻言抬起眼来看他，眼睛稍微有点红，唇边泛着点白。

身后火没关，香味飘过来。

那股恶心的感觉又来了，她没来得及说话，重新埋下头去，又开始干呕。

江御景皱了皱眉，先是走过去把火关了，之后抬手自背后钩起她的长发拢成一束，单手握着，空出的手帮她打开水龙头："不舒服？"

哗啦啦的水流倾泻而出，喻言虽然没呕出东西来，但是喉间一阵不适，她捧起一捧清水凑到唇边，咕嘟咕嘟喝到嘴里，漱了漱口吐掉，才关了水龙头，转过身来，倚靠着洗手台面对他说："有点反胃。"

江御景动作轻缓地帮她捋了捋背，轻笑了声："你背着我偷吃什么东西了？"

喻言有点嫌弃地白了他一眼，拍了下男人的手，出了厨房往客厅沙发走，一屁股坐进去，抱着靠垫懒洋洋地扬声指挥："面应该好了，你盛出来。"江御景躬身从架子上抽出深盘，盛了两份面出来，刚想放在餐桌上，又看看沙发里一副明显"我不想动"的样子的女人，脚步一顿，之后直接走过去，俯身将两盘意面放在了茶几上，准备去厨房拿餐具。

结果人还没回身，就被喻言一把拽住手腕拉住了。

女人紧紧皱着眉，一手抓着他，一手在眼前直摆："你把它们拿走拿走，我闻着就恶心。"

江御景："……"

老子还惯着你，给你拿到面前来了。

喻言的症状一直持续了一个多星期。这一个星期里简单概括一下，就是看见什么吃的都觉得恶心，什么都吃不下，晚上准备睡觉突然就觉得饿。然后身边的男人毫无同情心，深邃黑眼眯着看她，低哼着笑了声："晚上让你吃饭你又没胃口不肯吃，现在作什么作？给老子饿着。"

某人不顾她饿肚子，喻言觉得当时结婚的时候，他当着证婚人和全场宾客说的那些山盟海誓都是假的。

哪有不让老婆吃饭的！这不是家暴吗？！

而也是当天晚上，她终于朦胧地意识到了事情好像哪里不对劲。

喻言生物钟很准，第二天早上醒了以后她也并没有起来，迷迷糊糊地缓了一会儿以后，枕在江御景胳膊上想事情。过了十几分钟，才扯着男人眼睫毛把人弄醒。

早上八点多，薄阳顺着窗帘的缝隙洒入，一点点投在他高挺的鼻梁上，打出分明的光影。江御景皱着眉，眼没睁，一把按下她作祟的指尖，被枕在下面的手臂弯起，刚要按着那颗小脑袋把人重新按进怀里乖乖睡觉的时候，就听见喻言冷静地开口道："景哥，我好像怀孕了。"

三秒钟后，江御景"唰"的一下睁开了眼睛。

男人黑眸幽深，往日里刚醒时那浓郁的困倦神色此时消失得一干二净，扣住她后脑的动作也顿住了。

两人又对视了十几秒，他开口，声音沙哑，还带着点茫然："什么？"

喻言很平静地重复："我连着恶心了一个多星期，我是不是怀孕了？"

这次，她说完以后，江御景缓慢地眨了下眼睛。

他面上看起来毫无波澜，只是还停在她脑后的手指明显有些僵硬。

喻言感受到了，枕着他胳膊蹭了蹭，柔软发丝贴着男人上臂肌肉摩擦："你不想要吗，宝宝？"

江御景警告似的"啧"了一声，黑眸眯起，扣住她脑袋发力，重新将人按回到怀里，哑着嗓子："傻吗你？"

喻言没说话。

江御景的手指插在她的发间，一下一下地摸着她的头发，缓缓开口："今天去医院看看。"

她脑袋埋进他胸口，小动物似的拱了拱，点点头。

直到从医院大门出来，喻言还觉得有点不真实。她低垂着头，被江御景牵着往外走，空出来的另一只手摸了摸自己还很平坦的小腹，只觉得突然好像连呼吸都变得小心翼翼了。

这里有一个小生命正在安静地孕育着，幼苗想要顶开泥土破土而出似的，也有一种不可思议的奇异感觉跟着涌入心房。

好神奇。

喻言停下脚步，站定在原地，扯了扯江御景的手指。

江御景转过身来，垂眼。

喻言微微弯着眼，眼角眉梢都不自觉地挂上了柔软的情绪，她仰起头看他："景景。"

"嗯？"

"你要做爸爸啦。"她说。

他没说话，漆黑的眼看着她，眼睫垂下。

喻言还想继续说话，突然被男人一把抱进怀里。他动作小心又轻柔，紧紧抱着她，脊背微弓，温热的鼻息喷洒在她的耳郭发间。

良久，他喉间轻缓溢出一声："嗯。"

喻言一怔。

刚刚在医院里检查的时候，他全程都表现得平静又淡定，好像也没看出什么情绪波动来，她本来还觉得他很冷静呢。

喻言嘴角弯起，也伸手环抱住他，侧着脸，声音带笑："你这是开心呢，还是紧张？"

江御景笑了声，按了下她脑袋："自己肚子里多了个人这么久都没发现？你是个傻子？"

她闻言仰起头来："你也没发现呢。"

他抿了抿唇，不说话了。

"孩子出生以前，你都睡客房吧。"

怀孕的消息被家里人知道以后，喻妈妈因为怕喻言自己吃东西不注意，强烈要求要么把她接回家去照顾，要么自己搬过来住一段时间。

喻言几乎在对方话音刚落的时候就拒绝了，她坐在沙发里，指了指冰箱："您自己去看。"

喻妈妈狐疑地走过去，拉开冰箱门，里面好多全麦饼干，侧面满满的脱脂牛奶、水果，除此之外什么都没有。

喻言面无表情："我手机里叫外卖的 APP 都被卸光了，您女婿连我 ID 的密码都改掉了。"

喻妈妈没再说话，晚上，让喻勉送来了一张巨大的孕妇须知，上面写了忌口三十六则。

江御景甚是上心，面容严肃地和喻勉一起把那张大幅海报似的须知贴在了沙发后面的墙上，一抬头就能看见。

看着两个男人在客厅里一圈一圈咋咋呼呼地转悠，喻言不耐烦地翻了个白眼，直直地躺在沙发上，懒得再管他们。

自从有了宝宝以后，每天早上的早餐喻言都是忍着恶心吃的，最近更是情况严重，一连几天下来，无论准备什么早餐，她只是啃两口，无论江御景再说什么都不肯吃了。

男人脾气本来就糟糕，然而此时对着她发不得火，又确实气得很，得压着脾气无奈地看她："你是想成仙？"

喻言可怜巴巴地坐在餐桌前："我恶心，一吃就想吐。"

江御景没辙，只得变着花样地给她弄。男人最开始只会煮水煮蛋，到现在，喻言站在他身后看着砂锅里飘香的雪菜瘦肉粥，笑嘻嘻道："好香呀。"

江御景侧头瞥了她一眼："今天必须吃掉一碗。"

喻言很干脆地点头答应了。

十分钟后，只喝了两勺粥的女人把面前瓷碗一推："我不想吃了。"

江御景也跟着放下勺子："那想吃什么？"

"没胃口。"喻言趴在桌子上，"什么都不想吃。"

江御景："……"

江御景今天不打算再惯着她，长指一伸直接把碗推回到她面前，不容置喙："再吃点。"

"不想吃。"

"就两口。"

喻言蔫巴巴地趴在桌子上："想吐，吃不下。"

江御景眯着眼睛看了她一会儿，之后无奈地长长叹了口气，放下手里的勺子，伸手把她的碗端到自己面前来。

喻言松了口气，刚以为自己解放，又被男人一个眼神凶回去了："坐下。"

喻言鼓了下嘴巴，乖乖坐回去了。她手肘撑在餐桌边缘，看着江御景手指捏着勺子，一手端碗，一勺勺舀着瓷白小碗里熬得软糯的粥，慢悠悠地吹温了上面一层，重新推给她："再吃两口。"

男人刚刚的动作太温柔，让她实在不忍心拒绝，拿起勺子安安静静地又喝了小半碗。

喻言三餐都吃得很少，像猫吃食一样，结果一到晚上睡觉，又开始叫嚷着饿。半夜一点钟，喻言一觉睡醒，扯着被子睁开眼，看向旁边倚靠在床头还没睡的江御景。

注意到旁边人的动静，江御景把手里的平板放到床头柜上，之后转头探身，手臂伸过去。

喻言自然地凑过脑袋枕上去："景景，我饿了。"

江御景眼皮一抬。

他是高兴的，这祖宗终于知道饿了。

江御景收了收手臂，把人揽在怀里，应了一声，问她："想吃什么？"

"想吃革林街那家的生煎。

"还有上次叫外卖的那个小龙虾。

"火锅。

"炸猪排。

"汉堡王的薯条。"

清一色的垃圾食品，全部都是在楼下坚决杜绝的食品大海报上榜上有名，并且被用红笔标注出来的东西。

江御景面无表情地把她的脑袋按回去了："要么我现在去给你弄个海鲜粥吃，要么今晚饿着。"

喻言仰着脑袋，一脸愤然："江御景，你就是这么对孕妇的？你孩子还没出生呢你就这样对我了，以后你还会怎么样？！"

江御景无奈，和她商量："我去给你蒸个蛋羹？"

她摇摇头："想吃甜的。"

"那甜面？"

喻言坐起身来，想了一会儿，点点头："行吧，要超甜的那种。"

江御景拍了拍她脑袋，也坐起来，起身下床开门去给她煮面了。

十几分钟后，江御景把面煮好，用木托盘端上来。人刚迈进卧室门，就听见床上的女人对他说："景景，我不想吃甜的了，还是蛋羹吧。"

江御景："……"

结果是当江御景蒸了碗蛋羹回来以后，喻言已经抱着被子美滋滋地睡着了，身子侧着，睡裙往上卷，尚未隆起的小腹露在外面。

江御景站在床边磨着牙，半晌，叹了口气，走过去将手里的蛋羹放到床头柜上，单手撑着床面俯下身去，动作轻缓小心地把女人的睡裙裙摆往下拉了拉，盖住她的肚子。

手指小心翼翼地停在那上头好一会儿，才缓慢垂下头，侧耳贴上去隔着棉质睡裙静静地听着。

里面安安静静的，好像没什么声音，不知道是不是错觉，又好像有点声音。这是他们的孩子，是他除了她以外的第二个宝贝。

江御景抿着唇，心脏好像被什么东西柔软又猛烈地撞击着。

到第三十八周的时候，喻言去医院做了最后一次检查，宝宝发育正常，胎位很正。

喻言松了口气，决定顺产。

江御景听着，皱了下眉说："剖腹吧。"

"不行。"喻言想也没想拒绝了，"剖腹会留下疤的。"

两个人出来，江御景在一边扶着她往电梯间走，对这个不太在意："留就留了。"

"那我以后就不能穿比基尼了，而且我看过一本书，上面说顺产出来的宝宝应激能力比剖腹产的宝宝要强。"喻言继续道。

"他要那么强的应激能力有什么用？"

"对环境的适应能力短期内好像也更强一点。"

江御景这次没再说话。

此时两个人已经进了电梯，喻言仰起脑袋看他："怎么回事啊，你怎么这么反对我顺产啊？"

江御景垂着眼，嘴角抿了抿："怕你疼。"

喻言不想留疤，执意顺产，最后江御景也就无奈依了她。

宝宝来的时间很准，预产期当天的下午，她开始阵痛。

江御景穿了浅绿色的无菌服进去陪产，到晚上的时候，喻言宫缩痛得已经基本没有力气了，嘴唇苍白，碎发被冷汗濡湿贴在额前，紧紧抓着他的手，气若游丝地喊他名字："江御景……"

江御景用力握着她的手，任由她的指甲深深掐进自己手背，喉咙滚了滚，嗓音微哑："嗯，我在。"

医生在旁边看见他手背上两排指甲掐出的血印子，笑了下："丈夫进来陪产的吓得当场晕过去的都有，你倒是冷静。"

江御景没说话，额角薄汗渗出，指尖有点抖。

他不冷静。她在经历着那么痛苦的过程，而他只能在旁边看，不动就已经是不添麻烦了，一点忙都帮不了。

她的每一个表情、每一声尖叫、每次歇斯底里都紧紧地牵扯着他的心尖，震撼、心疼、焦急又无措。

从开始阵痛一直折腾了十几个小时，半夜一点，孩子才终于出来，是个男孩。

喻言惨白着一张脸，安静地躺在床上，声音嘶哑，看着他开口第一句话就是："想吃火锅。"

江御景一直提着的一口气总算是将将放下，眉头依然紧蹙在一起，抬手帮她了理了被汗水打湿贴在脸上的发丝："回去给你开家火锅店。"

番外 奶爸江御景

　　江家小朋友从刚出生的时候起，就比别人家的小朋友长得好看。

　　虽然说刚生下来的孩子都是皱巴巴的一团，丑得像个洋葱头，即便如此，江好好也是其中颜值最高的那颗洋葱头。

　　到百天的时候，小朋友的五官就已经基本能看出雏形来了，圆溜溜的大杏眼，小巧却挺翘的鼻子，皮肤白皙通透。粉雕玉琢的奶娃娃躺在软垫子上，一笑，眼角下弯，露出粉嫩嫩的小牙床。

　　江御景扯开尿片的包装，熟练地拆出一个来，走过去。

　　江好好白白净净的一团，像个小奶豆，挥舞着他胖得藕节似的小胳膊，"啪"一巴掌，响亮地拍在了江御景的脑门儿上。

　　拍完了还不满意，脚丫往上乱蹬，又踹他两脚。踹完还咯咯笑，圆溜溜的大眼睛看着他，往外吐着奶沫，小嘴噘了噘，"噗噗噗"，喷了点到江御景的衣服上。

　　有洁癖的江御景："……"

　　旁边，喻勉扯着奶娃娃的小手强忍住笑意，抬起头来一本正经地说："姐夫，这小宝贝以后性格肯定像我姐，你小时候绝对没这么可爱的。"

　　这可爱吗？？

　　结果话真的让喻勉说中了。

　　江好好这位小朋友就连说话都比同龄人早，两岁的时候已经可以跟大人流畅地聊天了，并且日常是抱着爸爸的腿喋喋不休，比如江御景直播的时候。

　　拿到世界赛冠军退役以后，江御景用几年攒下来的钱投资了一支战队，并且在家里的时候偶尔也会直播。

　　往常直播他都会挑小朋友午睡的时候，今天时间有点晚，江好好小团子已经醒了，欢快地迈着两条肉乎乎的小短腿，晃悠地走到江御景桌前，抱着椅子腿，小爪子去拉他的耳麦线，奶声奶气地叫他："爸爸，你陪好好玩。"

江御景还在直播，界面缩小放在最下面，也就没有去注意直播间里粉丝的尖叫刷屏，只垂着眼睫去看小娃娃："妈妈呢？"

江好好肉乎乎的小下巴努力想往椅子扶手上搁，奈何不够高，放不上去："妈妈睡觉了。"

江御景看了下时间，下午四点了，于是点点头，继续道："去，把她拉醒。"

江好好小朋友皱了皱眉，不赞同地看着他："妈妈睡觉呢，不能吵她。"

还挺妈宝。

他无奈地弯下腰，将地上的小朋友抱进怀里，让坐在自己腿上，继续直播。

江御景直播的时候话很少，但是他家江好好小朋友像妈妈，是个小话痨，缩在爸爸怀里，大眼睛亮晶晶地看着屏幕，滴溜溜地转，咬字还不清楚，问题却一个接一个地往外冒。

"爸爸，这个人在干什么？"

"在被我打。"

"他不还手吗？"

"他打不过我。"

江好好似懂非懂地点点头：

"就像你打不过妈妈一样吗？"

江御景："……"

这么过分吗，儿子？我这儿直播呢。

江好好没意识到自己已经给他曾经威名远扬的电竞圈传奇大神老爸贴上了"妻管严"的标牌，小屁股扭了扭，胖胖的手指指了指屏幕右下角的视频框："爸爸，这里有人。"

江御景的手指在键盘上飞速操作，笑道："这里的人是谁？"

江好好脑袋凑过去了一点，圆溜溜的大眼睛和肉乎乎的脸蛋在镜头里放大，然后停住。

他歪着小脑袋瞧了一会儿，才奶声奶气地说："是漂亮的好好小朋友。"

他顿了顿，又补充道："还有丑爸爸。"

两人就这么一问一答，江御景向大家展现出了他超乎寻常的耐心，一点点不耐烦也没有地哄着小团子，直到后来小团子在他怀里睡着了，他也就没再说话，一局结束，对着镜头打了两个手势，关了直播。

于是第二天，微博上爆炸了。

铺天盖地的全都是前世界第一电竞选手退役后带娃直播的视频和语音。

在网友们剪辑的视频里，那位曾经上赛场如同上战场，能动手解决的事情绝对不动口的杀神大魔王，耐心地一边直播一边哄着他家宝宝，表情温柔得让多年老粉痛哭流涕。

——上次看到我们家 SEER 大大这么温柔的表情是什么时候啊！

——是他被偷拍到给他老婆夹虾滑的时候啊！

江御景退役多年，作为电竞圈颜值王的尊严犹在，退役大神抱娃直播的视频在微博走红。江御景这个名字也继多年前在那次退役赛上拿到世界冠军后，再次出现在热搜排行。

晚上的时候，喻言把小朋友哄睡着，躺在床上刷微博，刚好刷到视频。

喻言靠在床头点开来看，听到江好好那句"就像你打不过妈妈一样吗"的时候，笑得整个人歪倒在床上。

江御景刚好洗完澡出来，头发吹到半干，手指拨弄着头发走过来，就看见女人歪着身子小傻子似的咯咯笑。

那个声音，和白天某个小朋友把口水蹭到他袖口的时候一模一样。

江御景随手扯掉腰间围着的湿浴巾丢在一边，翻身上床，长臂侧伸把她捞过来："有那么好笑吗？"

喻言歪倒在他身上继续看，边看边笑："不好笑啊，我这看脸呢，这是谁家的帅哥和小帅哥呀？"

江御景也凑过去瞥了一眼，视线停在手机屏幕上几秒，突然不服气似的道："这么看，儿子也很像我。"

喻言挑着眉看他一眼："你看看这个眼睛、这个双眼皮，多大呢，跟你这种小内双哪里像了？"她说着拍拍胸口，松了口气，"还好长得像我，不然以后小姑娘都骗不到手的。"

她这个话说出来，江御景肯定是不乐意的，"啧"了一声，然后直接抬手抽掉女人手里的手机，锁屏，丢到枕头旁边，将怀里的人扯过来，翻了个面。

床头灯光线昏暗，男人在她正上方垂下头，长睫垂着，黑眸晦暗，指尖带着很高的温度滑过她细腻的肩头。

这是一个暗示性很强的标准开场白，但是喻言今天不知怎么，大脑放空，思维到处乱飘。

也许是因为刚刚在微博上看到视频下面SEER这个久违又熟悉的名字，让她莫名地就想到很多年前，她刚认识他的时候。

那时候男人二十岁出头，气质介于少年的散漫与男人的成熟之间，声线清润，气场也要张扬许多，眉眼轮廓虽然也冷淡，但远不及现在棱角分明的沉稳冷静。

喻言缓慢地眨眨眼，看着上面的人突然开口道："景哥，你这几年是不是瘦了？"

江御景没好气地低低哼笑了声，哑着声沉缓道："孩子都两岁多了，突然叫什么景哥，你想跟我来个什么游戏？"

喻言认真地回忆了一下，突然发现好像自从有了宝宝后真的没怎么再这样叫过他了，一般都是直呼其名"江御景"，要么就是"孩子他爸"。

于是她点点头，重新说了一遍："行吧，江御景，我这两年饿着你了吗？"说着，她抬手捏住他的下颌，往上抬了抬，"这么看起来确实瘦了点。"

江御景这个姿势保持了已经好一会儿，也没打算继续跟她聊天，垂头咬住她圆润的耳垂，咬了咬："你快饿死我了。"

没等喻言提出抗议，他唇舌向下，覆上锁骨："怀着隔壁那个小崽子的时候，饿了一年。"

喻言仰着头，才反应过来他说的"饿"是什么意思，迷迷糊糊地想，这人怎么这么说自己的儿子啊，还没来得及说话，就听见身上的人继续道："结婚到现在也就三年。"

他埋着头，牙齿轻微用力，声音含混地给她算账："你就已经饿了我三分之一了，相当于不让人吃早饭。"

"……"这是什么破比喻。

喻言被咬得有点痛，伸手推他，没好气地说："所以你之后晚饭不是都吃两碗？"

江御景单手抓着她手腕向上，扣在头顶，动作没停："两碗哪够，还得加份夜宵。"

喻言："……"

于是原本的怀旧剧场被打断，江御景毫不客气地给自己加了顿夜宵，吃了个酣畅淋漓后美滋滋地睡觉。

结果清晨不到五点就被某只小朋友捏着鼻子弄起来——江好好站在床边，一只手捏着他的鼻子，小脸肉嘟嘟的，可怜巴巴地鼓着，咬字不清道："爸爸，好好肚子饿惹。"

江御景眯着眼，抬手胡乱揉了下小朋友的脑袋，声音里还带着浓浓的倦意："去找妈妈。"

江好好："不行，妈妈睡觉，不能吵她。"

江御景："……"

那你吵我就可以？

真是个妈宝男。

江御景没辙了，只得起来给儿子弄了点奶粉和果泥，看着他喝完，又哄着他睡着了，才重新回到床上。

喻言被身边的响动弄醒，迷迷糊糊地半睁开眼，慢吞吞地往他怀里蹭了蹭："怎么了……"

江御景侧头亲了亲她嘴角，放低了声："没事，睡吧。"

今天的奶爸江御景依然痛并快乐着。

番外 江好好小朋友的日记

江好好上小学二年级以后，每天都要写篇日记，一周交一次。

往常他的日记本是被他完完全全地当宝贝藏起来的，属于那种睡觉都要放在枕头下面，绝对不可以给爸爸妈妈看的东西。

直到某次，他被外婆接走出去玩，喻言在家里打扫房间的时候，无意中看到了那个浅黄色的小本本。

小本本平放在床边的地上，敞开着，上面字迹稚嫩，却一笔一画、工工整整。

喻言扫了眼，隐约好像看见了"喜欢"之类的表达，"喜"字不会写，还用的是拼音 xǐ。

她大惊，连忙把地上的日记本捡起来，喊江御景过来。

江御景一进来，就看见她手里拿着个小本本，一脸纠结地看着他。

男人莫名："怎么了？"

喻言把扫把放在墙边立好，将手里的日记本对着他抖了抖："七岁的江好好小朋友疑似有喜欢的小姑娘了。"

江御景挑眉："有就有了，你看了？"

"我还没看。"喻言一脸纠结，"这不是侵犯儿子的隐私了吗？"

男人点点头："那你放回去。"

喻言腮帮子鼓了两下，又抬起头来："别的也就算了，可是这个我太好奇了。"

自己儿子的八卦都想扒？

江御景好笑："你这个妈妈连自己儿子的八卦都想扒？"

喻言没理他，咬着嘴角做了一番思想斗争，觉得既然是要交作业的，说明老师也看过了，于是心理压力小了不少，终于缓缓地打开了日记本。

她没窥探儿子前面都写了什么东西，直接翻到了最后一页，顺便把江御景也拉过来一起看。

×月××日，晴。

今天我又看到爸爸趁妈妈睡着以后偷偷亲她了，爸爸总偷偷亲妈妈，但是我从来没见过妈妈在爸爸睡的时候亲他，她都是直接把爸爸踹醒的。

别人都说 xǐ 欢一个人的时候才会想要亲亲她，这么看的话，爸爸一定很 xǐ 欢妈妈，但是妈妈可能不 xǐ 欢爸爸。

我也很 xǐ 欢爸爸，但是妈妈需要男子汉来保护的，所以如果妈妈要和爸爸离婚，虽然很难过，但我还是会选择妈妈。

爸爸，对不起，再见了，谢谢你在我小时候给我换尿不湿、冲奶粉，还喂我吃饭，下辈子就让我做你爸爸吧，我也会给你换尿不湿，像你对我一样好的。

下面是老师的红笔批注：？
江御景无语。

番外　高考

江好好高二那年，江御景回战队基地，刚好遇见了过来玩顺便做做指导的小炮。

他退役后投资了一个战队，请了浪味仙来做教练，后来小炮也退役了，没事就往这边跑，说是怀念年轻时这种拼搏又无所畏惧的氛围。

上了年纪的人总是喜欢回忆曾经，三个老男人坐在战队三楼的休息室喝茶，小炮又着腿靠进沙发，端着茶杯晃了晃，看着杯子里的茶叶打圈儿，有点感慨："谁能想到以前天天成吨喝草莓牛奶的景哥现在也到爱喝茶的年纪了呢。"

浪味仙表示赞同："我还以为他会喝一辈子草莓牛奶呢，八十岁的时候浑身不能动躺在床上——"

"快把我的草莓牛奶拿来……"小炮压着嗓子颤颤巍巍地接道。

俩人说完，呼呼哈哈地笑得瘫在沙发里。

江御景面无表情地看着他们，不明白他曾经的队友们明明都是一把年纪的人了，为什么比起当年来毫无长进，甚至好像变得更愚蠢了。

当事人一点反应都没有，两个人笑了一会儿也就消停了，浪味仙把茶杯放下，侧过头："对了，好好是不是上高中了？"

"人都高二啦龙王，"小炮摇头，"你是一点也不关心大侄子啊，亏你还在景哥这儿跟他一起工作呢。"

"我哪有时间啊，天天忙得脚打后脑勺，教练这活真不是人干的啊。"浪味仙往玻璃门外面一指，"你不知道外面那群小狗崽子有多让人不省心，我恨不得把眼睛嵌在训练室里。"

"真快啊，"小炮感慨，"这一下子就高二了，马上都要高考了。"

江御景闻言也有些感慨。

江好好小时候的样子仿佛还就在眼前，那会儿他刚做爸爸没多久，什么都不会，浑身僵硬小心翼翼地抱着好好，手都不知道该往哪里放。

小小的娃娃也不怕，冲着他咯咯地笑，露出一排小牙床。

想到这些，江御景唇角不自觉地弯了弯。

"不过这高考啥的咱也没啥经验啊，景哥连高中都没毕业。"小炮那边和浪味仙继续说。

江御景："……"

江御景嘴角的笑容僵住了。

当晚，喻言从店里回到家的时候，江御景正坐在沙发上看书。

喻言好奇，踢掉高跟鞋，将包包丢到一边："看什么呢？"

"书。"江御景言简意赅。

喻言凑过来看，是江好好的数学教材。

喻言："你看这个干什么？"

江御景："我准备参加高考。"

"……"喻言愣了愣，"啥？"

江御景抬起头来，一脸正色地重复："我想高考。"

喻言看着他认真的表情感到有些迷茫，一时间有点怀疑自己听错了，她歪着脑袋确认道："你是说你……你现在想高考？"

江御景也跟着歪了下脑袋："不行吗？"

喻言目瞪口呆地提醒他："你都四十了，怎么突然一时兴起又想高考了？"

江御景神色淡淡："四十怎么了，你不同意？"

"没，"喻言缓过劲儿来，"没不同意，你如果真这么想去就去吧，你准备什么时候考？"

"明年吧，"江御景认真思考了一下，沉吟道，"明年六月，还有一年多的时间。"

喻言："……"

江好好也是明年高考。

喻言没想到真能有这么一天，她老公竟然和她儿子同年高考。

真是奇了。

接下来的很长一段时间，江御景用实际行动向喻言证明，自己并不是说说的，他甚至开始旁听江好好的家教课了。

虽然他当年读高中的时候成绩其实还可以，但现在那些东西早就忘得一干二净了。江御景起早贪黑，勤能补拙，每天早上七点钟起来听英语，晚上睡前背古诗文，蹭着江好好的家教再加上自己看书，竟是真的一点一点地把高中的那些知识补回来了，甚至一直坚持学到了第一次模拟考试。

刚考完试的那几天，江御景挺自信的，甚至晚上睡前拿着平板查了一遍国内的985，问喻言觉得哪个好。

喻言贴着面膜走过来看了一眼："这些学校当然随便哪个都好，"她有些发愁，"问题是江好好能考上吗？"

江御景一顿，转过头来。

喻言也转过头来，看着他眨了眨眼。

江御景："我没说他考。"

喻言："你说的不会是你考吧？"

江御景看着她，面无表情的脸就好像是在说"怎么不行呢"。

喻言非常纳闷他到底是哪里来的自信，人到中年热血都凉得能结冰了，他还能找出件事来坚持这么久也不容易，喻言不想打消他的积极性。

"那就看你喜欢哪个学校吧。"喻言干巴巴地说。

江御景这股劲头一直持续到了一模出成绩。

某天早上，喻言下楼吃早饭的时候，觉得今天家里异常安静。

她环视了一圈儿，江好好坐在餐桌前叼着块面包片看手机，喻言寻思了好半天，才反应过来今天早上是哪里不对，是每天早上江好好听英语磁带的声没了。

她走过去拉开江好好旁边的餐椅坐下，拣了个包子咬着："大早上就开始玩手机，今天早上怎么没见你听英语？"

"妈，"江好好沉默了一下，提醒她，"之前我也没听，是我爸听的。"

"噢……好像是，"喻言想起来了，"你爸今天怎么不听了？"

"因为一模成绩出来了。"江好好说。

"嗯？"

"我爸说他不高考了。"

喻言乐了："怎么着？他被保送了啊？"

"没有，他一模就考了三百五，"江好好叹了口气，"他说他再也不上大学了。"

喻言："……"

图书在版编目（CIP）数据

以后少来我家玩 / 栖见著. -- 北京 : 北京联合出版公司, 2024.10
ISBN 978-7-5596-7260-5

Ⅰ.①以… Ⅱ.①栖… Ⅲ.①长篇小说—中国—当代
Ⅳ.①I247.5

中国国家版本馆CIP数据核字(2023)第208518号

以后少来我家玩

作　　者：栖　见
出 品 人：赵红仕
选题策划：北京磨铁文化集团股份有限公司
责任编辑：李　伟
封面设计：暖　阿和

北京联合出版公司出版
（北京市西城区德外大街83号楼9层　100088）
三河市中晟雅豪印务有限公司印刷　新华书店经销
字数410千字　880毫米×1230毫米　1/32　印张11.75
2024年10月第1版　2024年10月第1次印刷
ISBN 978-7-5596-7260-5
定价：52.80元